MENEKÜLJ!

I. kötet

AnnieLynn Sullivan

2018

Publio Kiadó

www.publio.hu

Minden jog fenntartva!

ISBN: 9789634434634

Nyomdai előkészítés és gyártás: Publio Kiadó Kft.

I.

A tavasz első sugarai kellemes melegséggel borították be a zöldülő tájat, de Kimberly mindebből a szépségből semmit nem vett észre. Maga elé meredve ült a taxi hátsó ülésén, nem véve tudomást sem az egyre távolodó várostól, sem a kétoldalt megjelenő zsenge zöldbe öltözött fasorról. Pedig üdítő látvány volt maga mögött tudni a rohanó és zsúfolt várost, az irodaházakat, a bérház negyedet, ahol hiába vannak fák a kockaépületek között, a környék akkor is sivár, szegényes és szomorú. Azt sem vette észre, hogy az autó elhagyta a várost elkerülő négysávos pályát, majd a bekötő kétsávos utat, végül lekanyarodott a főútról. Maguk mögött hagytak minden civilizációt, megiramodva az egy nyomvonalas betonúton a végső úticél felé, amit a fák gondosan elrejtettek. Csodás környéken haladt tova a jármű, amely minden bizonnyal pár hét múlva csak még pompázatosabb lesz. Az egyre melegebb tavaszi napoknak köszönhetően az út mellett kétoldalt már látható volt a frissen zöldülő pázsit, mely új erőre kapott az elmúlt napi esőknek köszönhetően. Jobb oldalt a távolban a gyepet ligeteket alkotó fák váltották fel, melyek úgy sorakoztak egymás után, kanyarogva, hogy csakis egy kis patakot rejthettek. Balra nem volt ennyire egyöntetű a látkép, kis dombok bontakoztak ki párszáz mérette egybefüggő fákkal borítva, míg a szem ellátott. Elbűvölő egy magánterület volt, amit a sofőr hangos és elismerő füttyentéssel nyugtázott is, idegesen megvakarva a fejét.

- Tyű, a mindenit! Biztos be lehet ide jönni, ez már nem magánterület? – kérdezte meg kissé aggódva, tovább csökkentve az amúgy is a 40-et alulról közelítő sebességet. Még soha nem jártam itt! – Mivel nem kapott választ, beletaposott a fékbe és miután megállt az autó, nyomatékul hátrafordult és úgy tette fel újra a kérdést:

- Hahó, kishölgy! Nincsen itt valami biztonsági izé? – csóválta meg a fejét, hiszen az utasa még arról sem vett tudomást, hogy megállt az autó. Kisasszony? – próbálkozott újra. Jó helyen járunk? – tette még hozzá, majd látva, hogy nincs más lehetőség, óvatosan hozzáért a lány karjához. Nem szerette zaklatni utasait, de most tényleg nem volt mit tenni. Eleve

4

furcsa volt ez a fuvar... kezdve azzal, hogy nem szokta elhagyni a várost. Azonban ezen az első igazi tavaszi napon, busás fizetség ellenében nem kellett sokat győzködni, hogy mégis megtegye. Bár meglehetősen bizalmatlanul méregette a fiatal lányt, amikor orra alá dugva egy cetlit a városon kívüli farm címével megkérdezte, hogy el tudja-e vinni oda. Visszanézett és azon hezitált, vajon mit akar ott ez a roppant ifjú és törékeny talán 20 éves lány arrafelé? De ezt nem kérdezte meg, ellenben mondott egy jelentős összeget, amire csak bólintott a lány. Mindezt a szépséget látva nem bánta meg, nem beszélve a fuvardíjat, ami már ott lapult a zsebében. Szép kis külön jutalom a nyugalomért.

Kimberly az érintésre visszatért a valóságba, és mint kiderült, hallani azért hallott, mert gépiesen válaszolt az utolsó kérdésre:

- Fogalmam sincs, még soha nem jártam erre!

A sofőr vállat vont és előre fordult, majd gázt adott, de a tempó továbbra sem volt nagy. Nem nyugodott meg a választól és alaposan kémlelte az út szélét, tiltótáblát keresve. Közben újfent azon morfondírozott, hogy vajon ez a fiatal és szótlan kislány mi járatban lehet ezen a minden bizonnyal meglehetősen gazdag magánbirtokon. Megnézve a visszapillantó tükörben már nem volt benne olyan biztos, hogy van 18 éves. Akkor meg mit csinálhat itt egyedül? Lehetséges, hogy egy ilyen gazdag család elfelejtene kocsit küldeni a gyerek elé? Vagy megszökött volna az elegáns magániskolából? Bár most mondta, hogy még nem járt itt. De az is lehet, hogy szegény rokongyerekként állít be váratlanul és hívatlanul? Annyira nem lehet szegény, ha ennyit fizet. Bár a ruhája talán egy külvárosi iskolai egyenruha és nem holmi elegáns legújabb divat. De miért ilyen elmerült? Vagy inkább szomorú? – Mennyi megválaszolatlan kérdés furdalta oldalát. Hiába, mindig is kíváncsi ember volt és hozzászokott, hogy rendszeresen elbeszélget utasaival, azonban ez most egyáltalán nem ment. Pontosabban meg sem kísérelte. A titokzatos utas továbbra is üveges szemekkel csöndbe burkolódzott, kétségek és képzetek között hagyva sofőrjét.

Az út váratlanul éleset kanyarodott, majd kiszélesedett és a hirtelen felbukkanó hatalmas tujasor mögött cirádás vaskapu tornyosult az autó fölé, meglepő módon nyitott állapotban. A taxi szinte átsiklott a szárnyak között, majd zizegő hangon folytatta útját az apró fehér kavicsokon.

Újabb kanyar következett a sűrű növényzet szinte körbefonta, elnyelte a kis autót.

- Hűha! – nyögte ki a taxis, meglátva az impozáns fehér épületet -, de a szája ezt követően tátva maradt. Mint egy igazi kastély, olyan fenségesen pózolt az út végén a kúria, csodás halványsárga színben úszva a délutáni napsütésben. Az autó szinte megállt, hogy a vezetője alaposan szemügyre tudja venni a nem mindennapi látványosságot. Minderre Kimberly alig reagált, csak szórakozottan vetett egy pillantást az épületre. Közönyössége mögött mély utálat lapult. Az autó a földszinti feltehetően főbejáratként funkcionáló ajtó elé kanyarodott, majd óvatosan fékezve megállt, némiképp felkavarva az apró kavicsokat.

- Megjöttünk – közölte a tényeket a taxis, majd kivágva az ajtót szinte kipattant az autóból és udvariasan kisegítette fiatal utasát, kezébe nyomva az aprócska táskáját. Esetleg ha önért kell jönni valamikor a közeljövőben – kezdte kissé félszegen a mondatot -, akkor izé nyugodtan hívjon, most már idetalálok – azzal egy névjegykártyát nyomott a láthatóan rémült lány felé. Jó helyre hoztam? – kérdezte nemcsak udvariasságból, látva a megrémült arcot.

- Igen, köszönöm – így értelmezte azt a határozatlan bólintást és bátortalan mosolyt, ami átsuhant a lány arcán – ennek köszönhetően megnyugodva ült le a kormány mögé oldalt.

- Egy pár percet még itt leszek – mondta és rágyújtott. Csak a biztonság kedvéért – és igyekezett magabiztosan hunyorogni a kavargó füstben.

Kimberly egyik lábáról a másikra állt eközben, majd nagy levegőt vett és bátortalan léptekkel elindult az ajtó felé. Szinte mázsás súlyként vonszolta az apró és pihekönnyű kistáskát és görcsösen szorított egy mappát. Reszkető kézzel nyomta le a kilincset és meglepődve vette tudomásul, hogy nyitva van. Nem kéne inkább csöngetnie? – futott át rémülten az agyán és rápillantott a falra, hátha rejt valamilyen gombot. A csengő azonban feleslegesnek bizonyult, ugyanis mély kánonugatás hallatszott az ajtó mögül nem túl barátságosan, majd egy erélyesebb hang dörmögött. Gyorsan berántotta az ajtót.

- Jól van na, jól van, jövök már, nyughassatok! Megnézem ki az – tépte föl az ajtót a hang gazdája, pont annyi helyet hagyva, hogy a két eb csak a fejét nyomhassa ki. – Igen, segíthetek? Jelent meg egy termetes,

6

kedves arcú asszonyság mosolygós képe a nyílásban felül, alul pedig két szimatoló orr. Az asszony kissé furcsállva méregette végig a 17 év körüli lányt, aki idegesen toporgott a küszöbön térd alá érő bővülő szürke szoknyában, magas nyakú fehér blúzban és emblémás kötött kardigánban. Kislányosan félig feltűzött haja rakoncátlan tincseit próbálta helyre tenni, kevés sikerrel.

- Igen, izé – kezdte bátortalanul a mondatot Kimberly, mint aki még nem készült fel arra, hogy rögtön jelenése van. Ránézve a szimpatikus, 50-es nőre azonban némiképp megnyugodott és felbátorodott, majd összeszedte magát és határozottabban folytatta: - Jó napot kívánok, Kimberly Beckett vagyok – mutatkozott be illedelmesen. Mr. Wilsonnal van találkozóm 17 órakor, a kérésére jöttem ide – azzal átnyújtotta a postai meghívót. Fogalma sem volt, mennyi az idő, de sejtette, hogy korán érkezett. Nem bírt már tovább várni.

- Kérem fáradjon beljebb – pillantott az órájára az asszony, megállapítva, hogy még fél öt sincsen -, majd szélesebbre nyitotta az ajtót. Ezzel utat engedett a két ebnek, akik tudomást sem véve a jövevényről egyből a taxit célozták meg. Úgy lőtt ki a két állat, mint a puska, csak úgy verték fel maguk körül a kavicsot. Szerencsére a sofőrnek volt ennyi ideje, hogy pánikszerűen bemeneküljön az autóba, melyet aztán jobb híján csak körbejelölni tudták, a bezárkózott sofőr enyhe szitkozódása közepette.

Jöjjön utánam – intett kacagva a közjáték láttán a hölgy, amit bizonyára Kimberly is derült mosollyal értékelt volna. Most azonban szinte fogalma sem volt, mit tesz és hol van. Gépiesen követte az előtte menőt befelé a házba. Két lépés után azonnal lecövekelt.

- Mrs. Mendez vagyok, a házvezetőnő – szólt kedvesen a őszes kontyú, termetes nő, majd szinte betessékelte a lemerevedett lányt a nappaliba, elszedve tőle csomagját. Csak bátran – hunyorgott bíztatóan, nem harapunk! – igazgatta meg a sötétbarna hosszú ujjú ruháján lévő makulátlan fehér kötényét.

Egy hatalmas nappaliban találta magát Kimberly, melyből a méretén kívül nem sok mindent érzékelt. Annyira elmerült gondolataiban, hogy egyenesen nekiütközött a hatalmas kanapénak, így annyit észrevett, hogy szokatlanul erős, bordó a színe. A szemközti panoráma üvegfalon át egyenesen a teraszra kísérték.

7

A legkényelmesebb, ha itt hátul várakozik – mutatott a fonott nyugágyak, székek és napernyő felé, melyek hívogatóan várták a tavaszi napfényben fürdőzni kívánókat. Az Úr egy pár perc múlva bizonyára jön. Hozhatok esetleg inni vagy enni addig valamit? – nézett a lányra, aki csak bólintott. Rögtön jövök – tűnt el Mrs. Mendez, maga mögött hagyva enyhe levendulaillatát.

Kimberly remegő lábakkal megközelített egy széket és rárogyott.

- Nem mehet ez így tovább! Szedd már össze magad! – szidta meg önmagát viselkedéséért. Le kell nyugodjak, mert szánalmas látványt nyújthatok! Azzal mély levegőt vett, lehunyta a szemét és egyenletes légzéssel igyekezett megfékezni zilált idegeit. Tulajdonképpen miért is ideges? Nem kell annak lennie! – mondogatta magának.

Két perc után már némiképp jobban érezte magát és kinyitotta a szemét, majd némi kíváncsisággal körülnézett a teraszon. Elsőként közvetlen környezetét vizsgálta át. Jobbra és balra is számos szék, fotelnek is elmenő nyugágy, asztal, napernyő sorakozott fel a méretes teraszon, úgy jó ötven fő számára biztosítva elegendő helyet. Feltehetően számos partit rendeztek már itt. Micsoda nagyzolás! – berzenkedett, de élénk fantáziájában máris képet is öltöttek a partik: elegáns hölgyek és urak, divatos ruhaköltemények, francia parfümök. Élénk beszélgetés és nevetések, pezsgősdugók pukkanása, csilingelő tányérok és poharak. Mindez olyan valóságos volt, hogy hallani is vélte ezeket a hangokat.

- Hoztam üdítőt meg egy kis süteményt – bukkant fel a semmiből Mrs. Mendez, enyhe üvegcsörgés közepette visszarántva a lányt a valóságba. Az álombeli emberek eltűntek, a hangok és az étel azonban igenis valóságossá vált. Az asszony két nagy tálcát helyezett el az asztalon.

- Mr. Wilson úgy fél óra múlva tudja fogadni, kéri, hogy addig helyezze magát kényelembe. Esetleg sétálhat is, ha gondolja – tette hozzá kedvesen, a kert felé mutatva – azzal távozott. Kimberlynek csak most tűnt fel az asszony enyhe spanyol akcentusa. Bár a neve alapján is egyértelmű lehetett volna mindez.

Érdeklődően futtatta végig szemét a tányérok tartalmán és egyáltalán nem bánta, hogy várnia kell. A háromféle gyümölcslé, édes és sós kekszek mellett figyelmét a láthatóan házi készítésű sütemény kötötte le. Öntött egy kicsit az egzotikus gyümölcskeverék feliratú dobozból, megízlelve a

8

számára ismeretlen gyümölcsök nedűjét, majd úgy döntött, hogy muszáj lenyomnia a süteményből is egyet. Elvégre ma nem evett még szinte semmit és korgó gyomorral, szédelgő fejjel mégsem lehet megjelennie. Nem beszélve arról, hogy ilyen gusztusos süteményt még nem is látott! A feltehetően kakaós tésztát apró fehér és piros pöttyök díszítették, középen meg vajszínű krém kukucskált ki. – Hú, nagyon finom, ebből eszem még egy-kettőt – tömött újabb szeleteket a szájába. Hat kocka sütemény után elégedetten és kibékülve a világgal állt fel. Ösztönösen lesimította szürke szoknyáját, megigazgatta fehér sálját, majd kicsit előbbre ment a korlát irányába és végigfutott pillantása a környéken.

Most először jutott el tudatáig, hogy milyen szép környezetben is van! Alaposan megnézte a fehér kőből faragott korlát virágmintáit, majd a kecsesen ívelő lépcsősort, végül letekintett a kertre. Nem meglepő módon a ház tövében kisebb medence helyezkedett el, egyelőre még víz nélkül. A világoskék csempék tökéletesen tisztán ragyogtak, csak a vízre várva. Saját medence... - gyengült el a lány és elmélázva nézett tovább. Jobbra a ház mellett egy rózsakert helyezkedett el, közvetlen szomszédságában egy tujalabirintussal. Ezt a pompát! De milyen szép is lehet teljes díszében! Előtte láthatóan alaposan gondozott zöld gyep terült el, annyira zöld színnel, mely árnyalat létezéséről a lánynak eddig fogalma sem volt. A távolban néhány facsoport tarkította a pázsitot, majd a fák egyre nagyobb számban vették át a gyep helyét. Milyen szép és nyugodt itt minden, és ez a hihetetlen madárcsicsergés! Csak úgy bizserget a tavasz minden felől. Kimberly a korlátnak támaszkodva, ábrándozva nézett körül jobban, alaposan vizsgálva meg mindent. Főként a rózsakert hozta lázba; milyen kár, hogy csak később nyílnak ki, minden bizonnyal a legpompázatosabb színeket rejti, ami csak lehetséges. És az illata... biztosan elbódító! Muszáj kicsit körülnéznie, meg Mrs. Mendez is erre bíztatta.

Határozott léptekkel indult lefelé a teraszról, egyik kezében továbbra is a félig üres poharát szorongatta. Mi lenne, ha elveszne a tuják között és soha nem jönne elő onnan? Akkor legalább itt maradhatna. Meg kinek is hiányozna? – futottak át képtelen ötletek az agyán. Lassan elindult a gyepen a fák felé, óvatosan lépdelve a füvön, mintha nem akarna fájdalmat okozni az erőtől duzzadó, de egyben még gyenge fűszálaknak.

Észrevette, hogy a hátsó nagy fa egy hintát rejt. Kislányos lelkesedéssel sietősebbre fogta lépteit, mintha attól félne, hogy ha közelebb megy hozzá, akkor eltűnik. Ilyen bájos hintát eddig csak filmekben látott! Széles ülőkéje volt, kétoldalt pedig az ülés korlátján zöld növények kúsztak körbe. Még így elhanyagolt állapotában is felséges látványt nyújtott. Poharát a földre téve Kimberly óvatosan végigsimította a kissé fakó tartóköteleket, megállapítva, hogy el fogják bírni, majd felült a hintára. Finoman lendített rajta egyet, majd még egyet, és hagyta, hogy a lágy szellő és a hinta kilengése magával ragadja. Lassan becsukta a szemét. Vékony sálja kibomlott a nyakán, finom ívben legördült a vállán, majd kecsesen követve a hinta mozgását, előre-hátra lengedezett a szélben. Rengeteg emlék tódult fel benne. Az erős érzelmek hatására egy könnycsepp áttörte a zárt szempillákat és végiggördülve egyenesen a rézvörös rövid szőrű vizsla ősz fején landolt, aki épp akkor helyezkedett el észrevétlenül a hinta és a lány alatt.

•

John Wilson idegesen sétált fel-alá a dolgozószobájában és mostanra már egyenesen üvöltött a kezében tartott mobiltelefonba.

Mi az, hogy nem találják, nem létezik! Azonnal kerítsék nekem elő akár a föld alól is, a szerződést ugyanis hétfőn alá kell, hogy írja! Nem érdekelnek a kifogásai, azért fizetem, hogy a hétvégén is dolgozzon, éjjel is dolgozzon, a szabadsága alatt is dolgozzon, alvás közben is csak a megoldásokkal álmodjon! – csapta volna le a telefont ha tehette volna, helyette dühös mozdulattal, vérvörös fejjel, 320-as vérnyomással a mellette lévő bőrfotelbe hajtotta a készüléket, majd gondosan megtörölgette izzadságcseppektől tarkított homlokát. Megölnek, egyszerűen mind a halálomat akarják! – zsörtölődött tovább, majd az idegességtől még mindig remegő kézzel kigombolta a legfelső gombját. Még jó, hogy a nyakkendőjétől már rég megszabadult, most biztos megfojtotta volna! Vajon mi a fenét csináljon, ha nem kerül elő az a papír hétfő reggelig? Oda a többmilliós üzletrész! Nem, az nem lehet, nem is szabad erre gondolnia. De hol az ördögbe lehet? Kotorászott az asztalon tornyosuló papírkötegben teljesen értelmetlenül, majdnem

10

felborítva az értékes antik asztali lámpát. Hiszen nem is nála van az a szerződés! Tisztára meg van bolondulva! Legjobb, ha most iszik valami erőset – indult el a beépített bárszekrény felé, megkerülve a 10 személyes hosszú tárgyalóasztalt, elhaladva a bőrgarnitúra mellett. Miért a szoba túloldalára tetette a szekrényt az italokkal? Mire odaér, már el is felejtette, miért akart inni! – erős kopogás zavarta meg gondolatait.

- Ki az? – mordult az ajtóra, mely azonnal kivágódott. A beszáguldó David felszínes pillantást vetett apjára és szó nélkül levágta magát a bőrfotelba, hanyagul keresztbe vetve lábait. Láthatóan nem zavarta, hogy méretre készült egyedi Armani öltönye közben alaposan összegyűrődik.

- Gond van? Nézett fel rá, mire az hangos sóhajtással túrt bele őszülő hajába. Megint a cég! – nyugtázta a tényeket, majd kiemelte az alatta lévő telefont és a dohányzóasztalra helyezte. Túl sokat dolgozol feleslegesen! Azért vannak az alkalmazottak, hogy helyetted gürizzenek. Hány milliomos kap infarktust? Inkább gyere velem golfozni holnap, jó mulatság lesz! – kezdte el piszkálni a körmeit, majd miután nem érkezett válasz, lefegyverző mosolyt küldött feléje. Na, apa – unszolta úgy, mint egy ötéves.

John Wilson a fiára nézve elmélázott. Teljesen ilyen voltam én is 30 évvel ezelőtt – állapította meg és büszkeség töltötte el. És nemcsak külsőre! Bár most sincs mire panaszkodnia, még mindig fess így közel a 60-hoz is – húzta meg magán a mellényét. Egy csepp fölösleg sincs rajta, az ősz, de ugyanolyan sűrű haját meg a hölgyek csak még vonzóbbnak tartják! – állapította meg kellő hiúsággal. Ugyanaz az ellenállhatatlan sárm, a tökéletes és kimért viselkedés, nem beszélve a kifogástalan öltözékről és az elmaradhatatlan férfias illatfelhőről. A siker teljes fegyvertára a nők elcsábítására. Fiatal, jóképű és gazdag, mi egyéb kell még? – konstatálta fia ellenállhatatlanságát, mely közismert volt.

Szóval megint nekivágsz a hétvégi szórakozásnak! Mi a program? – rándult vissza a valóságba, érdeklődést színlelve.

- Á, csak a szokásos! Kiruccanunk a haverokkal egy kicsit a környékre. Na megyek, hagylak dolgozni, látom elfoglalt vagy. Csak gondoltam rákérdezek a golfra, hisz olyan rég játszottunk együtt. Szólj, ha mégis meggondolnád magad! – azzal már fel is pattant a fotelből és megkerülve a szobát a túloldali ajtón távozott pont olyan gyorsan, ahogy érkezett.

Bárminemű jó szándéka ellenére legalább annyit segített, hogy apja átmenetileg elfelejtette üzleti gondjait.

- Csak tudnám, mit akart, csak úgy nem szokott be nézni – tűnődött John a telefonját babrálva.

David addigra már jókedvűen fütyörészve, kettesével szedte lefelé a lépcsőfokokat és elégedetten lóbált jobb kezében egy kulcscsomót. Ha szerencséje van, talán észre sem veszi – mormolta, és felettébb elégedett volt önmagával. Tisztelte apját, de zsarnoknak tartotta, aki uralkodik mindenki felett. Nem vallotta volna be önmagának soha, de bizony félt az apjától. Soha nem mert neki ellentmondani így inkább arra törekedett, hogy igyekezett elkerülni. Most viszont kénytelen volt bemenni hozzá egy kicsit. Egy éves kutatómunkájába került, míg megtalálta sportkocsija kulcsait, amit az irodába őrzött. És most szüksége volt a járműre, melyet a balesete óta elkobzott tőle és ahelyett, hogy megszabadult volna a roncstól, megjavíttatta és a garázsban tartotta. Ez volt a büntetése!

Davidnek viszont most egyértelmű szándéka volt bosszantani vele! Nem értette ugyanis, hogy ha nincs használva, akkor mi a célja apjának mindezzel. Bár nem ez volt az egyetlen, amit nem értett apja viselkedéséből. Aki csak ismerte az öreget, rettegett tőle, nem is nagyon mert ellentmondani neki vagy újat húzni vele senki. Nem emelete fel vele szemben a hangját sem senki, amikor vele beszélt. Jobb a békesség. Apjával egyedül anyja vehette fel a versenyt parancsosztogatásban vagy szervezkedésben. Hát igen, érdekes volt szüleinek kapcsolata, amolyan tipikus macska-egér harc, olyan se vele-se nélküle viszony. Bár az utóbbi időben inkább a nélküle oldal dominált. David nem egyszer tapasztalta, hogy a legszimplább dolog is nézeteltéréshez vezetett közöttük, akár még a csakazértis meggondolásból.

David és az anyja is tudott apjának szeretőiről, ahogy mindenki, mert nem foglalkozott a diszkrécióval. Anyját rég nem érdekelte, mi zajlik férje hálószobájában, ami a lényeg volt számára, hogy az ő társadalmi rangja stabil. Davidet meg annyira izgatta a helyzet, hogy gondosan ügyelt arra, apja ex-eivel ne kombináljon.

Megszokta, ilyen környezetben nőtt fel, így nem is tartotta furcsának. Annál is inkább, mert ő is ugyanezt csinálta. Minden héten más nő, amíg rá nem unt, azután lecserélte egy újra. Jelentkező mindig akadt. Biztosan ma is lesz valaki.

A lépcsőfordulóban lévő hatalmas falitükör előtt lefékezett, majd megállt és lesimított néhány nem létező égnek álló hajszálat az agyonzselézett macsó frizuráján. Megigazgatta nadrágja meggyűrt szárát és begombolta zakója alsó két gombját. Önelégült képpel belevigyorgott saját szemébe és elégedetten fordult rá az alsó lépcsőrészletre. Menet közben kitekintett az üvegablakon, ami a hátsó kertre nézett és arcára fagyott a mosoly. Mint aki nem hisz a szemének, döbbenten ugrott az ablakhoz és megmerevedett a látványtól. Csak állt ott tátott szájjal, észre sem véve, hogy közben elejtette a kulcsot.

•

Kimberly a hintán ülve nosztalgiázott. Visszakanyarodott az időben a közeli múltba, felidézve eddigi rövid és eseménytelen életét. Eszébe jutott saját kedves kis hintája az öreg diófa alatt a hatalmas kertben, nagyszülei házában. Kár, hogy csak nyolcéves koráig éltek ott azon a vadregényes helyen a vidéki tanyán, utána viszont be kellett költözniük a városba a munkahely miatt. Egy aszályos év után ugyanis tönkrementek és az egész farm elúszott. A városban kellett munkát vállalni szüleinek. A tanya árából az adósságok rendezése után csak egy csöpp lakásra futotta a szegénynegyedben.

A kedves emlékeket hamar felváltotta a szorongás első képe. Bizonyára azért maradt meg benne ennyire tisztán az akkori érzés, mert komoly fordulópontja volt az életének: az első nap az iskolában. Hogy félt ott a többi gyerek között azon az ismeretlen helyen! Hiába volt a sok új és izgalmas játék, a kedvesen mosolygó tanárnők, a sok egykorú játszópajtás, ő nem érezte jól magát, elvágyódott. Ez azóta is megmaradt: ha új helyre került, eddig ismeretlen emberekkel találkozott, mindig félelem fogta el és legszívesebben elmenekült volna. Az első munkanapján meg is tette, hátrahagyva a gyárat, ahova a nyári szünetbe vitte el apja, hogy mellette dolgozzon. És most is ugyanezt a bizonytalanságot és félelmet érezte

13

ezen az új helyen. Bárcsak megint elmenekülhetne! Miért nem értik ezt meg a szülei?

Hát igen, a szülei... Apját ritkán látta, olyankor is mogorva volt és elzárkózó; anyja meg folyton fáradt és megtört. Hiányzott neki az apai büszkeség, az anyai kényeztető szeretet, amit a legdrágább ajándék sem pótolt volna; egy egyszerű simogatás, egy jó szó, vagy pusztán annyi, hogy meghallgassák. De anyja önző, férje iránti mély szeretete és lányára való féltékenysége megtagadta mindezt tőle. Emiatt sem szült több gyereket férjének, nehogy még jobban osztoznia kelljen rajta. Pedig hogy örült volna a férje egy hiába várt fiúnak, Kimberly meg egy testvérnek... Apja elzárkózott a lánya elől, nem foglalkozott vele; sőt, néha meg is felejtkezett arról, hogy van egy lánya. Számára a fiúk bírtak jelentőséggel. Mit is tudott volna kezdeni egy törékeny, vékony és számára hasznavehetetlen könyvmoly kislánnyal, aki ráadásul többet is tudott nála? Emiatt felesége elől is elzárkózott és a végeláthatatlan munka mögé rejtőzve észre sem vette, hogy családjával együtt milyen boldogtalan is valójában. És nem attól, mert szegények.

Fiatal éveit Kimberly kemény munkával töltötte és lázadni is elfelejtett. Apja ellentmondást nem tűrve 10 éves korától vitte a gyárba dolgozni iskola után. Keresse meg a kenyerét – ez volt az alapelve. Így került be abba a szűk világba, ahonnan kitörni nem lehetett. Szabadidejében szeretett filmjeit, sorozatait nézte a tévén, belemerülve álomvilágukba, sokszor elrugaszkodva a valóságtól. Emellett tankönyveit is rongyosra olvasta, így végképp magába forduló és zárkózott lánnyá nőtte ki magát. Jó tanulmányi eredményével és műveltségével próbálta kivívni szülei elismerését, sikertelenül. Még inkább magába fordulóvá tette a tudat, hogy apja nem egyezett bele abba, hogy továbbtanuljon. Nézete szerint ugyanis a nőknek felesleges továbbtanulniuk, a sok tudás csak elveszi az eszüket. Azt pedig a világ minden kincséért sem ismerte volna be, hogy lánya máris tájékozottabb volt a világ dolgait illetően, mint ő. Így a középiskola végeztével egyértelmű volt, hogy csatlakozik a képzetlen munkaerőtömeghez. Kár ezért a tehetségért – mondogatták tanárai, de nem tudtak ők sem mit tenni. Apja mereven elutasította, hogy lánya tovább képezze magát. Nem tudta volna fizetni, de még ha ösztöndíjat is kapott volna, akkor sem engedte volna. Így kötött ki a nyári munkák

14

után véglegesen is a gyárban, szerencsére nem a gépsor mellett. Életében egyetlen egyszer kiállt mellette apja és közbenjárására az üzemi konyhán helyezték el.

Mindennek ellenére jólneveltségéből adódóan felnézett és tisztelte szüleit, most azonban valami megbicsaklott benne. Hogy tehettek ilyet a saját gyerekükkel? És miért nem mondtak el semmit?

•

David percekig állt földbe gyökerezett lábakkal az ablak előtt, le nem véve szemét a hátsó kertről. Mariann – suttogta. Lelkében mélységesen eltemetett és szinte elfelejtett emlékképek tömege tört utat. Nem is azt a törékeny lányt látta, aki fehér fölsőben, libegő sállal imbolyog előre-hátra; visszarepült az időbe és lelki szemei előtt szeretett húga jelent meg... Imádta azt a hintát, mennyi idejét töltötte ott! És a kacagása, mint száz apró kis csengettyű csilingelése. És a fekete ében haja, mely dús fürtökben omlott alá a vállára, huncutul imbolyogva minden egyes lépésekor. Amikor meg a fejét rázta, mint oly sokszor, dacosan, csak úgy suhantak a levegőben egyik oldalról a másikra. A mélybarna szemeivel meg úgy tudott nézni, olyan könyörgően, ha bármit el akart érni. Ki tudott ellenálli a cseresznyepiros lebiggyesztett ajkainak, a rebegő pilláknak? Mindent el tudott érni, amit csak akart!.... Mintha csak most történt volna...

David messze járt a múltban, a kedves emlékek birodalma teljesen körbevonta, így nem is hallhatta meg a közelgő veszélyt. Apja ordítani kezdett fent a dolgozószobában, majd kivágva az ajtót elindult a folyosón, egyenesen felé. Közben ezt hajtogatva:

- Átkozott kölyök! Hogy tehettél velem ilyet? – és már robogott is lefelé a lépcsőn, majd a fordulóban egyenesen beleütközött a még mindig mozdulatlanul álló fiának. - Szóval itt vagy te csibész! - mondta neki. Most azonnal a dolgozószobámba! – harsogta méltóságteljesen, ellentmondást nem tűrően, majd megfordult és elindult vissza. Mivel nem hallott semmilyen mozgást a háta mögül, visszanézett. Legnagyobb meglepetésére azonban fia nem követte, neki háttal továbbra is mereven állt. – Mi a fene bajod van? – ment oda mögé és követve pillantását ő kilesett az ablakon. A látványtól hangosan felnyögött. Pár másodpercnyi csönd után bömbölve megkérdezte: – Kicsoda ez a lány és mit keres a kertemben? Erre már fia is visszatért a jelenbe és tanácstalanul ingatta meg fejét. – Mrs. Mendez! – üvöltötte el magát ismét, mire a földszint felől motozás szűrődött fel, majd nehézkes, de kapkodó léptek zaja hallatszott egyre erősebben a lépcsők felől. John Wilson mindeközben le nem vette szemét a hátsó kertről. Mint aki kísértetet lát.

- Igen, itt vagyok, parancsoljon – jelent meg a kanyarban kissé lihegve a házvezetőnő, zavartan igazgatva tökéletesen álló kontyát.

- Vendégünk van? – vágott mindjárt a közepébe a mondandónak.

Igen; ahogy jeleztem egy fél órával ezelőtt, Miss Beckett van itt, kérésének megfelelően.

- Kicsoda? – harsogta. Beckett, Beckett – ismételgette a nevet, majd fény gyúlt az agyában. Á, megvan! – gondolataiba merülve indult visszafelé az irodába, majd hátrakiáltott: - David, utánam! – azzal bevágta az ajtót. Fia kénytelen-kelletlen követte.

- Nehéz emberek – zsörtölődött magában Mrs. Mendez, lelépve egyet a lépcsőn. Az idősebb Wilson állandóan üvölt és semmi nem jó neki. Zsarnokoskodik családja felett, elnyomva minden kezdeményezést. Érzéketlen. A fiatalabb ficsúr meg képtelen felnőni. Megszokta ezt a rendszert és nem is akar rajta változtatni. Csak magával törődik, na meg az épp aktuális nőjével. Szép kis család! Nem is beszélve Elizabeth asszonyról... Még jó, hogy most valami szépségkúrán van két hétre. Kár, hogy nincs kedvességkúra... Lám, a pénz tényleg nem boldogít! - Hm, egy kulcs – emelte fel a szőnyegen heverő tárgyat. Biztosan kiesett valamelyikük zsebéből ebben a nagy sietségben. Lehajolt, hogy felemelje, közben meglátott egy milliméternyi gyűrődést a függönyön. Gondos kezekkel megigazította a szerinte zilált függönyt, közben akaratlanul is kilesett a kertbe. Akárcsak az előbb David, Rose Mendez is lemerevedett. – Istenem, Mariann kisasszony! – suttogta elsápadva és ő is elejtette a kulcsot.

•

16

A délutáni nap a felhők mögé rejtőzött, nem melegítve tovább a még szinte csupasz faágakon át a hintázó Kimberlyt, aki megborzongott. Óvatosan kinyitotta szemeit és kézfejével dörzsölgetni kezdte karjait. Hol is hagyta a kardigánját? Nem emlékezett rá, mikor és főként hova tette le. Talán a teraszon lehet – igazgatta meg a kibomló sálat.

- Szia kutyus! Nem is vettem észre, hogy mikor jöttél ide – nézett le a hinta alatt bóbiskoló jószágra, aki meleg szemével a lányra hunyorgott és lelkesen rázta a fenekét, farok híján. Kedvesen megpaskolta fejét az eddig még nem látott ebnek, aki ezt láthatóan jól fogadta, elnyújt a földön és további simogatásért a hasát kínálta fel. – Okos kutya, szép kutya – gügyögött az állatnak Kimberly a simogatás közben, még mindig a hintán ülve. - Te, megrágod a lábam – szidta meg kedvesen az állatot, amikor az bekapta a cipőjét.

Megállt egy pillanatra és a házra meredt. Borzongás futott végig rajta és szentül meg volt győződve, hogy valaki figyeli. Felpillantott az első emeleti ablaksorra és biztos volt benne, hogy az egyiknél a függöny meglibbent.

•

Ugyanebben a pillanatban David úgy ugrott hátra az ablaktól, mint akit megperzselt valami. Tétován hátrább lépett még kettőt, de továbbra is a hátsó udvart figyelte apja dolgozószobájából. Tisztán érezte, hogy a lány a függönyön keresztül is észrevette, érzékelte, hogy valaki nézi. Ez meglepte Davidet, mert nem hitt a megérzésekben, az pedig nyilvánvaló volt, hogy látni nem láthatta. Tekintetével követve a lány minden mozdulatát, ahogy áruló kutyáját kényezteti. Közben észlelte apja tipródását is, aki gondterhelten sétált fel-alá a szobában, harmadszor kerülve meg a tárgyalóasztalt, láthatóan keresve a szavakat. Minden bizonnyal őt is felzaklatta a látvány, mert meglehetősen nyugtalan volt; sőt, talán soha nem látta ilyen nyugtalannak. Biztosan benne is kavarognak az emlékek – gondolta, nem is sejtve, hogy apja ezen már rég túltette magát.

- Nos, fiam – kezdett hozzá végül -, egy nagyon-nagyon kényes ügyről van szó. Nem is tudom, hol kezdjem el – akadt el újra, majd úgy döntött, hogy önt magának egy kis szíverősítőt. Ha már az előbb úgyis elfelejtette.

Két nagy korty után leült az egyik hatalmas bőrfotelba, mire David is hátat fordított az ablaknak, rögtön elfelejtve, hogy valami felkorbácsolta az előbb. Sőt, türelmetlen lett, idegesen nézve az óráját. El fog késni a buliból! Arról nem beszélve, hogy emiatt a csitri miatt most az autóról is le kell mondania... pedig megígérte a haveroknak, hogy abban fog virítani... szép kis lebőgés!

- Üljél le kérlek – intett a másik fotel felé John Wilson, engedékeny hangon, nem nézve rá. Komoly és fontos dologról lesz szó, melyben egyben a segítségedet is kérem.

Lassan körvonalazódni kezdett benne, mit is tegyen; azonban fiának egyelőre még nem akarta elárulni, hogy más esti programot talált ki neki.

- Érthetően nem mondd neked semmit a Beckett név – nézett fiára, aki üres tekintettel bámult rá vissza. Na és a Morrison-féle megrendelés? – John az üveges tekintetet látva szomorúan állapította meg, hogy 34 éves fiának már tényleg ideje lenne felhagynia a lumpolással és a léha élettel és több időt tölteni a cégnél heti fél napnál. Belemerülni az üzleti életbe! Elvégre egyszer, talán nem is olyan sokára neki kell átvennie mindent! Ott a hatalmas irodája, az üres íróasztalával. Ott van az üzleti szakon végzett diplomája, amit soha nem is vett igénybe. Vajon emlékszik-e egyáltalán még valamire a megszerzett tudásból? Talán pont most jött el az ideje, hogy ténylegesen is bevezesse az üzleti életbe fiát – döntötte el. – Na és a Bergen Corporation? – próbálkozott újra. Az már biztosan ismerős!

- Igen, az igen – bólintott David. Az új üzemegység, amit meg kívánsz szerezni, amely így teljessé tenné a horizontális lefedettségünket. A járműipari részesedésünk ezzel a régióban gyakorlatilag 100% lenne - adott tökéletes választ a kérdésre David, láthatóan némiképp megnyugtatva apját, hogy a fia azért mégis képben van az üzletet illetően és legalább elolvassa a cégbeszámolókat. Ez azonban nem mentesíti, sőt! – kezdett kibontakozni előtte új terve. De arra ráér, most viszont a jelenre kell koncentrálnia.

- Igen, arról van szó. Szóval, hogy is mondjam... - lett ismét akadozó a beszéde – szóval én azt az üzemegységet, azt én nem hagyományos úton kívánom megszerezni. Érezte, hogy a homloka ismét gyöngyözni kezd és sejtette, hogy ezzel kapcsolatosan sajnálatosan nem utoljára.

18

Ilyen alkalmakkor egyre inkább felmerült benne az a gondolat, hogy lassan tényleg szeretne visszavonulni. Ezek a pillanatok egyáltalán nem hiányoznának neki. Milyen jó is lenne nem bejárni minden nap, nem benn dolgozni látástól vakulásig, nem idegeskedni minden miatt; hanem csak nem csinálni semmit. Vajon meddig bírná? Nem sokáig... - mélázott el.

- Akkor hogyan? – szólt David és még csak a szeme sem rebbent. Megszokta apja kis svindlieit, amiket ügyes – és főként túlfizetett – ügyvédjei tökéletesen megoldanak.

- Hát, szóval, nem klasszikus üzletre, adás-vételre gondolok...

- Apa, nem érek rá itt egész este! – türelmetlenkedett kissé, na azért nem túl nagyon, nehogy felhergelje apját. Szóval?

- Szóval adósság fejében fog hozzám kerülni. A félresikerült Morrison-féle megrendelés, a kényszer hogy szóba álljanak velünk. Szóval egy jól elejtett információ gyanánt törlesztésként. – David egy szót sem értett apja kusza mondataiból, ami azért is furcsa volt számára, mert mindig teljesen világos és egyértelmű volt.

- Úgy érted, hogy ez a hogyishívják Beckett tartozik neked? – reagált odáig, ameddig értette az előbb elhangzottakat. Próbálta összerakni apja érthetetlen félmondatait. Miért is? – téve hozzá, mert nem emlékezett, hogy üzleti kapcsolatban álltak volna. Bár apjánál ki tudja... De egyáltalán nem emlékezett erre a névre, hogy a cégtulajdonosok között lenne. Akkor meg ki?

- Az úgy volt, hogy kártyáztunk... elég nagy tételben. És ott volt ez a Beckett is. Egy kis senki ördög. És vesztett. Aztán aláírt egy váltót, majd még egyet, aztán már nem volt mit aláírni... - David elnyomott egy ásítást, unta apja kártyázós ügyeit. Jó játékosként mindig ugyanaz a nóta szokott lenni, valami értékesebb akad a horogra.... - Aztán egy ötlettel állt elő: információátjátszással a Bergenről, ahol dolgozik – folytatta apja. Az új megrendelésről és a jövőbeni tervekről. Az üzleti jelentésről, melyet meg tud szerezni, mert a felesége ott dolgozik takarítóként az igazgatóságon. Ez már David érdeklődését is felkeltette, izgatottan hajolt előre a székben. Hiszen nincs értékesebb információ a versenytárs jövőbeni terveinél! - Most jött ki az első negyedéves előzetes jelentésük – mutatott fel egy papírt. A többi pedig ma érkezik – biccentett az ablak felé.

- Mi köze mindehhez ennek a kislánynak? – érdeklődött David. Valahogy rossz érzése kezdett lenni.

- Szóval a lány is az üzlet része volt. Ő hozza a papírokat, hogy ne legyen feltűnő. És ő... izé, a biztosíték.

- Hogy? – futott fel David szemöldöke. Biztosíték? – hökkent meg az ügy szokatlanságán. Mi ez, a középkorban vagyunk? Lányokat adunk-veszünk? – morfondírozott.

- Én kötöttem ki, hogy nehogy az apja visszakozzon, vagy árulkodjon. Nálunk marad, amíg az üzlet lebonyolódik. Remélhetőleg hétfőn estig.

•

Kimberly úgy ítélte meg, hogy mostanra már talán hajlandóak lesznek fogadni. Nem mintha sürgette volna az ügyet, sőt, részéről el is tekintett volna az egésztől. Ugyan nem értett a jogi kérdésekhez, sem a tőzsdei és pénzügyi manőverekhez, az azonban egyértelmű volt számára, hogy a gyárral kapcsolatos machinációról van szó. Apja csak annyit mondott, hogy menjen oda, vigye el ezt a dossziét és viselkedjen rendesen. Ott lesz egy pár napot és nem lesz semmi baj. Legyen engedelmes és tegye meg, amire kérik. Ha pedig ügyes lesz, lehet hogy segítik az életben való boldogulását, akár a továbbtanulását is. Tudta, hogy ezzel lányát kellőképpen motiválhatja, aztán majd meglátják. De miben lesz ügyes? Miért nem mondott többet apja? Hogy mehetett bele ebbe? – háborodott fel a szomorú tényeken.

Persze belenézett az érthetetlen papírokba és abból jött rá, hogy apja üzleti titkokat ad ki. Emellett bár nem tudta, miért, de nagyon úgy nézett ki, hogy apja egyszerűen és szimplán áruba bocsátotta egyetlen lányát. Legalábbis ebből azt lehetett leszűrni... legyen ügyes. És ki tudja, mire fogják kérni? Mi ez, ha nem a középkor? Nem akkor adták el az apák a lányokat jó pénzért, mint holmi árut? Hiába könyörgött, hogy avassák be a részletekbe, többet nem mondott neki. Ordítva elzavarta, hogy mit kíváncsiskodik és minek üti a fejét a férfiak üzleti dolgába. Úgysem értene semmit.

Lassan bandukolva közeledett a ház felé, nyomában új ismerősével, aki szemlátomást megkedvelte. A teraszra érve jutott eszébe, hogy a pohár ott maradt a hinta alatt. Azonban már nem volt ideje visszamennie érte, ugyanis Mrs. Mendez rögtön megjelent és kérte, hogy fáradjon utána. Kimberly így szomorú pillantást vetett az ottmaradt süteményekre, melyekből még egyet szeretett volna elfogyasztani indulás előtt, de aztán figyelme az előtte álló feladatra összpontosult. Ha minden igaz, ez lesz élete legfontosabb megbeszélése, ami kihathat a jövőjére. Határozottnak kell lennie. De miben is? Talán mégis jobb, ha meg sem szólal, csak ha kérdezik. Felkapta kardigánját és vállára terítve követte a hölgyet befelé a házba.

Zavartan nézett körül ismét a tágas nappaliban, ezúttal felfedezve a benne rejlő pompát és hivalkodást. A termet bordó bársony uralta, elnyomva ezzel mindent. Ahogy óvatosan körülnézett figyelmét már nem a berendezés kötötte le. Sokkal inkább az, hogy észrevette, a talpára jelentős mennyiségű sár tapadt, mely most szép óvatosan és egyenletesen a szőnyegen szóródik szét, minden lépését követve. Szégyenkezve állt meg a hall közepén, fejével jelezve az irányt Mrs. Mendez számára, hogy mi történt. Az asszony csak mosolygott és az ajtó felé biccentett, ahol jól kivehetően sáros kutyanyomokat rejtett a szőnyeg.

- Na törődjön vele drágám, minden nap porszívózok – nyugtatta meg a lányt, aki erre megkönnyebbült.

Lassan haladtak felfelé az egyik elegáns lépcsősoron, amely kecsesen ívelt fel a fal mentén, majd a fordulót követően elbújt a kíváncsi szemek elől, nem engedve rálátást a nappalira. Újabb adag lépcső következett, az emeletre érve pedig ajtók egész sora tűnt fel.

●

Mindeközben a tárgyalóban éles vita folyt.

- Apa, nem gondolhatod komolyan, hogy a péntek estémet kislányok társaságában kívánom eltölteni! Mi vagyok én, babysitter? Arról nem is beszélve, hogy nem vagyunk már a középkorban! – fejtette ki véleményét. Hogy kérhetted meg arra, hogy adja el a lányát! – berzenkedett apja felháborító viselkedésén és némi emberi érzésként átfutott agyán, hogy

21

szép kis ember lehet az olyan is, aki ebbe belement. Ha megfőzted a levest, egyed is meg, engem hagyjál ki az egész ügyből! – ütött meg erősebb hangot David, amit apja kivételesen elengedett füle mellett.

- Én nem tudnék mit kezdeni vele! – érvelt védekezésként. Hozzád mégiscsak közelebb áll korban. Vidd el vacsorázni vagy mit tudom én, annyit kibírsz!

- Apa, ne ködösíts nekem, kérlek. Itt ennél többről van szó és én szeretném végre tudni, mi áll az egész mögött. Úgyhogy vagy elmondasz mindent részletesen, esetleg megmutatod azt a váltót, vagy pedig kimegyek ezen az ajtón és egy hét múlva jövök csak haza, mikor már mindennek vége!

- Hogy merészelsz így beszélni velem! – üvöltött fel John, megunva fia szidalmait. Felpattant a fotelből és fia fölé tornyosulva egyenesen a szemébe nézve folytatta: Én vagyok az apád, én tartalak el, így kötelességed pontosan azt tenni, amit mondok! Szóval ha én azt mondom, hogy elmész vele vacsorázni, megkörnyékezed, kiszeded belőle tud-e valamit a gyárügyről, akkor azt teszed! Vidd el valami elegáns helyre, kényeztesd vagy mit tudom én, majd te kitalálod! Biztos vagyok benne, hogy könnyen leveszed a lábáról egy kis csillogással! Nekem dolgoznom kell! Indíts, kápráztasd el, nehogy rosszat gondoljon rólunk. Tudd meg, mi tenné boldoggá! – egy árnyalatnyi szünet után mérsékeltebb hangon folytatta: - Nincs jobb a nyugodt ügyfélnél, ezt jegyezd meg, fiam! Már csak az hiányzik nekem, hogy ez az ideges kis Beckett keresztbe tegyen nekem. Ha megtudja, hogy a lánya boldog, az biztosan megnyugtatja. Holnap pedig mindenről beszámolsz nekem! És nagyon melegen ajánlom, ne cseszd el!

- Apja a telefonját emelte és további utasításokat adott – ezúttal már nem neki. David kavargó fejjel, döbbenten ült a székben és teljesen lefoglalta még mindig az, ahogy két férfi „árut cserélt".

John Wilson eközben egy sor telefont intézett el. Miután befejezte, távozása előtt még hozzátette az elhangzottakhoz:

- A lányt a másik irodába kérettem – biccentett a szomszédos ajtó felé. A dossziét hagyd az asztalon, aztán vigyed el ma este innen. Most lemegyek enni, utána meg bemegyek a városba, holnap reggel jövök – azzal hátba verte fiát. Nyugi, rutineljárás!

22

David megsemmisülve ült tovább a fotelben; a kellemesnek ígérkező estéje és tervei teljesen dugába dőltek. Jó pár percbe beletelt, mire összeszedte magát. Lassan állt fel a fotelból, semmi kedve nem volt a rá váró estéhez. Vacsora egy kislánnyal, faggatózás, puhatolódzás.... Ahelyett, hogy a haverokkal gyorsulási versenyt rendezzenek! Fel is hívja őket, hogy késni fog – döntötte el. A kislányt gyorsan lepaterolja és rendben is lesz! Igen, így már rendben lesz! – lelkesedett fel ismét és rögtön a telefonjáért nyúlt. Közben meghallotta, hogy a szomszéd szobának nyílik az ajtaja. Ezek szerint megérkezett. Tipródott egy kicsit, hogy vajon várassa-e a kislányt, és ha igen, meddig? Nyugtalanul járkált fel-le, közben még zaklatottabb lett attól, hogy ideges. Egy lánytól. Egy kislánytól.

•

Ezalatt a szomszéd szobában Kimberly nyugtalanul fészkelődött a helyén, eltörpülve egy világosbarna szédületesen széles bőrfotelban. Nem törődve az elegáns berendezéssel, a tulajdonosáról sokat eláruló tárgyakkal, mereven csak a szemközti ajtót figyelte, onnan várta az érkezőt. Vajon milyen lesz? Bizonyára jó negyvenes-ötvenes, pocakos, öntelt – borzongott bele. Biztosan családja sincsen és képes egyedül lakni ebben a kastélyban! Nagyon félt tőle, hogy esetleg valami olyasmit is ígért neki az apja, amiről nem tud. Összerázkódott a gondolatra. Ha már nagykorú lenne... Összeszorított fogakkal, de illedelmesen ugrott fel a helyéről, amikor az ajtókilincs megmozdult, majd tágra nyílt szemmel meredt az érkezőre.

Minden várakozásával ellentétben egy fiatal, jóképű ifjú lépett be magabiztosan, kifogástalan öltözékben, méretes illatfelhőbe burkolódzva. Kimberlyt szinte sokkolta ez a váratlan helyzet és biztos volt benne, hogy tátva maradt a szája! Érezte, hogy lábai teljesen remegni kezdtek és az ájulás kerülgette. Szemei elhomályosultak és kicsit megtántorodva nekidőlt a fotelnek, nehogy elveszítse egyensúlyát. – Kimberly, szedd össze magad, nem lenne a legjobb belépő, ha egyenesen a karjaiba ájulnál! – szidta meg önmagát, hátha ez segít valamit. Eszébe jutott

23

kedvenc sorozatának magabiztos főszereplőnője. Ő biztosan nem így viselkedne... Felnézni továbbra sem mert, ahhoz még bátorságot kell gyűjtenie! Azt azonban szerencsére meglátta, hogy egy kéz közelít feléje, mire engedelmesen beletette sajátját. Jól jött ez a kis támaszték, mert el kellett távolodjon a foteltól. Érezte, amint a férfi nagy és meleg tenyere elnyeli az ő aprócska és hideg kezét, miközben képes volt arra, hogy bátortalanul a nevét makogja. Hallotta, hogy a férfi a David Wilsonként mutatkozik be. Szóval ő az...

A kézfogás nem akart abbamaradni. Hogy ő fogta-e tovább a férfi kezét, vagy amaz nem engedte el, az már soha nem fog kiderülni. Feltehetően mindketten részesei voltak; az instabil Kimberly talán attól félt, hogy ha elengedi a másik kezét, akkor összerogy, David pedig bizonyára azt szerette volna elérni, ha a lány végre a szemébe néz. Mindkettőjük célba ért: a lány végre elég erősnek érezte magát ahhoz, hogy lazítson a kézfogáson azzal, hogy felnézett a férfira.

David szinte fölé tornyosult. Áthatóan nézett lefelé, vagyis rá, gúnyos mosollyal mérte tetőtől talpig végig. Kimberly zavartan kapta el tekintetét és minden bizonnyal el is pirult.

– Kérem, foglaljon helyet – mondta elégedetten és szenvtelenül, a házigazda teljes nyugalmával, közben ő maga is helyet foglalt. Kimberly talán még soha nem örült ennyire annak, hogy leülhetett. Bár szántszándékkal akart kislányos benyomást tenni, reménykedve, hogy 16 évesnél többnek nem nézik, nem kellett túlságosan erőlködnie. Valóban kislányosan viselkedett. Percekig idegesen babrálta barna hajának a vállán nyugvó tincseit, lassan kezdve visszanyerni önuralmát. Nem számított arra, hogy ilyen lesz a házigazda és ez volt az, ami teljesen összezavarta - gondolta. Közben alulról felfelé haladó tekintettel észrevétlenül próbálta megfigyelni a szemközt ülő ellenséget. A férfi azonban egyáltalán nem tűnt félelmetesnek, bár tipikusan nemének azon példánya volt, melyektől a kedvenc filmjeiben az anyák óvják ártatlan lányaikat. Macsó szívtipró – állapította meg egyből, titkon azonban beismerte magának, hogy nagyon is, túlságosan is vonzó. Sötét sűrű haj, sötét, szinte fekete szem, markáns férfias áll, na meg persze a lefegyverző mosoly, mellyel ki tudja, mi a terve. És ez a bódító illat... Ugyan nem értett a divathoz, igazi nő lévén azt azonban egyből meg tudta állapítani, mi az elegáns és értékes öltöny. Ez pedig egy kisebb vagyont ért!

Nem is sejtette, hogy mindeközben a férfi miket gondol róla! David egy fél pillantást vetve a lányra egyből megállapította, hogy 16 évesnél nincsen több. Nem is beszélve arról, hogy a számára jelentéktelen kislány minden bizonnyal könnyű préda lesz és tíz perc után már a tenyeréből fog enni! Azt is látta, hogy gyorsan meg tud tőle szabadulni, hiszen milyen zavarba jött tőle. Sőt, el is pirult! Mennyire gyerek! És mi ez a borzadály rajta, csak nem egy iskolai egyenruha?

Kimberly tekintete felért a házigazda szeméig. Bár nem állt szándékában, de meglátva az önelégült mosolyt, magát is meglepve keményen állta a férfi pillantását. – Ne felejtsd el, ez a férfi érzéketlen és sportszerűtlen. Felrúgva az üzleti szabályokat, csellel, hátulról akar újabb vagyonhoz jutni, kihasználva a kiszolgáltatottakat! Minden olyat képvisel, amit a lány egész életében utált és megvetett, mert neki nem volt olyan. Úgy ítélte meg, hogy az ilyenek miatt szenvednek ők. Hogy miatta kényszerülnek bele egy olyan helyzetbe, mint az apja is, hogy aztán eladja a családját – mondogatta magában Kislányossága ebben a pillanatban háttérbe szorult és helyette a felelősség súlya alatt váratlanul megjelenő felnőtt nő vette át a helyet. A gazdagokkal szembeni felhalmozódott gyűlölet átsugározhatott szemein, mire David arcáról lehervadt a mosoly és pillantását is elkapta róla.

Kezdetnek nem rossz – állapította meg elégedetten a lány, újra kislányos attitűddel és továbbra is csöndben ült. Csak tudják, hogy engem nem vehetnek meg! Még az esetleges továbbtanulása sem érdekelte ebben a pillanatban. Ha akarnak valamit tőle, majd megkérdezik, ő biztosan nem szólal meg – tökélte el előre önmagában dacosan, elhelyezkedve a fotelban. David eközben romokban hevert és fogalma sem volt róla, mit tegyen. Egy dacos és gyűlölettel teli ifjú hölgy ült vele szemben, aki láthatóan naivan, de mégis határozottan viselkedett. És fogalma sem volt, miért is utálja ennyire ez a kislány. Hiszen még nem is találkoztak eddig! Biztosan tud valamit....

Jobb, ha a saját terepén folytatja – döntötte el.

- Nos, ha jól tudom hozott nekem valamit – kérdezte udvariasan. A lány bólintott és átadta a dossziét. - Akkor szerintem egy vacsora közben jobb lenne megbeszélni a hétvégét és a... izé, terveket – állt fel David, jelezve, hogy el kívánja hagyni a szobát. Kimberly szó nélkül követte.

•

A nyitott piros sportkocsi csak úgy repesztett végig a bekötőúton, majd rákanyarodott az országútra. Utasai az indulás óta nem szóltak egymáshoz, amihez most felettébb jó indokot is szolgáltatott az, hogy nem is nagyon hallhatták volna egymást. A motor hangosan berregett, a szél süvöltött, Kimberly pedig újra nem mert a mellette ülőre még csak ránézni sem. Inkább erősen jobbra fordított fejjel a tájat nézte. Lelke mélyén azonban mosolygott és élvezte az út minden egyes pillanatát. Kedves szappanoperáiban hányszor, de hányszor látta, hogy a gazdag fiú megjelenik a méregdrága autójával és a szegény lányt elviszi egy körre. Ezeken a sorozatokon nőtt fel, de tudta, hogy mindezek csak mesék. Vagy ezek szerint mégsem? Tessék: mégis mindez a valóság! Létezik olyan, hogy az álom valóra válik! Mindig is titkos vágya volt kipróbálni, milyen is lehet egy nyitott kocsiban száguldozni és most ez teljesült! Bárcsak más ülne mellette...

Nem is gondolt bele, hogy mennyi minden maradt ki a fiatal életéből tini korában, melyből még azért egy év hátravolt. Utálta a diszkókat, a hangos zenét, az italozást és a randalírozást – legalábbis ezt állította. Az igazság viszont az volt, hogy soha nem is hívták. Nem is tellett volna rá és ha igen, apja biztosan nem engedte volna el. Nem voltak közeli barátai, hogy is lehettek volna! Apja bár alig foglalkozott vele, arra azonban gondosan ügyelt, hogy mindentől és mindenkitől eltiltsa.

Ezalatt David fél kézzel, tapasztalt vezetőként tartva a kormányt mereven előre bámult az egész út alatt. Magába szállva nyolcadszorra ment végig mindazon, amit tudott, de a konklúzió továbbra is ugyanaz maradt: nem tudott semmit! A lány bár nem úgy néz ki, mint aki képben lenne, de lehet, hogy tud valamit! Valami aprócska kis információt, amit ő nem. Ez pedig felettébb bosszantotta! Így csak arra a minimális tényre hagyatkozhatott, hogy a lány gyűlöli valamiért, mármint nem őt, hanem az apját, de a szerepcseréről biztosan nem tud. Miért nem mondott semmit? – gondolt enyhe gyűlölettel apjára. Miért van az, hogy semmit nem oszt meg vele, nem bízva a saját fiában sem? Így persze, hogy nem jár be dolgozni, minek is. A gyár hétfőn az övék, már ha hihet az apjának, de vajon mit kapnak ők cserébe? Mit tud és mit szeretne a hallgatásáért? Ezt kell kiderítenie!

Lassan elérték a várost, ahol a szombat délutáni forgalom igencsak gyér volt, az esti viszont még szerencsére még nem kezdődött el. David kedvetlenül nézett az előtte álló program elé és minden idegszála tiltakozott ellene. Az meg csak még jobban bosszantotta, hogy útitársa nem szól hozzá! Bár mit is mondhatna olyat, ami érdekelné? Hiszen olyan jelentéktelen, hogy egy pillantásnál többet nem is ér. Szórakozottan dobolt a kormányon az egyik piros lámpánál, mikor mobilja váratlan csörgése zökkentette ki az elmélkedésből.

- David – mordult bele a telefonba. Kivételesen azok közé tartozott, akik nem szeretnek fél kézzel, vezetés közben telefonálni, nem beszélve arról, hogy most még fültanúja is volt. Ez a dög szuper intelligens telefon pedig nem írt ki számot! Vajon ki lehet az? – Á! – reagált az ideges női hangra, ügyelve, hogy ne ejtse ki aktuális cicababájának, Monique-nek a nevét. A nő tombolt és David biztos volt benne, hogy ki lehetett hallani szidalmait a készülékből, olyan hangerővel jöttek. A francba, teljesen megfelejtkezett róla, a szőkeség pedig ezt nem hagyta annyiban! Azonnali jelenést követelt. David feszült lett: az utóbbi időben kezdett lassan elege lenni a lányból de ez a hívás mindennek betett. Egy jó órát kell nyernie, hogy lerendezze... muszáj odamenjen, mert különben elkezd kérdezni és az meg jóra nem vezet. – A forgalom, de ott vagyok öt perc múlva – mormolta a telefonba és kinyomta.

Dühösen nézett jobbra és megkönnyebbülve látta, hogy a lány teljesen elmerül a környék tanulmányozásában. Kimberly ugyanis még soha nem járt az elegáns belvárosban és lenyűgözve bámulta a hömpölygő embertömeget és kirakatokat. Lehet, hogy nem is hallott semmit a telefonból? Különben is, mi köze hozzá! Meg nem is érdekli. Most hogy rázza le?

Mereven előre meredt és hirtelen megakadt a pillantása a megoldáson. Éles és főként teljesen szabálytalan kanyart vett a dupla záróvonalon; három autónak kellett nagyot fékeznie, melyet erős dudaszó mellett jeleztek is. Davidet mindez egyáltalán nem érdekelte, ahogy az sem, hogy a parkolást tiltó tábla ellenére állította le autóját a város legnépszerűbb – és persze legdrágább – divatszalonja előtt. Ez biztosan tetszeni fog a lánynak! Nem beszélve arról, hogy akár egész évre itt is hagyhatná, tudnának mit kezdeni vele! Meg addig talán felnőne – gondolta gunyorosan.

Kimberly meglepetten riadt fel a váratlan kanyar és fék után és csak akkor ocsúdott, amikorra David már az ajtót nyitotta ki neki.

- Jöjjön – nyújtotta mosolyogva a karját felé, aki ezt a szokatlan figyelmességet elfogadta, majd teljesen belefeledkezve nem is engedte el. Az új környezet miatt kissé megszeppenten csimpaszkodott bele a férfiba. Nem tudta, mi vár rá. David óvatosan próbált megszabadulni a ragaszkodó kéztől, aztán letett róla; végül is nem zavarta annyira. Egy pillanatra szokatlan érzés kerítette hatalmába, amit nem tudott mivel megmagyarázni. Aztán újra eszébe jutott kishúga, akit szintén így kísért egykor.

David határozottan indult meg a szalon felé, amitől a lány csak még jobban megrémült. Hogy kell itt viselkedni? Amint meglátta az elegáns boltot, leesett az álla.

- David! – fogadta kitörő lelkesedéssel a középkorú asszony a boltba lépőket és kitárt karral közeledett feléjük, hogy hatalmas puszikat adjon a férfinak. Kimberly ekkor vette észre, hogy még mindig Davidbe kapaszkodik és gyorsan elengedte kísérője karját. A férfi felszabadult kezével levette napszemüvegét, majd átkarolva az asszonyt két hatalmas puszit adott neki.

- Doris, de rég láttalak, Istenien nézel ki! – szorongatta meg a negyvenes hölgyet, majd felemelve karját megpörgette maga előtt. Nagyon jót tett neked a világ körüli utazás, mintha kicseréltek volna! – hízelgett neki. Mesélj, történt valami izgalmas? Hogy van Gregory? – ragadta karon, magára hagyva a zavarában az egyik lábáról a másikra álló Kimberlyt.

- Már megint én vagyok a felesleges harmadik! – állapította meg kicsit sértődötten és durcás kislányként elindult körülnézni a boltban. Sértődöttsége egy pillanat alatt elszállt. Ennyi csodás ruhát, kiegészítőt és még ki tudja, mi mindenre való apróságot nem látott egy helyen!

28

Mennyi elegancia! Belefelejtkezve mindenbe óvatosan érintette meg az épp útjába kerülő kalapokat és fejfedőket. Csodálatosak voltak! Kimberly el sem tudta hinni, hogy egy ilyen boltban van. Magától soha nem mert volna bejönni, meg biztosan be sem engedték volna a ruháiban, és most meg tessék, itt van! Az álom folytatódik! Talán kap valami szépet is – futott át rajta a lelkesedés és megállapította, hogy bármit akarnak is neki adni, azt készségesen elfogadja. És ő még félt, mikor lehet, hogy ilyen meglepetések várnak rá egész hétvégén? De a férfi akkor sem lesz egyszerre szimpatikus, még ha az egész boltot neki adja is. Ő nem megvehető!

Jó öt perc múlva nevetgélve álltak meg újra a háta mögött.

- Nos, Doris, lenne egy kis feladatod – köszörülte meg a torkát David. Bemutatom neked ezt az ifjú hölgyet, Kimberlyt. Őt kéne elegáns kisasszonnyá varázsolnod, mert ma este bálba viszem! – kacsintott rájuk. Egy kis átalakítást kérek; ruha, cipő, meg ilyesmik, de ezt te jobban tudod! Van rá úgy – nézett az órájára -, úgy egy jó órád. Fél nyolcra itt vagyok érte! – azzal puszit dobott a levegőbe és már ki is viharzott a boltból, két olvadozó kisegítő és három hölgyvásárló legnagyobb bánatára.

Kimberlyt jóleső izgalom kerítette hatalmába: felcsillant a szeme a gondolattól, hogy elegáns estélyi ruhában, csinosan, mint egy igazi hölgy bálba mehet! Kap egy új ruhát meg mi mindent, olyanokat, amiről eddig csak álmodott! És mindez vele történik meg? Apja mégiscsak jót akart neki!

Szomorúan kellett szembesülnie az újabb megaláztatással: a férfi távozása után Doris lelkesedése ugyanis meglehetősen megcsappant. Kimberly csalódottan jött rá, hogy a kedvesség csak kirakat és kizárólag David pénze érdekli, más nem. A nő lesújtó pillantásokkal nézett végig rajta, majd rámutatott a próbafülkére, hogy oda menjen be, hamarosan küld neki ruhákat is. Addig is szabaduljon meg a nevetséges gönceitől. Személyesen nem foglalkozott vele többet, egy fiatal és legalább annyira fennhordott orrú lányt küldött maga helyett a ruhákkal. Kimberly már nem először élt át hasonló helyzetet és keserűségét igyekezett háttérbe szorítani. Szeretett volna ezen a hétvégén csak a pillanatnak élni!

A hozott ruhákat meglátva rosszkedve el is tűnt és bizonytalanul nézegette a szebbnél-szebb darabokat. Melyikkel is kezdje a próbát? Két ruhát kapásból kizárt, túl kivágottnak ítélte meg őket. Szíve a szürke egyszerű szabású ruha felé húzott, de aztán kíváncsisága mégis arra ösztönözte, hogy egy lángvörös estélyit fejtsen le a vállfáról. Úgysem lesz ilyenre alkalmam soha – megállapítással izgatottan húzta magára a hosszú selyemruhát. A hűvös anyag mint második bőr, úgy simult karcsú testére, kihangsúlyozva vékonyságát. Kimberly izgatottan fordult meg a tükör előtt és megnézte a ruha hátát is, ami rafinált fűzőt rejtett. Az egyenes szabású, disz nélküli ruha oldalt volt felvágva, tetején apró hímzett virággal. Tudta, hogy megvan, amit keresett.

Úgy érezte magát, mint Hamupipőke. Kikerekedett szemmel nézte azt a hölgyet, akit a tükörben látott. Tényleg ő lenne? Fordult jobbra és balra és álmélkodva bámulta magát. Soha nem gondolta volna, hogy egy ruha ennyit öregít. Mégis a ruha teszi az embert? Lelkesen elhúzta a függönyt, hogy megmutassa magát valakinek, de látta, hogy nincs ott senki. Sebaj, legalább végigpróbálom mindet. Ha már nem törődnek velem...

Még egy kicsit bámulta magát a tükörben, majd megvált tőle – persze csak ideiglenesen. Biztos volt benne, hogy ezt fogja választani, de kíváncsi volt a többire is. Egymás után vette fel a teljes odahozott kínálatot. Nehogy panasz érje, hogy nem volt készséges, ha már ennyit fáradtak miatta és ezt a sok ruhát mind odahordták. Volt ott mindenféle színű és szabású, de egyik sem nyerte el tetszését annyira, mint a legelső. Az időközben visszanéző kisegítő hölgyből pedig tényleg kisegítőt faragott: odarendelt eggyel kisebb meg nagyobb meg más színű ruhákat vagy még ötöt. Mindezt kedvesen és mosolyogva, ahogy illik, de belül nagyon is élvezte, hogy ugráltathat valakit. Elvégre most ő a fizető vásárló, még ha úgy le is nézik. Végül méltóztatott felvenni ismét a vöröset és kijelentette, hogy azt választja.

Elégedetten távozott a fülkéből, hátán a lifegő címkével, majd bizonytalanul állt meg a pénztár mellett. Sehol nem látta Dorist se azt a másik libát. Most mi lesz? Egy pillanatra elfogta a kétségbeesés: mi van, ha David nem jön vissza érte? Aztán elhessegette a gondolatot.

- Cipőt nem óhajt a ruhához? – kérdezte meg udvariasan egy másik eladó, amint lenézett a lábára, meglátván a kissé viseletes vászoncipőjét.

Pár perccel később új topánkában és finom stólával a vállán ismét a pénztár körül ögyelgett. Az előbbi kedves eladó újból megszólította:

- Ha gondolja, szívesen feltűzöm a haját, az szerintem sokkal jobban állna Önnek.

Kimberly nem tudott hova lenni meglepetésében.

A bolt raktár részében szakavatott kezek próbálták megidomítani öntörvényű fürtjeit és némi festéket kentek a szeme köré.

•

Kimberly bizonytalanul állt meg az áruház egyik nagy tükre előtt és furcsán nézett a tükörképére. Nem hitt a szemének: egy igazi, elegáns hölgy állt vele szemben, akit nem ismert! Ragyogó szemekkel forgolódott jobbra és balra, hogy még jobban tanulmányozhassa magát. Ez tényleg ő lenne? Ennyit tesz egy csodás ruha, egy frizura és egy kis szemfesték, hogy saját maga sem ismeri fel önmagát? Ez hihetetlen! A szemei csak úgy világítanak.

Doris állt meg mögötte és nem lehetett nem észrevenni rajta, hogy nem ismerte meg elsőre.

- David minden bizonnyal elégedett lesz – állapította meg hangosan, mire Kimberlyt kisebb pánik fogta el. El is felejtette, miért van itt, de most újra eszébe jutott. Visszavágyott a saját kislányos ruháiba, amelyikben tényleg önmaga volt. Attól félt ugyanis, hogy így nem lesz ura a helyzetnek. Menekülj! – jött a belső hang. Legszívesebben elszaladt volna messzire, oda, ahol senki nem ismeri és ahol új életet kezdhet. De eszébe jutott apja utasítása. Maradnia kell.

Lassan már háromnegyed nyolc is elmúlt és David sehol nem volt. A boltban rendesen volt forgalom így már ügyet sem vetettek rá. Újabb vevők érkeztek új kérésekkel, lekötve teljes figyelmüket. Így a lány gondolataiba merülve kóválygott a boltban, fél szemmel figyelve a többi vásárlót. Aztán kiszúrta a pénztár melletti színes üvegeket. CSak nem parfümök? – lelkesedett fel és lecsavarta az egyik kupakot. Hapci! – tüsszentett a koncentrált illattól és gyorsan visszatette a polcra. Lekapott egy másikat és ahogy a tévében látta fújt egy kicsit a csuklójára, majd bedörzsölte a nyakát. Tetszett neki az illat. Lelkesen vett le még egy üveget, mellyel ugyanígy járt el, akárcsak a harmadikkal és a negyedikkel. Az ötödik üvegből meg egyenesen öntött a nyakára, nem ismerve a parfümök viselésének technikáját. A többféle bódító illat egészen a fejébe szállt. Illatfelhőjét maga mögött húzva sétált tovább a boltban, a kirakatot lesve.

Hirtelen megérezte, hogy hátulról figyelik. Biztos volt benne, hogy valaki őt bámulja. Direkt nem fordult hátra, már csak azért sem, mert érezte, hogy elpirult. Tudta, hogy David az; hiába a sok parfüm, megérezte az illatát. A férfi megállt a bejárat előtt, tétován nézett körül, a kelleténél tovább tartva rajta a szemeit, majd továbbmenve hátra Dorist kereste. Kimberly követte tekintetével a férfit, aki miután megtalálta Dorist, szabadkozott a 15 perces késés miatt és az ő holléte felől érdeklődött.

A lány most jött csak rá, hogy nem ismerte fel, ez pedig meglehetős elégedettséggel töltötte el. Persze, hogy jólesett hiúságának!

•

- Ez nem lehet, én egy kislányt hagytam itt, ez pedig egy komoly ifjú hölgy, aki itt áll – képedt el teljesen David, mikor látta az átalakult Kimberlyt. Soha nem gondolta volna, hogy egy elegáns ruha elég ahhoz, hogy bárki is így nézzen ki! És ilyen jól! Hozzá volt szokva ugyanis ahhoz, hogy a körülötte lévő hölgyek mindig olyanok, mintha egy elegáns divatlapból léptek volna elő és fel sem merült benne soha, hogy egy egyszerű ruhában, két kiló festék nélkül észre se venné őket. Csak nézte az előtte álló karcsú hölgyet, keresve benne azt a kislányt, akit itt hagyott alig egy órája. De csak az előtte álló nőt látta: Tekintete elmélázott nőies idomain, melyek most jelentősebb hangsúlyt kaptak. Érzékelte karcsú derekát és formás csípőjét, melynek kontrasztját a ruha csak még jobban kihangsúlyozta. Ennek a lánynak tényleg egészen jó az alakja, sőt! – futott át az agyán. Csak azt látta, ami előtte van, nem véve észre a továbbra is meglévő vékony, törékeny és bizonytalan kis lényt, aki olyan zavarban volt. Helyette már csak a női vonzerőt látta.

Kimberly a teljes mustra alatt úgy érezte magát, mint egy kiállítási tárgy, akit alaposan végigmérnek, mielőtt megvesznek. Nem kerülte el figyelmét mindez.

- Nagyon bájos lett! – mondta hangosan David és elégedetten a mögötte álló Dorisnak. Köszönöm! – tette hozzá még egyszerűen, miután visszakapta hitelkártyáját. Nem is tartjuk fel tovább! – azzal most önként karját nyújtotta a lánynak, aki ezt némi habozás után elfogadta. Életében nem érezte ilyen magabiztosnak magát. Felnőttnek.

- Hogy van? – törte meg a csendet a férfi, mialatt az időközben tetőt kapott autó felé vezette a lányt. Még mindig nem tudott napirendre térni az átalakuláson! Ez lenne az a kislány? Ez a nő már majdnem megüti a szintet. Mármint az „ez a nő érdekel" szintet.

- Köszönöm, jól – jött az automatikus és udvarias válasz.

- Elmegyünk vacsorázni, jó? – bár kérdés volt, de kijelentésnek minősült megállapítása. Kimberly örült a hírnek, mert már szörnyen éhes volt. Hol volt már a süteménynassolás?

A férfi fesztelen viselkedése, kedves – de egyértelműen mesterkélt udvariassága azonban kimondatlanul is irritálta a lányt. Tudta magáról, hogy naiv, de ennek még ő sem dőlt be! Ennyi önteltséget még soha nem látott! Az egészséges gyanakvás csak erősödött benne, tudta, hogy itt többről van szó.

David eközben teljes elégedettséggel helyezkedett el a kormány mögé. Mérhetetlenül büszke volt magára, hogy ilyen jól alakul az este. Két kedves mondat, egy kis jótékony átalakítás és máris nyeregben van! Ráadásul ezzel a külsejű nővel már meg is lehet jelenni. És ha még ügyesen játszik, akkor két óra múlva már csatlakozhat is a haverokhoz. A roham újabb állomása következett, a nőszédítés szokásos fokozataként. Módosítva eredeti elképzelését, egy menőbb étteremre gondolt esti programként.

– Járt már a Jamba Clubban? – kérdezte, miután beült és becsatolta a biztonsági övét. Kimberly csak ingatta a fejét, hiszen hogy is járhatott volna ott; de annyit beismert, hogy már hallott róla. Az volt a város legelegánsabb és legfelkapottabb helye.

A toronyépület bejárata előtt sorokban álltak a vagyonokat érő autók és Kimberlynek mosolyra nyílt a szája, amikor eszébe jutott apjának viharvert járműve. Mennyit könyörgött az anyja, hogy szabaduljon meg attól a benzinfaló szörnyetegtől, ám ő ragaszkodott az első csotrogányához. Lehet, hogy most úgy alakulnak a dolgok, hogy tud venni egy új autót is! – ragadta el a lányt a pénz közelségének varázsa.

Az épület maga volt a gazdagok szórakozó fellegvára, melynek legfelső emeleti üvegburája rejtette a híres éttermet. Még soha nem járt az épületben, a ruháiban talán még be sem engedték volna. Most hirtelen úgy érezte magát, mint egy vidéki, falusi liba, aki feljött a városba, pedig ő is itt élt. Soha nem gondolta volna, hogy ekkora társadalmi különbség létezik egyáltalán; így puccosan ugyanis szinte nem is érezte régi önmagát embernek. Ez kissé meg is döbbentette! Csak egy óra és lenézi eddigi életét, beleértve saját magát? Rémülten vette tudomásul, hogy máris elszaladt vele a ló... Menekülj! – súgta a belső hang már nem először a mai délután, de nem tett semmit. Nem tehette.

- Á, Mr. Wilson, öröm önt itt látni. Kisasszony – fogadta udvariasan őket a sokadik emeleti étterembe lépve bizonyára a főpincér. A lány szorongva és riadtan pillantott körbe.

- Jó estét, Martin – szólította a nevén David, vagyis rendszeres vendég lehet itt – konstatálta. – A hölgy Miss Kimberly – mutatta be őt is. Bár nem jelentkeztem be előre, de van szabad asztaluk? – kérdezte meg udvariasan.

- Önnek mindig – érkezett a legmegfelelőbb válasz. Kérem kövessenek – azzal oldalt az asztalok mellett elindult az étterem túlsó irányába. Kimberly zavarba jött a sok csillogás és pompa láttán. A hatalmas termet paravánokkal és apró kis sziklakertekkel osztották fel számos elkülönített egységre. Mindenhol csodás ismeretlen növények, pálmák, orchideák nyíltak, impozáns csillárok lógtak fentről csak úgy ontva magukból a fényt. Hófehér terítők virítottak a kör alakú asztalokon, nem beszélve az aranyozott porcelán étkészletről és kristály poharakról, melyek beborították azokat. Mindenhol vidám, cseverésző emberek, hangos zene; a férfiak kizárólag öltönyben vagy frakkban, a hölgyek estélyiben. David menet közben integet, üdvözölve az ismerősöket. Érzékelve a lány bizonytalanságát, kézen fogva maga után húzta. Hátuk mögött hallotta,

34

ahogy összesúgnak, hogy vajon ki lehet. Jólesően mosolyodott el; ha tudnák hogy nyerte a vacsorát! – ironizált magában.

Kár, hogy nem volt lehetősége kinézni az ablakon, a városfényeket megcsodálni. Nem baj, majd visszafelé! A terem túlsó felén a pincér egy ajtót nyitott ki és előre engedte a vendégeket.

- Parancsoljanak. A szoba – inkább terem – kisebb fülkéket rejtett, halk zeneszó mellett. David elégedetten biccentett, majd az étlapot kérte. Udvariasan lesegítette a lány válláról a stólát, majd ő is elhelyezkedett az asztalnál. A pincér eközben türelmesen megvárta őket, mint kiderült az italrendelés miatt. A férfi egy üveg vörösbort rendelt, Kimberly viszont mivel nem szokott inni, maradt a narancslénél. Nézte, ahogy David szó nélkül lapozgatja az étlapot és ő is kinyitotta. Tettetett figyelemmel hajtotta egymás után a lapokat, ismerős szavak után kutatva. De semmi ismerőset nem látott! Legalább képek lennének benne, így hogy a fenébe rendel akármit is? Jobb, ha leteszi az egészet, mert a végén kisül, hogy a találomra rábökött étel egy ásványvizet rejt. Határozottan tette le az étlapot és bizonytalanul nézett a férfira.

- Mit eszik? – törte meg a csendet, abban bízva, hogy talán kisegíti. Maga mindig mást rendel, vagy van kedvence? David átpillantott az étlap mögül, csodálkozva vonva fel a szemöldökét. No nézd csak, tud egész mondatokat is beszélni! – állapította meg. A lány közben tovább folytatta: - Mert esetleg ajánlhatna valamit, ami valószínű tetszene nekem. No nem kell valami extra, úgy értem, ami furcsa színű vagy mozog a tányéron, esetleg visszanéz rám, az ilyeneket nem bírom...

Kimberly zavartan a szája szélébe harapott. Te jó ég, idegesítően csacsogok! David erre már leengedte az étlapot és Kimberly biztos volt benne, hogy a mosolya legalább őszinte volt. A férfinek tetszett a lány naivsága és beismerte magának, hogy üdítően hatott rá. Pláne azok után, amilyen csúnya jelenetet rendezett Monique, mikor közölte vele, hogy vége... David gyorsan elhessegette a kellemetlen incidens emlékét. Sok ilyet látott már, nem volt benne semmi különös. Szinte minden nője így reagált, amikor lapátra került és David utálta a drámát...

- Tulajdonképpen hangulatfüggő, a pillanat diktálja – szólalt meg. Bár némely étel annyira egzotikusan aprócska, hogy jó párat azért többet nem rendelek, amikor nagyon éhes vagyok. A beszélgetés fonalát a pincér érkezése szakította félbe, az italokat hozta. Látva a becsukott étlapokat, várakozóan nézett a férfira. David minden bizonnyal francia szavakat kezdett dobálódzni sorban a pincérnek, aki egyetértően bólogatott. Kimberly egy mukkot sem értett és csak abban bízott, hogy mindez sok és könnyen ehető ételt rejt. Már nagyon éhes volt.

A pincér távozása után csak nem bírta tovább és megkérdezte asztaltársát:

- Megtudhatom, hogy mit fogunk enni?

- Halat kértem, rizzsel. Hozzá salátatálat és gyümölcsöket – mondta rezzenéstelen arccal.

Legalább megkérdezte volna, hogy szeretem-e a halat? – berzenkedett magában a lány. Még az is előfordulhatott volna, hogy allergiás vagyok rá vagy valami ilyesmi. Legfőképp viszont attól félt, hogy egy halkés is előkerül. Erről eddig csak hallott, de nem most szeretett volna vele találkozni. Abban is bízott, hogy a pincér nem hoz majd magával hatszázféle evőeszközt és egyéb általa ismeretlen szerkentyűket, melyek rendeltetéséről fogalma sincs. Nem akarta lejáratni magát.

•

- Szóval mit is tanul? – kezdett udvarias beszélgetésbe David.

- Már dolgozom – jött a váratlan válasz, ami meglepte a férfit. Igazából nem is gondolt bele, hogy ez teljesen természetes.

- Miért, hány éves? – nem szokta az ilyesmi érdekelni, maga se értette, most miért kérdezi meg mégis.

- Tizenkilenc – mondta a lány lesütött szemmel és csak remélni tudta, hogy nem kérdezi meg pontosan, hogy mit is dolgozik. Akkor majd ködösít valamit.

A beszélgetés ezzel megállt. A lassanként kínossá váló csöndet az evőeszközök, poharak és duruzsoló hangfoszlányok nem tették teljesen elviselhetetlenné. Kimberly az abroszt húzogatta lehajtott fejjel, várva a következő kérdést, de feltűnt neki, hogy a zajok tompulnak. Felnézett és követte asztaltársa tekintetét, így meglátta, hogy egy új vendég merész vonulása borzolta fel a kedélyeket. Nem maradt olyan ember, akinek

36

nem állt meg a kanál a kezében! A férfiak szinte csöpögő nyállal tapadtak a kígyózó női vonalakra, mely minden lépésnél ezt-azt felvillantott a ruhának éppen nem nevezhető vékony valaminek köszönhetően. Köztük volt persze David is. Kimberly eközben csatlakozott a felháborodott női táborhoz, akik szintén nyomon követték ezt a jelenetet. A lányt felbosszantotta a jégszőke, láthatóan háromig számolni sem tudó ciklon és erős kísértést érzett arra, hogy amikor az asztaluk mellett haladt el, kitegye a lábát megnézve, hogy hasal végig a szőnyegen. Észrevette asztaltársa magabiztos és áthatóan vizsgálódó tekintetét, mire megszólalt a benne lévő provokatív vészcsengő egy éles kérdés formájában:

- És ön mit csinál, amikor éppen nem nőket szédít? - erre a kérdésre David nem volt felkészülve. A lány diadalmasan élvezte ki a percet, amíg asztaltársa levegő után kapkod. Jól időzített, a korty alaposan félrement. De mi ütött belé?

David ezt soha nem gondolta volna! Megint a gyűlölettel teli szempár bámult rá és már megint nem tudta, miért. Pedig nem lett volna nehéz rájönnie!

Jó, ha harc hát legyen harc! – gondolta magában, felvéve a kesztyűt. Ekkora pimaszságot nem nyelhet le!

- Miért gyűlöl? - szegezte neki egyértelműen a kérdést, remélve, hogy kap valami támpontot és a lány elszólja magát.

- Miért ne kéne? – jött a kontra. Azt ugyan ne várja el tőle, hogy elmagyarázza, mit érez.

David biztos volt benne, hogy tud valamit! Ez pedig éppen elég ahhoz, hogy veszélyes legyen! De vajon mitől kapta fel ilyen hirtelen a vizet? – morfondírozott.

A két szempár csak úgy izzott, amíg farkasszemet néztek, Kimberly alaposan meglepődött, mennyire feltüzelte a férfit.

- A vacsora – érkezett a lehető legjobb pillanatban a pincér, ínycsiklandozóan illatozó tányérokat pakolva le eléjük. Remélem megfelel – tette még hozzá, hátha kap visszajelzést.

Kimberly megkönnyebbülten egy lehengerlő mosolyt küldött feléje, mivel látta, hogy csak hagyományos evőeszközökkel érkezett. Davidnek viszont fogalma sem volt minderről és csak azt vette észre, hogy a negyvenes Martin láthatóan elpirult, amit még soha nem látott tőle senki pályafutása alatt. Ahogy hátrált, neki is ment a falnak. David konstatálta magában a Kimberly női ragadozói vonásait: milyen gyorsan megtanulta a kicsike, hogy tud játszani és élni új adottságaival. Ez felkeltette érdeklődését.

·

Szótlanul ették a fenséges vacsorát. David továbbra is azon töprengett, hogy lehet, hogy ennyire nem jöttek be a számításai. Úgy ítélte meg saját magát, mint aki a női lelkek ismerője, és aki úgy csűri-csavarja a mondandóját, hogy egy nő sem áll ellen neki. És ezt most egy szinte kislány lerombolta! Önbecsülésén csorba esett és ezt nem tudta lenyelni. Nem gondolt azonban azokra a körülményekre, hogy a bosszú, a gyűlölet és a kétségbeesés bármire képessé tesz. Nem beszélve a nyilvánvaló tényekről: a lány egy kimondatlanul is más társadalmi osztály tagja volt.

Kimberly eközben elégedetten látta, hogy ellenfele kissé kizökkent magabiztosságából. Úgy döntött, hogy ismét kislányossága mögé bújik és várja, mit lép a másik. Eközben nem is sejtette, hogy David újabb akciót tervez: a jóízűen evő lányt látva meg is volt az újabb terv: elcsavarja a fejét! Elfelejtve apja kérését, miszerint csak legyen kedves hozzá, a vadászösztön és a sértett férfiúi hiúság felül kerekedett józan eszén. Meg akarta magának szerezni! Igenis bebizonyítja neki, hogy ő is csak egy egyszerű préda, aki nem tud neki ellenállni. Így amikor Kimberly a vacsora végeztével az ablakhoz ment, hogy végre megnézhesse az esti városi panorámát, David egy adag konyakot öntött a lány üdítőjébe, amit előrelátóan magának rendelt. Az ital mindig jó első lépésnek.

Kimberly elmerengve bámulta a város fényeit hosszú perceken át, magába szívva minden egyes kis pontot. Biztos volt benne, hogy ezt a látképet többet nem fogja élvezni, így kihasználta a váratlanul kínálkozó lehetőséget. Sajnálta, hogy mindezt nem láthatja nappali fényekkel. De így volt épp különleges. Főként a hömpölygő autóáradat fényei tetszettek neki; a szembejövő sárga fények és a távolodó pirosak. Ha kicsit hunyorított, akkor egy összefüggő fénysávot látott csak, mely lassan kígyózik tovább. Egy sárga és egy piros sávot. Egy jó ideig magán érezte a

38

férfi átható pillantását, de igyekezett nem venni tudomást róla. Majdcsak keres egy kis pipit stírölésre és őt békén hagyja. Egész egyszerűen taszította ez a férfi!

Majd húsz perccel később ment vissza a közben letakarított asztalhoz, ahol a férfi nyugodtan cigarettafüstbe burkolódzott. Szótlanul itta meg a koktélt; bár kissé furcsának találta az ízét, de meglehetősen szomjas volt. A desszert ötletét visszautasítva útra készen állt. Hosszú nap állt mögötte, nem beszélve arról, hogy az előző éjjel egy percet sem aludt. Ebből a komédiából meg végképp elege volt. Hagyják csak őt békén, ellesz. Ahhoz nem kell semmi puccos dolog, hogy ott tartsák. Váratlanul kellemes melegség öntötte el testét.

David abban bízott, hogy az ital gyorsan hat. Egy kis séta, udvarlás és magába bolondítja. Aztán a lány majd úgy dalol, ahogy szeretné. Végül gyorsan lepasszolja. Nincs kedve a holnapi napját is a lánnyal tölteni. Muszáj megtudnia még ma, mit tud és az mennyibe kerül. Mindenkinek megvan a maga ára!

Távozáskor a számlát aláfirkantotta, visszakapva hitelkártyáját. Kimberly eközben a falnak támaszkodva várta és nagyokat pislogott, mint aki bármelyik pillanatban elalszik. Hogy a fenébe lett ennyire hirtelen ilyen fáradt? David aggódva nézte, hogy terve a visszájára sül el. Most mit csináljon a lánnyal? Lehet, hogy már a liftben elalszik...

Azt azonban egyikük még csak nem is sejtette, hogy az égiek a mai napi forgatókönyvet alaposan átírták! A lift lassan haladt lefelé, majd egyszerre kialudtak a fények és két emelet között nagy rántással megállt.

•

- Mi a bánat... - harapta el David a mondat végét és elkezdett matatni a sötétben, majd apró lángként jelent meg az öngyújtójának fénye. Nyomkodni kezdett a kezelőpulton, de semmi nem moccant. Kimberlynek beletelt egy kis időbe, míg rájött, mi a helyzet; elsőre ugyanis azt hitte, hogy elbóbiskolt.

- Csak nyugalom, semmi gond, mindjárt kiszednek innen minket – nyugtatta a lányt, de inkább saját magát. Majd hogy nyomatékosítsa

39

a helyzetet elkezdett dörömbölni a lift falán. Hahó, itt vagyunk benn! Megállt a lift? Hall valaki? – ordított kifelé, de nem kapott választ. Kimberlyre olyan fáradtság telepedett, hogy az egész jelenetet nem is fogta fel igazán, mintha nem is lett volna részese, csak kívülről figyelte volna az eseményeket.

David eközben újabb irányban próbálkozott és mobiltelefonját kapta elő a belső zsebéből. Heves nyomogatás után hangok szűrődtek ki a túloldalról.

- Igen, izé, bennragadtunk a 2-es liftben! Mi? Hogy kiment a biztosíték? Hogy beletelik egy kis időbe? Mégis mennyibe? Hogy csak ez? Mit tudom én, nem látszik a kijelzőn! Na ne, hogy itt vagyunk a legnagyobb biztonságban? Nem, nem készül senki szülni a liftben és nem kapott senki sem infarktust! Csak ketten vagyunk! Hogy várjunk? – emelte meg fokozatosan a hangját minden egyes mondat után, a végén már ordítva, mire a túloldalt letették a telefont. Kimberly mindezek hatására nagyon is magához tért és a gyenge világítás mellett is látta, amint David feje határozottan vörösödni kezd. Majd szuszogva kezdett el fel-alá sétálni a parányi liftben, mint egy sértett vadkan, tudomást sem véve „cellatársáról". Így ment ez jópár percig. A lány nem mert megszólalni sem, nem akarta ingerelni. Volt egy olyan érzése, hogy megsértődne azon kérdésekre, minthogy nem klausztrofóbiás-e vagy nem fél a sötétben. Csak remélni tudta, hogy nem tör ki rajta sem pánikroham. Semmit sem kívánt kevésbé, minthogy összezárva legyen ezzel a felfuvalkodott és öntelt hólyaggal!

- Nos, úgy néz ki, egy kis időre itt ragadtunk – foglalta össze a nyilvánvaló tényeket David, de Kimberly hálás volt azért, hogy legalább végre megszólalt. Ugye nem fél a sötétben meg ilyesmik? – tette fel a kérdést. Nem tudom meddig bírja ez a vacak – forgatta kezében az öngyújtót. Kimberly agyán átfutott az a gondolat, hogy nem is vele, sokkal inkább önmagával beszél.

- Azt hiszem leülök egy kicsit – jelentette ki határozottan a lány, miután lehajolt és megtapicskolta a vastag szőnyeget. Sokkal kényelmesebb, mint ácsingózni – telepedett le a földre, háttal nekidőlve a faburkolatnak. Vigyázva tette keresztbe a lábát, gondosan ügyelve arra, hogy elegendő futóhelyet hagyjon a másiknak. Már csak az hiányzik neki, hogy

40

elgáncsolja! Szerencsére nem volt hideg a fal, ahogy a szőnyeg is tartotta a meleget. Összébb húzta magán a stólát, gondosan betakarva csupasz karjait. Mekkora is lehet ez a fülke? Egészen nagy, van vagy 2x3 méteres. Talán a konyhájuknál is nagyobb.

David hirtelen megállt és vakarni kezdte a fejét. Váratlanul felnézett a tetőre. Kimberly sejtette, min jár az agya... semmi kedve nem volt tetőre mászni meg zsinórokon lógni, nem beszélve ajtófeszegetésről. Ha bakot akar tartani neki, hogy kémleljen körül, akkor inkább halottnak tetteti magát!

- Francba, úgy látom, ezen nincs biztonsági ajtó – jelentette ki, mire Kimberly hangosan fellélegzett. Mit szuszog itt? – fordult feléje a férfi.

Kimberly megijedt. Nem szabad itt provokálnia, mert innen nincs menekvés!

- Á, csak annak örültem, hogy nem kell magas sarkú cipőben a fehér ingén lukat taposva a tetőre igyekezzek, miközben a ruhám cafatjai a fülére gabalyodnak, hogy olajos zsinórokat kerülgessek és ajtókat feszegessek – teljesen reménytelenül - jelentette ki egy szuszra. Mi ütött belém? – rémült meg egyből, David azonban váratlanul megkönnyebbült nevetésben tört ki. Kimberly is mosolyra húzta a száját. Soha nem tartotta magát szellemesnek.

- Azt én sem – felelte nevetve a férfi és végre abbahagyta a rohangálást. Szabad mellé ülnöm?

- Persze, csak tessék – húzta egy árnyalattal odább a ruháját. David gondosan a másik oldali falnak támaszkodva helyezkedett el és fújtatott egyet.

- Nem baj, ha eloltom ezt. Később még kellhet – jelentette kis és rögtön kikapcsolta. Kukk sötét telepedett a fülkére. Kintről megdöbbentő zajok szűrődtek be: elektromos sziszegés és nyikorgás töltötte be a fülkét, megrémítve a bennrekedteket.

Kimberly ösztönösen a férfi felé csúszott.

- Azt hiszem jobb, ha inkább beszélgetünk – mondta nem túl meggyőzően David. Hogy ízlett a vacsora? – kezdett udvarias társalgásba. Kimberlynek azonban esze ágában sem volt felidézni magában, hogy nem is olyan rég evett. A gyomra összeszorult a rémülettől, ami nem volt éppen nyerő.

- Beszéljünk inkább az időjárásról, jó? Idén későn jött a tavasz, nem? – próbálkozott új vonalon elindulni.

- Úgy látom a vacsoratéma nem jött be. Miért? – lovagolt a témán, nem kapcsolva.

- Ha még egyszer felhozza ezt a témát, a végén még saját maga szemlélheti meg... Jaj nekem... - nyögött fel.

- Ne, kérem, ne csinálja itt nekem... - kapcsolta be az öngyújtót a férfi és aggódó tekintettel nézett a lány sápadt arcára. Hogy én milyen barom vagyok... - sziszegte magában. Kimberly csak fél füllel fogta az önvádakat, mert minden energiájával azon volt, hogy visszatartsa az ételt magába. David eközben udvariasan legyezgetni kezdte és közben mormolta: - csukja be a szemét és képzelje magát valami szép helyre... - adta ki az utasítást, viszonylag kedves hangnemben. Kimberly engedelmeskedett. Lehunyta a szemét és élénk fantáziájának – no meg a legyezésnek köszönhetően – már érezte is az arcán a lágy szellőt. Lelki szemei előtt csodás ívű zöldellő hegyek, völgyek jelentek meg, ameddig a szem ellátott, lágy hullámban; madárcsicsergés...

David ezalatt tovább motyogott: képzelje magát egy homokos tengerpartra. Ragyogó napsütés, meleg homok, lágyan hullámzó tenger morajlása a háttérből... Kimberly mosolyra húzta a száját erre. Milyen eltérőek is ők ketten, már ebben is!

- Jobban van? – kérdezte a férfi, amikor látta, hogy a lánynak kezd visszajönni a színe. Abbahagyta a legyezést.

- Igen, köszönöm – nyitotta ki lassan a szemét Kimberly, de igazi változást nem észlelt. A liftben újra a teljes sötétség uralkodott. Legalább nem kell hálás pillantást küldenie.

Újra kínos csönd telepedett a fülkére. Kintről viszont szerencsére a rémisztő zajok elhaltak. Kérdés, hogy ez jó jel-e vagy nem?

Csöndben ültek egy jó ideig, csak a szuszogásuk hallatszott. Nem tudtak miről beszélgetni és nem is erőltették.

•

A lift váratlanul morogni kezdett majd rázkódott egyet és nyikorogva lejjebb zökkent egy jópár métert. Kimberly ijedtében egész egyszerűen a férfi ölébe ugrott.

A lift még morgott párat, lejjebb csúszva még egy kicsit, majd nem mozdult többet.

- Nyugalom, biztos épp most próbálják újraindítani – próbálta megnyugtatni a férfi, Kimberlynek viszont esze ágában sem volt lemászni róla. Érdekelte is bármi a férfival kapcsolatban, most csak a közelsége számított, ami nyugtatóan hatott rá. Az egyetlen biztos pont. Esze ágában sem volt meghalni, méghozzá ilyen módon! Abban is biztos volt, hogy ez a mozgás csak a kezdet volt: a lift biztosan elszabadul és ők lezuhannak...
- vajon hány emeletet lehet alattunk?

David egy ideig nyugton ült, viszont számára kezdett a helyzet kínossá válni. Lassan fészkelődni kezdett, próbálva megszabadulni a nem várt csomagtól. Fény villant. A lány összerezzent a váratlan világosságra és hunyorogva nézett a férfira. Rájött, hogy nincs jó helyen. Azt viszont nem sejtette, hogy a kelleténél már több időt töltött ott el.

- Izé... bocsánat... húzódott kicsit el, lekúszva az öléből. Nem akartam...
- szabadkozott. A fény kialudt.
- Maga reszket – vonta karját védelmezően a lány köré, majd másik kezével a lábát kezdte el tapicskolni a sötétben, több-kevesebb sikerrel. Nem fázik? – kérdezte.
- Neeem. Csak meeegijedtem – koccantak össze a fogai beszéd közben.
- Jobb lenne, ha felállna. Itt lenn alattomos hideg van – villantotta meg újra a fényt. Ugyanebben a pillanatban Kimberly épp mozdult és kiverte kezéből az öngyújtót. A láng szerencsére elaludt.
- Már csak az hiányzik, hogy felgyújtsa a liftet! Előbb ide akart hányni, most meg megpörkölni a szőnyeget! – szidta le alaposan a lányt, szinte ordítva. Kimberly elszégyellte magát és az erős hangoktól lefelé görbült a szája. Ő nem akart semmi rosszat. - Meg ne merjen mozdulni, amíg végigtapogatom a földet! – folytatta David. Ha fejbe rúg... - azzal a zajokból ítélve négykézláb módszeres letapogatásba kezdett. Kimberly hüppögött.
- Megvan! Ne mozduljon, amíg biztonságba nem helyezem magam! Még bírja egy jó ideig, az lesz a legjobb, ha égve hagyom – beszélt tovább.

Kimberlyben kezdett erősödni a gyanú, hogy azért beszél ennyit, hogy leplezze idegességét. Szóval ő is fél...

- Azt nem mondom, hogy ugráljon, hogy felmelegedjen, de esetleg sétálhat...

Kimberly engedelmesen követte az utasítást már nem először.

Vajon mióta lehetnek itt? Soha nem volt időérzéke. Van már egy órája? Vagy kettő is?

- Mit visel? – kérdezte teljesen váratlanul a férfi.

- Tessék? – fagyott le és felháborodva nézett Davidre. Mit képzel?! – kapta fel a vizet.

- Úgy értem milyen parfümöt – felelte teljesen ártalmatlan hangon. Miért, mire gondolt? Dior, Chanel, Secret? Ezen morfondírozom már mióta!

- Szerintem mindegyiket. Egy csomót fújtam ide meg oda – vallotta be őszintén és naivan. Nem is gondolt rá, hogy Davidet teljesen felcsigázta, hol lehet az az itt meg ott.

•

– Hapci! – tüsszentett egy nagyot a lány.

- Még itt megfázik nekem – nyomta a kezébe az öngyújtót, majd ráterítette a zakóját. Meddig tarthat ez az izé?

- Hapci! – jött a következő tüsszentés. Egy forró fürdőre lenne szüksége azonnal – konstatálta David. Na végre! – kezdett el villódzni a világítás a fülkében, majd ismét sötét lett.

- Jól van, mindjárt. Itt alszunk a szállodában – ölelte magához a lányt, így megérezte, hogy tiszta hideg. Kimberly nem gondolkozott és teljesen rátapadt a melegforrásra. David ennek már végképp nem bírt ellenállni és férfiként reagált. Már az előbb is, ahogy az ölében ült, az is közel sok volt, most viszont már nem tudta tovább türtőztetni magát. Kihasználva a váratlanul adódó helyzetet, lehajolt hozzá és megcsókolta.

Kimberlyt teljesen védtelenül és főképp váratlanul ért a támadás, de ösztönösen cselekedett: ellökte magától a férfit és pofon vágta. David meglepődött: még soha senki nem reagált így egy csókjára sem! Pedig

44

kiosztott már egy jó párat! De nem tántorodott vissza, sőt, csak még jobban tűzbe jött. Lefogta a lány pofont adó kezét és újból megcsókolta. Kimberly nehezebb diónak bizonyult, mint gondolta, ugyanis most a másik irányból támadott, újabb arcul csapás következett. A szeme az időközben megjavult világításban lángokban izzott. Az állandó fény fel sem tűnt nekik.

- Hogy képzeli?! – préselte ki magából a szavakat, mialatt David a másik kezét is lefogta. – Azt hiszi mindent megkaphat? – szórta a szidalmakat. Minden tiltakozása felesleges volt, a férfi erejével nem vehette fel a versenyt. Nem beszélve a fölé tornyosuló legalább 185 centijével, amely mellett az ő 162 cm-e eltörpült.

- Már nem fázik? – kérdezett vissza David közönyösen, a legkisebb megbánást sem mutatva. Gondoltam feltüzelem egy kicsit – mosolyodott el, továbbra is lefogva a lány két kezét. Kimberlyt elfogta a pulykaméreg: ez a férfi szórakozik vele, egy játékszernek tekinti! Idegesen rángatózott, próbált kiszabadulni kiszolgáltatott helyzetéből. David láthatóan élvezte a helyzetet, mert elégedetten mosolygott. Micsoda vadmacska! Most megmutatja neki, ki az úr! Fog ő még a karjába omlani és könyörögni, hogy ne engedje el!

– Szóval még kér? – ismételte meg a kérdést. Hát jó! – tette még hozzá, majd a lányt óvatosan a lift falához nyomta, oldalra szorítva kezeit. Kimberly ismét megérezte az ajkán a férfi ajkát, próbálta elfordítani a fejét, de kísérlete kudarcba fulladt. Vergődött még egy kicsit, aztán már nem is akart; átadta magát annak a felemelő és ismeretlen érzésnek, ami magával ragadta. Eddig úgy gondolta, hogy az igazi, szenvedélyes csókhoz valódi érzelmek kellenek, de ez a teóriája egy szempillantás alatt vált semmivé. Megállt számára az idő és eltűnt a tér; csak ők ketten voltak. Hagyta, hogy a férfi nyelve teljesen birtokba vegye és felnyögött, amikor egy pillanatra elengedte, hogy újra kezdhesse. Olyan lágy volt mégis olyan erőteljes, hogy teljesen felborzolta minden idegszálát. Tudta, hogy minden ellenállása semmivé foszlott és hogy azt teheti vele, amit csak akar.

Észre sem vették, hogy eközben a lift lassan, de biztosan lefelé iramodik, majd megérkezett a legalsó emeletre és engedelmesen kinyitotta ajtaját.

A hallban ülők így jópár másodpercig szemtanúi lehettek az elmélyült és szenvedélyes csóknak.

•

David megérezte a levegő mozgását és óvatosan mozdította hátra a fejét, majd lassan elengedte a lány lefogott kezeit. Kimberly lehajtotta a fejét, nem mert a férfi szemébe nézni. Teljesen erőtlen volt. Tudta, hogy most bármit tehetne vele, nem tiltakozna, sőt!

- Kimly – szólt a férfi olyan édes hangon, hogy a lány még jobban ellágyult. Kimly – ejtette ki még egyszer kedvesen az új nevét, majd egyik kezével felemelte a lány fejét, hogy a szemébe nézhessen. Még senki nem szólította így Kimberlyt és felettébb tetszett neki ez a megszólítás.

- Jól vagy? – tegezte le magától értetődően, mire a lány bólintott. Ekkor vették észre, hogy a lift ajtaja nyitva van. Gyere – húzta ki maga után a lányt, mintha mi sem történt volna. Davidnek nem okozott gondot, hogy teljes önuralmát egy pillanat alatt visszaszerezze, Kimberly viszont szinte nem is látott, csak bukdácsolt utána; minden érzéke összezavarodott az új és váratlan élmény hatására. Azt is alig fogta, hogy vége a rabságnak. A vér csak úgy lüktetett az ereiben és a helyzetet csak tovább rontotta, hogy látványosan zihálva vette a levegőt. A férfi nem engedte el a kezét, így minden idegszálával érezte a közelségét. Elsétáltak a megdermedt szerelők mellett, észre sem véve a tátott szájú igazgatót, aki ott téblábolt bocsánatkérés miatt. Átvágtak néhány gúnyosan vigyorgó fiatal között, akik hátul mögött összesúgtak és cinkosan kacsintottak. Minderről a pár nem vett tudomást: Davidet soha nem érdekelte mások véleménye, Kimberly meg azt sem tudta, hol van.

- Egy lakosztályt szeretnénk kérni – lépett oda a meglepett portáshoz, aki még mindig a látottak hatása alatt állt és mukkanni sem tudott, csak bólintott. David azonnal átnyújtva hitelkártyáját. Továbbra sem tűnt fel nekik az, hogy az egész hall némán őket nézi. Kimberlynek fogalma sem volt róla, hogy arca pirosan égett. Ha pedig sejtette volna, hogy előbbi jelenetüknek közel száz szemtanúja volt, minden bizonnyal zacskót húzna a fejére és úgy menekülne teljes zavarában. Mit csinál itt egy idegen férfival, akivel közös szobában kívánja eltölteni az éjszaka hátralévő részét? Ráadásul az előbbiek alapján nem feltétlen baráti alapon.... Mi történik vele, hogy így elveszítette a fejét? Hogy hagyhatja, hogy egy ismeretlen férfi, akit még tíz perccel ezelőttig utált, ez a Don Juan azt tegye vele, amit akar és ő meg hagyja? A regisztráció nem tartott tovább egy percnél és már kulccsal a kezükben távoztak egy másik lift felé. Elfelejtve a rabságot teljesen természetes volt, hogy a liftet használják újra. A hall megkönnyebbülten ismét felmorajlott, folytatva a korábbi duruzsolást, az igazgató meg felszabadultan törölgette meg gyöngyöző homlokát, hálát rebegve az elmaradt botrányért. A látottak alapján nem is akart közbeavatkozni. A szerelők mosolyogva néztek utánuk, enyhén csóválva a fejüket. Semmi köszönet? Lehet, hogy azért, mert gyorsak voltunk? Ki tudja, mi lett volna, ha még kapnak egy kis időt?

·

Ugyanez a kérdés motoszkált a férfi fejében is. Vajon képes lett volna tovább lépni – ott? A mágneskártya kattanva nyitotta ki az ajtót. David elengedte a lány kezét és az etikettnek megfelelően ő lépett be elsőként a szobába. Felkapcsolta a villanyt, majd intett a lánynak, hogy kövesse. Arra azonban nem gondolt, hogy ez a rövid idő elég lesz arra, hogy a lány felocsúdjon. Kimberly amint nem érezte a férfit közvetlenül, egy árnyalatnyit kezdte visszanyerni saját magát. Tisztult a feje. Az ajtócsukódás után egyből megérezte a férfi karját a derekán. David óvatosan maga felé fordította, hátát nekitámasztva az ajtónak és lehajolt hozzá. Két centire a lány szájától megkérdezte:

- Hol is tartottunk?

Kimberly erőtlenül nézett a férfira és teste remegett. Hajszálon múlott az egész, de csak összeszedve minden erejét kibújt az ölelésből. A férfi engedte.

- Vár a hideg fürdő – mondta, csak arra koncentrálva, hogy viszonylag elfogadható hangnemben ejtse ki a szavakat. David viszont megértette a freudi elszólást és elégedetten mosolygott. Szórakoztatta, hogy a lány sietősen, már-már kétségbeesetten tépi fel az egyik majd a másik ajtót, mire megtalálta, amit keresett.

Bár már nem fázott – mitől is fázott volna? – mégis örült, hogy bemenekülhetett a fürdőbe. Hálás volt a férfinak, hogy elengedte, nem is sejtve, hogy ez csak taktika volt. Érezte, hogy vékony jégen táncolt és biztos volt benne, ha most nem jön el, akkor biztosan a karjába omlott volna. Megtapintotta égő ajkait... micsoda csók volt! A liftbeli rossz emlékek eltűntek, csak a legutolsó pár perc égetett lelkén nyomot.

Te jó ég! Soha nem gondolta volna, hogy valaki vagy inkább valami ilyen hatással lehet rá; elfelejtve mindent. Úgy érezte magát, mint aki tudna repülni! Juj, ez komoly veszélyt jelent! Kimberly, összpontosíts másra, el kell felejtened mindezt! – szidta meg magát, teljesen feleslegesen. Hogy is tudna minderről megfelejtkezni? A hatás visszafordíthatatlan volt.

A hatalmas kád szélén több flakont is látott. Az egyikből találomra öntött egy kicsit a vízbe, majd elégedetten mosolygott, amikor látta, hogy hab képződik. Játékosan paskolta a vizet, közben ábrándozott. Szórakozottan szagolgatta végig a többi flakon tartalmát is, de az elsőt találta a legjobbnak, így öntött még a vízbe belőle. Vajon ő most mit csinál? És mit gondol róla! Te jó ég, tisztára meggárgyultam, úgy viselkedem, mint egy közönséges... izé, könnyűvérű nő! Még jó, hogy időben kiléptem! Vagy mégsem? Hiszen ez egy macsó, térj észre! Szívtelen és önző. Nem te kellesz neki, csak valaki! – kezdett egyre inkább teljesen józanul gondolkozni. A rózsaszín felhő halványult.

David eközben a nagyobbik szobában helyezkedett el az óriási ágyon, kezében pohárral. Roppant elégedett volt, a célegyenesben érezte magát. Már csak a finálé van hátra! Vagy mégsem? – bizonytalanodott el az elutasítás miatt. Nem fordult vele gyakran ilyen elő. Kortyolt egy nagyot a pohárból és morfondírozni kezdett. Mi lenne, ha ma már nem kezdeményezne? Hogy ne tűnjön olyan rámenősnek? Közömbösséget tetetve arra várna, hogy a lány fusson utána? Igen, ez jól hangzik! De vajon meddig bírná ki? Meddig tudna várni?

- Nem éhes vagy szomjas? – üvöltötte túl a vízcsobogást. Kimberlynek feltűnt, hogy a férfi újra magázza. Ez főként a csak pár perce történt események tükrében furcsának tűnt. Bár lehet, hogy így akar újra távolságot tartani?

- Talán - mondta szórakozottan. Nem nagyon. Mennyi az idő? – kérdezte meg.

48

- Úgy éjfél – jött a válasz. Két órát voltunk a liftben.

- Akkor rendelek neked is valamit, jó? – tegezte le újra, de addigra a lányt már elnyelte a fürdővíz. Kimberly kibontotta maradék csapzott haját és elégedett mosollyal merült el a habokban. Első dolga mindjárt a smink lemosása volt. Úgy döntött, a mai nap már nem elmélkedik a történteken, inkább csak élvezi a szokatlan luxust. Szándékosan kerülte a tükröt, nem mert szembenézni önmagával sem. Attól félt, hogy akkor nem tud ismét józanul gondolkozni.

Tetszett neki a harmonikus színekkel berendezett óriási fürdő; a sötétbarna szín uralta csempézett fal, az ugyanolyan színű kör alakú kád, az elegáns kis faliszekrény, a sarokban lévő tusoló, a fogas, melyen ott lógtak a szállodai vastag frottírtörölközők és két köpeny. Még az a hatalmas tükör is illett az összképhez, ami a másik falat uralta. Egyedül az aranyozott csapokat tartotta túlzásnak. Az illatos hab mennyisége váratlanul megcsappant, így Kimberly egy másik flakonból is öntött a vízbe. Bódító illat lengte be a fürdőt. A lány elégedetten nyúlt el a kádban, lehunyva szemét.

A szobapincér távozása után Davidnek az tűnt fel, hogy még mindig hallotta a vízcsobogást. Óvatosan kopogott az ajtón, majd egyre hangosabban. Miután nem kapott választ, megijedve tépte fel. Illem ide vagy oda, odarohant a kádhoz és megkönnyebbülten látta, hogy nincs semmi baj. A lány kissé félrebillentett fejjel édesdeden aludt a nyakig érő vízben, amit teljesen belepett a vastag hab, a földre is lefolyva. David villámgyorsan elzárta a csapot, nehogy a víz is utat törjön. Megállt egy pillanatra és az alvó lány arcát bámulta.

Mint egy kislány... kislány... Mi ütött belé? – kérdezte magától. Átmeneti elmezavarra hivatkozhatott csak, amiért kikezdett vele. Hiszen még kiskorú! Mikor volt neki 19 éves barátnője? Ő az igazi hölgyeket kedveli, nem holmi éretlen kis fruskákat. Mit is gondolt, hogy barátnő? A csók közben érezte, hogy a lány teljesen tapasztalatlan. Biztosan ez tüzelte fel! – állapította meg végül. A vadászat öröme el is felejtette vele, hogy mára más programot tervezett. De még nem késő...

.

- Hahó – suttogta, de a lány nem reagált. Úgy gondolta, hagyja pihenni egy kicsit, addig gyorsan lezuhanyozik ő is. Óvatosan behúzta a kád körüli függönyt és ledobálta ruháit, szétszórva a földön. Jólesett neki a zuhany. Hosszú és zűrös napja volt.

Kimberly vízcsobogásra riadt fel. Hirtelen azt sem tudta, hol van. Eltartott egy jó ideig, míg összeállt a kép. Rémülten vette észre, hogy a függönyt összehúzták a kád körül; ezek szerint járt benn valaki! Óvatosan felült a kádban, majd kilesett a nyíláson. Ijedten kapta el tekintetét, mikor meglátta a zuhanykabinban lévő árnyékot. – Vajon mire számítottál, a takarítónőre? – poénkodott saját naivságán. Jobb, ha nem korbácsolja érzékeit, elég lesz ennyi mára! Végül is egyedül van egy meztelen férfival egy szállodai lakosztályban, éjjel, azok után hogy úgy megcsókolta; szóval mire is számít? A csobogás váratlanul megszűnt, mire Kimberly sietősen visszacsúszott a habokba. – Azt hiszem eljátszom, hogy még alszom – döntötte el. A fáradtságra mindig lehet hivatkozni!

- Hahó! Megfázik! Azzal egy kéz megcirógatta az arcát.
- Igen... nyöszörgött. Az utolsó pillanatban jutott eszébe, hogy jobb, ha nem mozdul; a hab időközben meglehetősen vékony lett.
- Azt hiszem most már boldogul – állapította meg tárgyilagosan a férfi és távozott a fürdőből. Siessen, hozattam enni – mondta még az ajtócsukódás előtt.

Kimberly nem szívesen hagyta el a fürdőt. Aztán csak kimászott és villámgyorsan megtörölközött. Továbbra sem mert a tükörbe nézni, úgy fésülködött meg. Jobb, ha ma már nem is látja magát, mert csak elbizonytalanodna. Csak remélni tudta, hogy a férfi nem közelít hozzá, de leginkább azért szurkolt, hogy legyen ereje ellenállni.

Megsimította a gondosan felakasztott ruháját, majd összeszedte a férfijét és kirázta, majd egyesével azokat is felakasztotta a vállfára. A frottírköpeny melegen burkolta be és talált egy ugyanolyan meleg papucsot is. Mint egy lefekvéshez készülődő 10 éves kislány, olyan volt, ahogy bevonult a nappaliba. Vizes haja egyenesen hullott a fehér köpenyre, a melegvíztől kipirult arcrózsája és cseresznyeszínű ajka ellenállhatatlanul bájossá tette. Már csak egy szőrmeállat hiányzott a kezéből – állapította meg a

50

férfi. Felszökkent az ágyra, onnan leste a kisasztalnál lakmározó férfit, akinek vizes haja rácsöpögött a tálcán sorakozó rágott gyümölcsökre, pirítósokra és a megcsócsált sajtdarabokra. David udvariasan megkínálta Kimberlyt, aki csak intett a fejével, hogy nem kér.

A férfi teljes közömbössége meglepte a lányt. Bár soha be nem vallotta volna önmagának, de szinte csalódott volt amiatt, mert nem próbálkozott újra. Tudomást sem véve róla összes figyelmét az étel elpusztítására irányította.

Kimberly kissé elhagyatottan, de azért megkönnyebbülten fészkelődött az ágyon, alváshoz készülődve. Nagyon kimerült volt, így mire David befejezte a vacsoráját, addigra már összegömbölyödve aludt.

David óvatosan elsimította az ágytakarót és hozott egy plédet a lányra. Egy darabig csak állt az ágya felett, majd kiment a szobából, nyitva hagyva az ajtót. A másik hálóban felkapcsolta a villanyt leült az ágyra. Elgondolkozott a viselkedésén, vajon tényleg jól tette-e? Nyeregben volt és mégis visszalépett! Ilyet se csinált még! Tudta, érezte jól, hogy a lány egy érintésére a karjába omlott volna? Érdekelte is őt, hogy olyan fiatal, ha mindezt önként teszi? Hátradőlt az ágyon és lehunyta a szemét. Ha autóversenyezni ment volna, minden bizonnyal nem egy kislány feküdne a szomszéd szobában, hanem egy bomba nő az ágyában! De még mehet! – döntötte el hirtelen magát és a fürdőbe indult a ruháiért.

•

John Wilson idegesen dobolt a rogyásig megrakott reggeliző asztalon. Szegény Mrs. Mendezzel ordított az előbb is, nem találván mást. Hol lehet az az átkozott kölyök? Már elmúlt 10 óra is és még sehol sincsen! Biztosan elment valahova bulizni még az este... de reméli, hogy legalább megtudta, amit kért tőle!

Tessék, még mindig semmi! – csapta le a mobiltelefont. Öt perccel ezelőtt is ki volt kapcsolva, most is. Ennyit nem lehet aludni!

Öntött magának még egy kávét, majd azt is megitta. Nem aludt szinte egész éjjel, az ügyön dolgozott. A papírok, a rengeteg adat áttanulmányozása sok időt vett igénybe, nem beszélve az üzleti tervről és a tervezett ajánlatról. A kész számsorokat tartalmazó iratok ott hevertek az íróasztalán, már csak a kivitelezésre várva. Sikerült egy részleges gyenge pontot találni a cégen, amit ügyesen tovább mélyíthet. A tervet már csak csiszolni kell. A legfontosabb azonban még hiányzik: ki legyen a kivitelező. Ő maga nem állhat oda, kell valaki, aki bábként előlép az ismeretlenből, aki megbízható és irányítható. Sajnos egyenlőre még nem ugrott be, hogy erre ki lenne alkalmas; bizalmi embereit ugyanis mindenki ismerte.

Elgyötörten simította végig homlokát, majd úgy döntött, lepihen egy kicsit. Talán sikerül aludnia a sok kávé ellenére. Szüksége lesz a tiszta fejre, még ki kell dolgoznia egy csomó részletet!

·

Kimberly óvatosan kinyitotta a szemét és nagyot nyújtózott. Pislogott, mert nem tűnt ismerősnek a szoba. Hol van? – ült fel ijedten az ágyban, szorosra vonva maga körül a köntösét. Aztán kezdett ébredezni: Megállapodás... tűzpiros estélyi... vacsora... lift... félelem... csók... ó, te jó ég! Jutottak eszébe a tegnapi nap eseményei. Vajon David még alszik? Lassan bukdácsolt kifelé a szobából és megállt a fürdő előtt. Hallgatózott egy picit, majd miután megállapította, hogy üres, benyitott. Kóválygó fejjel közelítette meg a kiscsapot és megmosta az arcát. Belebámult a tükörbe. Te jó ég, Kimberly, hogy nézel ki? – döbbent meg saját magán és rögvest a fésű után nyúlt. Látod, így jár, aki vizes hajjal alszik el és éjjel meg forgolódik!

Mit vegyek fel? – jött a következő dilemmája. Ebben az estélyiben mégsem vonulhatok ki reggel, na jó, délelőtt a szállodából. Tényleg, mennyi is az idő? Várjunk csak, hol van David ruhája? Biztosan nem vitte be magával a szobájába? Vagy mégis? Legjobb, ha megnézem! – döntötte el és elindult kifelé a szobából. Óvatosan tolta beljebb a másik háló ajtaját és döbbenten állt meg az ajtóban: az ágy teljesen érintetlen volt.

·

Ha van pénzed, bármit megkaphatsz és főként gyorsan – jött rá egy nagy igazságra Kimberly, amikor vadonatúj, szoba szervizen érkezett

52

ruhájában és cipőjében elhagyta a szobát. Pár korty teával a gyomrában nekivágott az épületnek.

Muszáj elmenekülnie innen! A lifthez lépett és megnyomta a hívás gombot. Akadálytalanul jutott le a földszintre. A hallra emlékezett, most viszont csak két ember ült a kényelmes fotelok valamelyikében a pálmafák alatt. Biccentett a portás felé, majd határozott léptekkel indult meg kifelé az épületből. Most pedig szépen hazamegy, vagy világgá megy, vagy ki tudja. Csak el innen. De hogyan és mivel? – hőkölt vissza. Nincs pénze! Lerogyott az egyik bejárat melletti fotelba. Hol egy zsebkendő?

Pár percnyi töprengés után jobb belátásra tért: muszáj lesz visszamennie. Meg kezd nagyon éhes lenni. Miért is nem rendelt valami reggelit az előbb? A liftajtók becsukódásakor jött rá, hogy fogalma sincs, hányadik emeletről jött. Kétségbeesetten próbált visszaemlékezni, hányadikon szállt be a liftbe. Mennyit jött a lift felfelé? Már épp kezdte volna fejét a falba verni, amikor eszébe jutott valami: biztosan ki van írva, hányadikon van itt a szálloda! Ez az!

Ezt nem hiszem el: ki gondolta volna, hogy az épületben tizennyolc szálloda is működik?! Most mit csináljon? Álljon meg sorba végig minden emeleten, hogy jó helyen jár? Ilyen nincs! Mit is tegyen? Talán meg kéne kérdezzen valakit, hogy melyik a pálmafás szálloda? Biztos mindenhol van pálmafa! Legalább az emblémás szappant vagy törölközőt megnézte volna, akkor most tudná a nevét. Aztán bevillant valami: a kulcson biztosan rajta van a szálloda neve! A kulcs... de jó ég, itt mágneses izé van. És ő nem hozta magával... kizárta magát! Vissza meg biztosan nem engedik... rogyott le újra a kanapéra.

Nem aludt ott... mennyi figyelmesség, nem akarta kompromittálni! Inkább elment máshova aludni. Vagy másvalakivel? Biztosan másvalaki ágyában aludt! De mit érdekli ez őt! Csak még jobban megveti emiatt! És még azt hitte, hogy vonzónak találja... pedig csak egy nő kellett neki! – csapongott a végletekig.

•

- Reméltem, hogy itt találom – hallotta meg az ismerős hangot és érezte meg az illatát. Felnézett rá. Nem a tegnapi ruhája volt rajta, de a

53

fekete nadrágja és világoskék ingje makulátlan volt és vadiúj. Igyekezett nem mutatni, mennyire megörült neki.

- Csak elmélkedtem – állt fel lassan, kezét akaratlanul is a fejéhez emelve. Ekkora szintkülönbség változás erős nyomásként jelentkezett a halántéka táján.

- Örülök, hogy nem köntösben ült itt – ragadta karon és kísérte a lifthez. Hogy van?

- Alig hallom... - nyomogatta a fülét a lány. Szerintem megfáztam egy kicsit. Fránya légkondi. Mondja, a forró tea hatása gazdagéknél is ilyen rövid? – kérdezte, miközben beléptek a liftbe. A férfi megállapította magában, hogy ez a lány igenis szórakoztatja! Hogy csípős és váratlan megjegyzései és gyerekes viselkedése szokatlanul üdítően hatnak rá! Közben megnyomta a 11-es gombot. Kimberly megjegyezte, soha nem lehet tudni alapon. Sanda pillantással azt fürkészte, hogy hány karikát lát a férfi szeme alatt, de nem fedezett fel semmit. A férfi nyugodt volt és kipihentnek tűnt. Elégedetten cipelte magával a lányt vissza a szobába.

- Most pedig alaposan megreggelizik! Hozatok valami gyógyteát, már csak az hiányzik, hogy itt belázasodjon nekem. Kéretek egy kabátot is! – jelentette ki ellentmondást nem tűrő hangon.

Kimberly teljesen össze volt zavarodva és sajnos elfogulatlansága is eltűnt. Nem tudta megkülönböztetni, hogy mindez csak formális udvariasság a férfi részéről, egy esetleges hátsó szándékkal, vagy tényleg aggódik érte egy kicsit. Aztán meglátta, amit gyanított: egy szőke, hosszú hajszálat a férfi zakóján. Ez betett.

David következő bizalmaskodó mozdulatára elhúzta magát és egyértelmű elutasítással reagált: - Ne érjem hozzám, kérem... soha többet! – sziszegte a fogai között, de elég jól hallhatóan.

•

David határozottan csapta be az autó ajtaját és kettesével szedte felfelé a lépcsőket. Nem akart tudomást venni útitársáról; hátra sem nézett, már el is tűnt az épületben. Mióta beszólt neki, azóta nem beszéltek egymással. Ő kedves volt vele, és ezt kapta vissza. Elutasítást! Lekezelést! Amit ráadásul meg sem érdemelt, hiszen milyen figyelmes is volt vele.

54

De végeztek egyszer s mindenkorra! Az biztos, hogy többet nem áll vele szóba! Nem is érdekli, hiszen olyan gyerekes. De ezt visszakapja még egyszer! Így megalázni...

Tudta, hogy apja már türelmetlenül várja, mondandóját azonban nem telefonon akarta közölni.

Kimberly nem bánta, hogy hátrahagyták, így végre alkalma nyílt alaposan megnézni az épületet. Sejtette, hogy a férfit megbántotta, de ez már nem érdekelte. Legalább békén hagyja. Azt sem bánta volna, ha többet nem látja. Saját lelki békéje előbbre van. Eldöntötte, hogy bármi is történt, úgy tekint rá, mintha mi sem történt volna. Csak egy csók volt, amit a bezártság provokált ki, semmi több. Ez lesz a legjobb megoldás.

Kiszállt az autóból és lélegzetvisszafojtva bámulta a fehér, csipkézett falakat, a kétoldalt kecsesen ívelő lépcsősort és azokat a minden bizonnyal csodás virágágyásokat, melyek makulátlan rendben csak arra vártak, hogy a rózsák és a többi csupa levél kis zöld növény végre virágba szökkenjenek. Bár utálatot kéne, hogy érezzen, de szeme hatalmasra tágult és csak úgy itta magába ezt a sok szépséget. Csak remélni tudta, hogy a kastélynak is beillő kúria lakosai tisztában vannak azzal, milyen értéket is birtokolnak. Vajon kik élhetnek még itt? – hogyhogy ez még nem is jutott eszébe! Biztosan nem egyedül van ebben a nagy épületben! Talán még felesége is van? Egy szép, szőke nő! És hozzá jött haza! Hát persze!

Lesz ideje kideríteni az elkövetkezendő napokban.

Otthonosan közelítette meg a bejáratot és nyitott be. A két ugrásra kész kutya láttán azonban visszahőkölt. Most mi lesz? Megnyomta a csengőt. Az élet ismétli önmagát – jutott eszébe ez a közhely. De szívesen ismételte volna meg az előző napot! – mármint kezdte volna újra... - helyesbített rögtön. Sok mindent csinálna másként...

- Jöjjön kisasszony, nem bántanak – nyitott ajtót Mrs. Mendez, előre engedve. Kimberly most másodszori látásra nem volt róla meggyőződve, hogy felismerte volna az asszonyt. Megállapította magában, hogy tegnap bizony teljesen beszámíthatatlan volt. Hogy az épületre nem emlékezett, az hagyján, de hogy ennek a kedves arcú, mosolygós, ötvenes gömbölyded asszonyra sem emlékszik egy kicsit sem, az azért túlzás. Bár a levendula illata beugrott: nagyanyja bírt hasonló illattal.

- Úgy tájékoztattak, hogy néhány napig nálunk vendégeskedik. Ha gondolja, megmutatom a szobáját addig is – zökkentette ki elmélkedéséből Mrs. Mendez, mialatt a palota belsejébe vezette a vendéget. A nappalit meglátva Kimberlyt már meg sem lepte, hogy úgy érezte, mintha egy teljesen új helyen járt volna. Nem is emlékezett szinte semmire, egyedül a domináns bordó szín maradt meg benne. Elálló lélegzettel nézett körül és hirtelen úgy érezte magát, mint egy tárlatlátogatáson. A terem óriási méretével és már-már túlzóan hivalkodó berendezésével nem lakóház benyomását keltette. Ilyet legfeljebb főúri kastélyokban és nem ebben a században lehetett látni – állapította meg. Elfelejtve, hol is van, nagyon is tetszett neki a látvány! A világos szobában ugyanis a körben elhelyezett sok zöld növény, pálma és óriáskaktusz tompította a bordó különböző árnyalataival borított bársonyhuzatú ülőgarnitúrát és a fél tucat fotelt, a szintén bordó függönyöket és falikárpitokat, továbbá az aranyozott lépcsőkorlátokat, kilincseket és lámpákat. A lány egy hosszú pillanatra megállt és elmerengett a méretében is impozáns plafonról lelógó kristálycsillár alatt. Ezekért mindig is rajongott! Az egész elrendezés gondos kezekről és hozzáértő szakértelemről árulkodott.

A nappaliból kétoldalt fehér lépcsősor futott fel, az egyiken már járt. A másik minden bizonnyal a lakószobákat rejtette. Puha léptekkel követte az előtte haladó hölgyet, aki közben tájékoztatta, hogy ha ebédelni szeretne, szóljon neki. Meg ha bármire szüksége van, akkor is szóljon. Az emeletre érve a folyosó végén az utolsó előtti ajtó előtt álltak meg. – Ez lesz az – jelezte a hölgy, majd benyitott és előre engedte a lányt. Kimberly megdermedten állt meg a küszöbön és félve nézett hátra. Ez lenne az ő szobája? Belépni sem mer!

A szobát a kék szín uralta; világoskék szőnyeg, középkék bútorok, sötétkék függöny teljes harmóniát alkottak. Az ágy láttán a lánynak a lélegzete is elállt: a szélén vékony tartó oszlopok keretet alkottak, melyről kétoldalt finom háló lengte körül az ágytestet, anyagból rózsák futottak fenn és kétoldalt. Egyszerűen mesés volt! Kimberly óvatosan, lélegzet visszafojtva lépett közelebb az ágyhoz, majd bizonytalanul megállt és

56

visszanézett. A házvezetőnő biztató bólintására óvatosan megérintette a finom anyagot. Széles mosoly terült el a száján és izgalomba jött: tényleg egy ilyen ágyban alhat?

- Tetszik a szoba? – kérdezte szinte feleslegesen Mrs. Mendez, mire a lány hevesen bólogatott.

- Miazhogy! – lelkendezett. Mondja csak, Mr. Wilson kérése volt mindez? – kérdezte bátortalanul.

- Igen, kifejezetten utasított, hogy bánjunk önnel figyelmesen – jött a számára meglepő válasz. Ezt biztosan még azelőtt kérte… - gondolta magában, kissé megbánva, hogy olyan kemény volt vele.

•

Eközben a dolgozószobában ismét lázas tanácskozás folyt. John Wilson a másfél órás pihenés után némiképp elnézően vette fia bocsánatkérését, amiért nem jöttek előbb.

- És, mit sikerült megtudnod? – tért rögtön a tárgyra, meg sem kérdezve, hol és főként hogy töltötték az estét.

- Nem kell aggódnod, a lány az üzletről szinte nem is tud. A legfontosabb pedig az, hogy nem akar semmit; szeretné, ha minden olyan lenne, mint régen – összegezte azt, amit gondolt. David a nőkhöz jól értett; bár Kimberly meglehetős talánynak bizonyult számára. Azonban abból, hogy nem használta ki a kínálkozó lehetőségeket és hogy meglehetősen elutasító volt ma reggel, egyértelműen az előbbiek következtek. – Akkor most már mehetek? – kérdezte, mire apja türelemre intette, hogy hagyja emészteni az elhangzottakat.

Nos, nem olyan rég telefonált ide az apja. Úgy tűnt nekem, hogy aggódik a lányáért és már-már visszakozik. Úgy hiszem, újabb meggyőző programokra lesz szükség. Esetleg egy kis lovaglásra délután, vagy talán belefér egy kis hajókázás a jachton. Melyik legyen? Odaszólok, hogy készítsék elő a hajót! – döntött anélkül, hogy megvárta volna a választ.

- Ne – szólt közbe a fia. Inkább a lovaglás – mondta megadóan. De hogy fogja ezt túlélni? Kiutat keresett, de nem látott. Egyszerűen nem akarta elhinni, hogy a mai napját is kénytelen a lánnyal tölteni. Mi lesz a golffal?

- Jól van, ezt rád bízom. Lényeg, hogy ne érezze magát fogolynak. A kék szobába helyeztettem el. Most pedig hívd ide, hadd ismerkedjen meg velem is. Nem, nem mégse, talán jobb, ha engem nem is lát – gondolta meg magát hirtelen. De mindenképpen hagyjuk beszélni az apjával. Remélem rendesen bántál vele és nem fog panaszkodni!

Davidet kisebb pánik fogta el erre a kérdésre és ez minden bizonnyal az arcára is kiütközött. Most mit csináljon, hiszen egy pillanat alatt apja előtt ki fog derülni, hogy a lány nem szól hozzá, sőt!

- David, ugye nem csináltál semmi rosszat, nem bántottad meg? A tenyereden hordoztad, nem? David? – emelte fel a hangját, mire fia lehajtotta a felét.

- Izé, szóval nem hiszem, hogy… szóval nem jöttünk ki túl jól egymással. És nem hiszem, hogy szóba áll még velem – volt végtelenül őszinte. Talán ez segít.

John túl jól ismerte a fiát ahhoz, hogy ne kezdjen el rögtön gyanakodni, mi áll a háttérben. Látva fia reakcióját, úgy vélte egyértelmű számára a helyzet. Elkapta a méreg és olyat üvöltött, hogy a ház beleremegett: – David, ugye nem… ugye nem fektetted le ezt a kislányt?

II.

Adam Beckett nyugtalanul járkált fel-alá az aprócska konyhában, mellyel csak még jobban felidegesítette mind saját magát, mind a feleségét.

- Ülj már le, teljesen elszédülök! – ripakodott rá férjére, aki gépiesen leült a másik támla nélküli székre. Két kezébe temette a fejét és hangosan felnyögött.

- Mit tettem! – jajdult fel. Miért? Undorral nézett körül a szegényes konyhában és nagyon elege lett mindenből. Az egész életéből, a nyomorból, a sok munkából, ami kilátástalan volt. Nem szabadulhat ki ebből, nincs kiút. Egész életét gürizéssel töltheti, akkor is ugyanitt fognak élni. Pedig ő világot akart látni, híres és gazdag szeretett volna lenni, és tessék! Az évek csak röpülnek és nincs visszaút. Lassan 40 éves lesz. Mindenről a lánya tehet! Meg a felesége! Miért kellett megszülnie olyan fiatalon? Lett volna más lehetősége! És miért nem fiút szült, ha már egyszer szült?

- Adam, az ég szerelmére, most már késő, hogy lelkiismeret furdalásod legyen! Soha nem érdekelt annyira a lányod, akkor miért most? Kimberly már elég nagy ahhoz, hogy tudjon magára vigyázni. Különben sem volt más lehetőséged! – vigasztalta párja, fogalma sem lévén róla, hogy nem is ez a baj.

- Ki beszélt itt a lányról! – mordult feleségére. Nem kellett volna eldobjam azt a 10-est. A francba, az az átkozott játék! – rúgta hátra a széket maga alól. Eljátszottam a lehetőséget. Talán az utolsót! – csapta öklét a falba. Az ütéstől némi vakolat távozott.

- Ne lásd olyan sötéten a dolgokat – állt fel a felesége és felállította az eldőlt széket. Gondolj csak bele, egész jól ki is jöhetünk az ügyből – karolta át férje vállát, aki azonban eltolta magától. Az ügyet még pénzzé fordíthatjuk, nem is kevésre! Nálad van most az összes lap és te osztasz. Ugyan, ki gyanakodna rád vagy rám a cégnél? Ha tényleg igaz, hogy nagy zűr van, akkor fel sem merül bennük, hogy mindezt valaki előidézte, csak azt látják, hogy bekövetkezett az, amit sejtettek, hogy bekövetkezik – filozofált tovább a nő, áhítattal nézve férjére. Mit érdekelte most őt, hogy eljátszotta a farmot korábban? Most a sors igazságot szolgáltat és kaptak egy újabb lehetőséget! Ha meg ez sem jön be, akkor sincs gond, a lényeg, hogy mellette legyen. Számára úgyis csak Adam létezett. A világ végére is követte volna és meghalt volna érte, ha kell.

- Julia, abbahagynád végre, csak még jobban megfájdul a fejem. Ne idegesíts még te is! – mordult rá, magában viszont igazat adott neki. Tényleg, ki gyanakodna rá? Senki nem tud az adósságairól, beleértve saját lányát. És kicsikarhat még más feltételeket is...

- Kimberly sem tud semmit, akkor meg... és jobb, ha nem is tud meg semmit – folytatta tovább a gondolatok szövését. Talán ideje lenne... - adta férje szájába a szavakat.

- Mit gondolsz, nem kéne már férjhez adni a lányunkat? Elvégre már 20 lesz! – csapott le Adam az elhangzottakra. Ennyi idősen te már rég anya voltál! Egyből elfelejtené ezt az egészet és mi is megnyugodnánk! Felmarkolnánk a pénzt és odébbállnánk! Biztos van jelölted is? – nézett feleségére. Julia teljesen felvillanyozódott erre. Végre megszabadulhat lányától és párja csak az övé lesz! Megint olyan lesz, mint régen! A legeslegelején – ábrándozott.

- Hogyne, persze. Hmm. Mit szólnál John Lavy-re a szomszédból? Ha jól láttam, mindig is megnézte a lányunkat...

- Ugyan már, az a tejfeles szájú kis senki, ne nevettess...

- Akkor Sergej? Sergej Kobinsky? Ő azonnal el is venné, ha jól tudom jövő hónapban jár le a vízuma, utána meg mehet vissza oda... oda izé, Urániába.

- Ukrajnába – javította ki a feleségét Adam. Olyan ló feje van, szerinted nem? Milyen gyerekeik születnének már? – keresett újabb kifogást. Nem akarok csúnya unokákat!

- Na és Diego? Már egy éve özvegy. Kéne egy asszony a gyerek mellé. Kimberly meg jól kijön a kis Marcell-lel...

- Jule, abbahagynád ezt a névdobálódzást! Ezt bízd csak rám, van egy ötletem... - titokzatoskodott Adam. Julia oldalát majd kifúrta a kíváncsiság, de férje tántoríthatatlan maradt. Úgysem ismered... - hümmögte, ismét lefejtve magáról a felesége karját. Megyek, felhívom újra, hátha beszélhetek végre vele. Mi itt aggódunk érte, ő meg elfelejtkezve rólunk, mulatozik.

•

Adam Beckett pontosan azt hallotta lányától a telefonba, amit szeretett volna. Kimberly azt mondta, amit mindenki elvárt tőle. Hallotta, hogy a házigazda is ott van mellette, így biztos volt benne, hogy mondandója nem csak apjának szólt, hanem neki is. Vagy lehet, hogy még inkább neki szólt?

Hogy is mondta: „Kedvesen bánnak velem, de ne aggódj." Meg hogy: „Természetesen addig maradok, ameddig kell."

Ismerte lányát, hogy ennyire udvariasan és választékosan csak mások előtt beszél. De azt is tudta, hogy valóban így is gondolja, mert ha ilyeneket mondd, akkor tényleg jól is érzi magát. Leginkább annak örült, hogy abbahagyta a cirkuszt és jobb belátásra tért. Emlegetett valami vendéglőt is meg ruhákat. Ez dicséretes. Ezek szerint tényleg jól bánnak vele!

A legutolsó mondatainak egyike viszont kissé aggasztotta: Egy nap alatt hogy lehet az, hogy nem szeretne tudni semmiről? Biztosan megtudott valamit és az elég is volt neki! Na mindegy. Butuska lány, úgysem ért az üzleti furfangokhoz – hessegette el magától a rossz gondolatokat.

A lánya… milyen furcsa is ez. Ha nem ott, a farmon született volna, biztosan arra gyanakodott volna, hogy elcserélték. Még csak nem is hasonlított egyikükre sem! Honnan ez a sötétbarna göndör haj? Mikor nekik fekete szög egyenes van? Lehet, hogy teljesen máshogy alakul a kapcsolatuk, ha örökli anyja csodás szemeit? Ha pont olyan, mint ami megfogta őt a feleségében a kezdetek kezdetén? Biztosan Julia is jobban értékelné ezt a lányt, ha emlékeztetné a családjára. De hiába figyelte Kimberlyt kiskorában, nem fedezett fel benne semmi ismerőset. Aztán le is tett arról, hogy bármit is keressen benne. Konstatálta a nagyon is nyilvánvalót: az alma messze esett a fájától. Most pedig itt az ideje, hogy tovább is guruljon és saját gyökeret eresszen.

Julia… milyen szép is volt! Soha nem felejti el azt a pillanatot, amikor meglátta, ahogy ott áll az ajtójukban, kezében a kis bőröndjével, és munka után érdeklődik. Azonnal megbabonázták a szemei, igen, a szemeibe szeretett bele. Olyan kis törékeny és ártatlan volt, nem tudott neki ellenállni. A szülei meg kénytelenek voltak elrendezni a dolgokat, amikor gömbölyödni kezdett a lány. Miért is kellett azonnal teherbe esnie, olyan fiatalon? Hiszen még ők is gyerekek voltak! Miért nem vigyázott? És miért kellett idő előtt szülnie? És miért nem szült azóta? Nem tudta elfogadni az orvosok kijelentését, miszerint nem lehet több gyereke. Nem hitte el, hogy nem Julia mesterkedéséről van szó. Hogy beavatkozás nélkül biztosan nem lehetne terhes. Azóta már eltelt majd 20 év, a tudomány meg annyit fejlődött. Biztosan lehet valamit tenni!

Adam lassan bandukolt hazafelé, a telefonbeszélgetésen morfondírozott. Annak örült, hogy végre a saját fülével hallotta, hogy lánya a „nem akarok tudni semmit"- mondatot mondta. Fütyörészve sétált tovább és elégedett volt önmagával. Ha tényleg úgy alakul minden, ahogy tervezte, akkor pár nap múlva ismét lesz egy kis vagyona. Vesznek egy farmot - no nem ebben az államban, az biztos – és újra gazdálkodni fognak. És ki tudja, talán sikerül meggyőznie a feleségét, hogy elmenjenek az orvoshoz és legyen még egy gyerekük. Végül is nem olyan öregek, Jule még csak 36 éves. A mai világban ez nem is olyan extra kor. Akár még két gyerek is beleférne. Adam már szinte látta is maga előtt, amint két fiát lovagolni tanítja, meg traktort vezetni, és amíg ellátnak, az a föld mind az övék! Igen, ha lesz egy farmja, meg egy-két fia, biztosan nem kártyázik újra!

Mindeközben észre sem vette, hogy ismét teljesen megfelejtkezett a lányáról.

Otthon a feleségének csak annyit mondott, hogy a lány jól van és kapott új ruhákat is. Tudta, hogy ettől megnyugszik Julia is.

•

Rose Mendez határozott mozdulatokkal kavargatta a tűzhelyen zubogó edény tartalmát, közben halkan dudorászott. Szeretett főzőcskézni és most is élvezte, hogy süröghet-foroghat a konyhában, az ő felségterületén. Ide nem engedett be senkit, a fakanál csak az övé volt. Az úrnő távollétekor teljesen ő döntött a menüről. Bár egyre gyakrabban

62

fordul elő, hogy asszonya nem adja le a rendelést, hogy mit főzzön. Ezt a teljes szabadságot élvezte és azt alkothatott, amihez kedve volt. Szeretett itt élni és hálás volt a sorsnak, hogy amikor elhagyták szülőhazájukat, Argentínát vagyon nélkül, és nekivágtak az ismeretlennek szerencsét próbálni, ide kerültek. Mindent José szakértelmének köszönhettek. Hogy ért a virágok és növények nyelvén. Milyen büszke is a férjére! Bár hiányzott neki a családja, de elfogadta, hogy férjét követve, kitartva mellette, elhagyja őket. Rose szakácsművészetét még nagyanyjától tanulta és az évek folyamán tovább tökéletesítette. Nem törte le a lelkesedését az sem, hogy a ház urai sokszor étteremben ettek, így gyakran előfordult, hogy hiába főzött. De erre találták ki a mélyhűtőt, hogy ne vesszen kárba minden. Meg itt vannak a kutyák is, persze a többi alkalmazottal együtt. Bár férje már nem evett annyit, mint régen, de nagyobbik fia három emberrel is felért. Szép szál, izmos legénnyé nőtte ki magát. Rose csak azt sajnálta, hogy lassan 35 lesz és még nem nősült meg. Bár hogy is tudna találkozni lányokkal, mikor folyton itt van a farmon? Erre meg nemigen jár senki. Annak viszont örült, hogy mindkét lánya jól ment férjhez és boldogan élnek. Viszont legkisebb gyermeke… Antonio, a kakukktojás. A hálátlan gyermek. Akinek mindig is büdös volt a kétkezi munka, soha nem becsülte semmire. Lenézte családját, megvetette származását és ki akart törni. Nevét is Anthony-ra változtatta, hogy amerikainak tűnjön. Ki tudja, azóta mi lett a Mendez névből is? És képes volt a gazdag vendégek körül legyeskedni. Még jó, hogy erről a gazdáék nem tudtak, bele se mert gondolni, hogy abból mi lett volna. Aztán elment, egyik napról a másikra. Legalább írna, hogy tudná, mi van vele. Mégiscsak az ő fia! – morzsolt el egy könnycseppet a szeme sarkában.

A mellette lévő edényből gőz csapott fel. Kapkodva emelte le a fedelét és egy villával szurkálta meg a benne párolgó zöldséget, ellenőrizve puhaságát. Még kell neki egy pár perc. Egy kicsit el volt késve az ebéddel és utált kapkodni. Kinyitotta a hűtőt, gyors pillantást vetve a krémre, hogy megszilárdult-e már. Ahogy előrehajolt, egy ébenfekete tincs – elmúló fiatalságának utolsó jele – kiszabadult az őszbe forduló kontyából. Gyorsan visszatessékelte a füle mögé, nem ér rá most vacakolni azzal, hogy megigazgassa a kontyát. A tűzhely felöli újabb gőzkilövés kötötte le a figyelmét. Mi a fene van ma? – zsörtölődött hangosan, nem szokott velem ilyen lenni. Már másodszor fut ki a szósz. Biztosan oda is kapta az alját – morgott tovább, majd fújtatott egyet. A rosszkedv ragadós.

A kavargatás hatására a rotyogás abbamaradt és Rose is megnyugodott kissé. A szósz mégsem kapott oda. Nem vallhat szégyent, amikor végre újra vendég van a házban. Egy vendég kislány. Nagyon fontos személy lehet, ha hozzák-viszik, meg elszállásolják itt. Nem is volt ilyen vendégük már... már mióta is? Nagyon régen! És hogy itt is aludjon, méghozzá egy pár napot! Megdöbbentő! Csak nem valami rokon lehet? Talán itt is ragad. No nem lesz vele baj, egy csendes, szolid kislány, aki teljesen meg van rémülve. Vajon mitől?

A nagy sürgés-forgásban és elmélkedésben nem láthatta meg, hogy a félig nyitott ajtó mögül ketten is figyelik...

•

Martha Graham nagy lendülettel rázta fel az ágytakarót, majd gondos kezekkel igyekezett körbeigazgatni a széleken. Végigsimította a puha, színes takarót és elmélázva állt meg egy pillanatra. Majd hanyag mozdulatokkal random rádobálta a hatalmas ágyra a díszpárnákat. Elégedett volt a végeredményt látva és figyelmét a szőnyeg felé fordította. Sehogy nem volt kibékülve az elhelyezésével. Előbbre, majd hátrébb húzta, próbálva megtalálni a tökéletes egyensúlyt. Aztán megállapította magában, hogy ez a szőnyeg nem illik ebbe a szobába, túl kicsi. Talán ha kicserélné a barna szoba szőnyegével? Azt úgyse használja senki. Csak ott porosodik feleslegesen. Bár mennyi minden nincs használva ebben az óriási házban. Vegyük csak sorra... ott van az az öt hálószoba, mind saját fürdővel az emeleten a jobboldali szárnyban. Abból kettőt használnak – na jó, most pár napig hármat. Úgy hallotta, valami vendég kislány érkezik. A bal oldali szárnyban ott van a két dolgozószoba, meg az úrnő saját kis lakásnak is beillő három szobája. Lenn meg a csarnoknyi nappali. Aztán nem beszélve a személyzet lakrészéről. Még jó, hogy Mendez asszony a sajátjukat rendben tartja, azt már végképp nem bírná. Ja, és a terasz, azt is neki kell tisztán tartania! Mindezt egyedül! Igazán felvehetnének még egy szobalányt, van itt annyi munka. Mrs. Mendez sem lesz fiatalabb, ő meg nem marad itt élete végéig, az is biztos. Még egy év bőven elég

64

lesz, aztán valami új után néz. Nem tudta megszokni az elzártságot és a távolságot a várostól, a jó fizetés ellenére sem.

Martha megragadta a tollseprűt és felállt az egyik székre. Nincs idő a bámészkodásra, mindjárt visszajön a fiatalúr. Addigra végeznie kell a portörléssel is, ne találja még itt. Ne munka közben. David szobáját kedvelte a legjobban, itt a szokásoshoz képest is alaposabban végezte a munkáját. Nagy gonddal látott neki a csillár módszeres törölgetésének. Úgy el volt foglalva, hogy nem vehette észre, amint az ajtó megmozdul. Ketten is figyelték...

•

José Antonio Mendez óvatos és gondos mozdulatokkal igazgatta el a virágágyást az egyik rózsatőnél, majd másik kezével letapicskolta a földet. Felemelkedett és szusszant egyet, majd indult egy tővel odébb. Még rengeteg dolga van, sok a rózsatő és mindegyiket meg kell tisztítania. A metszést majd a következő körre hagyja, egyszerre jobb, ha egy dologgal foglalkozik. Nem bánta a munkát ezen a csodás, kellemesen meleg napon, a tavasz első hetén. Végre kinn töltheti az egész napját a virágai között, a hosszúra nyúlt tél után. Hogy hiányzott már neki!

José számára a virágai jelentették a felüdülést és kikapcsolódást és nem bánta, hogy annyit kell vesződnie velük. Ezt csinálta fiatal kora óta, az elmúlt lassan negyven évben, de nem tudta megunni. Büszke volt hivatására, arra, hogy milyen jó kertész, milyen nagy becsben tartják itt ennél a háznál, ahol mindig is szolgált, mióta Elizabeth asszony felvette. A sok fáradtságot ezek a virágok a legszebb pompájukkal hálálják meg és ilyenkor, amikor csodálja őket, akkor nem bánja azt a rengeteg órát. Ők legalább meghálálják a törődést, nem úgy, mint sajnos sok ember – gondolt szomorúan kisebbik fiára, legkisebb gyermekére, akit mióta elhagyta a családi házat 20 évesen, azóta nem látott és egy ideje már nem is hallott felőle. Bár bántotta viselkedése, mellyel lenézte a saját családját, de őszintén remélte, hogy jól van és tényleg sikerült megvalósítania álmát: kitörnie a kétkezi munkáslétből és ügyvédként dolgozni. Világot látni. Egy ideig még írt rendszeresen anyjának és beszámolói szerint bejutott az iskolába és jól megy neki az egyetem. De már több, mint három éve nem érkezett levél tőle. Legalább egy képeslapot küldhetett volna anyjának, Rosenak. A hálátlan. Nincs olyan nap, hogy felesége ne sírdogálna az aggodalom miatt. Próbált ő nyomozni, kérdezősködni, aztán a múlt héten eljutott odáig, hogy főnökét, Mr. Wilsont kérte meg, hogy legyen szíves segíteni neki. Csak annyit szeretett volna megtudni, hogy jól van és egészséges és boldog. Többet nem is kívánna neki. A teljes bizonytalanság helyett bármi más is jobb...

A gereblye szorgosan járt a kezében, szerette volna kihasználni az eső nélküli, kellemes tavaszi napot. Az előrejelzések szerint ugyanis pár nap múlva újra lehűl és az eső is visszatér. Addigra rendbe kell hoznia mindent annyira, hogy a föld minél több vizet tudjon elnyelni. Nincs szüksége még egy földmosásra is.

A sor végén megállt, kortyolt egy párat az odakészített ásványvizes üvegből, megigazgatta a fején lévő sapkát, majd ráfordult a következő sorra. Lassan közeledett a feléhez. Nem vette észre, hogy mozdulatait már egy jó ideje két szempár követi...

•

- Gyere kutyus, körülnézünk a kertben is – invitálta magával az öreg vizslát a további sétára. Te bezzeg egyből észrevettél, nem úgy, mint ez a sok elfoglalt ember – paskolta meg kedvesen az eb fejét Kimberly és elégedetten nyugtázta, hogy az állat okos szemeivel visszahunyorog rá. Biztos volt benne, hogy megértette, amit mondott.

- Ennyi erővel akár láthatatlan is lehetnék – motyogta. Megszokta, hogy jelenléte nem szokott sok vizet zavarni.

Nem mintha bele akart volna látni vagy folyni az itteni életbe. Jobb, ha nem is tud meg senkiről semmit ezalatt a pár nap alatt. Inkább kivonja magát minden társaságból vagy kommunikációból. Akkor legalább nem fog nyomot hagyni benne az itteni idő. De legalább annyit igenis kihasznál ebből a helyzetből, hogy élvezi a természet közelségét és a kényeztető luxust. Mint egy álmot. Hogy aztán visszatérve a valóságba ott folytassa, ahol abbahagyta.

Maga mögött hagyva a félig feltérképezett házat, a már ismerős hintát, kíváncsian közelítette meg a párszáz méterre lévő istállót. Biztosan van itt valahol ló is! – lelkendezett. Nem találkozott ezzel a kedves állattal azóta, mióta elhagyták a farmot. Pedig hogy szerette őket. Még saját lova is volt, Pelyhes volt a neve. Ki tudja, mi lett vele azóta, csak remélni tudta, hogy jó helyre került. Izgatottan lépett be az épületbe és kukucskált be a boxokba. Sehol egy kis nyihogás, egy fújtatás vagy egy csámcsogás. Csalódottan kellett konstatálja, hogy az ajtók nyitva vannak és az állatokat kivitték. Mert vannak itt állatok, arról a friss széna tanúskodik. Ezek szerint van kinti karám itt valahol a közelben. De merre? – lépett ki az istállóból és kíváncsian kémlelte a látóhatárt. Egyedül nem kéne nekivágjon az ismeretlennek. Esetleg megkérdezi Mr. Wilsont. Nem, vele nem beszél többet! Akkor inkább a kertészt, igen. Az remek ötlet! – indult is vissza a rózsakert felé.

•

Davidben meghűlt a vér, amikor kinézett az ablakon a hátsó kertre. Azt hitte, nem jól lát! De bármennyire is erőltette a szemét, mindig ugyanaz a kép tárult elé: Kimberly, amint a legújabb tavaszi kollekciós, vagyont érő ruhájában guggolva, két csupasz kézzel a földet túrja! Ez hihetetlen! – borzolódott fel minden idegszála és lendülettel vágtatott lefelé a lépcsőn. Majd ő beolvas ennek a kis csitrinek, hogy mi illik és mi nem! Meg Josénak is. Hogy tehet ilyet az ő becses vendégükkel, hogy kétkezi munkába fogja?

Sietős léptekkel vágott át a pázsiton, mely elnyelte lépteinek zaját. A két megfigyelt személy neki háttal voltak, így nem is láthatták, hogy jön a veszedelem. Ahogy közelebb ért hozzájuk, megcsapta a lány önfeledt kacagása. Kimberly édesen és gurgulázón nevetett, nagyon is jóízűen. Davidet irigység fogta el; haragja elpárolgott, helyette a kíváncsiság telepedett. Vajon mi olyat mondhatott neki az öreg José, ez a szótlan és magába zárkózott ember, hogy így lehessen rajta nevetni?

Mivel jobb nem jutott eszébe, így a hangos „Jónapot"-tal lépett színre. Megjelenése egyértelmű zavart váltott ki. Kimberly megdermedt, majd a következő pillanatban felpattant és piszkos kezeit sebtében a háta mögé rejtette. David megállapította, hogy láthatóan a ruhája épségére vigyázott, a kezére viszont nem. Arcán piszokcsík futott keresztül, mely minden bizonnyal rakoncátlan fürtjeinek igazgatásakor kerülhetett oda. A pirosság viszont egyértelműen neki volt köszönhető. A kislány az ő jelenlétében megint elpirult.

José szokásához híven illedelmesen levette a sapkát a fejéről és kezével tördelte maga előtt. Kissé előrehajolt, majd köszörült egyet-kettőt a torkán és megszólalt:

- Jó napot a fiatalúrnak is. A kisasszonynak épp furcsa rózsaneveket meséltem, amikor érkezett – adott egyszerű magyarázatot a vidámságra.

David némiképp enyhített a szigorú tekintetén és biccentett. José értett a jelzésből, mert távozott. Kimberly kissé égő orcákkal magára maradt a férfival.

- Csak meg akartam kérdeni, hogy érzi magát? Esetleg szeretne valahova elmenni? – mondta David és maga is elcsodálkozott azon, amit mondott. Nem valami lovaglást ígért apjának? Kimberlynek azonban esze ágában sem volt újabb közös programon részt venni a férfival.

- Izé... szóval köszönöm a kedvességét... meg minden... a szobát is... de a világért sem szeretném rabolni az idejét – jött bele a fogalmazásba. Majd elsétálgatok itt a kertben, meg segítek Mendez Úrnak – mosolygott félszegen a férfira. Nem kell babysitterkednie! – tette még hozzá. David meglepődött, hogy pont azt a szót használja, amit ő is korábban.

- Biztos benne? – kérdezett vissza. Közben meglátott egy levelet a lány hajában. Tökéletesen illett ebbe a kompozícióba: a kis proli. Ha nem a saját szemével látta volna tegnap, el sem hinné, hogy tud igazi nőként is viselkedni. Úgy, hogy még ő is vonzónak találta. Sőt, el is akarta csábítani. Marhaság. Most viszont csak egy kislányt látott, aki tökéletesen úgy tett, mint aki rossz fát tett a tűzre.

- Teljesen – mondta közben Kimberly határozottan.

David közben már elkalandozott és csak késve hallotta a lány válaszát. Mereven bámult maga elé, mellyel csak még jobban elbizonytalanította a lányt.

- Ahogy óhajtja – tért magához. Kissé meghajolva bókolt, erőltetett udvariassággal, ami Kimberlynek már az idegesítő határt átlépte. Talán még Davidnél is jobban örült annak, hogy nem kell közös programon részt venniük.

•

David nagyot fékezett a golfklub előtt, majd ki sem nyitva az ajtót kipattant a nyitott sportkocsijából. Nagy lendülettel vette ki golftáskáját a hátsó ülésről. No nem volt nehéz dolga, mert a tokban a szokásos ütők töredékét lehetett csak találni. David profi játékosként kizárólag két ütővel dolgozott. Kihívásnak tekintette, hogy nem a legmegfelelőbb ütőt használja. Meg akkor túlságosan is egyoldalú lett volna a küzdelem, bár így is gyakran előfordult, hogy unatkozott a mérkőzések során. Haverjai korántsem voltak olyan eredményesek, mint ő.

Széles vigyorral üdvözölte barátait:

- Hello Tom, Will. Hogysmint? A többiek? – köszönt oda a Morgan ikreknek.

- Már nem győztek rád várni és előrementek. Pláne azok után, hogy tegnap is annyit késtél! Aztán meg hamar olajra léptél azzal a szőkével. Nagy a tempó!

- Mondtam, hogy bennragadtam egy liftben – értetlenkedett és kissé morózusan követte a többieket a pályák felé. Utált magyarázkodni, főként ismételgetni önmagát.

- Ja, persze, a lift – vigyorogtak. Most hallottuk a teljes sztorit, mert bizonyos részeket elmondhattál volna! Azért nem unatkoztál odabenn, ugye? – ha-ha. Ismerjük a kicsikét?

David megdöbbent az információ gyors áramlásán, de aztán gyorsan figyelmen kívül hagyta a kérdést. Kapóra jöttek a többiek.

- Csaó Dylan, Tommyfiú, hogy vagy? Tegnap nem láttalak! – fogott kezet a két másik férfival.

- Ne is mondd… - reagált Tommy. De úgy hallottam, te sem a beígért autóval érkeztél. Mi történt, az bennragadt egy másik liftben? – röhögött ő is David képébe, közben hátba veregette.

- Tényleg, megígértem az autót! – jutott David eszébe a versenyjárgánya. Teljesen elfelejtkezett róla a tegnap délutáni zűrzavarban és hálát adott az égnek, hogy szerencsére az apja is. Vajon a kulcs még ott lehet a szőnyegen? – morfondírozott. Nyugi, a járgány sínen van. Majd meglátjátok! Csak a faternak kellett valami, persze azonnal, aztán nem úgy alakult.

- Ja, hallottunk valami kiscsajról. Milyen egy liftben? – fogták közre mind a négyen. David látta rajtuk, hogy ez izgatja őket egy jó ideje és úgysem menekül.

- Hát... - kezdett neki a kitalált történetnek. Tulajdonképpen olyan, mint máshol. Semmi extra. Az a lift meg elég nagy volt... tudjátok, a hölgy nagyon félt és meg kellett nyugtassam – nézett körbe a csillogó szemeken, akik kíváncsian várták a folytatást.

- Ennyi? – méltatlankodtak. Ennél többre számítottak, de David nem volt hajlandó további részleteket elárulni.

- Na és a kiscsaj... izé, hölgy. Találkoztok még? – kérdezte meg Will, a legizgágább.

- Mi? Nem, dehogy! – tiltakozott talán túlságosan is hevesen. Még azt sem tudom, hogy hívják!

- Na, ki fizeti az első kört? – terelte gyorsan más irányba a beszélgetést. Azzal a díszes kompánia a bár felé vette az irányt.

•

Rose Mendez idegesen nézett körül a házban, majd kifelé nézegetett az ablakon, hogy vajon merre lehet. Megszidta magát amiatt, hogy nem mondta el neki a házirendet. Ideje lenne, hogy ebédeljen, elvégre már két óra is elmúlt. A személyzet mindig utánuk szokott enni és ők sem tudnak a végtelenségig várni. Meglepetésére Kimberlyt férje mellett találta, amint szorgos kézzel igazgatta a földet a rózsaágyásban egy gereblyével.

- Ebéd! – ordította el magát. Jöjjön kisasszony, önnek is. Kézmosás, arcmosás – nézett rá a lányra a házvezetőnő, miközben mindezt mondta.

Sajnos a háziak nem esznek itthon, így... – harapta el a mondatot. Egyedül eszik – hogy mondhatna neki ilyet? De azt mégsem ajánlhatja fel neki, hogy egyen velük a konyhában.

Még mindig nem tudja, ki is ez a lány. Kinek a kije? Csak annyit mondtak neki, hogy a hétvégén lesz itt. Pedig úgy érdekelnék a részletek! Annyira kíváncsi! Az biztos, hogy nem úrilány. Akkor meg kicsoda? Valami távoli rokon lehet, csakis – jutott megint ugyanarra a következtetésre.

Számításai bejöttek: amikor Kimberly meglátta a méretes étkezőben az egyszemélyes terítéket, bátortalanul rákérdezett, hogy nem ehetne ő

70

is velük kinn a konyhában. Még jó, hogy nem fáradt annyit a terítéssel külön és nem vette elő a porcelán étkészletet arany díszítéssel, ahogy kérték rá. Sejtette, hogy nem flancol és a társaságot többre tartja bármi illemmel szemben. Talán sikerül valamit kiszednie belőle evés közben a részleteket illetően.

Csalódnia kellett. Kimberly ahogy otthon is, ösztönösen lapátolta magába a tányéron lévő ételt és nem hagyott benne semmit. Belenevelték, hogy nem illik. Ahogy azt is, hogy étkezés közben nem szólalnak meg, egyedül csak apja beszélhet.

•

David élvezettel hajkurászta Willt a kis golfautóban a zöld pázsiton keresztül. Imádta ezt a kis elektromos autót vezetni, a végsőkig hajtva. Olyan bámulatos kis szerkentyű volt. Kissé instabil, vagyis figyelni kellett az éles irányváltásokkal, de egyébként pompás kis szerkezet. Kikerült egy nagyobb buckát és fittyet hányva a kijelölt autóútra keresztbe nekilódult a kis tó felé. No Will sem foglalkozott sokat az előírásokkal, úgy ugrasztott szét két ütésre készülődő játékost a domb mögül, hogy David sem tudta nevetés nélkül hagyni. Csak centiken múlott, hogy nem ragadta magával az egyikük ütőkészletét. A következő bucka azonban rajta is kifogott: mire David odaért, addigra már alaposan beleásta magát a homokba.

Beragadt a gázpedál én meg segíteni próbáltam rajta – magyarázták később a kiérkező pályafelügyelőknek, igyekezve komoly képet vágni.

Nem ez volt az első eset, hogy randalírozáson kapták őket és igencsak közel jártak ahhoz, hogy kihajítsák a klubból. A huzavona végén aztán egy csekk megoldott mindent.

Mire a többiek megtalálták őket, már minden rendben is volt. Mintha mi sem történt volna, ott álltak a 12-es körnél és a szélerősséget tesztelték.

Elsőként David ütött. Nem is volt kétséges, hogy a labda közvetlenül a luk mellett landol. Egy egyszerű ütéssel egyértelműen a helyére kerül.

David hátrébbhúzódott, helyet engedve a következő ütőnek. Will harciasan félrelökte 4 perccel fiatalabb testvérét és sebtében ütött, rá sem készülve. A labda a jobbra elterülő fák között landolt.

- Francba – szitkozódott Will Morgan és idegesen tépte le a golfkesztyűjét. Hagy kapjak egy új labdát? – nézett a többiekre. David mosolygott magában. Ki gondolná erről a fiatalemberről, aki most úgy viselkedik, mint egy kamasz, hogy egy kőkemény üzletember? Hogy a most laza külső egy hibát nem tűrő precíz gépezet tagja? A Morgan csoport egyik igazgatójaként az óriás élelmiszergyártó, csomagoló, forgalmazó és még egy csomó mindent magában foglaló multicég logisztikájáért felel. Azon belül is a légi szállításért. Ott aztán nem lehet hibázni! Ha valami nincs ott idejében, akkor súlyos millióktól esnek el.

Az újabb ütéshez már komolyan nekikészülődött. Félhosszú sötétbarna haját gondosan hátrafésülve összefogva hordta, most igazított rajta egyet. Beleállt az ütésbe és percekig méregette a távolságot. A labda íve elárulta, hogy az ütés ezúttal sikeres volt. Will kigombolt még egy gombot az ingén a siker láttán, tovább lazítva magán. A feszült munkája meg is kívánta, hogy teljesen kikapcsolódjon ilyenkor. A nagy nőcsábász.

David cigarettára gyújtott és a füstön keresztül méregette Will öccsét, Tomot. Egypetéjű ikrek voltak és a külsőségeken túl számos belső tulajdonságuk is hasonló volt. Tom viszont nem volt olyan gyerekes, annál komolyabban viselkedett. Mondhatni az ő józansága volt a társaság lelkiismerete. David agyában megfordult az a gondolat, hogy egész egyszerűen a más munkakör teszi. Bár Tom többet dolgozott, mint Will, de korántsem olyan stresszes munkakörben. Így persze nem is kellett annyira kiengednie ilyenkor hétvégeken. A marketing részleg sokkal több lazaságot engedett meg és több kreativitást igényelt. A munkájának a szerepe viszont legalább olyan fontos volt, mint a bátyjáé. A haja viszont bátyjával ellentétben rövid volt, akárcsak az egész konzervatívabb megjelenése. Legalább nem keverte össze őket senki, sőt! Sokaknak így fel sem tűnt a köztük lévő hasonlóság.

A mustra következő tárgya Dylan Fisher volt: az ügyvéd. Válási ügyekre specializálódott és élvezettel számolt be minden mocskos vagyonperről és nevetséges huzavonáról. Az előbb épp egy értéktelennek tűnő kanapé körüli botrányt ecsetelt nagy átéléssel, melyről aztán kiderült, hogy a megboldogult nagymama értékes köveket rejtett az üreges lábakba. Davidet nem hozta annyira lázba az a gondolat, hogy egymillió dolláron ült valaki nap mint nap. Ellenben alaposan tanulmányozta Dylan

72

körméreteit, megállapítva, hogy mintha pár kilót sikerült volna leadnia a feleslegből. Ezek szerint a legújabb fogyókúra sikeresnek tűnik. De még egy jó tízes azért maradt ott deréktájon – állapította meg kissé rosszmájúan. A haja viszont egyre kevesebb, rendesen kopaszodik szegény. Pedig alig pár évvel idősebb náluk. A négy 34-esnél. Az agglegény bandánál. De nemcsak emiatt lógott ki a társaságból: a munkájából adódóan bárki meglepődött volna azon a tényen, hogy a várakozásokkal ellentétben nős és családos volt. Ötük közül egyedül ő. David már nem is emlékezett arra, hogy csapódott az egyetemről összekovácsolódott bagázshoz. Nem szokott minden mókájukban részt venni, főként golfozni jár el velük. De társasága mindig üdítően hat rájuk.

A legközelebb Thomas McIntosh állt Davidhez, aki hozzá hasonlóan aranyifjúként tengette életét. A legtöbb időt vele töltötte. Amíg ugyanis a többiek dolgoztak, addig csak Tommy ért rá vele jachtozni vagy lógni mindenfelé. Szülei birtokolták a jachtklubot és a bérelhető járművek zömét, a szükségesnél nagyobb jövedelmet biztosítva ezzel maguk és családjuk számára. David gyakran töltötte idejét a kikötőben, ahol esetenként önként ajánlották fel szolgálataikat a bérelt jachtok mellé. Jó móka volt és ennél egyszerűbb módon nem is ismerkedhettek volna. Mennyi csinos, kevés ruhában lévő, gazdag és főként unatkozó szépasszonynak segítették elütni az unalmasnak induló napját.

•

John Wilson elégedetten hallgatta meg Mrs. Mendez beszámolóját a nap eseményeiről. Kissé bosszantotta ugyan, hogy fia – ígéretének ellenére – nem vitte el Miss Beckett-et lovagolni, azonban az asszony meggyőzte arról, hogy a lány jól érezte magát a mai napon. A további részletekre nem volt kíváncsi, inkább az irodájába ment. A vacsorát is oda kérette. Szeretett volna még kidolgozni egy pár részletet és ahhoz csöndre és főképp nyugalomra volt szüksége. Pont arra a nyugalomra, amit a dolgozószobája árasztott magából. Bár máris sejtette, hogy az ügylet nem fog hétfőn lezajlani, de egyenlőre nem akart még erre gondolni. Felőle addig marad itt a lány, ameddig szükséges, tőle ez akár egy hónap is lehet. Majd később egyeztetnek arról, meddig is kell a „biztosíték". A legnagyobb problémája egyenlőre az volt, hogy kin keresztül bonyolítsák le az ügyet. Meg kell találnia a megfelelő embert erre a feladatra. Olyat, aki ismeri a benti viszonyokat, de nem dolgozik ott. Akire nem gyanakodnak. De hol talál ilyen embert? – tanakodott.

Megérkezett a várva várt fax. John Wilson leült az asztala mögé és tüzetes vizsgálat alá vette a hosszú névsort. Csak talál valakit, akit ismer közülük.

•

Kimberly leoltotta az ágy melletti kislámpát és a feje búbjáig felhúzta a takarót. Megpróbált elaludni, de túl sok minden kavargott a fejében ahhoz, hogy az álmok elragadják. Pedig a nap hátralévő része eseménytelenül telt, így nem értette, mitől ilyen zaklatott. Délután sétált egy kicsit, kertészkedett, segített a vacsorai előkészületeknél és azt követően a rendrakásban. A ház urai meg nem bukkantak fel, mintha nem is itt laktak volna. Kimberlynek sikerült annyit megtudnia, hogy David szülei is itt laknak a házban. Más családtag nem. Rose meglehetősen szűkszavú volt, bár ő sem nagyon zaklatta a kérdéseivel.

Szóval egyke és nincs semmiféle szőke feleség sem. Vajon a szülők hol ettek? Itt az ebédlőben biztosan nem! Mondjuk vasárnap este van, minden bizonnyal valami fogadáson vagy estélyen vagy partin vannak, vagy tudomisén hogy hívják ezeket. Egyre megy. De miért is érdekli mindez?

Felkapcsolta a lámpát és felült az ágyban. Az óra egyenletes duruzsolása jelezte az idő könyörtelen múlását. Majdnem tíz. Kimberly körbejáratta szemét a szobán, olvasnivaló után kutatva. A szoba elegáns berendezése azonban egyértelműen arról vallott, hogy vendégszoba a funkciója. Rideg és felületes – ez jutott eszébe. Akárcsak a gazdái! Nem voltak benne olyan berendezések, melyek tartós használat mellett óhatatlanul is odakerülnek. Sehol egy könyv, egy újság, pedig milyen szívesen nézegetne valami ilyesmit most. Várjunk csak, mintha a konyhában látott volna színes lapokat. Igen, ez az! Belebújt a papucsába és leosont a lépcsőn. Szerencsére a folyóson állandóan égett a villany így könnyen letalált. Egy paksaméta pletykalappal a hóna alatt tért vissza a szobába. Felpolcolta

74

a párnákat a háta mögött és kényelmesen elhelyezkedett az ágyban. Maga köré polcolta fel az újságokat és végignézte a dátumokat. Legjobb, ha időrendben halad. Anyja is imádta az ilyen lapokat, mindig egymás között adták a kolléganői között. Néha Kimberly is bele-belelapozott a színes oldalakba, hogy nyomon tudja követni a legfrissebb pletykákat. Melyik filmszínész melyik rendezővel kavar, mely hírességek jöttek össze és mentek szét az utóbbi hónapban, hogyan lehet széppé varázsolni az arcbőrünket, mi a tartós kapcsolat titka és így tovább. Volt, hogy csak a színes képeket nézte meg benne: a tökéletes és idealizált nőket és férfiakat, akik gondtalanul, vakítóan fehér fogakkal vigyorogtak a sorok között, mintha csak ez lenne az egyetlen dolguk. Mindegyik ilyen lap erről szólt. Ez tökéletes lesz altatónak.

Már a negyedik újságot rágta át, amikor lassan kezdett álmosodni. Teljesen kiképezte magát fejfájás elleni praktikákkal, körömápolási tippekkel, nem beszélve az éppen forgatás alatt álló filmek rövid tartalmából. Itt az ideje, hogy aludjak végre. Hú, lassan éjfél. Aztán meg itt horkolok egészen délig. Na szép lesz – azzal felemelte az újságokat, hogy letegye a földre az ágy mellé. Majd reggel visszacsempészi őket, nem valószínű, hogy addig bárkinek is hiányoznának. Hiába ügyeskedett, a sok újság nem maradt meg kupacban, hanem szétcsúszott és a legfelül maradt újság kettényílt. Kimberly lehajolt, hogy megigazgassa a lapokat, de a képet meglátva megdermedt. Megfelejtkezve mindenről lehuppant a földre és mohón falni kezdte a sorokat. A fáradtság egy pillanat alatt eltűnt.

•

David enyhe alkoholos befolyáltságának köszönhetően a szokásosnál körülményesebben kászálódott ki az autójából. Elég jól szokta bírni az alkoholt, de abban a bárban valami olyan lőrét adhattak neki, amitől gyorsan fejre állt. Az biztos, hogy nem megy oda többet és ajánlani sem fogja senkinek. Pedig hogy beharangozták a megnyitóját...

Nagyon lassan vezetett, nehogy baj legyen. Főként arra kellett ügyeljen, hogy ne aludjon el a volán mögött. Jó buli volt, de a szokásosnál hamarabb lett vége. Pedig ő még maradt volna abban a bárban, ha az a barom nem köt belé. A két verekedő kakas pedig gyorsan az utcán találta magát. De legalább jól helybenhagytam! Ott hagytam az ököllenyomatomat a szeme körül, az biztos! Szorította elégedetten ütésre kész állapotba a kezét, ami némi fájdalommal járt. Neki biztosan jobban fájhat – nyugtázta elégedetten. Előkotorta a kulcsát a zsebéből és másodjára sikerült is beletalálnia a zárba. Lassan, szinte lábujjhegyen osont végig az óriási nappalin. A lépcsők viszont komolyabb kihívást jelentettek a számára. A korlátba kapaszkodva jópár percbe tellett, míg a fordulót elérte. Maga se tudta honnan, de eszébe jutottak a kocsi kulcsok. Valahol itt ejtette el őket. Óvatosan négykézlábra ereszkedett és a félhomályban módszeresen tapicskolni kezdte a szőnyeget. Közben magában azért fohászkodott, hogy az extra precíz Mrs. Mendez a mai napon remélhetően nem porszívózta végig a szőnyeget.

- Igen! – kiáltott fel hangosan, amikor megtalálta, amit keresett. Elégedett mosollyal közelítette meg a szobáját. A héten megmutatja a srácoknak!

•

Kimberly annyira belemerült az olvasásba, hogy nem hallott semmit a folyosóról beszűrődő zajokból. Figyelmét teljes mértékben az újságban talált cikk kötötte le. Végigfuttatta szemét a képeken, majd sebtében elolvasta a több oldalon átívelő cikket. Aztán újra nekilátott, hogy megint végigolvassa – immár lassan és módszeresen, csak azt a részt, ami őt érdekli.

„A legkapósabb agglegények városunkban" rovatsorozat eheti száma csak és kizárólag egy férfiről szólt.

„Rovatunk eheti számában egy újabb kívánatos partiról számolunk be: David Wilsonról. Ez a meglehetősen vonzó külsejű, 34 éves fiatalember előnyös parti lenne bármely nő számára. De nézzük csak sorban, milyen kiváló tulajdonságokkal büszkélkedhet! Bár a kép sok mindent elárul eme hímnemű példány előnyös tulajdonságainak egy részéről, azt azonban csak a személyes interjú után oszthatom meg kedves női olvasóimmal, milyen kellemes és udvarias emberről van is szó. Persze sokunkat önmagában elégtétellel töltene el az a tudat, hogy van egy olyan

76

szabad préda, melynek bankszámláján a nullák száma már lényegtelen, hogy 8 vagy 9, akárcsak az a fölöttébb nyugtató tény, hogy ő az egyedüli örököse az autóipari óriásbirodalomnak, de el kell mondjam, hogy ennél több mindent is tudniuk kellene róla. Például hogy sokoldalú tehetségről is van szó. Bár az illető sportágak tanulmányozásában a férfiak járnak az élen, de talán néhányan emlékeznek autóversenyzői múltjára, vagy a golfsikereire. Nos, jelenleg ez a fiatalember már az irodaasztalra cserélte mind a kormányt, mind a golfütőt, de higgyék el: a győzni akarás továbbra is a vérében van! És hogy mi a jó tanácsom arra nézve, hogy szerezhetnénk meg magunknak ezt a kívánatos példányt: nos, a recept egyszerűnek tűnik. Végignézve a volt barátnők névsorát, igazán elmondható, hogy nem válogatós. Sokunk számára megnyugtató, hogy nincsen ideálja, vagyis bárki esélyes lehet. Egy tény azonban biztos: csak az érezheti magát nyeregben, aki képes megtartani egy hónapnál tovább. Egy hónap... nos, kedves hölgyeim, ez az a szint, amit teljesíteni kell nála."

Kimberly az ölébe ejtette az újságot, majd ismét felemelte. A teljes oldalt elfoglaló óriáskép mellett a két kisebbet vette célba, azokat tanulmányozta. Az egyiken overálban a dobogó tetején áll. Milyen fiatal rajta! A másikon pedig épp golfütéshez készül. Ez nem olyan régen készülhetett. Még jó, hogy nem ment el vele játszani!

Szóval agglegény, komoly barátnői listával. Még szerencse, hogy nem került rá ő is erre a listára! Kimberly egy gyors fejszámolást végzett arra nézve, hogy ha átlagban tényleg egy hónappal számoljuk a nőket, akkor hánynál is tart. Az eredmény igencsak sokkolóan hatott rá. És gyanította, hogy a valóság ennél több lehet.

•

Rose szokása szerint korán kelt. Úgy döntött, hogy most reggelire édes kalácsot fog sütni, hadd egyen a vendég is ilyen finomságot. Rá is férne egy pár kiló, olyan soványka és olyan elhagyatott. Alig beszélgettek valamit.

Biztos volt benne, hogy a háziak a vasárnapi reggelit szokás szerint kihagyják. Mr. Wilson úgy tíz óra felé kéri a kávéját meg valami harapnivalót a teraszra, a fiatalúr pedig szokás szerint valahol csavargott és jó, ha dél fele felkel. Elizabeth asszony meg a szobájában szokott enni – de csak egy hét múlva jön haza.

De várjunk csak, ma nem hétfő van? – bizonytalanodott el. Akkor hogy lehet, hogy Mr. Wilson nem ment be az irodájába? Vagy csak ő nem hallotta? Különös – morfondírozott.

A konyhát isteni illatok lengték be, amikor Kimberly megérkezett nyolc után pár perccel. Mosolyogva köszönt jó reggelt és beleszimatolt a levegőbe. Félszeg mosollyal tette vissza a kupac újságot a helyére és álmosan helyezkedett el az egyik széken. Rose mosolyogva nézte, hogy jobboldali arcán a párna mintája nyomot hagyott. Ezek szerint nagyon jól aludt és a látottak alapján még nemigen ébredt fel.

- Talált valami érdekeset? – kérdezte meg a lányt, aki csak rázta a fejét. Bágyadt szemekkel bámult maga elé. Rose meglátta a legfelső újságot és sejtette, hogy Kimberly olvasta a gazdáról szóló cikket. Az abban az újságban van. – Nem kell ám mindent elhinni, amit ezek összeírnak – kezdeményezett beszélgetést. Na jó, a fiatalúr meglehetősen jóképű és gazdag és persze ezt a hölgyek is észreveszik, szóval válogathat kedvére. Meg is teszi! De nőfalónak azért nem nevezném – vette védelmébe a gazdáját. Kimbely csak érintőlegesen mutatott érdeklődést a téma iránt, David ügyei ugyanis nem túlságosan izgatták. Hogy őszinte legyen, egyáltalán nem akart többet megtudni a férfiról. Felettébb örült, hogy tegnap este már nem találkozott vele és csak remélni tudta, hogy ez ma is így lesz. Aztán soha többet nem kell látnia!

•

John Wilson élvezettel harapott bele a pirítósba és gondosan ügyelt rá, hogy a rákent lekvár nehogy lecsöppenjen. Ez a kávé felettébb jól sikerült ma – kortyolt a falat után kettőt. Elégedetten szemlélte a világot és biztos volt benne, hogy jókedvének hátterében frenetikus üzleti húzásának kidolgozott terve húzódik meg. Hogy én milyen okos és zseniális vagyok! Dicsérte önmagát és már látta is, hogy a cég felett átveszi a hatalmat. Nem a pénz érdekelte, soha nem az volt a fontos számára. A kezdetekben ugyan biztos az volt. Apjától egy kis alkatrész gyártó üzemet örökölt,

78

melyet kitartó munkával nem egészen 10 év alatt óriásbirodalommá növesztett ki. Az elmúlt 20 évben pedig csak tovább növelte a hatalmát. Igen, a hatalom, ez volt az, ami a pénznél is jobba vonzotta őt. A birtoklás csodás élménye, amikor senki és semmi nem szólhat bele abba, hogy mit tegyen vagy mit ne tegyen. És most mindezt megkoronázhatja! A Bergen az utolsó riválisa – ha ugyan annak lehet nevezni ezt az ő szemszögéből nézve porszemnyi gyárat. De mégis, ezzel együtt tényleg minden hatalom az ő kezébe kerül! Hogy milyen szép nap van ma és holnap, holnap mennyivel szebb nap lesz! Már alig tudja kivárni, hogy belevághasson a kivitelezésbe. És végre megtalálta a megfelelő személyt mindehhez.

•

Manuel Mendez fáradtan, de jóleső érzéssel hajtotta hazafelé a lovakat a délelőtti napfényben. Örömmel töltötte el, hogy az állatok láthatóan élvezték az első legelőn töltött napot. Most, hogy az istálló melletti karámjuk rendben van, nem kell olyan messzire menniük, ha enni szeretnének. A sok ház körüli teendő közül a lovakkal való foglalkozást szerette a leginkább. Most, hogy jön a meleg, egy csomó idejét el fogja venni a kert és a medence körüli teendők és a lovakkal kevesebbet tud törődni. Megigazította a fején a sapkát.

Öccsével ellentétben őt soha nem érdekelte a „Nagy amerikai álom". Nem vágyott elegáns irodára a Wall Streeten, sem nem luxusautókra vagy hatalomra és sok pénzre. Tökéletesen jól érezte magát, hogy kétkezi, igazi férfi munkát végez a Wilson rezidencián, olyat, mint az ősei sok-sok generáción keresztül. Mondjuk a medencéből való levélhorgászat nem teljesen ebbe a kategóriába esik, de még belefér. Bár vannak gazdái, azért a maga ura. Titkon mégis saját farmról és önálló életről álmodott. Sokszor felmerült benne a gondolat, hogy hazamegy a soha nem látott, de mégis szülőhazának tekintett Argentínába és marhatenyésztő lesz. Csak a szülei… többször felmerült benne – bár soha nem kérdezte meg őket – hogy nekik honvágyuk lehet. Hiszen ő maga oda vágyódik, pedig még nem is járt ott. És hát lassan belekerülnek abba a korba, hogy nem nekik kéne kiszolgálni másokat, hanem őket kéne kiszolgálni. Ő, egy saját farm és az önállóság. Hiszen az az igazi élet! Feleséget is ott biztosan találna magának, aki gondoskodna a családjáról. Itt egyre inkább az az érzése, hogy nem talál olyan nőt, akinek tetszene az itteni élet. Ezek az amerikai libák úrinőknek képzelik magukat és lenézik a maguk fajta bevándorlókat. Mert igen, annak ellenére hogy ő már itt született, még igenis bevándorlónak minősül. Igen, lassan itt az ideje, hogy lépjen valamit ezügyben!

Nem láthatta, hogy az ablakból lelkes szemek figyelik a mozgását.

·

Kimberly sietősen szedte a lépcsőket felfelé az emeletre vissza a szobájába. Át szeretett volna öltözni valami kevésbé szépbe, nem akarta összekoszolni ezt a blúzt. A lovakat muszáj megnéznie egészen közelről. És persze lehetőség szerint... úgy lovagolna megint.

Végigrohant a folyosón és lendülettel nyitott be a szobába. Három lépés után jött rá, hogy nem a kék szobában van; ezt a szobát sokkal inkább a barna szín uralta. Kimberly lecövekelt a szőnyegen és bizonytalanul nézett körül. A szoba legalább négyszer akkora volt, mint az övé, és csöpp kis lakásuk simán elfért volna benne. Bátortalanul lépett előre még egyet és megbámulta az óriás plazmatévét a falon, mellette a video, dvd meg ki tudja még mi szerkentyűket. Kalandozásának az antik falióra váratlan kondulása vetett véget. Kimberly úgy rohant ki a szobából, mintha puskából lőtték volna ki. Remegő lábakkal rontott be a mellette lévő kék szobába és lihegve nekitámaszkodott az ajtónak. Kié lehet a szomszéd szoba?

·

- Szia, te szépség – cirógatta meg Kimberly a feje fölé tornyosuló fejet, majd megvakarta a homlokát is. Milyen huncut a szemed, te! – incselkedett vele. Látom jóízűen ropogtatod itt a friss füvet, ez igen – gügyögött hozzá kedvesen, nem véve észre, hogy nincsenek kettesben. Davidnek megállt a kezében a vasvilla és érdeklődve hallgatta az egyoldalú párbeszédet. Kikukucskált a karámból, hogy meglesse, melyik lóval is beszélget a lány.

- Táltos! – ejtette ki lova nevét hangosan. Na szép! Előbb a megközelíthetetlennek tűnő vizsláját, Csillagot nyűgözi le máris, most meg ezt a tüzes csődört csavarja egy pillanat alatt az ujja köré! Még Manuelt sem engedi maga mellé, hogy lecsutakolja, pedig születése óta ismeri, ezt a lányt meg most látja először és már a homlokát simogattatja vele. Férfiak! – jegyezte meg ironikusan, majd elnevette magát. Ezt pont ő mondja! Valamit biztosan tud ez a kis boszorka a kényeztetésről! Hmm...

Kimberly megneszelte a mozgást mögötte, mert leengedte a kezét. Biztosan az a férfi, aki beterelte a lovakat – futott át az agyán. Táltos azonban mit sem törődött gazdája közeledtével, orrával finoman megbökdöste a lányt, hogy folytassa a vakargatást.

-Látom, összebarátkoztak – lépett melléjük beszélgetést kezdeményezve és rátámaszkodott a kezében tartott villára. – Áruló! – suttogta a ló felé, de elég hallhatóan. Kimberly rá végképp nem számított és kissé nyitva felejtett szájjal tetőtől talpig végigmérte a férfit. Sehol semmi öltöny, nyakkendő, hajzselé, illatfelhő. Trágyaszagú, koszos, térdig érő csizmát és pántos nadrágot viselt, póló nélkül. Kimberly zavartan kapta el szemét az izmos, barna felsőtest látható részeiről és a lovat kezdte bámulni. Nem illett bele sehogy sem a képbe, hogy ez a férfi itt kétkezi munkát végez! Pedig egyértelmű volt, hogy a lovakkal ő foglalkozik! És szóba áll vele!?

- Izé, nem akartam zavarni, nem is gondoltam volna hogy maga... itt.... A lány szeme elkerekedett és emészteni próbálta a látottakat. Igyekezett rövidre fogni mondandóját. Gyorsan kereket kéne oldania... De David valahogy most olyan más volt. Fölényesség nélkül, mondhatni már-már kedvesen mosolygott rá.

- Pedig a lovakkal én foglalkozom. Amikor nem a nőket szédítem – ez utóbbit talán nem kellett volna mondania, de nem bírta ki. Ez a lány megbántotta és most vissza akart érte vágni. Kimberly percekre megfagyott.

- Ne haragudjon – nyögte ki végül. Nem tudtam... - ó, én ostoba, gondolhattam volna, hogy... mit is? Rosszul érezte magát és ha lehetett volna, most biztosan elsüllyedne a föld alá.

- Nem is tudhatta! Spongyát rá! – váltott békülékenyebb hangra.

- Lovagolt már valaha? – kérdezte meg hirtelen. Kimberly elsőre fel sem tudta fogni a meghívást. És hogy lovagolni hívta? Örült meg a

81

váratlan lehetőségnek, pillanatok alatt el is felejtve az előbbi közjátékot. Hogy vágyott arra, hogy újra lovagolhasson, mióta meglátta, hogy vannak itt lovak.

- Igen! – csapott le. Még saját lovam is volt 8 éves koromig! – büszkélkedett vele.

- Tényleg? Lenne kedve délután kilovagolni egy kicsit – velem? Búcsúként?

- Igen, köszönöm. Ha nem gond – csillant fel a lány szeme, elfogadva a meghívást. Úgy érezte, ez jár neki.

•

Kimberly lehunyta a szemét és élvezettel adta át magát a pillanatnak, ahogy a lovon ringatózva a szél beleborzol a hajába. Gyorsan összeszoktak Bendővel, ezzel az öregedő kancával, aki kezes bárányként követte a legkisebb utasítását is. Kimberly arca csak úgy sugárzott a boldogságtól, amiből persze kísérője semmit nem vett észre. Nem is gondoltam volna, hogy ennyire hiányzott a lovaglás – ismerte be önmagának, majd váratlanul galoppra ösztönözte lovát. David beletörődve követte. Csak remélni tudta, hogy a lány ítélőképessége megfelelő és nem csinál vakmerőséget. Kielőzte, majd mutatta az utat, merre érdemes menniük.

Kimberly figyelmét fokozatosan a táj kötötte le. A természet csak úgy kicsattant az egészségtől és láthatóan élvezte, hogy itt a tavasz. Azt a zöld árnyalatot, amiben pompázott a fű, azt le sem lehet írni! A madarak csicseregnek, a tücskök zenélnek... hogy milyen szép is itt! És milyen nyugalmas! Milyen csodás lehet akkor, amikor a selymes fű már derékig ér. Abban lovagolni, vagy szaladni, az mesés lehet! – kalandozott. Álmodozz csak!

David az irányt a távolban felbukkanó facsoport felé vette. Úgy ítélte meg, hogy elsőre elég lesz ez a jó félórás lovaglás, most pihennek egy kicsit. Szerette ezt a helyet, gyakran jött ide, mert viszonylag közel volt és itt teljesen magának lehetett. Erre pedig most nagyon nagy szüksége van. Szörnyen másnapos! A hasogató fejfájáson meg biztosan enyhít egy kis pihenés. Talán szundít is egyet. Nem is kell nagyon erőltetnie magát, hogy rámorduljon a lányra hogy magára hagyja. Úgy is kibírhatatlan

82

ilyenkor még önmaga számára is. Biztos épp nem volt teljesen magánál, amikor elhívta. Átkozott lőré, amivel megitatták tegnap.

Leszállt a lóról és kicsapta a fűben. A ló teljesen ismerve a terepet egyből eltűnt a fák között.

- Csak a patakhoz megy, inni – magyarázta a lánynak, aki kérdőn nézett rá.

- Megnézhetem én is?

- Persze, oda megy, ahova akar – mondta nyersen, majd leterített egy kis pokrócot és rátelepedett. Én itt leszek – vette le a kalapját és végignyúlt rajta. Jól esett vízszintesbe kerülnie. Olyan nyomott.

Kimberly érdeklődve indult el abba az irányba, amerre a lovat látta eltűnni. Kicsit lassan tudott haladni a pár számmal nagyobb lovaglócsizmában és folyton igazgatta a madzaggal a derekára kötött lovaglónadrágot, ami szintén nem az ő mérete volt. Vajon hol lehet az a patak? – mustrálta a lába előtti területet, majd a lovat kereste. Biztos még odább van – lépett előre párat. Egyértelműen rálelt. A nyavalyába – szitkozódott, amint megérezte a jéghideg vizet a talpa alatt. - Brr, de hideg! A patak nem mederben folyt, hanem inkább mocsárként terült el előtte. Annyira picike volt, hogy szinte el is tűnt a fű között. Persze a mélysége épp meghaladta a csizma száráét. Kimberly hátrált két lépést, szerencsésen megóvva a másik csizma épségét. - Na ez egy év, mire kiszárad! – ugrált visszafelé a nap irányába, hogy felgyorsítsa a folyamatot. A fákat maga mögött hagyva kiért a fényre. Gyors pillantást vetett útitársára, aki hanyatt fekve, arcába húzott sapkával minden bizonnyal már az igazak álmát aludta. Kimberly balra meglátott egy nagyon is szimpatikus fatörzset. A vastag ág szinte vízszintesen haladt tova, kényelmes és főként napos ülőhely lehetőségét rejtve magában. Cuppogó csizmával közelítette meg a fát, majd felmászott rá. Gyorsan megszabadult a vizes lábbelitől és kiöntötte a benne maradó vizet. – Ahogy elnézem, nem sok maradt a folyóban – mosolyodott el a mennyiséget látva. Milyen kár, hogy nem lehet kifordítani ezt az izét – forgatta jobbra-balra, hogy tudná a lehető legtöbb napmelegnek kitenni. Végül talpal lefelé a nap felé fordította. Megszabadult a zoknijától is, majd a másik csizmától. Csupasz lábbal lógázva behunyta a szemét és ő maga is meleg- és D vitamingyűjtésbe kezdett.

A két ló lelkes farkcsóválások közepette kóstolgatta a különböző csemegéket a közelben.

•

John Wilson elégedett vigyorral írta alá az előtte lévő papírokat majd lelkesen fogott kezet a mellette álló ügyvédjével és az új üzleti partnerével.

- Erre inni kell! – jelentette ki ellentmondást nem tűrő hangon és már az italszekrény felé is vette az irányt.

- Nos, uraim, a gyümölcsöző közös megállapodásunkra! Ami bár rövid életű is, de bízom benne, hogy egy új kezdet legelső állomása. A profitra! – emelte fel a poharát, majd mohón kortyolt egyet a kiváló whiskyből.

- Nos, uraim, munkára. Rengeteg a dolgunk, egy csomó részvényt kell vásároljunk már a mai délután is. Még két óra van a tőzsde zárásáig! – hajtotta ki a két urat a szobából és maga is a telefon után nyúlt.

•

- Hmm, elment a nap – nyitotta ki egyik szemét Kimberly és hunyorogva nézett körül. A vakító fényben elsőre nem sok mindent látott. Feltekintett előre az égre és csalódottan konstatálta a fehér gomolyfelhőt, mely láthatóan élvezetten telepedett le a nap elé és egy csöpp kedve sem volt odábbállni. Aztán hirtelen megiramodott. Kimberly meglepetten a háta mögötti égre nézett és megdöbbenve vette észre, hogy az ég koromfekete. Elfelejtkezve arról, hogy nincs rajta lábbeli lepattant a fáról és mezítláb futni kezdett a férfi felé.

- Hahó, kérem, azonnal keljen, jön a vihar! – ordibálta. Közben a szél nemcsak a felhők magasságában, hanem a föld felett is kezdett felélénkülni. – David, ébredjen – állt meg a férfi felett lihegve a százméteres sprint után, majd mivel nem jött válasz, lehajolt és meglökdöste a férfit.

- Miabánat... - nyüszögött David és morózusan felemelte kalapját és résre nyitotta egyik szemét. Nyomatékosan felhívtam a figyelmét, hogy ne zavarjon! – hordta le a lányt és visszatette a kalapot az arcára. Tüntetőleg a hátát mutatta neki, meg sem hallgatva, miről is lehet szó.

84

Kimberly ezt nem hagyta annyiban és erőszakosabb lett: lekapta a kalapot a férfi fejéről és ráparancsolt.

- Odanézzen! – bökött az égnek abba az irányába, ahonnan a felhők támadása várható volt.

- És csak most szól! – pattant fel a férfi a földről és kezét zúgó fejéhez kapta. Szétesik az agya! Felkapta a pokrócát és megpróbált minél előbb értelmes döntést hozni. Gyorsan, a lovakat! – adta ki az utasítást. De hol vannak?

Kimberlynek csak ekkor jutottak eszébe az állatok. Tanácstalanul nézett ő is körül, de egyiket sem látta.

- Miért nem figyelt rájuk? – mordult rá már nem először az elmúlt percekben és biztosan nem is utoljára.

- Csak magának lehet pihentetnie a szemét? – vágott vissza. A férfi kihozta a sodrából. A távolból dörgés hallatszott.

- Francba! – ordította. Nem voltak kikötve! Már rég otthon vannak az istállóban! – fogta meg a fejét. Mennyire is vannak a háztól? Másfél óra séta! Szakadó esőben, ahogy elnézem...

- Erről is maga tehet, maga istencsapása! Előbb liftben ragadok, aztán meg kinn a semmi közepén egy viharban. De nem lesz harmadik eset, azt garantálom! Miért is kellett elhozzam? – zúdította a lány fejére a gondolatait. Most mi a fenét csináljak? – kérdezte, nem mintha választ várna rá. Újabb dörgés hallatszott, jóval hangosabb, mint az előző. – Jöjjön! – mordult hátra. Kimberly azonban az ellenkező irányba indult el. Szíve szerint nem is követte volna, most viszont eszébe jutott a lábbelije. Jobb, ha felveszi, mert ki tudja, mibe lép itt bele. Aztán majd utána fut.

- Most meg hova megy? – ordította utána továbbra sem túl kedvesen.

- A csizmámért, ottmaradt, mert...

- Inkább nem is akarok tudni róla – intette le a férfi. Ha azt hiszi, hogy kézben fogom vinni, akkor nagyon téved... Az istenit, és még másnapos is vagyok! Átkozott fejfájás! Hagyja ott, anélkül gyorsabban tud futni, azzal ő is elhajította a csizmákat. Eszembe jutott valami – sürgette meg a lányt és megragadta a kezét. Remélem kitartó futó!

.

John Wilson legszívesebben saját maga kongatta volna meg a tőzsde záró csengőjét. Talán még ennyire nem is várta soha egy nap zárását, most viszont nagyot fújtatott. Elégedetten dőlt hátra a bőrfotelben és mindjárt sokkal kényelmesebbnek találta, mint eddig.

- Naszóval... - kezdett neki a záró adatok böngészésének. Szóval 2%. Hát, remélte, hogy többet sikerül megszereznie abból az összegből, amit erre szánt, de végül is kezdetnek nem rossz. Nagyon úgy tűnt, hogy az erős vételi oldal felverte az árát a részvénynek az utolsó egy órában. A piac gyorsan reagál, mások is szimatot foghatnak. Na mindegy, a lényeg, hogy a részvények több, mint 2%-a már az ő kezében van. Mármint nem közvetlenül és pont ez a lényeg. És ha ez így megy tovább az elkövetkező napokban, akkor eléri a kívánatos 10%-os szintet. De a maradék 8%-ért GRD-ket fog vásárolni. Ott a tulajdonos egyáltalán nem követhető nyomon. Ezzel pedig összességében megszerezheti a beleszólást az irányításba. És hogy tisztán menjen minden, nem fedi fel kilétét egyből. Előbb játszadozik egy kicsit a többiekkel. Hadd tapasztalják meg, milyen érzés is az... ő pedig élvezni fogja minden egyes napját!

- Á, igen, kedves megbízott, jöjjön. Tájékoztatom, hogy minden a terv szerint alakul. Hadd szorongassam meg a kezét a Bergen Corp. leendő igazgatósági tagjának! És mivel minden ilyen szépen és rendben alakul, a biztosítékra már nincs is szükség. Nos, Mr. Beckett, még a mai nap hazaküldöm a lányát!

•

Kimberly erősen szorította össze a fogait, mukkanni sem mert. Pedig a talpán már nem egy helyről szúró fájdalmakat jeleztek a receptorai. Ő bezzeg vígan fut, rajta van egy vastag zokni, ami felfogja az ágakat, tüskéket, leveleket. Igyekezett egyenletesen lélegezni, hogy tudja a tempót tartani. Egy-két-há-négy belégzés, öt-hat-hét-nyolc kilégzés – skandálta ütemesen. David nem sokkal előtte futott és a kezdeti bizonytalanságtól eltekintve mostanra már egyértelmű volt, hogy tudja az irányt. Csak remélni tudta, hogy a ház irányába futnak és nem kell ezt az utat visszafelé is megtenniük. Egyben a szakadó eső ténye is egyértelmű volt. Kimberly érezte, hogy időközben már teljesen átvizesedett. Sajnos egyben azt is el lehetett mondani, hogy a zápor kellemesen hűsítette. Ez egy forró nyáron bizonyára jól is jött volna, na de március végén? Egyáltalán hogy a fenében lehet ilyenkor nyári zápor? Villámokkal meg minden? Összekoccantak a fogai. Fuss, fuss, attól kimelegszel és nem érzed a hideget – bíztatta önmagát. A homlokán viszont több esőcsepp volt, mint izzadságcsepp. Lábai kezdtek bemerevedni és a légzése is kiesett a kívánatos ütemből. Érezte, hogy a föld beleremegett az elhangzott dörgésbe. Milyen kiváló célpontjai is ők a mezőn egy villámnak. Kész öngyilkosság, amit csinálnak! Mióta is futhatnak? Fogalma sincs. Lehet vagy egy negyed órája? Többnek kell lennie, mert legalább annyi ideje esik. Közben kissé felemelte a fejét és a szinte átláthatatlan esőben próbálta kivenni a férfi előtti terepet. A célpontot kereste. Még jó, hogy a férfi tud ezekben a látási viszonyokban tájékozódni, mert hogy ő arra bizony semmit sem lát. De csak nem lehet már olyan messze – hunyorgott az esőben.

- Erre – bíztatta a szinte teljesen kimerült lányt, majd szinte eltűnt a fák között. Kimberly csodálkozva vette észre, hogy a semmiből fák bukkannak fel. – Ide – mutatott egy létrára.

- Létra? – nézett fel a végletekig kimerülve a fára. Az apró kunyhó látványa a fa tetején annyi energiával töltötte fel, hogy fel tudjon kapaszkodni a kisházig. David behúzta az alacsony tető alá és berántotta utána a szedett-vedett ajtót. Kimberly elcsigázottan nyúlt végig a padlón. Percekig szorosra zárt szemekkel fújtatott és egy centit nem volt hajlandó mozdulni. Hallotta, hogy mellette David is levegő után kapkod.

•

- Nos, Mr. Beckett, mi is a keresztneve?

- Adam.

- Akkor, kedves Adam, ugye szólíthatom így? Szóval ahogy megbeszéltük, most egy ideig nincs semmi dolga. Úgy kell tennie, mintha mi sem történt volna. Szépen hazamegy és otthon sem mondd el semmit. Most egy-két hétig csöndben lapulunk, altatjuk a gyanút. Közben mi még veszünk részvényt, hogy elérjük a kívánatos szintet. Érthető?

Igen.

- Természetesen addig javaslom, hogy tegyen úgy, mint eddig. Hogy ne is legyen feltűnés, remélem megérti, de egyenlőre nem fizetek önnek semmit. Viszont ahogy megegyeztünk, a beígért farmot addig megveszem. Rendben lesz így?

- Igen.

- Nos, izé, szóval... kissé kínos, de... megkérhetem, hogy addig ne kártyázzon?

- Az volt az utolsó partim, tanultam belőle. Ha kell, alá is írom...

- Nem szükséges, hiszen tudja, akkor nem kap semmit! Ez csak jótanács...

- Igen – mondta Adam már sokadszor.

- Akkor rendben van – rázta meg újfent a kezét. Akkor majd jelentkezem még a héten. Most pedig szólok, hogy a lányát vigyék haza. A vacsorát már együtt tölthetik, hatra otthon lesz – nyúlt a telefonja után és a házat tárcsázta.

·

- Hol vagyunk? – kérdezte meg Kimberly Davidet, miután sikerült némiképp kipihennie magát.

- Itt játszottam gyerekkoromban – ült fel a férfi és nézett körül az aprócska fakunyhóban. Pont elfért ilyen testtartás mellett. Reméltem, hogy még áll, de hogy ilyen jó állapotban legyen! Egyébként minden elismerésem – fordult a lány felé. Jó kondiban vagy! Nem sokan tudtak volna ennyit lefutni! tegezte le.

- Tiszta őrület... egy villám bármikor becsaphat... egy fába – mondta szaggatottan.

- Az egyetlen száraz helyre az egész környéken! Most pedig kérem a ruháidat! – váltott hangnemet.

Kimberly közben vacogni kezdett. Amíg futott, addig legalább tényleg melegen volt, mostanra viszont teljesen lehűlt. Kintről csak úgy áramlott be a hideg. Villám cikázott el a fejük felett. Imába kezdett.

- Ha nem veszed le a ruháidat, akkor én magam szedem le rólad! – adta ki az utasítást és közben ő is megszabadult a vizes felsőjétől. Ahogy levette a pólót, alaposan beverte a kezét az egyik falba. A lány kénytelen-

88

kelletlen ugyancsak ezt tette. Gondosan ügyelt arra, nehogy behúzzon a férfinak. Csupasz karjuk a sötétben összeért.

- Okés, készen vagy? Jobb már? – vágta ki az ajtót, hogy kicsavarja a ruhákat. A sűrű ágak alatt kevés eső jutott el a ház alá. Majd a sarok felé hajította.

- Kimberly? – rázta meg a lányt. Hallasz?

Addigra azonban a lány érzékei teljesen eltompultak. – Francba! – káromkodott David és rázni kezdte. Nem csinálod ezt itt velem, hallod! Ha azt várod, hogy tüzet gyújtok, akkor nagyon tévedsz! A sötéthez szokott szemével körvonalakat kezdett látni.

- Pedig annak örülnék – suttogta. David láthatóan megkönnyebbült, hogy a lány még magánál van.

- Gyere – kezdte el dörzsölgetni a karját, majd közelebb húzta magához és a hátát dörzsölte. - Sötét van, úgysem látok semmit, ez meg hideg – azzal magától értetődően kikapcsolta a melltartóját és leszedte róla. Majd a vizes hajából csavarta ki a felesleges vizet és próbálta egy kupacba rendezni.

- Meegfaagyook – koccantotta össze fogait. Davidnek óhatatlanul is a liftes eset jutott eszébe. De szívesen is cserélt volna most azzal! Ha nem történik semmi, akkor ez a lány itt fagy meg.

•

- Á, igen, jó, rendben – Adam ilyesmiket hallott Mr. Wilson szájából. Hogy a másik oldalon kivel beszélt, az most annyira nem izgatta. Felőle akár Kimberly ott töltheti ezt az éjszakát is, neki annyira nem hiányzik. De igyekezett aggódó szülő benyomását kelteni, hiszen ki tudja. Meg aztán nem venné le jól magát az a tény, hogy a saját egyetlen gyermeke nem érdekli.

- Nos – kezdte el a mondatot a szokásos módon John Wilson, a helyzet a következő: a kedves lánya délutáni lovagláson vesz részt. Megtudtuk, hogy már milyen régen nem lovagolt és a fiam volt olyan kedves és elkísérte. Amint visszaérnek, természetesen azonnal hazaküldetem. - Csak szólok, hogy elképzelhető, hogy nem lesz ott hatra. De biztosan jól szórakozik, efelől nincs kétségem!

●

- Bújjon ide hozzám, hogy melegítsük egymást – húzta közel magához David a lányt, újra magázva. Kimberly jéghideg teste azonban nem volt kedvező hatással rá sem. Továbbra is próbálta dörzsölni a lány hátát, hátha ez segít valamit. Reszketés futott rajta végig.

- Maga is fázik! – jelentette ki a lány. Csak magát is lehűtöm – tolta el egy árnyalatnyit a férfit.

- Figyeljen ide, Kimberly! Ha nem teszünk sürgősen valamit, mindketten megfagyunk! Én tudom, hogy másnapos vagyok... de nagyon sajnálom, más nem jut eszembe, csak... csak hogy belülről melegedjünk fel. Kimberly? – rázta meg a lányt. Maradjon velem, hallja!

- Igen... suttogta a lány.

- Ne haragudjon, de muszáj... - kezdte el a mondatot, majd nem fejezte be. Amíg én is magamnál vagyok. Azzal a száját a lány szájára tapasztotta és hevesen megcsókolta.

Örült volna, ha a lány pofon vágja, azzal ugyanis tudatta volna vele, hogy magánál van. Tompultak az érzékei, ő kezdte elveszíteni a kapcsolatot a valósággal. Ez újabb csókra ösztönözte. Érezte, hogy melegség önti el a testét. Kimberly addigra már félig öntudatlan állapotba került. Az álom és valóság között lebegett, aztán belülről ő is melegséget érzett. Viszonozta a csókot. David szája lejjebb siklott és a lány nyakát kezdte cirógatni, közben a hátát simogatta. – Kimly – suttogta a lány fülébe.

Kimberly felettébb különösen érezte magát. Mintha lebegne. Jóleső érzésként töltötte el az a tudat, hogy valaki kényezteti! Hogy valakinek az ajka a testét járja végig. Hogy mi? – tért vissza egy pillanatra a lebegésből.

- Ne! – jött messziről, de elég jól hallhatóan a kérés. A férfi egy pillanatra abbahagyta, de mivel más ellenállást nem tapasztalt, tovább folytatta. A lány keze gyöngéden végigsiklott a hátán. David tudta, hogy innen már nincs visszaút. A meglévő lelkiismeret furdalása eltűnt, egyértelműen megkapta az engedélyt. Kimberlynek tudnia kell, mi történik vele!

Szenvedélyes csókjaira úgy reagált a lány teste, ahogy az kell, bár a férfi tudta, hogy előtte más még nem érintette. Igyekezett figyelmes és türelmes lenni vele, már amennyire csak tehette és nem sürgette.

90

Kimberly a valóságtól elrugaszkodva szinte lebegett és hagyta, hogy az eddig ismeretlen érzések, vágyak magával ragadják. Legbelül érezte, hogy így nem fogja senki lázba hozni. Beleremegett, amikor a férfi a kezét mellkasára tette, hogy kényeztesse egy kicsit. De már nem a hidegtől. Ösztönösen tudta, mit kell tennie és élvezettel borzolta a David vágyait. Hol volt már a vacogás? Az aprócska kunyhó megtelt izzó levegővel, szenvedéllyel és sóhajjal. A két félig öntudatlan ember ösztöneinek felkavaró és életet hozó lángjaival.

III.

Kimberly mechanikusan söpörte le az ételmaradékokat a tányérról és helyezte egymás után a mosogatógépbe. Nem hallotta a víz csobogását, sem az edények és evőeszközök csörömpölését, sem a kolléganői beszélgetését. Egykedvűen és unottan végezte a munkáját, nem véve tudomást a környezetéről. Azt sem hallotta, hogy a nevét mondják és hívják ki a dohányzóba egy kis pletykálkodásra, amíg a gépek a munkájukat végzik. Kimberlynek egyik porcikája sem kívánt most a dohányfüstbe merülve sztorikat hallgatni, még kevésbé nevetgélni. Valahogy a mai napon semmihez sem volt kedve, ahogy az elmúlt lassan négy hétben ez már nem is volt meglepő. Most is rosszul aludt, még rosszabbakat álmodott és a legtetejébe ma még rossz előérzete is volt. És a feje is fájt. Úgy menekült volna már haza, nem mintha otthon több nyugalma lett volna. Legjobb lenne, ha sétálhatna egy kicsit. De hol? A gépsorok között?

- Kimberly, nézzenek már oda, te teljesen süket vagy! Mit álmodozol itt nekünk? Gyere, a dohánygyár abbahagyta a füstölést, most már nyugodtan kijöhetsz! – nézett be egyik kolléganője és rángatta fel a magányából. – Mi van, beteg vagy? – kérdezte aggodalmasan.

- Á, csak nagyon rosszul aludtam, ez minden – mentegetőzött és mosolyt erőltetve magára követte a kinti helységbe. A füstöt mindig lehetett itt érezni, nem is kellett ahhoz rágyújtani, hogy „élvezni lehessen".

- Odass, épp a legfrissebb pletykalapokat böngésszük. Te tudtad, hogy a levendula távol tartja a molyokat a ruháktól? – tolt elé egy másik kolléga egy lapot. Kimberly érdeklődést színlelve lapozgatta az újságot, annyira ügyelve, hogy két lapozás között félperces szüneteket tartson. Nehogy bárkinek is feltűnjön, hogy fogalma sincs, mit lát. Azt is csak fél füllel hallotta, hogy körülötte a lányok-asszonyok miről beszélgetnek.

- Nézd ezt a pasit, ez aztán... első osztályú! És agglegény, szabad préda! Hát, ha egyszer egy ilyen férfi rám nézne, rögtön elájulnék! Miért van az, hogy ennek az izé, hogy is hívják, Wilson fiúnak is ilyen tökéletes a barátnője?

- Pedig tök logikus, egy szép férfihoz csak tökéletes nő illik, nem olyan, mint te, Kate! – cukkolta a másik.

Kimberly füléhez jelentős késéssel, de csak eljutott az előbb említett név. Wilson. Csak nem Davidről beszélgettek? – mutatott először igazi érdeklődést a mai napon. Érezte, hogy szíve hevesebben ver és nem értette az okát. Mitől is lett ilyen izgatott?

- Megnézhetem én is? – kérdezte udvariasan és közelebb lépett az újsághoz. Kíváncsi vagyok, mi a ti mércétek szerinti tökéletes pár! – azzal érdeklődve pillantott a képre, igyekezve nem kimutatni izgatottságát. A kép láttán elhűlt benne a vér.

•

Ugyanebben az időben a város elegáns negyedében egy tökéletesen manikűrözött kéz szintén ugyanezt a lapot emelte fel áttekintésre. Cecilia Boreaux pokolian unatkozott a hajsütő búra alatt és már alaposan megbánta, hogy hajcsavarást is kért! Most még ülhet itt vagy negyed órát ez alatt az átkozott vacak forróság alatt. És ne viszketne így a homloka! Biztos, hogy az arca is piros lesz vagy még két órát emiatt a nyavalya miatt! Hogy miért nem kért csak gyors hajsütést, miért kellett neki tartósabb hullámokra vágynia? A haja úgyis kiugrik két nap alatt, tiszta pocsékolás. Türelmetlenül dobbantott egyet a lábával, de a zúgás miatt nem hallhatta, hogy elegáns, iszonyatosan magas sarkú topánkáján lévő ezüstcsengők berezegnek. Nem kímélve a vagyont érő topánkákat, a dobolást ütemesre vette. Így még mobilozni sem lehet! – lapozgatta kedvetlenül az újságot, majd félredobta. Ebben a szemétben nincs semmi érdekes vagy újdonság, olyan, amiről nem tudna! Ebben az átkozott kisvárosban soha nem történik semmi! Itt az ideje, hogy áttegye székhelyét Miamiba, idén akár korábban. Különben még becsavarodik itt. A sok megszokott, unalmas arctól. Izgalomra vágyik, arra, hogy valami érdekes is történjen már vele!

Tudta, hogy szokásosnál is nyomottabb hangulatának oka nem más, mint közelgő születésnapja. Nem is akármelyik, hanem a harmincadik. Ez volt az, ami teljesen felkavarta. Harminc, igen, 30 év az egy nő életében már soknak számít; belép abba a korba, ahonnan már nincs visszaút. Idegesítette az a tudat, hogy minden kis fruska fiatalabb lesz nála, a harmincasnál. Hogy egy tini is vonzóbb lesz a maga éretlenségével. Nem beszélve arról, hogy egyre gyakrabban fog vele előfordulni holmi megaláztatás. Hogy már nem ő lesz a legszebb és a legvonzóbb egy társaságban. Feltűnik valami roppantul fiatal, babaarcú és ártatlan libuska és a férfiak körülötte zsongnak majd. Az sem baj, hogy kettőig sem tud számolni vagy társalogni a megfelelő modorban, ha gyönyörű feszesek a mellei? Az övé már soha nem lesz olyan. Hogy utálja most ezt a szót, hogy soha! Ő már nem lesz húszéves többet, már harmincas lesz, kora hármassal fog kezdődni és nem kettessel. Brr. Harminc. És majd egyre több időt kell töltenie azzal, hogy ugyanúgy nézzen ki, mint eddig. Az apró kis ráncok ugyan még elkerülték, de ez csak idő kérdése. Nincs az a fiatalító kúra, ami a korából is visszavesz! Egyszerűen képtelen volt beletörődni, hogy vonzereje korával arányosan csökkenjen. Nem létezik, hogy ne tudná elcsavarni bárki fejét ha úgy akarja? Képtelenség, hogy egy bármilyen kis éretlen fruska ellenállhatatlanabb legyen egy férfi számára, mint ő, a tapasztalt és vonzó nő? Nem létezik, hogy kevésbé szép mert 30 éves. Harminc. Az óra innentől ketyegni kezd. Tik-tak. Nem mintha tönkre akarná tenni alakját egy gyerekkel, ez még fel sem merült benne. Ő különben sem az az anya típus, ezt a szerepet meghagyja másoknak. Ő a társadalmi dáma. Tik-tak – hallotta újra a ketyegést. Harminc lesz és nincs férjnél. A koránál csak a vénlány szó hozta ki jobban a sodrából. Micsoda egy szörnyű kifejezés! Hiszen ő nem is vén, azért mert történetesen éppen még nincs férjél! Ő egy partiképes – nem is akármilyen – szingli nő, aki akárkit megkaphat. Igen! De attól még tényleg itt lenne az ideje, hogy lassan férjhez menjen. Tik-tak. Az esélyek csökkennek az idő múlásával, hiszen a férfiakat előbb-utóbb levadássza a konkurencia. Még ha gyakran csak átmenetileg is. Tik-tak. Itt lenne már a legfőbb ideje, hogy végre ő is férjhez menjen! Hmm, nem is rossz ötlet! Arról nem is szólva, hogy egy esküvő megszervezése egy csomó idejét elvenné és mennyi élvezettel készülne rá! Elfelejtve borzalmas korát. Ott ő lenne a középpontban és minden róla szólna! Hogy is nem jutott ez eddig az eszébe? Bár hivatalosan ugyan nincs eljegyezve, de ez lényegtelen. Cecilia mosolyra húzta rúzstól nehezedő, vékony száját, gondosan ügyelve arra, hogy az arcán lévő vakolat egysége ne sérüljön. Úgyis mindig eléri azt, amit akar!

94

Unottan emelte fel ismét az újságot és hátrább nyitotta ki a lapokat. Felületesen futtatta végig szemét a képeken, továbblapozva. Aztán hirtelen visszalapozott kettőt: mintha... mintha... csak nem? – nézett meg alaposan egy kisebb képet az újság jobb oldalán. David? – mondta hangosan és arca paprikavörös lett. Meggondolatlanul pattant volna fel a székből, de fejét alaposan nekiütötte a burának. Haja enyhén megpörkölődött az érintkezésről, de erről most a legkevésbé sem vett tudomást. Még erősebb zöldbe forduló szemmel habzsolta a kép mellett lévő sorokat.

•

Bár Kimberly igyekezett nem túl nagy érdeklődést mutatni a cikk után, de a kép látványa életének eddigi legnagyobb viharát okozta lelkében. Izzadni kezdett a tenyere. Ez meg hol és mikor készült? Hogy a csudába kerülhetek én bele egy újságba? – méregette a képet és érezte, hogy szíve nagyon hevesen kezd verni. És ha valaki felismeri? – kapta el a pánik, mialatt próbált teljes önuralmat erőltetni magára, kevés sikerrel. Arca pirosan égett.

- Kimberly, mit szólsz hozzá? Hát nem rossz pasi, mi? – lökték meg hátulról egy csöppet játékosan. Látom tetszik neked, elpirultál! – cukkolták. Kimberly megrázkódott. Azt azonban megnyugodva konstatálta, hogy szerencsére nem ismerték fel. Hogy is gondolhatnának rá?

- Á, nem is – sikerült kinyögnie valami választ jó későn és érezte, hogy a lába remegni kezd. Mi folyik itt? Mi lehet abban a nyúlfarknyi cikkben?

- Mázlista az a kicsike, hogy együtt lehet vele. Ha én egyszer együtt ehetnék egy ilyen férfival – kezdett hozzá búgó hangon a legvérmesebb kolléganő, mire a többiek hangosan kinevették. Kimberly érezte, hogy a víz most már nem csak a tenyerén, hanem a hátán is patakokban kezd folyni. Nagyon, de nagyon rosszul érezte magát.

- Kiszaladok a mosdóba, mielőtt visszamennék – nyögte ki és pánikszerűen elhagyta a terepet.

Örült, hogy a mosdó a szomszédban van. Nekidőlve az ajtónak végre önmagában lehetett.

Öntusába kezdett. Hogy kavarhatta fel ennyire az a kép? Nem, nem, nem az tehet róla, hanem az, hogy megijedt, hogy valaki felismeri! Igen, csak az tehet róla! Hiszen akkor magyarázkodhat, hogy mi történt, és akkor kiderül az is... kiderül, amitől az elmúlt napokban úgy rettegett. Mikor lesz már végre vége és veszik át a hatalmat a cég felett? Addig úgy érzi magát, mint valami bűnös, valami áruló. Mert az! Még ha nem is ő, de a családja igen. De ő is, hiszen elfogadta a megvesztegetést. Igen, megvesztegették! Nem bírja ezt a feszültséget tovább! Menekülj – szólalt meg benne a régen hallott belső hang, azóta a hétvége óta először. A hurok szorul! És nem véletlenek a rossz előérzetek!

•

Cecilia sebesen átfutotta a pár odavetett sort a kép mellé. „David Wilson legújabb hódítása, ismeretlen partnernője kíséretében mutatkozott nyilvános helyen. A rejtélyes románcot az ifjú hölgy kiléte csak még tovább ködösíti. Bár a titokra lehetséges, hogy hamarosan fény derül: a látottak szerint jól érezték magukat és a folytatás sem kizárt."

A szemét – markolt bele éles körmeivel a képbe és szétcincálta az adott oldalt. Nem érdekelte, hogy mi lesz a fejével, félig megszáradt hajjal ugrott ki a bura alól.

- Azonnal... azonnal tegyen valamit a hajammal, el kell mennem! Siessen! – ordított rá az egyik megrémült fodrászra és karon ragadva rángatta el egy női fej mögül.

Rögvest ki kell derítenem, mi folyik itt és főként, hogy ki a fene az a kis liba! – morgott magában.

•

Kimberly csak hosszú percek múltán tudta elhagyni a mosdót. Visszaosont a pihenőhelyiségbe és megkönnyebbülve látta, hogy az újságot az asztalon hagyták. Muszáj még egy pillantást vetnie rá, mielőtt visszamegy dolgozni. Aztán hazafelé megveszi ezt a lapot. Elvégre nem minden nap kerül bele egy újságba.

Továbbra is furcsa érzés kerítette hatalmába, amint a képre pillantott. Semmi kétség: ez tényleg ő volt! A rejtélyes románc ismeretlen partnernője – pirult bele ismét. A kép a vacsorakor készült, pont akkor, amikor David kézen fogva maga után húzta az asztalok felé. A képet elnézve nem csoda, hogy ilyeneket írtak le! Hiszen ránézve ő is ezeket gondolná. Pedig nem történt semmi! Vagyis alig. Akkor. Azt hiszem. Ó a csodába, minek kellett ennek a képnek elkészülnie! Csak felkavarja itt a dolgokat, beleront az előre kiszámított menetrendbe. Mert hogy lesz hatása a képnek, az biztos. Tudta, hogy David jelentkezni fog! Semmi kétség! Pedig ő nem akarja látni – soha többé!

David... nem látta azóta. Gondolataiban visszatért az utolsó, együtt töltött órára. Pedig már kitörölte az emlékeket az agyából. Igen, a kunyhó – borzongott bele az emlékkép-foszlányokba. Azóta sem erőltette az agyát, hogy visszaemlékezzen, pontosan mi történt ott. Áldásként fogadta, hogy nem emlékezett semmire – szinte semmire. Tudatosan nem akart tudomást venni róla, el akarta felejteni. Nem is, teljesen kitörölni az életéből. Pedig teljesen egyértelmű volt a helyzet. Soha nem felejti el azt a jegesen rémült érzést, amikor magához tért és egy férfi karjaiban találta magát – ruha nélkül. A rémület volt az egyetlen tiszta emléke arról a délutánról. Aztán azok a képek, hogy kapkodta a ruháit magára, hogy futott ki a kunyhóból le a létrán, hogy kergette David és hogy zokogott a karjaiban, miközben püfölte a férfit, hogy mit tett vele. Hogy gyűlölte!

És tudta, hogy most újra felbukkanhat és mindezzel szembe kell néznie. Pedig nem akart!

•

- Cecile, drágám, hogy vagy? Ezer éve nem hallottam felőled. Miért nem ugrasz be néha meglátogatni? – üdvözölte már-már túlzott lelkesedéssel a lányt Elizabeth Wilson. Meg látnod kéne, milyen csodát műveltek velem a kúrán. Mintha kicseréltek volna! És az arcbőröm, képzeld teljesen kisimult... - a hallgatóság azonban nem bizonyult érdeklődőnek. Mindezt kissé zokon is vette. Pedig csevegésre készen ült le a nappaliban.

Elizabeth Scott Wilson elegáns ruhában, kifogástalan sminkkel épp induláshoz készült a szokásos nőegyleti gyűlés eheti unalmas kerti partijára és épp a sofőrre, Manuelre várt, hogy végre előkerüljön a kertből. Bár tényleg nem túl izgalmasnak ígérkezett a mai délutánja, azért a világ minden kincséért sem hagyott volna ki egy gyűlést sem. Hogy is hiányozhatott volna a társadalmi hölgykrém egy összejöveteléről is? Az elmúlt majd 20 év alatt töménytelen mennyiségű felesleges órát töltött buta megbeszéléseken, mégsem bánta. Keserves fáradságának gyümölcseként gondolt rá, hogy sikerült beverekednie és elfogadtatnia magát a felső tízezerrel. Szerencse volt ilyen szempontból, hogy a társaság közel fele újgazdagnak számított, úgy, ahogy ő is. Régi-új gazdag. Élete legjobb döntésének tartotta, hogy elfogadta John Wilson házassági ajánlatát. Szimata megsúgta, hogy ez a férfi sokra fogja még vinni és a vagyonát vesztő, de továbbra is büszke családja számára visszaadja a régi fényt. Nem is kellett sokat várnia, hogy újra olyan körülmények között élhessen, ahogy gyerekkorában tette. A háttérből ügyesen irányította férje karrierjét a korábbi családi ismeretségei révén, jelentősen szerepet vállalva a protokolláris munkából. Végül is szerette ezt csinálni...

Cecile hangszíne, váratlan telefonja érezhető bizsergést hozott az unalmasnak induló délutánjába. Izgatottan igazgatta meg szőke tökéletesen álló hajkoronáját, átvéve Cecile hangulatát. Élt-halt a pletykákért és bármi olyan izgalomért, ami feldobta unalmas hétköznapjait. Hiszen mi is vár rá még ezen a héten? Szombaton valami jótékonysági izére mennek, mondhatni szokás szerint. De örült volna, ha holnap összefuthatna Ceciliával is. Ő mindig annyira feldobja!

- Hogy mi? Nem, nem láttam a hétfői lapot, történt valami? Hogy mi? Egy piros ruhás nő? Hogy úgy két hete? Nem tudok semmit, nem voltam itthon! Hogy nem ismeri senki? – lett fülsikerítően magas a hangja – közben már a konyhában dobálta az újságtömeget, kutatva a kérdéses szám után. Várj, megvan az újság. Itt van, lapozom, várjál. Hányadik oldal? Ez... ezt nem ismerem – meredt a képre. A lányt. Nagyon fiatal. Hmm... Adj tíz percet és kiderítem, mi a helyzet. És addig nehogy felhívd Davidet!

•

- Cecile, drágám, hogy vagy? – szólt nem túl lelkesen a telefonba David. Valahogy a mai nap semmihez sem volt kedve. Pedig sejtette, hogy nem egyszerű ügyről van szó, ahogy kiejtette a nevét az nem sok jóval kecsegtetett. - Itt vagyok az irodában, miért? – próbált mézes-mázos lenni. Fontos ügyeket kell elintézzek, nem várhat estig? Még csak két óra, nem mehetek haza! Jól van, akkor gyere te ide, ugye idetalálsz? – tette le a telefont. Rémes! Tényleg nyűgös, ha még ez a nő is az őrületbe kergeti. Pedig nagyon jól tudja Cecile, hogy nem tud semmit kevésbé elviselni, mintha pórázon tartják, fojtogatják és folyton azután szimatolnak, hol van és mit csinál.

•

- Cecile, itt Elizabeth. Nem fogod elhinni! Felhívtam a fél várost, de senki nem tudja a nevét! De ami még ennél is izgalmasabb... Ülj le, ezt nem fogod elhinni! Kiderült, hogy a La Rouge-ban kapta a ruhát. David vitte oda, hogy öltöztessék fel. Nem, mondom, nem tudom hogy hogy hívják! – kavarta le ismét. A szentségit, figyelj ide, amit most akarok mondani! – harsogta a telefonba. Nem mindegy a neve? Naszóval. Doris, a főnök emlékezett rá. Képzeld, a kislány, lehet talán 18, szóval valami borzadály ruhában ment oda. Olyanban, amit külvárosi kislányok hordanak. Hallod? Szóval valami ágrólszakadt, nevesincs valakiről lehet csak szó! Ezek a firkászok csak kitaláltak valami körítést hozzá. Jelentéktelen, én mondom neked. Ne is veszetgesd rá az idődet és szerintem ne is említsd meg neki. Csak bosszantanád. Megértettél? Ebéd holnap? A szokott helyen tökéletes. Na akkor ezer csók! – köszönt is el tőle.

De Cecilia nem hagyta annyiban. Női ösztönei most erős jelzést adtak. Arról viszont fogalma sem volt, hogy pont ezzel a felesleges makacskodással indíthat el lavinát.

•

- Na ehhez most végképp nincs hangulatom – dühöngött magában Kimberly, amikor megpillantotta a férfit. Már megint itt nyomul, hát hányszor küldjem el napjában ezt a szerencsétlent? – méltatlankodott. De Michael Folie-t nem abból a fából faragták, hogy hagyja magát könnyen lerázni. Most is elkapta a lány kezét és szinte erőszakosan húzta maga után. Kimberly égre emelt tekintettel két percet engedélyezett neki. Pontosan ez volt az a szint, amit a türelme elbírt vele kapcsolatban. Sejtette, hogy megint bepróbálkozik és esti sétára hívja, de újfent kibújót fog találni alóla. És ez már így ment egy hete, minden nap ugyan az a cirkusz! A legszomorúbb az volt, hogy mindezt apja „intézte el neki". Meghívta magukhoz vacsorázni már nem egyszer és méltatta a férfi erényeit. Főként azt, hogy milyen szerény, kedves fiatalember, biztos egzisztenciával, hiszen a könyvelésen dolgozik. Kimberly pedig hálás lehet a sorsnak, hogy ez a férfi figyelmével tünteti ki őt, aki társadalmilag alacsonyabban áll. Ezt megkapta!

Na persze, Kimberly pontosan erre a figyelemre nem tartott igényt. Borzongott, hacsak meglátta. Hihetetlen, hogy apjának nem tűnt fel, milyen tutyimutyi és jelentéktelen kis féregről van szó, akinek hogy a fenébe nem tűnik fel még az sem, hogy kétperces beszélgetéseik végén minden egyes alkalommal elküldi melegebb éghajlatra? Hogy közönyös vele szemben? És képes elhihetni magával azt a sületlenséget, hogy ő félénk és emiatt viselkedik így vele? Igazán megmenthetné már valaki ettől az alaktól!

Kimberly csak attól félt, hogy apja majd a megkérdezése nélkül odaígéri neki a kezét. Akkor inkább a halál!

•

- Elragadó vagy, mint mindig! – üdvözölte John Wilson a köszönés nélkül betoppanó Cecile forgószelet és leheletnyi puszit nyomott a felkínált arcára. Tekintetével végigpásztázta a nőt és nem talált rajta semmi kivetnivalót. Tökéletes vajszínű kosztümöt viselt illően hosszú de kellően ingerlő, éppen térd fölé érő szoknyával. Az asztalra helyezte tenyérnyi kistáskáját és felhuppant mellé. Keresztbe tette a lábait és kérdően nézett rá. A szemei... a festéktömeg alól csak úgy sütöttek a

100

fekete szemek, gondosan rúzsozott száját kissé durcásan csücsörítette, szépen ívelt, vékonyka szemöldöke ívesen szaladt fel. Haja emeletes toronyként magasodott feje búbján. Az egész nő annyira, de annyira úri volt, amennyire csak lehetett. Ha nem arról lenne szó, hogy a nő majd egyszer a menye lesz, akkor bizony bepróbálkozott volna már nála. Bár hideg, mint a jégcsap, de hát a megjelenése, a viselkedése az tökéletes.

- David? – kérdezte leereszkedően, miközben vörös karmaival türelmetlenül dobolt az asztalon. Azt mondta, itt lesz!

- Ahogy itt is vagyok – szólalt meg az ajtóban a férfi. Nos, hallgatlak, mi volt annyira halaszthatatlan?

Cecile pillantásával John-ra nézett, aki értette a célzást.

- Aztán rendesen viselkedjetek! – szólt még hátra távozás előtt.

- Szóval? – türelmetlenkedett a férfi. Mi van?

Cecile elé tolta a kinyitott újságot. David felvonta a szemöldökét és közönyös képet vágott. - Ennyi? Mintha most lennék először az újságban! – kerülte meg az asztalt. Mi ez, ha nem nyilvános kihallgatás – zsörtölődött magában és a lánnyal szemben megállt karba tett kézzel, várakozóan.

- Ki ez? – sziszegte Cecile.

- Apám egyik üzletfelének a lánya. Apa megkért, hogy vigyem el egy elegáns helyre vacsorázni, mert még nem járt olyan helyen. Én meg elvittem – maradt mozdulatlan.

- John is ezt mondaná? – kérdezte kétkedőn.

- Kérdezd meg, ha nekem nem hiszel – vont közönyösen vállat.

- Meg is teszem. John, bejönne kérem – kiabált hangosan.

- Igen, mit tehetek érted, amit a fiam nem tud megtenni? – jelent meg az ajtóban túlságosan is hamar. Méghogy a férfiak nem kíváncsiak? Butaság! – futott át az agyán Davidnek. Apja egyszerűen ilyen, mindenről akar tudni! Még jó, hogy legalább nem pletykás, nem úgy, mint az anyja.

- Megnéznéd ezt a képet nekem, kérlek – tolta John elé az újságot.

A férfi készségesen, de csak felületesen pillantott rá a mutatott képre.

- Nem ismerem a hölgyet – jelentette ki teljes bizonyossággal. Kéne? – nézett fel és küldött egy láthatatlan segélykérő pillantást fia felé.

- Apa, nézd meg jobban a kislányt – bökött rá David is a képre, súgva apjának. Csak beugrik neki, hogy Kimberlyt egymás között csak kislánynak hívták. – Hol a szemüveged? – kérdezte meg tőle, hogy időt adjon neki. Sejtette, hogy csak úgy nem ismerné fel. Nem beszélve arról, hogy apja kellően hiú ahhoz, semmint beismerje, hogy szemüveg nélkül már nem lát tökéletesen közelre. Szerencsére erre előszedte szemüvegét – bár fel nem tette –, de azzal is megnézte. Megkönnyebbült mosoly suhant át az arcán.

- Nonézdcsak, elsőre fel sem ismertem. De hiszen ez az új ügyfelem lánya. Egész csinoska így. Megkértem Davidet, hogy vigye el szórakozni. Puhításnak – vette le a szemüvegét és pislogott a nőre, majd Davidre.

- Naugye? – intézte el ennyivel az ügyet David. Mégvalami? – nézett a nőre.

- A nevét! – parancsolta Cecile.

- Minek? – kérdezett vissza David.

- A nevét! – ismételte meg még követelőbb hangon.

- Sajnálom, drága hölgyem, de az üzleti kapcsolatunk még nem nyilvános, addig pedig nem árulhatom el. Ugye megérted? – karolta át a vállát John, a fia segítségére sietve.

- Egy nevet kértem – hessegette el a kifogásokat a füle mellett még keményebben.

- A kislány neve Kimberly – mondta David a távozása előtt. Remélem megkaptad, amiért jöttél – azzal becsukta maga mögött az ajtót.

•

David bemenekült a szobájába és lehuppant a székbe. Hátat fordított a bejárati ajtónak és kimeredt az ablakon. Könyökét a karfára támasztotta, ujjhegyeit összetámasztva elmerengett. Bár akkor tényleg közönyösen reagált a képre, most már némi kavart érzett a lelkében. Ugyan nem gondolt azóta sem a történtekre, sem a lányra, de az utolsó délután nem tűnt el nyomtalanul. Nem is sejtette, hogy igenis nyomot hagyott benne. Életében nem először volt életveszélyben, a halál fagyos szele most viszont nagyon is tapinthatóvá vált számára. Ha nincs ott a lány... ha akkor egyedül megy ki, akkor már lehet, hogy nem élne. Bárcsak több részletre emlékezne...

Kimberly… hmm… a kislány továbbra is kész talány maradt a számára. Akárcsak ellentmondásos érzései irányába. Pusztán futó őrület volt részéről, hogy ismeretségük első éjszakáján el akarta csábítani. A sértett hiúság, ami most így belegondolva teljes képtelenségnek tűnt. Akárcsak az, ami a kunyhóban történt. De az csak életmentés volt, semmi egyéb! Legalábbis ő így látja. A lány biztosan nem. Mint egy ijedt kis madár, úgy menekült előle, ellentmondásosan cselekedve. Ahogy kitépte magát a karjából a kunyhóban és rángatta magára a ruhákat. Az a páni félelem az arcán. Aztán ahogy futott végig a mezőn, minél távolabb tőle. Alig tudta utolérni. Szinte rávetette magát és leterítette a lábáról, mint egy ragadozó a zsákmányát. Tudta, hogy ezzel csak még jobban megrémíti, de muszáj volt utolérnie. Ha hagyja elszaladni, soha nem találják meg! Hogy vergődött a karjaiban és milyen lassan nyugodott meg. Pedig kedvesen csitítgatta és ringatta, mint egy kisgyereket. Zokogott, nyüszögött, két kézzel ütötte a mellkasát, de nem mondott semmit. Ez volt a legfurcsább! David arra számított, hogy válogatott szidalmakat vág a fejéhez, elküldi a négy égtáj mindegyikére, de semmi ilyesmi nem történt. Pedig megérdemelte volna. És ezt nem értette. Ismerte a női dráma minden lépcsőfokát, de ez nem illett sehogy a képbe. Új volt számára.

Hagyta, hogy a karjában vigye egy darabon hazafelé, de továbbra sem szólt semmit, mintha megnémult volna. David csak remélni tudta, hogy nem őrült meg vagy nem kapott idegösszeomlást, de erre semmilyen jel nem mutatott.

A személyzet összeszaladt az üdvözlésükre, velük beszélt, értelmesen, kedvesen. Csak vele nem állt szóba! Ahogy azt sem várta meg, hogy elköszönjön tőle. Mire átöltözött és leszaladt, hogy útjára engedje, addigra az autó már elment. David ott állt a lépcsőn és csak a távozó kocsi verte porfelhőnek mondhatott búcsút. Talán jobb is volt így.

Meg sem köszönte neki, hogy megmentette az életét. De úgy érezte, ezzel még tartozik neki.

·

- El sem tudom mondani, mennyire örülök, hogy az utóbbi napokban segítesz nekem az irodában – lépett beljebb John Wilson a fia irodájába.

David megpördült a karosszékben és apjára nézett. Egy pillanat alatt elhessegette előbbi gondolatait és igyekezett kedvező benyomást tenni apjára.

- Állok rendelkezésedre, ahogy mindig. Csak kérned kell. – majdnem azt mondta, hogy kérned kellett volna eddig is – de aztán még időben meggondolta magát. Jobb, ha nem ingerli feleslegesen. Bár az utóbbi napokban tényleg örült a munkának. Tommy ugyanis elhajókázott egy új ügyféllel egész hétre és felettébb unatkozott volna egyedül. Itt az irodában meg igazán nem kértek tőle lehetetlen feladatot. Ha már úgyis érdekelt lett az ügyben. Persze azért túlzásba nem kell vinni.

- Igen, végre megvan az igazgatósági ülés napja, mégpedig egy hét múlva, csütörtökön. Most jött a felhívás az ülésre. Arra gondoltam... szóval Mr. Beckettet mégsem kéne odaküldjük egyedül, hiszen nem tud semmit. És arra gondoltam, hogy máris elő kéne állni az új üzleti lehetőséggel. Ahhoz viszont neked el kéne menni vele, mint... mint mondjuk az ügyvédje! Igen, ez az! Mit szólsz hozzá? Fel se tűnne nekik, hogy ki vagy, bemutatkozhatnál másként.

- Ja, és felvehetnék egy szemüveget is, mint Clark Kent, hogy ne is ismerjenek fel ránézésre sem – válaszolt ironikusan.

- Kicsoda? – kérdezett vissza az idősebb Wilson.

- Lényegtelen – motyogta. Nem is értette, hogy nem emlékezett a fia kedvenc gyerekkori hősére. – Apa, tudod, hogy Thompsonék is ott lesznek és ők meg ismernek! Küldd el tényleg az ügyvédedet, az nem lesz gyanús. Nem te vagy az egyetlen ügyfele a városban. Ha jól tudom, ő a legkeresettebb.

- De ő sem tud eleget az ügyről. Hogy kell képviselni egy befektetési csoport érdekeit. Nem beszélve az üzleti ajánlatról. Te pedig már csináltál ilyet!

- Igen, elvégre van egy hét... a plasztikai sebészet pedig csodákra képes! Manapság a gyógyulás is rövidebb idő!

- David, hagyd abba a marháskodást, nagyon is komoly ügyről van szó! Te mész és kész, már eldöntöttem. Nincs ellenvetés! Plasztikai sebészre nem lesz szükség, de mindenesetre szólok egy jó sminkesnek. Hmm, nem is rossz ötlet!

•

- Ki a fene nyomja ilyen eszeveszettül azt az átkozott csöngőt? – szitkozódott Adam, miközben az ajtó felé lépkedett. Amikor kinyitotta, azt hitte, nem jól lát. Mintha egy elegáns magazinból lépett volna elő az a hölgy, aki piros körmeivel idegesítően dobolt az ajtófélfán. – - Parancsol a hölgy? – kérdezte a tőle telhető legnagyobb udvariassággal. Biztos volt benne, hogy eltévesztette a házat. Nem is, inkább a kerületet.

- Igen, Kimberlyvel szeretnék beszélni – közölte a hölgy leereszkedő stílusban, miközben megvető pillantásokat vetett a férfi fésületlen fejére és lötyögő nadrágjára. El is vette tekintetét róla, ajkával pedig csücsörített.

- És mit akar tőle? – kérdezte nyersen a férfi és karba tette a kezét.

- Ahhoz magának semmi köze. Kizárólag vele van csak közölnivalóm. Hívja ide!

- Az apja vagyok, így jogom van tudni, miről van szó! – parancsolt rá.

- Nos önnel nincs beszédem. Vagy kiküldi ide a lányát vagy úgy elkezdek ordítani hogy összeszalad a ház! – fenyegetőzött a nő.

- Felőlem – mondta lezseren a férfi és bevágta az ajtót.

- Cecilia csuklani kezdett dühében. Így még soha, de soha nem bánt vele senki. De ezt megemlegeti! Ha már idáig eljutott, most aztán végképp nem fog megfutamodni, muszáj kioktatnia azt a kis fruskát. Egy teljes napja ráment a nyomozásra, de csak elérte, amit akart. Módszeres puhatolódzásának kulcsa Marthánál volt. A szerencsétlen kis szobalány csak kikotyogta, hogy egy ágrólszakadt két napot volt a Wilson rezidencián. Milyen szerencse, hogy a vezetéknevére is emlékezett. David biztosan lakatot tetetett az átkozott házvezetőnő szájára, mert tőle nem tudott meg semmit, tagadott az hevesen. Nem úgy a lepcses szájú kis fruska, aki egyből dalolt – amikor egy ropogós pénzdarab süllyedt a zsebébe. Innen már igazán nyert ügye volt. Hogy a fenébe kerülhetett John üzleti kapcsolatba ezekkel? Itt valami nem stimmel!

- Pukkadozva tárcsázta a rendőrség számát. Ha szép szóval nem megy, megy majd kényszerrel. A rendőrség mindig is előnyben részesítette ebben a városban a szegény kis bántalmazott gyerekeket és nőket. Ez pont ideális, és biztosan nem alaptalan. Egy ilyen alakból még azt is kinézi!

•

David idegesen téblábolt az irodában, nem találta a helyét. Ismerte Ceciliat már annyira, hogy tudja, addig nem nyugszik, amíg nem jár az ügy végére. És hogy őszinte legyen, féltette azt a kislányt ettől a nőszemélytől. De miért is érdekli ez az egész?

Hát igen, Cecilia... maga a vérbeli ragadozó. Egy kész nőstényördög. Hogy irigylik a haverok, hogy pont őt választotta, vagyis szemelte ki játszótársnak. Tommy és Will is hányszor ugratta emiatt, hogy milyen mázlista. Cecile... hmm... vajon mi vonzza még mindig benne? Vajon miért van az, hogy míg más nőket miután megkapott, már nem mutat további érdeklődést irántuk, őt viszont nem tudja megunni? Hiszen mióta is ismeri? Lehetett úgy tizenhat. Tudta, hogy mihelyt meglátta, egyből felkerült a nőnek a listájára, de élvezte a macska-egér játékot. Bizonyos szempontból ugyanis ez a nő nagyon is emlékeztette valakire: saját magára – női kiadásban. Biztosan ez az, ami annyira ellenállhatatlanná teszi a szemében. Az utóbbi időben viszont rá kellett döbbenjen, hogy Cecilenek volt egypár erős húzása. Ahogy a tegnapi napon is. Mostanság egyre gyakrabban kezd az idegeire menni kérdéseivel, mintha csak az övé lenne. Vagy lehet, hogy csak ő öregszik és már kevésbé szórakoztató helyzet mások megalázása? Vagy mégis kezdene ráunni? Biztosan túlreagálja a helyzetet, erről lehet szó! Ez a hirtelen munka meglehetősen feszülten hatott rá. Ennyi stresszhez nem volt hozzászokva.

Figyelmeztetnem kéne – tért vissza eredeti tervéhez, aztán meggondolta magát. Nem lesz semmi gond. Majd inkább Cecile-nek veti fel a dolgot, az sokkal kézenfekvőbb.

•

Kimberly elmélyülten sétált az utcán, teljesen elmerülve gondolataiba. Megőrülök, előbb-utóbb biztosan be fogok kattanni! Az előtte álló hosszú napokra gondolt. Még soha nem szerette volna felgyorsítania annyira az idő múlását, mint most. Szerencsére sikerült kihallgatnia szülei beszélgetését és megtudta, hogy csütörtökön végre mindenre fény derül. Addig ki kell bírnia! Még hat nap...

Felfelé trappolt a lépcsőn a másodikra, ahol laktak. Áttette a másik kezébe a papírtasakot, melyben a vacsora kellékei lapoltak és a kulcsa után nyúlt. Arra azonban egyáltalán nem volt felkészülve, ami ott várt rá.

- Kimberly? – szólította meg egy ismeretlen hang, mire felnézett.
- Igen? – pislogott a vajszínű kosztümre és önkéntelenül is felszaladt a szemöldöke.
- Pompás, pont rád vártam – mosolygott rá bűbájosan egy tökéletes elegancia. Kimberlyt megcsapta a nőből áradó fagyosság és egyből rossz érzése támadt. Valami mélyről, a tudatalattijából jövő, megmagyarázhatatlan sejtése védekezésre és dacra ösztönözte. Nem válaszolt a mosolyra, igyekezett közömbös maradni.
- Érdekes, egyáltalán nem hasonlít a fényképre – búgta megnyerő hangon a nő. Kimberly kezdte kapizsgálni, honnan fúj a szél. Bár a nőnek nem volt szőke haja, de egyértelművé vált számára: ő a fővas a tűzben – vagy legalábbis szeretné azt hinni.
- Igen? – ismételte meg az előző kérdését. Hagyta, hadd vezesse ő a beszélgetést.
- Á, tudom badarság, csak azt szeretném megtudni, hogy került arra a helyre vacsorázni? – rebegtette meg szempilláit a nő és eljátszva a butácskát kérdőn nézett Kimberlyre.

Ha nem lett volna furcsa a helyzet, akkor Kimberly biztosan hangos hahotába tört volna ki. Nézzen már végig magán ez a nő! Maga a tökély, pont olyan, amilyen illik a David-féle ficsúrokhoz. Elegáns cicababa. Aztán nézzen végig rajta. Elhordott tréning és kinyúlt póló, kusza haj és festék nélküli arc. Akkor meg mit akar? Elég lett volna messziről megnéznie, ha annyira kíváncsi és elmenni mellette szó nélkül. Akkor meg mire ez a nagy felhajtás?

- Nem értem... - mondta ki hangosan, eljátszva az értetlen hülyét.
- A vacsora David Wilsonnal – esett ki a nő egy pillanatra a szerepéből, árnyalatnyit elveszítve a türelmét.
- Ja igen. Az úr volt olyan kedves és elvitt. Tudja ő és az apám üzleti kapcsolatba kerültek. - Nem kívánt többet hozzáfűzni a témához, nem is volt mit.
- Ennyi?

- Igen. Mégvalami? – kérdezett vissza.

- Találkoztak azóta?

- Nem. A többi már a felnőttek dolga. Megbocsát? – azzal kinyitotta az ajtót és elsétált a kissé megdöbbent nő mellett. Kimberly becsukta az ajtót és nekidőlt, majd mosolyra húzta a száját. Muszáj nevetnie!

- Kimberly te vagy az? – szólt ki az apja. Valami puccos liba keresett az előbb – tette hozzá. Nem volt még itt?

- De igen.

- És, mit akart? – bukkant fel és számon kérően nézett végig a lányán.

- Összekevert valakivel – adott elfogadható magyarázatot, majd gyorsan apró szobája felé távozott. Benn nem bírta tovább és nevetésben tört ki. A jókedv azonban az arcára fagyott. Beléhasított a felismerés: az a nő valami miatt gyanút fogott. Kimberly hiúságának balzsamot jelentett a tény: az elegáns dáma vetélytársat lát benne!? De vajon miért is?

•

Nagyon is úgy néz ki, hogy nem ő az egyetlen ideges ember a családban – konstatálta azt az egyértelmű tényt Kimberly, amikor újból a bolt felé vette az irányt. Hogy nem tűnt fel anyjának, hogy elfogyott a só? Bár hogy őszinte legyen, annyira nem bánta, hogy újból sétálnia kellett. A bolthoz kellemes, majd húsz perces séta vezetett, így nyugodtan eltűnhetett otthonról egy órára is. Legalább friss levegőn van és addig sem gondol semmi aggasztóra. Bár lassan kezdett sötétedni és ezen a környéken nem érezte magát tökéletesen biztonságban éjjel. Sietősebbre is vette lépteit, hogy minél hamarabb biztonságos helyen tudhassa magát. Olyan érzése volt, hogy valaki figyeli és követi őt. A ház kapujában szinte felsikított, amikor beleütközött Michaelbe. Ez meg mi a fenét akar most itt tőle?

- Szervusz, Kim – üdvözölte. Kimberly már nem is robbant úgy, ahogy szokott. Utálta, ha Kimnek szólítják és erre már nem egyszer nyomatékosan fel is hívta rá a figyelmét. Innen is látszik, hogy az ürge teljességgel hülye, ennyit ne lehessen megjegyezni?

Látom, egyedül sétáltál. Esetleg eljönnél velem is egy kicsit?

- Nem – felelte egyszerűen. Michael erre a lehetőségre nem volt felkészülve. Kimberly ügyesen kijátszotta a pillanatnyi bizonytalanságát és gyorsan bezárta maga mögött a bejárati ajtót.

- Na de Kim... - könyörgött át az ajtón.

- Michael, kérlek, ne zaklassál többet. Érts meg, hogy nem érdekelsz! Keress magadnak egy másik lányt és rólam egyszer és mindenkorra szállj le! – üvöltötte vissza neki és elindult felfelé a lépcsőn.

- Marha – mondta füstölögve, nem véve észre az árnyékból előlépő férfit. Nekiütközött, majd az ijedségtől hátraugrott. Ismerős illat csapta meg az orrát. Felnézett és ott állt előtte.

- David – ejtette ki nevét hangosan is. Micsoda forgalmam van nekem ma! – jegyezte meg magában és megkönnyebbült mosolyra húzta a száját. Az előbb azért igencsak megijedt, hogy egy férfi így ráront a sötétben...

David csöndbe burkolódzott és láthatóan nem tudta, hirtelen mit mondjon. Minden bizonnyal hallotta az előbbi közjátékot és rájött arra is, hogy a marha nem rá vonatkozik. Rá más jelző illik.

Kimberlyt az előbb nem zavarta, hogy tréningben és pólóban van, most viszont szeretett volna kissé elegánsabb lenni. Nem ennyire, ennyire szegényesnek lenni. Életében most először szeretett volna magabiztosnak és felnőttnek látszani, bár tudta, hogy ezen a ruha nem segít. Ő belül még nagyon is kislány.

David megköszörülte a torkát. Maga sem értette, mi a fenét keres itt, hiszen nem is akart idejönni. Aztán csak erre indult el – Manuel útmutatásai szerint, aki hazahozta a lányt. Pont jött ki valaki a házból így sikerült bejutnia a kapun. Aztán egy ideig állt az ajtójuk előtt, majd mégsem kopogott be. Hogy is tehette volna? Akkor biztosan Adam nyit ajtót, neki meg nem mondhatja, hogy a lányát keresi. Az rögtön rosszul venné ki magát. Épp hazafelé indult, lemondva az egész őrültségről. Különben is, csak nem olyan lüke az a lány, hogy mást mondjon a képről, mint ami történt? Talán nem is kell neki betanult szöveg. És mióta izgatja, hogy mit gondol róla Cecile? Nem is éri meg annyira a fáradtságot.

Egyáltalán nem számított rá, hogy a lányba botlik, sőt, már nem is örült neki. Nem tudta hirtelen, mit is mondhatna neki. Aztán rágott még egyet a mondaton, amivel indítani akart.

- Zaklatja az illető? – kérdezte a beálló csöndben, őszinte aggodalmat tükrözve.

- Á, csak apám idióta jelöltje. Nem is értem, hova tette a szemét! Egy hete üldöz! – fakadt ki a lány, maga se tudta, miért árul el ilyeneket ennek a férfinak. De jólesett neki, hogy végre valakinek mindezt elmondhatja. Legalább megszabadult a dühétől és az ijedelmek miatti sokktól.

- Ezek után biztosan elmegy, jól kidobta – reagált váratlanul vigasztalóan a férfi. Kimberly csodálkozott is, milyen kedves egyből. Gyanús...

- Á, csak hiszi. Mondtam, hogy idióta. Holnap újra fog próbálkozni – felelte lazán.

Még mindig nem mert felnézni a férfira. Most, hogy az ijedelme elmúlt, kavargó érzések tódultak fel benne. A harag azonban nem volt közötte és ez egy kicsit bosszantotta! Sőt, már-már azt is lehet mondani, hogy örült, hogy látja. Badarság! – hessegette el magától még a gondolatát is ennek. Hiszen felkészítette már magát erre a találkozóra, de a valóság az mégis másként alakult. Ráadásul még ilyen cserfes is legyen... Vajon mit gondolhat róla, mindazok után, ami ott történt? – eresztett meg egy gyors pillantást a férfira. De akkor sem fogja felhozni a témát, inkább meghal! Majd biztos rákérdez, hogy ugyan már, sajnos nem emlékszem egészen pontosan, mi is történt azon a délután azok után, hogy szakadó esőben kilométereket futottam és majdnem megfagytam, de elárulná, hogy csak úgy meztelenül feküdtünk vagy esetleg tettünk még valami mást is?

Mivel látta, hogy David nem szól hozzá, így neki kellett lépnie, megtörve lassan kínossá váló csendet.

- Ön mi járatban? – kérdezte meg roppant eredeti módon. Az időjárásról azért mégsem érdeklődhet! Egyáltalán miért is áll vele szóba? Ha jól emlékszik, megígérte magának, hogy soha többé nem látja és hogy soha többé nem szól hozzá! Átkozott kép, kiért kellett bezavarnia! De most itt van, muszáj valamit mondania. Ó bárcsak, bárcsak képes lenne mindazt a szidalmat és fájdalmat a fejéhez vágnia, amit elszenvedett azóta miatta.

- Csak érdeklődnék, hogy van – jött a legalább olyan eredeti válasz. Semmi meghűlés?

Kimberly csak ingatta a fejét és a cipőjét bámulta. Remek. Tudja, hogy megjelent egy kép rólunk az újságban? – vágott bele hirtelen a

110

mondandójába. Jobb, ha minél előbb túl lesz rajta! Úgyis kínosan érzi magát. Hiszen miről is tudnának beszélni? Mondjuk tudna kérdezni... de nem érdekli annyira. Sőt, egyáltalán nem. Ha eddig nem támadt rá, akkor inkább hagyja. Nagyon úgy néz ki, hogy már túllehet rajta. Hogy mégsem hagyott mély nyomot benne. De miért lehet az, hogy nem beszél róla? Más nők már biztosan erről faggatnák vagy kikérnék maguknak vagy tudomisén. Csacsognának fűnek-fának... De ő nem más nő. Az ő viselkedését teljességgel nem érti!

- Igen, láttam – felelte a lány. Nem tudta nem észrevenni, hogy David meglepődött. Ez némi elégtétellel töltötte el.

- Tényleg? És? – ahogy azt a kis, kétbetűs szót kiejtette, az a hangsúly, az a türelmetlenség és érzéketlenség, abban benne volt minden, még olyan is, amit Kimberly csak odaképzelt. Talán az egész elmúlt hetek nyűgje és vitája, vagy az a tény, hogy most újra látja, mindez erre az egy kis szóra, mint egy gombnyomásra előjött és mérhetetlen dühöt váltott ki belőle. Megérkezett az az intenzív érzés, amit eddig hiányolt, elhomályosítva mindent.

- Nem ismertek fel a kolléganőim, ha erre kíváncsi. Sőt, a saját anyám sem! – csattant fel.

- Attól tartok, hogy egy hölgy esetleg kérdezősködhet a következő napokban...

- Ha a vörös körműre gondol, akkor már megtörtént, nemrég ment el – felelte már-már fölényesen, szinte köpve a szavakat. David homlokán láthatóan izzadtságcseppek jelentek meg. Szinte élvezte, ahogy gyötörheti. Meg is érdemli!

- És mit mondott neki? – várta feszülten a választ.

- Csak ami történt – felelte közönyösen. David teljesen kiakadt.

- Hogy mindent? – ragadta meg a lányt. Szemei előtt már a legrosszabb variációk tűntek fel. Maga sem értette, miért zaklatta mindez annyira fel. Soha nem izgatta, ki mit gondol a cselekedeteiről, de ez most valahogy más volt. Nem emlékezett mindenre és ez zavarta.

- Elengedne? – sziszeget fel Kimberly az erős kezek között és igyekezett kibontakozni a szorításból. David megérezte a sugárzó gyűlöletet és egyből lefejtette róla a kezét. Soha nem emelt még kezet nőre. De most csak az érdekelte, hogy kiszedjen mindent belőle! Nem tudott kiigazodni a lányon és ez teljesen kizökkentette.

- Kérem – mondta ki a bűvös szót –, ne játsszon itt velem! – Kimberly a szó hallatán némiképp meglágyult.

- Mindent, ami a képhez tartozott – egészítette ki a korábbiakat. Hogy apám új üzleti partnere elvitt vacsorázni. Nézte a férfit, de nem látta az enyhülést. A homlokát továbbra is ráncolta. Ezek szerint tényleg fontos lehet neki az a nő? Vagy ennyire nem izgatja, hogy mit is mondott neki, ha még örülni sem tud? – Elmehetek? Kiszáll végre az életünkből – örökre? – kérdezte, vagy inkább kijelentette, azzal felszaladt a lépcsőn. David azonban nem hagyta ennyiben. Utánaeredt és mivel nem mert hozzáérni, eléállt.

- Tudja, rájöttem valamire. A maga gyűlölete... maga nem is engem gyűlöl, sokkal inkább ezt, amiben él – tárta ki a két karját. Gondolkozzon csak el ezen! – intett felé mutatóujjával és elállt előle. De csak nem bírta ki, hogy még valamit utána szóljon:

- Majd legközelebb megköszönöm, hogy megmentette az életemet!

Kimberly előtt megnyílt az ég és a föld egyszerre. Még soha életében nem érezte ilyen nyomorultul magát. David jól a velejébe vágott. Szemét, önző, szűklátókörű és ostoba férfiak! A forduló után nekidőlt a falnak és záporozva eleredtek a könnyei.

•

Elizabeth Wilson közönyös tekintettel vezette végig szemét a szánalmasnak tartott partin. Mindig ezt érezte, ha olyan rendezvényen vehetett részt, amelynek előkészületeiben ő nem vehetett részt. Hiába, más nem érthet úgy a rendezvényszervezéshez, mint ő. A legapróbb részlet, a legváratlanabb helyzet sem tudta kellemetlen helyzetbe hozni. Na de itt? Lesújtó, hogy nem gondoskodtak csak egy pótmikrofonról, és természetesen az is bemondta az unalmast. Így hiába szellemes az előadó, hiába a remek ötlet, ha az első soron kívül senki nem hallja, mi történik. Még jó, hogy a zenekar legalább elég hangosan játszik, amíg áthidalják ezt a technikai malőrt. Ha nem ígérte volna Cecile is, hogy itt lesz a vendégek között, már rég hazament volna. Muszáj, hogy beszélgessenek, ha már

112

a tegnapi ebéd nem jött össze. Sejtette, hogy a nő valamiben sántikál és szerette volna minél előbb kideríteni, miről is van szó!

Végre! – pillantotta meg Ceciliat, amint vérvörös, fantasztikus estélyi ruhában megállt a terem ajtajában. Tökéletességének látványa nem egy férfi tekintetét odavonzotta. Intett neki, hogy maradjon ott, kimegy hozzá.

Cecilia türelmetlenül kopácsolt az asztalon egyik kezével, míg a másikkal egy szívószállal szórakozottan kavargatta ásványvízében a buborékokat. Mindketten csöndbe burkolództak, megpróbálva megemészteni mindazt, amit az elmúlt fél órában megosztottak egymással. Elizabeth törte meg a csendet újból:

- Szóval tényleg azt akarod, hogy segítsek ebben? Tudod, hogy nem lesz könnyű! David olyan makacs és önfejű, mint az apja!

- Pont azért kell neked segítened, te tudod a legjobban, mivel lehet rávenni. Hiszen neked is sikerült! – győzködte Cecile.

- Még mindig nem értem, mi ez a nagy sietség! Nem értem... - csóválta a fejét Elizabeth. És hogy mi köze van mindehhez annak a képnek?

- Lizzie drágám, hát te nem láttad? – értetlenkedett Cecile. Nem érezted a veszélyt?

- Nem. Most mondtad, hogy egy szinte gyerekről van szó. Egy értetlen fruskáról. Még mindig nem tudok napirendre térni afelett, hogy miért mentél el hozzá! És hogy még beszéltél is vele! Azt hittem, elég volt végignézni rajta... ahogy leírtad, nagyon aljanépéről van szó!

Tudod, hogy mióta ismerem Davidet, már vagy 15 éve.

- Na pont emiatt... - vágott közbe Elizabeth, de Cecile leintette, hogy folytatná.

És ez idő alatt soha nem vállalta fel igazán a kapcsolatunkat a nyilvánosság előtt – tartott egy kis szünetet, melyet Elizabeth most kivételesen nem használt ki, feszülten várva a folytatást. Elizabeth, te tényleg nem nézted meg azt a képet rendesen? – kérdezte meg már sokadszor bizalmasát. A nő csak megrázta a fejét.

- Akkor az sem tűnt fel, hogy a képen... hogy akkor, ott, David bizalmasan megfogta a lány kezét! Nekem még soha nem fogta meg a kezemet! – bökte ki végül, ami aggasztotta.

•

Kimberlynek percekbe tellett, amíg összeszedte magát és megnyugodott annyira, hogy belépjen az ajtón. Nem gondolta volna, hogy ennyire felzaklatja az, hogy újra találkozott a férfival, ahogy azt sem gondolta soha, hogy ennyire lehet gyűlölni valakit. Vagy valamit. Ugyanis lelke mélyén tudta, hogy Davidnak igaza van. Részben. Mert tényleg utálja az életét, önmagát is, de őt is! Mindazért, amit a családjával és persze főként vele tett. Mindezt pedig szívtelenül! Soha, de soha nem fogja megbocsátani neki, hogy kihasználva szorultságát, azt tette vele. Ő meg hogy a fenébe hagyhatta mindezt? Milyen kegyes vele a sors, hogy nem emlékezik semmire, legalább tényleg hamar elfelejtheti! Az sem érdekelte, hogy meglehetősen elutasító és durva volt a férfival. De ha igazán be akart volna tenni neki, akkor biztosan érdekesebb dolgokat mesélt volna a Vörös Körömnek. Ezt ő is beláthatja!

Szüleinek nem tűnt fel zaklatott állapota, azon csodálkozott volna, ha az ellenkezője történik. Az sem volt gyanús, hogy egyből eltűnt a kis sarkában.

Nagyon elege volt mindenből! Bárcsak megváltozna végre valami – fohászkodott, maga sem gondolva arra, hogy kívánsága hamar és igencsak valóra válik.

•

David nagy levegőt vett, majd hosszan és lassan fújta ki. Igyekezett megnyugodni, amit nem nagyon segített elő az a tény, hogy még csak reggel 9 óra volt és már két kávét is megivott. Talán egy kis konyak jót fog neki tenni – azzal legördítette a kis kupica tartalmát egy kortyra. Örömmel nyugtázta a szinte azonnali hatást. Megállt a tükör előtt és bizonytalanul nézett saját képmására. Még önmaga sem ismerte fel, pedig alig történt átalakítás! Vastagabb keretes szemüvegét szokatlan érzésként konstatálta és idegesen tologatta fel az orrán. Clark Kentnél is bevált is lám-lám, tényleg jó. De hogy egy kis smink és máris 10 évvel idősebbnek tűnik? Hogy szarkalábak futnak a szeme körül és a szájánál

114

is több a ránc? Tényleg így fog kinézni 10 év múlva? Apja tépte fel az ajtót és hatalmas léptekkel már a háta mögött is állt. David megpördült és élvezettel figyelte apja reakcióját. Itt volt az ideje, hogy most ő csodálkozzon el a látottakon. Elégedetten dörzsölte össze a tenyereit.

- Nos, ez tökéletes. Úgy gondoltam, hogy anyád nevét használjuk az álcához, az nem olyan nagy csalás. Végül is a neved része. Na megérkezett Adam is, mindjárt bekísérem és bemutatom. Nem tud semmiről! – súgta oda és máris betolta az irodába a zavarodott embert. Egészen jól állt rajta az öltöny, már-már üzletember benyomását keltve.

Az úr James Scott, ügyvéd. Szintén Colorado államból érkezett, ahogy ön is. Mr. Scott, végre bemutathatom személyesen is az ügyfelét. Mr. Beckettet. Adam kezet fogott Daviddal és a legkisebb jelét sem mutatta annak, hogy felismerte volna.

- Nagyszerű! Ezen is túl vagyunk – lelkendezett John. Adam, akkor ahogy megbeszéltünk mindent. Hagyja az ügyek intézését az úrra és tegyen úgy, mintha mindent értene és akkor minden rendben lesz! Holnap jöjjön majd be még aláírni egy pár dolgot, én pedig átadom a papírokat az új birtokáról – tolta ki az irodából a két ideges férfit. Számítok rád! – szorongatta meg fia vállát, mielőtt beszállt az autóba.

•

Kimberly a szokásosnál is feszültebb volt a mai nap, mint az elmúlt pár hétben. Tudta, hogy ma igazgatósági ülés van és hogy a mai nap végére végre mindennek vége lesz. Csak tényleg minden rendben menjen! Gondolatait zsúfolt napjának egy újabb teendője zavarta meg.

Kimberly menj át segíteni a másik teremnél – üvöltötte túl a gépek zúgását kolléganője, amint a lány közelébe ért. Elboldogulok itt egyedül – tette még hozzá és lendülettel pakolta le a tiszta tányérokat a rekeszekből. Hogy miért pont ma jelentett betegek három konyhás is? – morgott maga elé.

Kimberly a kötényébe törölte a kezét, megigazgatta a haját hátrafogó sapkát és átment a másik helyiségbe.

- Gyorsan, gyorsan, nem érünk rá! – sürgették meg máris. Segítsen a tálalásban. Hol van ilyenkor mindenki? – ordibált a konyhafőnök és saját maga töltötte meg a tányérokat körettel. Hé, maga, hogy is hívják? Tud felszolgálni? – nézett Kimberlyre. A lány csak ingatta a fejét. De tányért összeszedni már csak tud! Menjen, gyorsan, a teremből hozza be a használt étkészletet. Itt van egy kocsi is, oda rakja, ne forgolódjon annyit körülöttük! – bökött a fal mellett álló kiskocsira. Aztán nehogy valakit leöntsön, különben kirúgom! – fenyegette meg. Kimberly megrémülten ragadta meg a kocsi toló fülét és elindult kifelé. Nem ez volt az első alkalom, hogy tányérokat szedett össze, menni fog. Különben is, szoktak ők megteríteni is! – kérte ki szinte magának.

A privát étterembe lépve tudta, hogy az igazgatótanács résztvevőinek van az ebéd megtartva. Picit meginogott, hiszen tudta, hogy apja is ott fog ülni az asztalnál a többiek között, ezért úgy döntött, hogy fel sem néz az emberekre. Minden figyelmét a tányéroknak és evőeszközöknek fogja szentelni és akkor nem lesz baj. Észrevétlenül suhant el a vendégek mellett és profi módon végezte a rá bízott feladatot. Apja jól játszotta a szerepét, mert tudomást sem vett a lányáról. Kimberlyben erős volt a gyanú arra nézve, hogy tényleg nem vette észre. Kimberly megkönnyebbülten sóhajtott fel és lépett a következő vendég elé, hogy elvegye a tányérját. Ismerős illat csapta meg. Bár megfogadta, hogy nem nézi meg a vendégeket, de most késztetést érzett, hogy rápillantson az úriemberre. Egy negyvenes, szemüveges illető nézett vissza rá. Kimberly megdorgálta magát, amiért hülyeségeken járnak a gondolatai. Ezt az illatot biztosan egy csomón viselik! Elvette a tányérját és a kocsira helyezte, majd visszanyúlt az összegyűrt szalvétához. Látta, hogy a férfi karján az izmok megfeszültek. Kimberly kíváncsian felpillantott. Ezek a szemek... ez hihetetlen! David? – fagyott meg. Mi ez a maskara? Mi ez az egész mocskos játék? – elkerekedett szeme kérdőn nézett a férfira.

David megdöbbent, hogy a lányt itt látja. Soha nem gondolt igazán bele, hogy a lány dolgozik, de hogy ő is itt ennél a cégnél és hogy a konyhán felszolgál? Teljesen elképedt. És miket mondott neki tegnap... ha ez a lány itt megkavarja a dolgokat, akkor neki vége! Azon meg végképp nem tért napirendre, hogy egyedül ő, pont ő ismerte fel! Képtelenség! Ő az, aki nem hitt a látszatnak! Aki átlátott rajta – rémült meg ettől a felismeréstől. Látta a szemében, hogy tökéletesen tudta, ki ő.

Kimberly megingott kissé. Tulajdonképpen miért is van annyira meglepődve? Sejthette volna, hogy apja nem egyedül jön a tárgyalásra. És biztosan nem akarják felfedni, hogy ki áll az egész mögött – futott át gyorsan az agyán. Elvégre nem olyan buta.

David agya viszont egészen máson járt. Muszáj valamit tennie – sugárzott belé a felismerés és már cselekedett is. Poharának tartalma a lány kötényére került.

- Jaj kérem, bocsásson meg, annyira sajnálom – ugrott fel egyből készségesen David és máris egy szalvétával igyekezett letakarítani a foltot.

- Hagyja csak, tényleg, nem történt semmi – húzódott el Kimberly a férfitól. David megint hozzáért és ez feldühítette. Tökéletesen tisztában volt azzal, hogy szándékosan tette mindezt és azt is tudta, miért. El akarta távolítani innen, mint potenciális veszélyforrást.

- Hadd segítsek, merre van itt a mosdó? – kísérte volna ki, mellyel csak még jobban magára hívná a figyelmet. Kimberly magában szitkozódott. Hogy lehetnek ilyen idióták a férfiak? Muszáj megnyugtatnia, hogy nincs gáz!

- Nem kell igazán aggódnia semmi miatt, nem lesz baj – mondta ki azokat a szavakat, amiket a férfi hallani szeretett volna. Bár csak megértené, hogy ezt meg miért csinálta! Hiszen van elég felnőtt és állítólag tanult ahhoz, hogy rájöjjön, a gyűlöletére itt most nincs idő!

•

John Wilson elégedetten dörzsölte össze két tenyerét, miután fia beszámolt a megállapodás sikerességéről. Minden pontosan úgy zajlott, ahogy azt remélte! Az igazgatótanácsot az orruknál fogva vezették! Élvezettel forgatta kezében az aláírt megrendelést, melyet Adam cégével kötöttek. Vagyis vele! Milyen kiszámítható is volt minden! Tudta, hogy a meglévő megrendelésük befuccsolt, Morrison visszalépett a kért járművek leszállításától. Hiszen csődbe ment, hogy is tudott volna fizetni. Ott állt a sok kész jármű és raktározásról szó sem lehetett. Erre ő odaküldi a megmentőt: egy új, befektetőcsoport képviselőjét, aki maga

117

is tulajdonos, így egyből megbízható. Ráadásul jelentős megrendelést hoz magával, felvásárolja a már legyártott autókat és újak gyártására ösztönöz. Pompás, zseniális! Máris üzleti kapcsolatba került a céggel, egy egyszerű trükkel. Tudta, hogy neki soha nem adtak volna el járműveket, most viszont holnap már meg is indul a szállítás. Igen, ők is az ő beszállítói lettek!

•

Adam a hatalomtól megrészegülve távozott a Wilson székházból, teljesen odáig volt a lelkesedéstől. Zsebre vágta nyakkendőjét, kigombolta ingét és élvezettel sétált az üzleti negyedben, az öltönyösök negyedében. Ő is üzletembernek érezte magát, de hát hiszen az is. Most ütött nyeregbe egy igen gyümölcsöző megállapodást. Úgy érezte, hogy most bármire képes. Lehet, hogy nem is kéne vidékre mennie, egy farmra? Hiszen itt a városban, ezekkel a kapcsolatokkal és háttérrel ő is befuthat. Mindig is vágyott a sikerre és az elismerésre. Az, hogy egy farmon eltemesse magát, hogy trágyát lapátoljon vagy a tűző napon traktort vezessen, már nem is tűnt olyan vonzónak. Ezt biztosan John is meg fogja érteni és ajánl neki valami munkát a cégnél. Hiszen olyan jól végezte a dolgát az elmúlt hetekben is!

Igen, ez az, ezt fogja tenni holnap, amikor újra találkoznak. Addig is élvezi a napot, ezt fogja tenni! Kapott egy köteg pénzt – nyúlt a zsebébe és élvezettel szorongatta meg az ezer dollárját. Ez mind az övé, és ez csak a kezdet. Ha majd befut, naponta fog ennyit keresni, vagy még többet is! Igazán itt a legfőbb ideje, hogy kiélvezze ezt a helyzetet és hogy kiengedje a gőzt egy kicsit – vette az irányt az éjszakai élet felé.

•

Azok után, hogy az előbb szemfüles titkárnője is ismeretlenül sétált el mellette a folyosón, David kezdte nagyon is élvezni új külsejét. És ebben most kevés szerep jutott az időközben elfogyasztott újabb alkoholnak. Olyan, mintha észrevétlenül osonhatna be bárhova az épületbe, hallgathatna ki beszélgetéseket – akár még saját magáról is. Mi lenne,

118

ha minden nap feltenné ezt a szemüveget? Talán öregítő ráncok nem is kellenek. Hú, a haverokat muszáj lesz beugratnia! – döntötte el. Ezt a szemüveget meg mindenképpen megtartja!

Az irodájában téblábolt, amikor neszt hallott a háta mögül.

- David! – fordult meg Cecile lelkes köszöntésére és már majdnem meg is szólalt, de a helyzet végül nem ezt diktálta. Meglepetésére ugyanis a nő sem ismerte fel! Tőle pedig ezt elvárta volna. Jaj, kérem bocsásson meg, összetévesztettem valakivel – mentegetőzött és furcsán méregette őt. Szemében érdeklődést vélt felfedezni irányában. David lelassult agyában erre ördögi terv fogalmazódott meg. Mi lenne, ha kicsit szórakozna vele?

Kérem, hadd mutatkozzam be: James Scott vagyok, az új ügyvéd. Ha Davidet keresi, sajnos ő már elment, egyik ügyfelének mutatja meg a várost – azzal kezet nyújtott a nőnek. Cecile elővette búgó hangját és úgy mutatkozott be. David ismerte a nőt annyira, hogy tudja, ezt a hangnemet akkor használja, ha el akar érni valamit. Belement a játékba! Meghívhatom esetleg… - vette fel a rámenős figurát és mire észbe kapott, már egy asztalnál ült a nővel és egyik hazugsággal a másik után kezdte fűzni. Nem volt nehéz dolga.

Hogy csillant fel Cecile szeme, főleg miután megtudta, hogy a meséje szerint agglegény, most múlt negyven és ügyvédként igencsak felkapott a székhelyén. És nem kizárt, hogy itt is több időt fog tölteni, bár mostanság meglehetősen sokat utazik. Egyből rebegő pillákra váltotta tekintetét és szinte csüngött a szavain. David elképedve tapasztalhatta, hogy az a nő, akit anyja a feleségének szánt, nyíltan flörtölni kezd egy másik férfival. Hogy ne érdekelte volna, milyen is az, amikor elcsábíthatja Cecile-t. Milyen az, amikor úgy ismerkedhet meg valakivel, hogy az nem tudja, hogy ő kicsoda és milyen a háttere. Kíváncsi volt, hogy meddig megy el a nő egy találkozó után. Szüksége volt kiengedni a gőzt így nem tiltakozott, amikor meg sem álltak a hálószobáig.

•

Cecile rettegett születésnapja előestéjén pont valami ilyen programra vágyott. Bánatosan vette tudomásul, hogy David nélküle lépett le és mint egy jel, mint egy kihagyhatatlan lehetőség, úgy értékelte Mr.

119

Scott felbukkanását. Még mindig jobb, mint egyedül iszogatni valahol, bánatosan, önmagát sanyargatva. Be akarta bizonyítani önmagának, hogy még mindig bárkinek el tudja csavarni a fejét. Úgy döntött, hogy így, utoljára, 20-as éveinek lezárásaként szórakozik egy kicsit. Ehhez pedig tökéletesen kapóra jött ez a férfi. Egy meglett negyvenes, aki értékeli az érett nőket. Nem is remélte, hogy ekkora szerencséje lesz. Az este pedig tökéletesen sikerült, nem beszélve arról, hogy egészen kellemesen is szórakozott mindeközben. Sőt, még annál is jobban! – mosolygott magában. Örült, hogy szállóvendége köszönés nélkül távozott el lakásából, mielőtt ő felkelt volna. Azért az elérhetőségét meghagyhatta volna. Na mindegy. Ma úgyis új életet kezd – döntötte el határozottan és felkelt az ágyból.

•

Kimberly rohanva kapkodta magára ruháit és betömött szájába egy kekszet. Nem szeretett reggeli nélkül elindulni, de most nagy késésbe volt. Hosszú idő óta először aludt igazán jól az éjjel, túlságosan is jól. Egy nap alatt meg nem tudta behozni azt a sok elmaradt óra alvást. A ház reggelente csöndes szokott lenni, nincs, aki figyelmeztesse ha elalszik. Apja délutános műszakot visz és ilyenkor még aludni szokott, anyja meg jóval korábban megy el. A takarítás a hajnali órákra esik és mire ők beérnek, már minden tiszta és rendezett.

Sebesen kapta fel a kabátját és a hátizsákját és már csapta is be maga mögött az ajtót. Csak remélni tudta, hogy a busz még eléri.

Végre túl vannak mindenen! Bár apjával este már nem találkozott – biztosan ünnepeltek – de ebből pont az következik, hogy jól alakultak a dolgok. És tényleg, talán megváltozik valami. Ha ügyes volt, nem adta magát olcsón... ó, bárcsak elköltöznének innen végre! Még az is lehet, hogy ez az utolsó munkanapja itt, ki tudja. Ha nem csalódnak sejtései másik helyre fognak költözni. És a változás most mindenképpen jól fog jönni!

•

Julia Beckett nyugtalanul járt-kelt a lakásban és rossz előérzetek gyötörték. Sőt, annál is rosszabb: halálos rémület fogta el férje miatt. Még soha nem csinált olyat, hogy eltűnjön egy teljes éjszakára, meg másnap délelőttre és ne szóljon haza. Ne üzenjen semmit neki. Illetve egyszer fordult ilyen vele elő, amikor nem mert a szeme elé kerülni, azért tűnt el pár napra: akkor, amikor elkártyázta a birtokot. És pont ez volt az, amitől Julia rettegett. Mi van, ha most is valami ilyesmi történt? Ha megkapta a pénzt és ez teljesen elvette az eszét? Ha most is bement valahova és hagyta, hogy idegenek elvegyék tőle azt, amije van? Ha megint a kártyaasztalhoz ült?

Nyugtalanul járkált a lakásban és a híreket várta. Fel volt készülve erre a lehetőségre is.

•

John Wilson kopogás nélkül nyitott be fia irodájába. David dühösen felnézett de aztán mégsem tette szóvá. Apja csak azért rontott rá, hogy tájékoztassa, Adam nem jelent meg aláírni a papírokat. David utálta, ha munka közben félbeszakítják, mert nehezen tudott visszazökkenni. Pedig minél előbb szerette volna befejezni aznapi teendőit. Most, hogy új beszállítóként színre léptek, jópár egyeztetnivalója akadt még a hétvége előtt.

- Apa, leszel szíves nem zavarni ilyen csip-csup ügyek miatt. Küld el neki postán vagy mit tudom én. Elvégre az ő érdeke, nem?

- De, igaz. Csak furcsállom.

- Nem tudok dolgozni, ha még engem is feltartasz a munkában! – fakadt ki, majd letette a kezéből a tollat. Apja mégis több tapintatot érdemel. Biztosan elaludt a tegnap esti buli után – mondta engülékenyebben. Hova is vitted?

- Izé, tulajdonképpen sehova – nyögte ki. Nem volt hangulatom vele tölteni az estét. Aztán adtam neki elég lét, biztosan jól szórakozott.

- Aha... - nézett fel David két egyeztetés között. Sajnálom, hogy ezt kell mondjam, de óvatlan és meggondolatlan voltál. Pedig ismerned kéne ezt a típust és tudhatnád, hogy egy szerencsebarlangban kell keresned. Ha jól megtömted pénzzel, előtte meg jól feltüzelted, hogy milyen zseniális és hasznos volt a jelenléte, akkor biztosan próbára is tette mindezt!

Johnnak nagyon nem tetszett, amit hallott, de volt egy olyan érzése, hogy igazat kell adjon a fiának. Tényleg felesleges a mai napon tovább várni rá.

•

Mint ha mi sem történt volna, Cecilia úgy vonult be másnap 11 után David irodájába legújabb, tökéletes alakjának minden pontját kihangsúlyozó ruhában. Búgó hangon üdvözölte az elfoglalt férfit majd szokása szerint nem egy székre helyezkedett el, hanem hanyagul felvetette magát az íróasztalra. David ismerte a trükkjeit és tudta, hogy most is valami nagy dobásra készült. Öt percet adott neki magában, több ideje nincs most rá. Édeskés mosollyal nézett a férfira és meghívta ebédelni. David gunyorosan nézett végig rajta. Férfifaló! Vajon mennyire vette zokon, hogy éjjel távozott és nem hagyta hátra a névjegykártyáját? Vajon elkéri tőle az elérhetőségét és akarja még látni őt? Mármint Mr. Scottot. Gondosan felkészült erre a lehetőségre és a titkárnőnek meghagyta, hogy ha Mr. Scott felől érdeklődnek, mondja azt, hogy váratlanul haza kellett mennie, mert megbetegedett az anyósa. Tudta, hogy tőle ezt úgysem kérdezné meg, viszont szerette volna, hadd koppanjon a kicsike. Hogy egy nős emberrel volt, aki nem is ezt mondta magáról. Csak azt sajnálta, hogy nem láthatja az arcát, amikor mindezt meghallja.

Alig bírta magában tartani, hogy lóvá tette tegnap, hogy eljátszott vele. Bár volt időszak az este folyamán, többször is, amikor úgy gondolta, hogy a lány tudta, hogy ő kicsoda és ő is csak játszik. Akkor és ott örült az új színfoltnak, de így utólag, átgondolva már nem volt ennyire rózsás a kép: tényleg ilyen könnyen megkapható? Vajon hány férfinak adta már így oda magát?

Cecilia vörös körmeivel magához rántotta a férfit és rámenősen szájon csókolta. David hagyta. Nagyon akar valamit, mindjárt rá is fog térni. Igaza lett.

Cecile eltolta magától és hozzábújt, majd kislányos gügyögésbe kezdett. David a felét elengedte a füle mellett, mert nem szólt semmiről. Hosszúra

122

nyúlt körmondata végén aztán olyat mondott, amire David soha nem is gondolt volna!

•

David egyszerűen nem hitt a fülének. Ezt komolyan gondolta? Eltolta magától a lányt és ránézett. Majd megkerülte az asztalt, hogy kellő távolságban tudhassa magát tőle.

- Te meg miről beszélsz? – szólalt meg végül. Tegnap lefeküdt egy ismeretlen férfival, ma meg... David úgy érezte, hogy alaposan becsapták.

- Jól hallottad, megkérdeztem, mikor veszel feleségül – ismételte meg dacosan az előbb is elmondott mondatát Cecile.

- Na várjunk csak, álljunk meg egy pillanatra: én neked soha nem ígértem házasságot! – mondta tagoltan és érthetően a mondatot.

- Szóban nem is, de... már olyan régóta vagyunk együtt, mindenki egy párnak tekint – bicsaklott meg Cecile azon a tényen, hogy David nem fogadja kitörő lelkesedéssel az ötletét, még annyira picit sem, mint remélte!

- Fütyülök rá, ki mit gondol rólam vagy rólad! Teszek az elvárásokra! – fakadt ki. Utálta, ha sarokba szorítják és most teljességgel ez történt.

- David...

- Jól figyelj rám drágám, mert csak egyszer mondom el: ÉN NEM NŐSÜLÖK MEG! Semmi kötöttség! Eddig azt hittem, hogy te is ezen játékszabályok szerint élsz, de ezek szerint tévedtem. Nos, ha férjhez akarsz menni, akkor keresned kell valaki mást, én ugyanis nem veszlek el feleségül! Világos voltam! – azzal magára hagyta a nőt.

•

David elborult aggyal szaladt le a lépcsőn, levegőre volt szüksége. Meg egy cigarettára. Bár ritkán élt vele, főként csak bőséges ebédek és vacsorák után szívott el egy-egy szálat nagy élvezettel, most viszont olyan ideges volt, hogy igényelte.

Teljesen megdöbbent Cecile viselkedésén és hazugnak, üresnek tartotta. Egyik nap ágyba bújik egy férfival, akit pár órája ismer csak, aztán meg elvetetné magát egy másik balfékkel. Biztos volt benne, hogy feleségként is ugyan ezt csinálná, de ő abból nem kért. Ő nem lesz az a balfék! Minek ahhoz házasság? Ha a nő csak a nője – papírok nélkül, akkor a félrelépés a nyitott kapcsolat jele, de házasságban... szarvakat, háta mögötti kinevetést és megalázást jelenti. Eléggé elrettentő példa volt minderre a szülei színjátéka, nem kért belőle! Muszáj lesz innia valami erőset minderre, de ott benn nem. Keres valami bárt és a pohár fenekére néz. Úgyis hosszú hete volt, ennyit megérdemel.

A bejáratnál anyjába ütközött. Már csak ő hiányzott neki a teljes összképhez!

- Mi ez a nagy rohanás – érdeklődött az anyja és ellenkezésre nem adva lehetőséget az arcát nyújtotta. David kénytelen volt üdvözölni. Cecile fenn van? – kérdezte közönyösséget tükrözve, de David már átlátott a szitán. Gondolhatta volna, hogy innen fúj a szél! Hát persze, hogy mindezek mögött az anyja áll! Hiszen olyan jól megértik egymást Cecile-lel, olyan egyformák! – És? – nézett rá várakozón, de David csak az égre emelte a tekintetét.

- Semmi és – felelte. Aztán még erősebb gyanú kerítette hatalmába: ismerve anyját és szervező mániáját, lehet... lehet hogy már el is kezdett intézkedni? Hogy most jött a meghívókkal hogy válasszon közülük? David úgy érezte magát, mint akit gúzsba kötöttek. Lehet, hogy innen már nincs menekvés?

- Hidd el, drágám, hogy számodra ő a tökéletes pár. A társadalmi rangja és a neveltetése kifogástalan, elbűvölő és még ráadásul oda is van értod. Mi egyéb koll még? – nézett rá a fiára.

- Hogy mi? És a tisztelet? A szerelem, a másik megbecsülése, mindez üres frázis lenne csak? – kontrázott idegesen David, okulva a tegnapi napból. Tényleg a szerelem szót is használta volna?

- De hát hova gondolsz fiam, hát persze hogy tisztel és szeret téged, ahogy minket is - képedt el az anyja. Keresve sem találhatnék jobb partit neked! – győzködte tovább.

- Tényleg? Ha ennyire odavagy érte, akkor vedd el te! – vágta oda fia a kendőzetlen gondolatait és otthagyta megrökönyödött anyját. Életében először beolvasott neki!

•

Kimberly teljesen lesújtva állt közvetlen főnöke előtt és erőlködött, hogy ne sírja el magát. Miután végigdolgoztatták vele a mai műszakot, a még mindig hiányos konyhai személyzet ezer teendőivel együtt, most tessék: egyszerűen közlik vele, hogy nem megfelelő a munkája, hogy tegnap galibát okozott egy igazgatótanácsi tagnak, vagyis fel is út-le is út, mennie kell. Kirúgták! Hozzá még ezt a megaláztatást, ahogy ez az ember ordítva kiosztja és trehány, nemtörődöm, kétbalkezes libának nevezi, ezt nem tudja elfogadni! Kimberly soha életében nem érezte még ennyire szarul magát, pedig az utóbbi időben alaposan kijutott neki.

Zokogva szaladt ki a teremből és szokásos helyére, a női vécébe menekült be. Most mi a fenét fog csinálni? Apja szétcsapja, ha megtudja, hogy elbocsátották! Mi lenne, ha nem mondaná el neki? Nem, jobb, ha nem is megy haza, legjobb, ha egyenesen világgá megy. Elmenekül mindenki elől! Nem, még jobb, ha leugrik egy hídról vagy a busz elé veti magát. Minek is élnie! Ó, hogy gyűlöl mindent és mindenkit. De legfőképp egyvalakit, minden bajának okozóját.

Könnytől ázó szemmel nézett körül az öltözőben, holmija után kutatva. Na nem volt benn túlságosan sok mindene, csak egy váltóruha, egy pótcipő és egy plusz kardigán volt mindaz, amit most hazavihet. Kerített egy nagy reklámszatyrot és abba tett bele mindent. Bánatosan, szinte vonszolva magát ült le az üres konyhában. Most még mehet fel a bérosztályra, aztán a munkaosztályra hogy elintézék a papírügyeket. Muszáj előtte egy kis energiát gyűjtsön, különben nem fogja tudni végigcsinálni. Pedig jobb, ha túl van mindenen még a mai nap. Képtelen lenne visszajönni külön csak ezért.

•

David joggal érezhette azt, hogy ez a nap – bár még a fele hátra van – joggal nominálhat az „Életem egyik legrosszabb napja" címre. Nem is sejtette, hogy a nap még számos meglepetéssel és drámával szolgál…

Kocsiba vágta magát, el akart menekülni minden és mindenki elől. Ó, bárcsak Tommy már visszaért volna a jachttúráról! Mi sem esne most jobban neki, mint egy kis vitorlázás. Egy világ körüli út egy-két évre. Ott, ahol tényleg magában lehet, csak ő és a természet. Ő lehet szeszélyes, tőle megszokta és nem veszi zokon. Nem úgy, mint a természet ajándékai, a nők!

Céltalanul autózott egy kicsit a városban, maga sem tudta, merre. A vezetés sokszor megnyugtatta, most is ezzel próbálkozott. Esetleg ehetne is valamit. De innia mindenképpen muszáj lesz! Megállt egy benzinkútnál és egy whiskysüveggel és valami apró szendvics félével a kezében tért vissza az autójához. Meghúzta az üveget. Az alkohol megtette hatását. David meglehetősen lecsillapodva indította be a motort és már sorolt volna vissza a forgalomba, amikor megszólalt a telefonja. Már előre eldöntötte, hogy ha családba vagy az iroda keresi, akkor nem veszi fel. A kijelzőn egy ismeretlen szám tűnt fel. A készülék idegesítően hosszan csörgött. David hangosan káromkodott egyet majd felvette a telefont.

•

- Igen? – mordult bele a meglehetősen mogorván és majdnem eldobta, amikor a benne lévő hang annyit mondott:
- Mr. David Wilson-nal beszélek? Itt a rendőrkapitányság.

David a hallottak hatására beletaposott a fékbe és gyanakodva pislogott körül. Ugyan a mostanság tényleg volt arról szó, hogy szigorítják a közúti ellenőrzést, különös tekintettel az ittas vezetők számának csökkentésére, de hogy ilyen gyorsak legyenek? Hiszen még csak most húzta meg az üveget és még nem is hatott! Aztán elhessegette magától ezt a bolond ötletet. Vajon akkor miért is keresik?

- Egy pillanat, csak félreállok a forgalomban – igyekezett némi időt nyerni. Parancsoljanak velem, miben tudnék segíteni? – kérdezte sokkal udvariasabban.
- Nos, Uram, egy kényes természetű ügyről lenne szó. Lenne szíves sürgősen befáradni a központi rendőrőrsre, hogy személyesen beszélhessünk. Nem szeretnék telefonban többet mondani.
- Igen, kérem, egy húsz perc múlva ott tudok lenni. Kit is keressek?

Broxton nyomozó vagyok. Köszönöm, akkor várom – azzal a telefont már le is tette.

126

David értetlenül bámult az apró kis készülékre még percekkel később is. Vajon mi a bánatról lehet itt szó, ami nem telefontéma? És mit akarhat tőle a rendőrség? Rémes gyanú kerítette hatalmába, hogy mindez kapcsolatban áll a tegnapi ügyükkel… valami biztosan kiderült. Csak erről lehet szó! Bár elvileg minden törvényesen zajlott, de azért mégis, megtévesztésről van szó! Ennek fele sem tréfa! Nem kéne szólnia az apjának mindjárt? És mi lenne, ha egyből ügyvéddel menne? – tépelődött, majd visszasorolt a forgalomba.

•

David feszülten lépett be a rendőrőrsre és gyors pillantásokkal nézett körül. Már járt itt egy párszor és nem szívesen emlékszik vissza azokra a régi időkre. Bár ki jön örömmel egy rendőrkapitányságra? Ő is akkor járt itt utoljára jópár éve, amikor randalírozásért előállították. Akkortájt nem is egyszer. Azon a nyáron rendszeresen megfordult itt. Aztán apja intézkedett és korábban küldte el az egyetemre.

Az előcsarnok szokás szerint zsúfolt volt. Nem volt nehéz elkülöníteni a várakozó rosszfiúkat, az aggódó rokonokat na meg persze a reklamálók és kárbejelentők népes és felettébb hangos hadát. David nem foglalkozott sokat az ott lévőkkel. Egyenesen az információs pulthoz ment és jelezte, hogy személyesen hívták be egy üggyel kapcsolatosan és megmondta a nyomozó nevét. Nem kellett sokat várnia; egy negyvenes férfi pár percen belül fel is bukkant és az irodák felé kísérte Davidet. Nem is szólt hozzá csak amikor már maguk mögött hagyták a zajos előteret.

- Köszönöm, hogy befáradt Mr. Wilson. Bill Broxton nyomozó vagyok – nyújtotta a kezét. Erre jöjjön, kérem – mutatta az irányt tovább, lefelé az alaksor felé. Hogy a tárgyra térjek egyből, a segítségét szeretnénk kérni. Ígérem, hogy tekintettel leszünk önre és az ügyet diszkréten fogjuk kezelni. Ugyanis egy kényes ügyről van szó. Mindjárt rátérek, hogy ne érje teljesen váratlanul. Arról van szó, hogy a segítségét szeretnénk kérni egy személy kilétének igazolásában. Sajnálatos módon nincs nála semmilyen papír, ami alapján tudná azonosítani magát. Egy jólöltözött emberről van szó. Csak egy névjegykártya került elő, melyen az ön neve volt rajta. Így jutottunk el magához. Sajnálom, hogy ilyen ügybe rángattam, de

127

mivel nem érkezett bejelentés olyan személyről, akinek a leírása ráillene, szeretnénk minél előbb lépni az ügyben. Ezért hívtuk be.

David kezdte elveszteni a fonalat a sok magyarázkodás között és fogalma sem volt, miről is lehet szó. Megkönnyebbült, hogy nem az üzletről van szó, hanem ezek szerint valaki személyének igazolásáról. Az menni fog. Vajon ki lehet az, akinek nem sikerült más hozzátartozóját, ismerősét előszedni, mint őt?

David még mindig nem sejtette, hogy egészen pontosan miről is van szó. Szinte sokkolta a felismerés, amikor beléptek egy hűtőkamrával ellátott terembe. Megingott.

- Kérem, nem lesz könnyű, ezt tudom. Nem kérnénk ezt öntől, ha nem tudnánk, hogy ezzel alaposan meggyorsíthatnánk az eljárást. Ha mégsem tudná teljesíteni, azt is megértem. Gondolja végig!

David bizonytalanul pislogott körbe a teremben. Még soha nem járt ilyen helyen és csak remélni tudta, hogy nem is fog. Enyhe pánik és félelem fogta el arra a tudatra, hogy itt egy olyan ember lesz, akit ő ismer. Egy rokon, vagy egy barát? Te jó ég, mi van, ha... ha... Bólintott, hogy rendben van, szólni nem tudott. Minél előbb meg szerette volna tudni, ki az, akinél csak az ő névjegye van.

- Biztos, hogy felkészült? – kérdezett vissza a rendőr, miközben az egyik ajtóhoz ment, majd kinyitotta. A kihúzott tepsin lévő alak egy lepedővel volt lefedve. David nagy levegőt vett, majd intett a szemével, hogy készen áll. A nyomozó óvatosan felemelte a lepedőt.

Bár elég illetlen reakcióval, de David megkönnyebbülve ismerte fel a halottat.

A neve Adam Beckett – mondta hangosan. Az üzletfelem... volt.

IV.

David úgy érezte, mintha a mai nap folyamán az árral szemben úszna. Lehet annál mélyebbre süllyedni, hogy egy rendőrkapitányságon csücsüljön? Még az a szerencse, hogy legalább bilincs nincs rajta! Ez a mai nap... mintha teljesen mindegy lenne, hogy ő mit akar, egész egyszerűen mások előírják, mit kell tennie! Először a szülei – noha már réges-rég nagykorú –, de az ő sorsa felett döntenek a megkérdezése nélkül. Mintha ő ott sem lenne, mintha csak azon folyna a tanácskozás, hogy milyen színű kiscipőt vegyenek a beszélni még nem tudó gyereknek. Aztán meg most, a rendőrség. A másik felettes szerv. Hiába mondja, hogy alig ismeri a férfit, az asszonnyal nem is találkozott, attól még őt is elcipelnék. Hogy legyen ott, amikor hivatalosan is közlik a családdal, hogy mi történt. Hiszen ő azonosította. Éppen elég baj, hogy kapcsolatba hozzák ezzel a férfival. A halálával. De miért? Miért történik mindez vele?

.

Kimberly egykedvűen szállt le a buszról. Amennyire csak lehetett, igyekezett elodázni találkozását szüleivel. Még az is megfordult a fejében, hogy nem szól nekik, hátha időközben megoldódik minden. Elköltöznek vagy ilyesmi.

Körül sem nézve indult el a szemközti utca irányába. Szinte nekiütközött a férfinak, aki bizonyára várt rá.

- Kim, de jó, hogy találkoztunk. Most hallottam, mi történt – szólította meg a lányt a sarkon Michael Folie. Kimberly túlságosan fáradtnak érezte magát, hogy lerázza így hagyta, hadd beszéljen hozzá. Bár a legkevésbé vágyott arra, hogy Michael szórakoztassa. Ennél mélyebbre nem is kerülhet érzelmileg a mai napon – gondolta. Kirúgták, megalázták, sárba tiporták. De vajon honnan értesült erről? – morfondírozott, miközben üveges tekintettel bámult maga elé a szürkületben. Fáradt is volt, hiszen másfél műszakot húzott le. Ennél rútabban már nem is érezhette magát.

– Tudja, hogy rám bármikor számíthat és most, hogy... szóval – vette le a szemüvegét és törölgette zavartan – szóval ha volna kedve hozzá, esetleg... - hebegett habogott. Én egészen jól keresek, ebből ketten is meg tudnánk élni és akkor nem is kéne dolgoznia. Mit szólna hozzá? – motyogta. Kimberlyhez csak a szavak fele jutott el, de egy szóra felkapta a fejét.

- Ketten? – kérdezett vissza hangosan. Ezt nem akarom hallani! – lépett hátra kettőt és megrázta a fejét. Csak nem megkérte?

- Most, hogy előbb az apád, aztán meg az anyád... szegények... hogy így egyedül maradtál... tudom hogy nem ismerjük egymást, de én... én hajlandó lennék, örömmel...

- Mi? – nézett rá. Mit gagyogsz itt össze-vissza? – lépett felé a lány és megragadta. Mi van a szüleimmel?

- Szóval akkor te nem is tudod, mi történt – biccentett a házuk előtti csődületre, a tömegre és a mentő és rendőrautóra, amelyet Kimberly eddig észre sem vett.

- Mi történt? Anya... apa... - mondta halkan, majd egyre hangosabban. Anya, nem! – rogyott meg a térde. Egy erős pár kéz félrelökve a másikat még idejében kapta el.

- Maga teljesen idióta! – mordult David a szerencsétlen Michaelre és felnyalábolta az elájult lányt. Hogy lehetett ennyire tapintatlan? Hiszen semmiről sem tud! – hordta még le, majd elindult karjában a lánnyal a mentőautó felé. Csak lesz ott egy orvos, hogy segítsen a lányon.

•

Kimberly nekidőlve a mentő nyitott hátsó ajtajának, félig ülve nézett maga elé. Mintha egy lassított felvételt nézne, úgy érzékelte a környezetét. Nem, ez biztosan nem vele történik meg! Látta a két rendőrautót, ahogy az egyenruhás férfiak rendezkednek, a szomszédok nézelődnek, a járókelők bámészkodnak. Mindezt látta, de nem tudta felfogni. Ahogy azt sem érzékelte, hogy akik előtte állnak, azok kicsodák.

Felnézett és a tekintetekből próbált olvasni. De csak újabb sajnálkozó pillantásokat látott. Síri hangon megszólalt:

130

- Tényleg.... meghaltak? – David kérdésnek tekintette a megszólalást és egy halk igennel felelt. - Mindketten? – suttogta, mire David már csak bólintott.

Kimberly nem fogta fel a szavak értelmét. Csak nézett hol az egyik, hol a másik férfira. Michaelre és Davidre. Ez maradt volna neki? Jobbról egy kéz érintette meg a vállát, ismeretlen egyenruhás férfi állt mellette, szintén sajnálkozó tekintettel.

A három férfi feszülten figyelte a lány minden reakcióját, türelmesen várva. Kimberly sóhajtott egyet és továbbra is végtelenül nyugodt maradt.

- Hogyan? – nézett az egyenruhásra. Broxton nyomozó legjobban ezt a szót utálta kimondani, de túl kellett esni mindezen. – Öngyilkosság – felelte lehajtott fejjel.

Kimberly megrágta a hallottakat.

- Magamra hagytak – motyogta és végre érezte, hogy szemét ellepik a könnyek. Az ismeretlen, az utálatos és a gyűlölt vállak közül az utóbbit választotta.

•

David még egy utolsó pillantást vetett az alvó lányra, majd csöndben becsukta a kórterem ajtaját. Ideje hazamennie, elég későre jár. Itt biztonságban lesz a lány, vigyáznak rá. Az orvos megnyugtatta, hogy elegendő mennyiségű altatót kapott, hogy végigaludja az éjszakát, de ha bármi történne, itt lesznek a nővérek.

David felelősséget érzett a történtek miatt. Főként azok után, hogy a lány az ő vállán zokogta ki magát. Mindazok után, ami történt még maradt benne annyi bizalom. Gondoskodni fog róla, ez a legkevesebb. Ha már így belekeveredett az ügybe! Ennyivel tartozik neki.

•

Carpenter doktor mindig szerette a hajnali órákat, hiszen ezek voltak a legnyugalmasabb időszakok a kórház életében. Ilyenkor utol tudta érni magát a sok papírmunkában és egyéb adminisztrációs kötelezettségben. Ez a pár óra mindig szinte kikapcsolódásnak tűnt. Még a hétvégeken is. Így szombat hajnalban már túl voltak a „nagy rohamon" – ahogy maguk között nevezték. A roham, amikor jönnek a hétvégi bulik utáni karambolok, verekedések, tűzijátékok, grill partik és még sok egyéb furcsa és bizarr esetek balesetesei. Félretolta az asztalán felhalmozódott kupac aláírt kórlapot és maga elé vette a következő adagot. A kupac alatt egy lelet árválkodott. A doktor felemelte és a nevet kereste rajta, hogy a megfelelő kartonba helyezze. A sok papír között természetes volt, hogy ide-oda csapódnak leletek, ezért volt mindegyik névvel és azonosítóval ellátva. Gyors pillantást vetett a névre és már nyúlt is a névsorba helyezett kartonokhoz. A Beckett karton a második volt. A sokkos lány vérvételének részletes adatait tartalmazó papírt eddig még nem látta, így most gyorsan átfutotta a csillaggal jelölt pontokat. Hümmögni kezdett. Nocsak-nocsak. Ki nem néztem volna! – gondolta magában és letette a papírt. Különös fordulat – mondta hangosan. Kérdés, hogy nem rontja-e tovább a helyzetet. Hm-hm. Holnap kiderül. Talán az lesz a legjobb, ha... igen, az nem is rossz ötlet! Addig hadd pihenjen. A gyászra az idő a legjobb gyógyír. Az egyik legjobb.

•

Kimberly merev tekintettel ült az ágyban és némán hallgatta végig az egyik rendőr rövid és tárgyilagos beszámolóját a szülei haláláról. Két emberről, akiket állítólag ismert, akikkel együtt élt, akiket szeretett. Akik tegnap olyat tettek, amire nem számított volna soha. Mintha nem is ismerte volna őket. Egyáltalán belegondoltak tettükbe?

Hogy az ő apja úgy halljon meg, hogy egy kaszinóban miután elkártyázta minden pénzét egyszerűen elvette a biztonsági őr fegyverét és végzett magával? Ez képtelenség! Hiszen soha nem volt semmilyen játékszenvedélye. Még hogy kártyázna? Az ő apja, aki minden garast a fogához vert, beleértve az ő fizetését is? Hogy ilyen hatással lehetett rá az üzlet és a sok pénz?

És hogy anyja, aki világ életében megvetette a gyógyszereket, azok után, hogy megtudta, férje meghalt, egy egész dobozzal vegyen be? Kimberly tisztában volt azzal, hogy anyja rajongva szereti apját. De azt soha nem gondolta volna, hogy annyira, hogy élni se tudjon nélküle! Hogy képes

132

legyen utána halni. Ennyire önzőek lettek volna? Magára hagyták, egyszerűen magára hagyták. Úgy, hogy tudták, hogy nincs senkije. Hogy fiatal és még nem kész az életre, még nem önálló. Még nem bír egyedül lábra állni. Pedig most kénytelen lesz. Csak talál valami munkát. De abba a házba biztosan nem megy vissza, az nem lehet.

Ürességet érzett, mérhetetlen nagy űrt a lelkében.

Ezer meg egy emlék tódult fel benne, főként abból az időből, amikor még boldogok voltak. A farmon töltött boldog időkből. Igen, ezek maradtak meg benne igazán szép emléknek. Mennyi mosoly töltötte be akkor a házat, az életüket. Hogy tudott mindez így elromlani?

A szülei… nem látja őket többet… soha többet. Hogy utálja ezt a szót. Soha. Olyan kegyetlen. Nem hallja, amint apja morog, amint anyja kedvesen csitítja, amint zsörtölődnek, amint a sorsukon sopánkodnak… a szülei… árva lett. Az új pártfogója pedig nem más, mint akinek mindehhez a legtöbb köze van: David. Csak nem megszólalt a lelkiismerete?

•

Broxton nyomozó mindig örült, ha egy ügyet lezárhatott és ez most sem volt másként. Alaposságára most viszont nem volt szüksége, hiszen az öngyilkosságok ténye mindkét esetben egyértelmű volt. Közeli hozzátartozók hiányában viszont aggódott az árván maradt lány miatt. Bár a munkájához ez nem tartozott hozzá, túlzott felelősségérzete azonban most is jelzett.

Nem volt nehéz kiderítenie, hogy a nagyszülők vonaláról élnek rokonok, de valahol az ország másik felében. Másod- és harmad unokatestvérek. Egy tizenkilenc éves lány esetében azonban jogilag már nagykorúságról lehet beszélni, így nem kötelesek gondoskodni egy soha nem látott távoli rokonról. Biztos volt benne, hogy hosszú meccs elé néz, míg megfelelő otthont tud találni a lánynak. Mert hogy családot kell neki adnia, abban biztos volt. Nem kellett sok idő, hogy lássa, a lány kora ellenére túlságosan éretlen és tapasztalatlan ahhoz, hogy egyedül is boldoguljon. Azt, hogy magára hagyottakról gondoskodjon, ezt a felelősséget komolyan is vette. Sőt, még az is átfutott az agyán, hogy amíg a keresgélés és az egyeztetés folyik, addig magához veszi. Alig idősebb csak a saját két gyermekénél.

133

Gondjait azonban váratlanul megoldotta David Wilson ígérete. Elégedetten fogott kezet vele búcsúzáskor. Nem kell aggódnia tovább a lány sorsát illetően: ha egy ilyen család veszi pártfogása alá, azzal csak jól jár. És abban biztos volt, hogy a férfi ígérete nem üres frázis.

•

Kimberly tudomásul vette, hogy a délután folyamán még egy pár vizsgálaton át kell esnie. Csak hogy teljesen rendben legyen minden. Ha már itt van egy kórházban, életében először, akkor vizsgálják ki alaposabban. Biztos a vérnyomásával lehet a baj.

Úgysem sietett sehova. Fogalma sem volt róla, mi vár rá. Még mindig erőtlen és tompa volt, viszont szeretett volna már kiszabadulni innen. Szerette volna, ha végre csinálhat valamit, hogyha zajlik körülötte az élet. Az legalább elereli a gondolatait és nem sírdogál folyamatosan.

Meglepődve pillantott fel, amikor nyílt a szobaajtó és David lépett be. A vártnál kicsit korábban. Kimberly furcsán érezte magát, hiszen nem személyesen tőle tudta meg, hogy... hogy... mit is várhat tőle? Tényleg, mit jelent számára a pártfogás?

- Nem zavarok? – lépett be a szobába és állt meg az ágya mellett. Kimberly letörölgette könnyeit és mosolyt erőltetett magára.

- Nem, dehogy. Még meg sem köszöntem, hogy ennyit törődött velem és hogy... hogy... - nem bírt tovább beszélni, elcsuklott a hangja.

- Csak gondoltam megkérdezem, mit hozzak el a lakásból magának.

- Semmit, majd én elmegyek. Ez az én harcom, egyedül kell megvívjam – vett erőt magán.

David tapintatosan csöndben maradt egy kicsit, csak utána folytatta:

- Én tudom, hogy nem kedvel, de szeretném, ha elfogadná a segítségemet. Azt, ami jár. Arra gondoltam, ha akarja, akkor a továbbtanulását hadd egyengessem. Távolról. Kötelezettségek nélkül – nézett a lány piros szemeibe. Ennyit el tudna fogadni?

- De... de egy valamit előbb tudnom kell – kezdett bele abba a kérdésbe, ami a mai nap mint gondolat, ott motozott a fejében. Maga is ott volt akkor, amikor...? Szóval látta, ahogy...? – gördült le ismét a szája Kimberlynek, nem tudva befejezni a mondatot.

- Nem – felelte David egyszerűen és őszintén, minden más kommentár nélkül.

- Köszönöm – csak ennyit válaszolt a lány. Az egész lénye őszinteséget és ártatlanságot sugárzott. David most először látta meg valakiben a tisztaságot és az érdek nélküliséget.

•

Kimberly feszengve helyezkedett el a vizsgáló ágyon és hagyta, hogy feljebb húzzák a hasán a ruhát. Úgy érezte, hogy a mai nap már bármilyen rossz hírt el tud viselni. Ma már erősebb. Ugyan először megrémült, amikor a doktor olyasmiket mondott, hogy csak ellenőriznek valamit, de utána már annyira nem is izgatta. Fásultan ismerte be, hogy ennél rosszabb már nem lesz. Lehet, hogy megkegyelmez rajta a sors és halálos beteg? Nem akart még elgondolkozni a jövőn, szerette volna minél tovább odázni. Nem akart egyáltalán gondolkozni.

Inkább nem is nézte meg alaposabban a különböző elrettentő kinézetű vizsgálati eszközöket, figyelmét csak a hűvös és ragacsos izére összpontosította, amit rákentek. Sokszor látott már ilyet a tévében, így tudta, hogy ultrahangos vizsgálatról van szó. Egy tumor... biztosan azt keresnek. Csak az lehet az az apróság, amit itt emlegetnek. Csak azt nem értette, hogy miért kell Davidnek is itt lennie a vizsgálatnál.

Az orvos kedvesen odainvitálta a férfit is, aki mindezt elhárítva karba vont kézzel, szinte dacosan állt a vizsgáló túlsó oldalán. Kimberly túlságosan el volt foglalva magával, semmit lereagálhassa mindezt. Csak a kis dobozkát nézte, mellyel az orvos elkezdte vizsgálni a hasát. Miért nem mond semmit? A monitoron csak sercegést lehetett hallani, kivehetően látni pedig szinte semmit. Az orvos közben lelkesen magyarázott:

- A vérvétel eredményei alapján, az előzetes tesztek szerint van mit keressünk. De ez a legbiztosabb módszer. Ugyan még kicsi, nagyon kicsi, de itt kell lennie valahol. Csak türelem... nyugalom, ne vágjon olyan rémült képet, ez egyáltalán nem fáj és nem is veszélyes. Á, meg is van! – szólalt meg az orvos némi csöndes keresgélés után és visszahúzta a készüléket. Itt ni, látják! – bökött egy kis pontra a monitoron. Úgy öthetes lehet. Ahogy nézem, hátra ágyazódott be, az jó hely. Sokáig nem fog látszani – felelte.

Kimberly erre felült az ágyban és elképedten nézett az orvosra.

- Micsoda? – értette meg az elhangzottakat. Nem tumor, hanem... De addigra már David is a képernyő előtt állt, úgy bámulva rá.

- Szóval biztos? – kérdezte idegesen a férfi, hol a lányra, hol az orvosra nézve.

- De hát én nem... mikor... kitől és... - habogott össze-vissza Kimberly, nem is sejtve, hogy David minden egyes szavát lesi. Majd fény gyúlt az agyában. - Csak nem... de én nem is emlékszem semmire...

- Attól még lefeküdtünk – mondta ki az igazságot David. És nem védekeztünk – tette hozzá. Kimberlyt mint egy arculcsapás, úgy érték ez a szavak. Eddig reménykedett, hogy talán mégsem történt semmi.

- Ez nem lehet, nem hiszem el, én...

- De igen hölgyem, maga tényleg gyereket vár!

•

Kimberly zavarodott lelkében hirtelen új és erős érzés jelent meg: mélységes öröm járta át, elfelejtve minden problémát és gondot. Mindennél jobban vágyott arra, hogy egyszer majd anya lehessen. Hogy a saját gyerekeinek rengeteg szeretetet adjon, mindazt, amit ő nem kapott meg. Nem is remélte, hogy ilyen hamar teljesül mindez. Egy gyerek... a legnagyobb áldás... nem mondd le róla, az biztos, hiszen az ég ajándéka. Ha ott fenn úgy akarták, hogy mindez így történjen, akkor ő foggal-körömmel ragaszkodni fog ehhez a kis élethez. Az élethez, ami ideköti, amiért most már tudja, hogy érdemes élnie. Nem veszi el tőle senki! – nézett a feldúlt vadként rohangáló férfira. David mióta megtudta, csak fel-alá rohangált a kórteremben, látványosan nem repesve az örömtől. De ez most őt a legkevésbé sem érdekelte, nem is számított más reakcióra tőle. Biztosan már azon morfondírozik, hogy hol és mikor vetessék el. De ő nem adja! Az övé is, van beleszólása! Ha soha nem is akar tudomást venni róla, az sem érdekli, majd ő felneveli egyedül. Az sem érdekli, hogy kitől van. Hiszen a genetika csak egy dolog, hogy mit kap örökségnek; a

136

lényeg, hogy hogyan nevelik. Nem mintha panaszkodnia kéne az apjai gének miatt...

A monitorra tapadt, oda, ahova az orvos bökött. Hallgassák csak – hívta fel a figyelmet az egyenletes és rendkívül gyors ritmusra. A kicsi szívverése. Sokan nem tudják, hogy a baba szíve már négyhetes korban verni kezd. Amikor a legtöbb embernek még fogalma sincs a létezéséről, akkor ő már igen is ott van! Kimberly áhítattal hallgatta a fülének zenét és szemében könnyek jelentek meg. Érzékelte, hogy erre a férfi is megáll.

- Doktor úr, minden rendben a babával? Nem árthatott neki a sok gyógyszer és megrázkódtatás? – kérdezte meg tárgyilagosan David az orvost.

•

Kimberly teljesen magába fordulva, csöndben ült az autóban David mellett. Miután a kórházban gyógyultnak nyilvánították, hazamehetett. Mármint el. Csak lassan tudta felfogni, hogy mi is történik vele. Ez lenne a sors fintora? Hogy elsőre, hogy máris teherbe essen, úgy, hogy ne is emlékezzen rá, pont egy olyan férfitől, aki nem a férje, akit nem is ismer és akit ráadásul gyűlöl? Vagy legalábbis kéne hogy gyűlöljön? Leányanya lesz! Mennyi segítségre számíthat tőle? Bár azok után, hogy nem hagyta máris faképnél, nem vágta a fejéhez, hogy biztosan nem tőlem van, most pedig az autójában ül és a lakása felé igyekszik, talán remélheti azt, hogy nem olyan rémes a helyzet. Aludnia talán lesz ma hol.

Milyen furcsa forgatókönyvet tud írni az élet. Sikerült elfelejtkeznie a bánatáról. Sőt, titkon magának sem bevallva most szinte örült, hogy erről a szülei már nem tudnak. Emiatt némi lelkiismeret furdalása is volt. A szülei... akik most együtt újra együtt vannak. Remélhetően fentről figyelik és vigyáznak rá. Most már megtehetik ezt érte.

Lassan szállt ki az autóból és közömbösen szemlélte a nagy emeletes házat. Furcsa érzésekkel lépte át David városi legénylakásának küszöbét. Biztos volt benne, hogy már sok nőt hozott ide a férfi. David előre robogott a tágas lakásban és továbbra sem szólt hozzá. Pusztán mozdulatai fejezték ki azon szándékát, hogy kövesse.

- Nos, azt hiszem beszélnünk kell – szólalt meg végre a férfi és leült az egyik fotelba, őt is hellyel kínálva. Kimberly tudta, hogy nem húzhatja tovább az időt. Tudta, hogy szembe kell néznie a jövőjével, csak szerette volna egy kicsit tovább odázni ezt az egészet. Legbelül érezte, hogy ha belekezdenek, akkor arról fognak beszélni, hogyan is változik meg az élete. Attól pedig rettegett.

- Muszáj máris? – ült le vonakodva vele szemben. David nem vett tudomást az enyhe tiltakozásról.

- Ha nem lenne gond, akkor tegeződhetnénk is, itt az ideje. Kimberly beletörődötten bólintott. - Akkor szeretném hallani az elképzeléseidet – szegezte neki egyből a kérdést. Csak őszintén! Ígérem, én is az leszek.

- Ha te nem is akarod vagy nem vállalod, a gyereket akkor is megtartom – mondta ki egyből Kimberly azt, amitől a legjobban félt. Egy gyermek az ég ajándéka, ami most átsegít a veszteségemen. Én képtelen lennék bántani – érzékenyült el kissé, majd eltökélt pillantással nézett a férfira. Életében először érezte magát elég erősnek ahhoz, hogy szembe tudjon szállni bárkivel. Elvesztett mindent, ami fontos volt neki, nincs további vesztenivalója. Csak ez az apróság. Az anyaság ténye most tudatosodott benne, tigrisként védve az utódját.

- Nem tudom milyen szörnyetegnek tartasz, de soha nem is kérnék ilyet tőled – állt fel a férfi és ezzel le is zárta ezt a kérdést. Az italpulthoz lépett és töltött magának. – Ha akarod, megtartod, a te döntésed – felelte hanyagul, majd nagyot kortyolt az italból. Kimberly kissé hitetlenkedve nézett rá, ennél nagyobb csatát várt. Nemtörődömsége el is kerülte a figyelmét.

- Tényleg? – csúszott ki a száján.

- Tudod a magamfajta nőszédítőknek is lehetnek gyerekei! Bár nem gondolkodtam még így el rajta konkrétan, de nem szeretnék egyedül megöregedni.

- Biztos nem ilyen anyát képzeltél el a gyerekeid mellé – lett nagyon is őszinte a lány, megkönnyebbülve az elhangzottakon. Tényleg többes számot használt volna?

- Te sem ilyen apát – dobta vissza a kérdést válasz nélkül.

- Lesz egy közös gyerekünk... fújtatott egyet a lány.

- Hát úgy néz ki – egészítette ki az elhangzottakat.
138

- Mit szeretnél még hallani? Szerintem még korai lenne bármi másról beszélni… még ezt sem fogtuk fel.

- Igazad van. Hagyjunk egy kis időt a gondolkozásra. Túl sok minden történt és biztosan fárad vagy. Majd folytatjuk – állt fel David. Megmutatom a szobádat.

.

David már órák óta ült legénylakása dolgozószobájának egyik a karosszékben és maga elé meredve gondolkozott. Időnként belekortyolt a kezében tartott italos pohárba, mintha onnan várna segítséget. Volt min töprengenie. Úgy érezte, hogy ezzel a nappal életének egy szakasza lezárult, most viszont ki kell találnia, hogyan is folytatódjon tovább. Próbálta felvázolni az irányokat és a lehetőségeket. Ehhez pedig sorba vette nemcsak a mai nap eseményeit, hanem egész addigi életét. Élet? Miféle élete volt eddig? Igaz megvolt mindene, amit csak akart, de akkor is bábu volt. Felállt és egy kört tett a szobában, megállva a kisasztalon felállított sakktábla előtt. Leült a szőnyegre és csak bámulta az aprólékosan kifaragott bábukat. Mintha csak életének figuráit látná. Felkavart lelki állapotának, na meg az elfogyasztott italnak köszönhetően nem volt meglepő, hogy elkezdett beszélgetni a megelevenedett figurákhoz.

Hát itt van életem összes szereplője, itt ezen a táblán. Velem együtt, ott az első sorban. Igen, én, a könnyen irányítható és a csatában bármikor feláldozható egyszerű paraszt apám és anyám által vezérelt sakktáblán. Igen, csak egy közönséges és önállótlan paraszt, egy a sok közül. Üzleti érdekek, intrikák, pénz és hatalom – ebben a környezetben. Szenny és mocsok, élvezetek és birtoklás – fekete-fehér színben. Na meg persze a sok csalfa és könnyűvérű nő vesz még részt a játékban, elém állva, mellém érve, hol fehér, hol fekete színben mutatkozva. Pillanatra összefutva velem és kikerülve az életemből. Mind úgy mozogtak, ahogy azt a király és a királynő elvárta. Még szerencse, hogy ott álltak mögöttem a barátaim, mint futók és lovasok. Akik megértenek, akik kísérik az utam, és akik csatát vállalnak értem, ha kell. Ők nemcsak a királyi párt védik, számukra egy paraszt is komoly jelentőséggel bír. Ugyanakkor ott van a másik oldalon sátáni kacajt hallató fekete özvegy, aki csak arra vár, hogy a gyanútlan kis parasztot lépre csalja. Cecile. Látta maga előtt, hogy a társadalom számára, kifelé ők valóban tökéletes párt alkotnának. Szülei is ezt akarják! De ha jobban megnézzük a sakkfigurákat, akkor már nem ez a helyzet. Egy paraszthoz nem illik egy fekete királynő. Csak átmenetileg, kényszerből. Hiszen Cecile azt mondta, hogy állandó párra vágyik. Neki meg nincs szüksége még egy irányító személyre, aki kényekedve szerint tovább tologatja majd a táblán, hogy aztán majd átgázoljon rajta is és szülein is, teljesen átvéve a hatalmat.

El kell hagynia a táblát, nem lát más megoldást! Új táblát kell nyisson! Muszáj, hogy egy saját táblába kezdjen! Egy olyan táblába, egy olyan életbe, ami róla szól, ahol ő a főszereplő! De hogy tudhatna lemenekülni róla? Pedig le kell! Csak nem lehet olyan bonyolult! – söpörte le egyetlen mozdulattal a felállított bábukat. Így ni, ez máris az ő saját élettere. Igen, ezt kell tennie, mindent fel kell rúgnia. Mindent hátra kell hagynia! Mindenkinek ellent kell mondania! Akkor új életet kezdhet! De milyen figura is legyen? – nézegetett végig a szétszóródott bábukon. Igen, a legjobb, ha lovas lesz, az illik hozzá. Fekete ló. Ide is teszem a közepére. Ez az én helyem! Elégedetten nézte élete új színterét. Éljen a magány!

Várjunk csak, és hol volt Kimberly helye? Őt miért nem tudta beazonosítani egy bábuval sem az előbb? Pedig mostantól igencsak részt vesz az ő az életében. Vagy nem? Lehetséges, hogy ő nincs is ott a pályán? Hogy ő nem is vesz részt az élete játékában? Hogy szétválnak útjaik és ennyi volt? Jaj, pedig egyszerű: Kimberly nem játszott az előző táblán, ő nem volt egy rángatott bábu! Neki külön táblája van. Őt nem befolyásolja senki, már nem és ő sem irányít másokat. Az ő tábláján nincsenek is bábuk, teljesen üres. A két irányító figura egymást ütötte ki, teljesen magára hagyva. De talpra áll, mert jellem, sziklaszilárd jellem. Egy hófehér bástya. És hamarosan benépesül a táblája, nem lesz egyedül. Hiszen már nincs egyedül.

Hogy ez milyen egyszerű! Igen, holnap felrúg mindent! Elégedetten állt fel a szőnyegről, de közben véletlenül meglökte az asztalt. A tábla kicsit megugrott, a bábuk mocorogni kezdtek. David szemével követte, ahogy egy feldöntött bábu rágurul a táblára. Az ő élettérére! David rámeredt. Egy tábla, két bábu. Egy fekete ló és egy fehér bástya.

140

•

David szitkozódva kötötte meg már harmadszorra is a nyakkendőjét, továbbra is elégedetlenkedve az eredménnyel. Dühös mozdulattal letépte magáról és a földre hajította. Inkább nem is köt nyakkendőt, még ha megkövezik érte, akkor sem. Már hallotta is anyját, amint meglátja, hogy azzal fogja kezdeni: „Szervusz fiam. Nem elég, hogy annyit késtél, még nyakkendőt sem kötöttél." Nem volt soha elragadtatva az ilyen üzleti partiktól, ahol fontos emberek, meg olyanok, akik fontosnak tartják magukat, összeülnek és arról beszélgetnek, hogy szerezhetnek még nagyobb befolyást. Ehhez pedig ma végképp nem volt kedve! Hogy is felejthette el ezt a meghívást és miért nem mondott egyszerűen nemet az előbb a telefonba? Igazán elkezdhette volna élete rendbetételét azzal, hogy ellentmondva apja parancsoló hangjának nem megy el! Hát nem ma kezdi el az új életét, az már egyértelmű. Most osonhat ki az este közepén a lakásból, holmi meghívásnak eleget téve. Pedig túl sok minden jár a fejében és gondolkoznia kell. Egyedül, csendben. Mit fognak szólni szülei, ha ez kiderül? Valamilyen megoldást kell találjon, de sürgősen!

Bár ki tudja, lehet, hogy mégsem olyan rossz, hogy társaságba megy. Úgysincs kedve töprengeni. Bárcsak elodázhatná! Bárcsak úgy megoldódna minden.

•

David szórakozottan nézett végig a meghívott társaságon. Egész jó kis bulit sikerült összehoznia a házigazdának, olyat, amelyet talán még anyja is elismer. Így első ránézésre nagyon úgy néz ki, hogy mindenre gondoltak. Van külön személyzet a parkoláshoz, rendelésre készített virágok, élő zene és a legfontosabb: nincs zsúfoltság. Nem hívtak túl sok vendéget. Nem beszélve a gondos pincérekről, akik kérésre ott maradnak az ember közelében, ha igazán szükség van rájuk. Neki pedig ez most nagyon is kellett. A gyorsan egymás után elfogyasztott három pohár után úgy érezte, hogy kezd helyreállni lelki egyensúlya és elég erős ahhoz, hogy üdvözöljön egy pár ismerőst is. Muszáj volt leöblítenie anyja csípős megjegyzését, mellyel megostorozta közvetlenül az érkezése után, szinte az ajtóban elkapva. Ha csak a nyakkendő lett volna a gondja, akkor örült volna neki a férfi. Szidalmai viszont egy téma körül összpontosultak: hogy sérthette meg úgy Cecile-t, hogy elfelejtkezett a tegnapi napon a születésnapjáról. Hogy lehetett ilyen barom! – szidta meg magát. És még meg is sértette. Cigaretta után nyúlt, ma már nem először. Szívott egy párat, majd égő szállal egyik kezében, egy újabb pohár itallal a másikban elindult a tömeg felé. Itt az ideje, hogy megmutassa magát. Hogy egy kicsit szórakozzon, nem gondolva a mai napra. A jövőre. Azzal ráér még.

Nem lehetett nem észre venni Ceciliát, amint egy kisebb csoport közepén tündökölt egy lélegzetelállító lila ruhában. Amikor meglátta, egy pillanatra abbahagyta a nevetést és elkapta a tekintetét róla. David megrökönyödve vette észre, amint a nő bizalmasan a mellette álló férfiba karol.

•

Kimberly vergődött, forgolódott az ágyon, izzadságban fürödve. A rossz álom teljesen meggyötörte. Szinte fuldokolva nyitotta ki a szemét, levegő után kapkodva. Kétségbeesetten ült fel az ágyon. Az álom és valóság között fogalma sem volt, hogy hol van. Ösztönösen a feje fölé nyúlt, az éjjeli lámpájának a kapcsolóját kereste, de nem volt ott. Kétségbeesetten nyúlt jobbra, leverve valamit. A csattanásra csak még jobban megijedt. Átnyúlt balra, ahol végre talált egy kapcsolót. A bevilágított szobában biztonságban érezte magát.

Felült az ágyban és fújtatott. Nem először volt rossz álma, gyakran fordult elő vele, hogy verejtékben fürödve ébredt fel. De hogy mi volt az álomban, azt viszont képtelen volt felidézni, csak a rossz érzés volt az, amire emlékezni tudott. Kétségbeesés, szégyen, félelem – ezek az érzések voltak, amik megmaradtak. Lemászott az ágyon és felvette a levert könyveket a földről. Még jó, hogy nem tört össze semmit. A fürdőszobát kereste. Muszáj ruhát cserélnie, ebben nem aludhat tovább.

Kimberly kíváncsian futtatta végig tekintetét a szekrények tartalmán, megfelelő ruhadarabot keresve magának. Elképedésére egyetlen dolgot sem talált az egész lakásban, ami egy nőre emlékeztetne. Se egy női ruha, se egy női pipere, se egy női pletykalap. A lakást láthatóan kizárólag

142

egyetlen hímnemű egyed uralta. Mindez abból is látszott, hogy a hűtőszekrény teljesen üres volt – leszámítva persze az italokat. Kimberly éhségét néhány maradék keksszel csillapította. Muszáj volt valamit rágnia gondolkozás közben. A felderítő túra után ugyanis kavargó gondolatai és gyásza újra utolérte. Bevackolta magát a nappali kanapéjára, körülbástyázva elegendő mennyiségű zsebkendővel. Opálos szemekkel ült és egyik zsebkendőt vizezte össze a másik után. Hogy hiányzott most neki az édesanyja. Hogy fogja mindezt egyedül végigcsinálni?

•

David egy sokadik pohárral a kezében a falnak támaszkodva le nem vette tekintetét a táncparkettről. Figyelmesen követte az ott zajló eseményeket, ám kizárólag egy párra koncentrált. Cecilia felháborítóan rátapadt a partnerére és fejét a vállára hajtva ingerlően billegette a csípőjét a ritmustalan zenére. David tudta, hogy az előadás neki szól, csakis egyedül neki. Így áll rajta bosszút a tegnapi napért, mindazért, amit mondott neki. Azért, amit nem tett meg.

Teljesen elmerült a látottakban, nem véve észre, hogy anyja áll meg a háta mögött.

Ha nem teszel valamit, még késő lesz – súgta a fülébe. Ha adhatok egy anyai jó tanácsot, kérjél bocsánatot minél előbb. Kérd fel táncolni, elviszem a partnerét – tette még hozzá, majd továbblibbent.

David kivételesen egyet értett anyjával és hálás volt a közreműködésért. Amint vége lett a számnak, örömmel konstatálta, hogy anyja lefoglalja Cecile Fred Aster barátját. Így ő nyugodtan lecsaphatott Cecile-re. Táncikálni viszont nem volt kedve, így karon ragadva a hátsó kert felé húzta, ahol megítélése szerint nyugodtan beszélgethetnek.

•

- Mit művelsz? – esett neki David a nőnek. Nem így akarta kezdeni, de most már nem tudott mit tenni. Gondolatain az ital hatása már meglátszott, akárcsak az indulatain. Cecile gúnyos mosolyra húzta a száját. Megérezte az áradó alkoholszagot és egyből tudta, hogy David

143

csakis miatta ivott ennyit. Ezek szerint működik még a jó öreg „Tegyük féltékennyé" hadművelet. Remek! David máris tajtékzik!

- Mi közöd hozzá! – csapott vissza erősen, felvéve a férfi hangerejét. Hadd higgye csak, hogy közönyös irányában!

- Csupán jó szándékkal gondoltam, hogy szólok, közönséges vagy! Így ráakaszkodni egy ismeretlenre! Cecile alig tudta megállni, hogy ne mosolyogjon el. David pokolian féltékeny!

- Hogy ismeretlen? Hiszen ő a szenátor keresztfia! Nem emlékszel? David erre kinyitotta a száját, de meglepetten visszacsukta. Csuklott egyet.

- Valóban? Nem is nézhettem meg annyira, hiszen teljesen rátapadtál – zsörtölődött. Cecile itt látta a legfőbb idejét, hogy támadásba lendüljön.

- Pedig nagyon kellemes és kedves ember – kezdett bele búgó hangon. Igazán figyelmes és előzékeny. Nem is tudtad, hogy már régóta ismerem? – kérdezett vissza, nehogy túlságosan is untassa a férfit. David összes reakciója mindössze csak annyi volt, hogy felvonta a szemöldökét. Cecile így újabb kérdést tett fel: - Csak nem zavar, hogy vele mutatkozom?

- Kéne? – kérdezett vissza David. A nő nem éppen erre a reakcióra számított, így elbizonytalanodott. Dacosan folytatta:

- Veled ellentétben ő nem tiltakozik a kötöttségektől!

- Nos, ez igazán remekül hangzik számodra! – felelte nemtörődöm módon David. Cecile-t elkapta az idegesség és elfelejtve az illemet és a jó modort, nekitámadt a férfinak:

- Ha azt hiszed, hogy ellenállhatatlan vagy, akkor nagyot tévedsz! William minden bizonnyal örömmel venne el feleségül!

- Akkor mire vársz? Csapj le rá! Hiszen ezt akartad! – borult el a férfi agya is.

- Tudod mit: sokkal jobb parti, mint te! Mert az ő családjának nagyobb a hatalma és a befolyása!

- Téged úgyis csak ez izgat – vágta a fejéhez. Cecile addigra már üvöltött.

- Soha nem gondoltam volna, hogy ennyire nem látsz a szemedtől! Csak vigyázz, nehogy késő legyen!

- Te meg miről beszélsz? Mihez késő? – ordított vissza.

- Képtelen vagy egy valaki mellett megmaradni hosszabb távon. Valakihez kötődni vagy megtartani. Örökre egyedül fogsz maradni! – vágta a fejéhez viharos távozása előtt.

•

John Wilson csöndben lapulva maradt még egy ideig a tujasor mögött, megvárva, amíg fia megnyugszik a beszélgetést követően. Véletlen volt, hogy épp arra járt és hallgatózni sem akart. Na nem kellett túlságosan erőlködnie, hogy bármit is halljon.

Az elhangzottak alapján a legfőbb idejének vélte, hogy komolyan elbeszélgessen a fiával. Világ életében kerülte a kellemetlen vagy mélyre szántó beszélgetéseket. Minden olyan helyzetet, amely túl sok érzelgősséget kívánt. Nem ismerte volna be soha magának, hogy egyre kevésbé tudja irányítani családját. Nem akart egyből rárontani fiára, de amikor látta, hogy még indulatosan nekilódulna a tömegnek, odalépett és a vállára a kezét.

- Addig ne, amíg le nem nyugszol – adott egy atyai jó tanácsot. David szemei azonban továbbra is szikrákat szórtak. - Úgyis lenyugszik ő is. Gyere, sétáljunk – rángatta odébb, látva, hogy még mindig azon töpreng, hogy most azonnal utána szalad. Ez pedig a legnagyobb szamárság lenne részéről. Úgyis szeretett volna vele kettesben beszélgetni és ennél jobb alkalom nem is adódhatott volna.

- Nos, fiam, a minap elbeszélgettünk anyáddal – kezdett hozzá John, nem véve észre, hogy David még túlságosan zaklatott egy komoly beszélgetéshez. Hallotta, hogy fia fújtat egyet, így gyorsan hozzátette. Kérlek, hallgass végig!

- Rendben – válaszolta kurtán David, még mindig szikrázó szemekkel.

- Az előbb itt voltam és véletlenül hallottam mindent. Csak hogy tudd – próbálta megszerezni a bizalmát. David újabbat sóhajtott és tehetetlenül lendített egyet a kezén.

- Mit rontottam el, apa? Nem így akartam – fakadt ki.

- Tudom – felelte és kezét újra fia vállára tette. Lassan és tagoltan kezdett hozzá mondandójához. – Azt kell mondjam, hogy anyádnak igaza van.

Tényleg itt van az ideje, hogy megállapodjál és Cecilia a legmegfelelőbb választás lenne – lépett szembe a fiával, igyekezve minél több együttérzést sugározni. De közönyössége és üzletemberi mivolta csak nem hagyta el. Nem ismerte egyáltalán a fiát és abba sem gondolt bele, hogy egy ilyen fontos beszélgetéshez teljesen nyugodt körülmények kellenek. Elvakítva saját fontosságától és nagyszerűségétől bele sem gondolt, hogy mindaz, amit most mond, pont ellenkezőleg hat majd fiára. – Az autó és az olajbirodalom egyesítése igazán kiváló ötlet. Mindkét család előnyösen nézne elé. David horkantott egyet. John folytatta a lasszók szövögetését fia körül. – Fiam, tudnod kell, hogy az üzleti életben a házas embereknek sokkal nagyobb a hitelük. Egy elbűvölő és társasági nő meg csak tovább egyengetné a pályádat. És mivel úgy döntöttem, hogy a Bergen vezetését teljesen rád bízom, ezt a lépést is meg kell tenned.

David úgy meredt rá apjára, mint egy idegenre. Egy pillanat alatt sokkal mérgesebb lett, mint az előbb volt. Felemelte a kezét, de tehetetlenül ökölbe beszorítva leeresztette. Kinyitotta a száját, de egy hang sem jött ki rajta. Nem is tudott volna értelmesen, még kevésbé kulturáltan beszélni ebben a percben. Hogy dönthetnek a saját élete felett az ő megkérdezése nélkül? Hogy változtathatják meg csak úgy önkényesen az életét, kijelölve a jövőjét, a munkáját? Legszívesebben ordított volna egy nagyot. Gúzsba kötötték, tőrbe csalták, helyette akarnak dönteni az életéről! Meg kell találnia a kiutat. Bábú! – vízhangzott az agyában. Ehhez még lesz egy-két szava! – viharzott el a partiról, hátrahagyva megrökönyödött apját.

•

David őrült tempót diktálva száguldozott keresztül a városon. Semmi nem érdekelte, még az sem, hogy a megengedett kétszeresével rótta az utakat. Egyszerűen nem tudott napirendre térni a mai nap felett. És még azt hitte tegnap, hogy az élete legrosszabb napja. Akkor milyen jelző illene mára?

Úgy érezte, hogy apjával való beszélgetésével betelt a pohár. Ez volt az utolsó csepp. Tényleg muszáj a saját lábára állnia és maga mögött tudni a báb szerepet. Vissza kell vágnia mindenért! Főként Cecile-nek azért, amiket a fejéhez vágott. Majd ő megmutatja, hogy egy szó sem igaz

146

belőle! Hogy bármelyik nőt meg tudná tartani, ha akarná! És a szülei is visszakapják! Méghogy ideális társ meg üzleti életet egyengető partner? Ha-ha! Majd meglátják! Már csak azt kell kitalálja, hogy mit is tegyen.

●

David belépve az előtérbe meghökkenve vette észre, hogy a nappaliból fény szűrődik ki. Biztos egy betörő – suhant át a lelassult és fáradt agyán és valamilyen fegyver után nézett. Lábujjhegyen osonva közelítette meg a szobát és a falnak tapadva óvatosan belesett. Leengedte a nehezéket. Hú, teljesen kiment a fejéből Kimberly létezése is, nemhogy az a tény, hogy a lány a lakásában alszik. Összegömbölyödve a kanapén, egy köntösbe burkolódzva.

David közelebb osont és futó pillantást vetett a lányra. A kislány, aki gyereket vár – tőle. Még megfázik itt – indult el a háló felé egy takaróért, de megcsúszott egy földön fekvő elhasznált zsebkendőn. Elvesztve egyensúlyát nekiütközött az asztalnak, mindezzel kisebb zajt csapott. Kimberly mocorogni kezdett. David fölé hajolt, így láthatta, hogy a lány kinyitotta a szemét és ránézett.

- A szemüveg egészen jól állt magának – motyogta elég jól hallhatóan, majd visszacsukta a szemeit és átfordult a másik oldalára. Ismét elaludt, bár gyaníthatóan nem is ébredt fel. David meglepődött a váratlan kijelentésen és akaratlanul is felnevetett. Magába fojtott nevetéssel gyorsan átszaladt a másik szobába, nehogy felébressze a lányt. Ez hihetetlen! – nevezett még percekkel később is. Milyen furcsa is ez... az egész napon mindenki csak bosszúságot okozott. És itt van ez a lány, aki egyetlen mondatával tartós mosolyt és derűt hozott. És már nem először hat rá ilyen szórakoztatóan! Mert igen, el kell ismerje, a lány igenis szórakoztató társaság! Hmm...

●

Kimberly egyre erősebben és határozottabban hallotta, hogy a nevét mondogatják. A hang egyre közelebbinek tűnt, mégsem érezte úgy, hogy válaszolnia kell rá. Valami azt súgta belülről, hogy jó ez az állapot, amiben

147

éppen van. Aztán óvatosan kinyitotta a szemeit, majd visszacsukta. Aztán ismét kinyitotta, de ugyanúgy csak homályosan látott. Aztán egyre élesebb lett a kép.

- Hogy vagy? Lassan 9 óra! – Kimberly felnézett. Ez a hang nem tűnt ismerősnek és kíváncsian próbálta kivenni az ablakból áradó fényen keresztül, ki lehet az. De csak egy alakot látott a pont mögötte áradó fényen át. Akár egy angyal is lehet – gondolta. Az álmok birodalma nehezen engedte el és még mindig úgy érezte, hogy lebeg. Ez pedig tetszett neki. Meg az is, hogy nem kell gondolkoznia.

- Kissé tompán – felelte, majd kezdett magához térni. Egyébként hol vagyok? És mit is keresnek itt? Nézett bizonytalanul körül. Nem merte megkérdeni, hogy miért áll a fényben egy angyal mellette.

- Itt vagy a lakásomon. Emlékszel?

Kimberly zavartan húzta az álláig a pokrócot magán és bizonytalanul bólintott. Szóval nem a mennyországban van.

- Aludj még egy kicsit, ha akarsz. A reggeli megvár – mondta tapintatosan David.

- Nem, köszönöm, felkelnék. Kimenne? – kérte meg.

A férfi kérdően nézett vissza rá és már nyitotta is a száját, hogy mondjon valamit, majd újra becsukta. Úgy döntött, egyenlőre inkább csöndben marad.

•

David türelmetlenül várta meg, míg a lány befejezi a reggelit. Muszáj minél előbb beszélnie vele új tervéről. Hajnalban nagyszerű ötlete támadt és ehhez a lánynak is van köze. Egy terv, egy remek ötlet, ami nagyban elősegítené a bosszúhadjáratát. Igen, egy tökéletes lépés, egyetlen huszárvágás, amellyel mindenkit a padlóra küldhet és amelyet végül is el tudna viselni. Igen, végre a saját kezébe veszi az élete irányítását! Visszavág és megmutatja, hogy igenis ő irányít. Hogy az lesz, amit ő akar és nem szólhat bele senki az életébe! Ennél nagyobb sértést el sem képzelhetne számukra! Kimberly pedig tökéletes eszköznek bizonyulna mindehhez. Az első lépés.

148

- Gondoltam folytathatnánk a tegnapi beszélgetést – állt fel az asztaltól és sétába kezdett. Tudta, hogy ez lesz élete eddigi legnehezebb beszélgetése, mely ellen énjének egy része hevesen tiltakozni fog.

- Rendben – fordította Kimberly jóllakott énjét Davidre. Fújt egyet és újabb ütközetre készen ült a székben.

- Egész éjjel gondolkoztam és arra a következtetésre jutottam, hogy a legjobb megoldás az lenne, ha... ha... izé, szóval... ha hozzám jönnél – nyögte ki végül. Nehezére esett hangosan kimondania mindezt. Nem épp a minap mondta volna azt, hogy soha nem nősül meg?

- Hogy mi? – pattant fel a lány teljes meglepetésében. Ezt nem mondhatod komolyan! – nézett vissza rá zavartan. Vajon mennyit ihatott már korán reggel?

- Hát nem éppen erre a válaszra számítottam - mutatott némileg őszinte csalódottságot. Kimberly továbbra is csak hápogott, levegő után kapkodva. Egyszerűen képtelen volt elhinni, amit hallott. Biztosan félreértette, igen, csak erről lehet szó!

- Mi a kifogásod ellenem? – szegezte neki a kérdést a férfi. Kimberly az elhangzottak hatása alatt állt és az új kérdést meg sem hallotta. Gondolatai nagy nehezen az előző kérdésre tették össze a választ.

- Biztos, hogy ez jó megoldás? Ilyen hirtelen? Meggondoltad eléggé? – sorolta fel a kételyeit a lány az ötlet kapcsán.

- Na akkor itt álljunk meg. Készítsünk listát. Mi az, amit az előbb kínáltam neked: megmentelek a leányanyaságtól, nevet és társadalmi rangot kínálok neked és a gyerekednek, anyagi biztonságot. Ez szerintem elég jól hangzik. Szerinted hány nő mondana erre nemet? És mi van a másik oldalon: nincs munkád, nincs családod, egyedül maradsz pénz és megélhetés nélkül, fedél nélkül. Na?

- Jó, igaz. Ha a gyerekünk érdekeit nézem, akkor egyértelmű a válasz. De mit nyersz te? Mi lesz velünk? Mi van az érzelmekkel? – David csak horkantott egyet, de Kimberly folytatta: - A házassághoz kölcsönös szeretet, tisztelet és megbecsülés kell. A mi esetünkben pedig nem erről van szó! Szerinted meddig működne mindez érzelmek híján? Belekényszeríthetjük-e magunkat ebbe, feláldozva annak a lehetőségét, hogy esetleg boldogok legyünk valaki mással? – fakadt ki egy szuszra.

- Brávó, ez nagyszerű beszéd volt! – tapsolta meg David az előbbi jól sikerült monológot. Nem adja ilyen könnyedén meg magát, már eldöntötte. - Van esetleg ilyen személy a láthatáron? – nézett a lány szemébe.

- Nincs – felelte Kimberly. De...

- Akkor ébresztő, kislány! Ez itt a valóság! Válásról még nem hallottál, ha mégsem jönne össze minden? Neked nincs mit veszítened! És valamilyen elfogadható indok kell kifelé, hogy miért is költöztél hozzám. Gondolj csak bele. Jó, ha neked a szerető titulus megfelel – fordított neki hátat. Kimberly hátán erre a szóra felállt a szőr.

- Én, mint ágyas? Na azt már nem, felejtsd el! Akkor nem megyek veled sehova, nem kell, hogy bármilyen kapcsolatot is feltételezzenek közöttünk – berzenkedett.

- Márpedig van közöttünk egy lassan igenis kézzel fogható kapcsolat – tornyosult a lány fölé és kezét megfogva felhúzta a székről, ahova az iment rogyott le. Itt az ideje, hogy bevesse fegyvertára egyik elemét. Csak nem fog ki rajta ez a lány! Mélyen a szemébe nézett és úgy folytatta: - Én életemben először szeretném vállalni tettem következményeit. Ezt nem tagadhatod meg tőlem! – azzal kezét a lány hasára tette. Kimberly erre teljesen ellágyult. - Nem tudnám elviselni azt a tudatot, hogy a fiamról a háta mögött azt mondják, hogy házasságon kívüli. Nem érdekel, hogy ma ez szinte normális, az én gyerekem nem lesz ilyen! Szeretném, ha úgy születne meg, ahogy az kell. Családban. Úgy, ahogy én is. Szóval kérlek, gondold még egyszer végig, hogy mit szeretnél. Az ajánlatom a mai napon még áll! – azzal magára hagyta a lányt.

•

Kimberly lerogyott a fotelba és hitetlenkedve temette a fejét a kezébe. Ez biztosan nem vele történik meg, ez képtelenség! Hogy lehet az, hogy egy nap alatt fenekestül felfordul az élete? Miért, vajon miért kérte meg David a kezét? Ez őrültség, ez teljes őrület! Hiszen tudja, hogy gyűlöli. Tényleg gyűlölné? David, mint a férje? Mondjuk most kedves volt vele, mellette biztonságban érezte magát. Hiszen olyan magányos, olyan bizonytalan és elesett. Tényleg ez lenne az ésszerű megoldás? Most mit

150

csináljon? Hol van itt a csapda? Egy ilyen férfi, mint David, nem vesz el csak úgy ukmukfuk egy nőt, pláne nem őt. Akit nem is ismer, akinek nincs semmije, aki társadalmilag jóval alatta áll. Ez nem normális, kell itt lennie valaminek! A gondolatok csak úgy zúgtak a fejében. Végigpergette hektikus kapcsolatukat. A csatározásaikat. Okok, indokok után kutatott.

A gyerek. Tényleg csak miatta lenne? Lehetséges? David nem az az apa típus. Vagy lehetséges, hogy szeretné? Egy utódot? Akit az a Vörös Körmű biztosan nem szülne neki? Az ilyen nők nem szülnek, még a gondolatától is berzenkednek, hogy tönkretegyék alakjukat. A gyerek! Csak magának? Megszabadulna tőle, igen, ez az! Elvenné, utána meglenne a gyerek, ő meg lapátra kerülne. Hiszen joga lenne hozzá, ő tudná eltartani, őt meg valamilyen indokkal eltávolítaná! Csak ez lehet mögötte, mi más! De ezt ő nem fogja engedni!

Dühösen rontott be a szobába. Nem számított arra, hogy David közvetlenül az ajtó mögött áll, így egyenesen nekiütközött. A férfi közelségétől azonban elbizonytalanodott. David hátrált két lépést és onnan nézett rá. Meglepte ez a váratlan lerohanás.

Kíváncsi volt, hogy mennyi ideig tart a lánynak meghoznia ezt a „roppant nehéz döntést". Ilyen mézesmadzagnak ki tudna ellenállni? Így utólag végül is már nem tekintette olyan nagy bajnak, hogy nem mondott egyből igent. Ez mutatja, hogy nem érdekli a vagyon és a társadalmi rang. Tényleg nem érdekli. Magában öt perc tipródást adott Kimberlynek és már türelmetlen volt, hogy majd fél óra is eltelt. Tényleg ennyire elgondolkodtató, amit kínált? Eszébe sem jutott, hogy a lány gyanúsnak is tarthatja. Már épp azon volt, hogy kimegy újra beszélni vele, amikor berontott.

- Ezt tekinthetem igennek? – kérdezte felvont szemöldökkel. A távolságnak köszönhetően Kimberly egyből visszanyerte öntudatát és azonnal eszébe is jutott, miért van itt.

- Csak a gyerek miatt veszel el, igaz? – nézett fel rá. Jaj, miért olyan magas ez a férfi és miért sugároz magából annyi biztonságérzetet? – nézett rá most először másként, mint eddig. Ez veszélyes lehet, Kimberly! – szidta meg magát. Tarts távolságot! – utasította magát.

- Ahogy mondtam, igen. És biztos vagyok benne, hogy csodálatos anya leszel! – vetette be a nyerő ászt a férfi. Tudta, hogy ezt hallaná a legszívesebben. Látta, hogy a lány érzelmileg annyira kiszolgáltatott és sérülékeny, hogy ennek nem tud ellenállni. Céljai eléréséhez David nem szokott válogatni az eszközökben vagy azon tipródni, hogy kit rombol le érzelmileg. Ez pedig most sem izgatta.

- Akkor... szóval... igen – nyögte ki a lány és nem mert a férfira nézni. Így nem is láthatta, hogy a férfi mérhetetlenül elégedett képet vágott.

V.

Kimberly izgatottan tapadt a reptér várótermének üvegfalára és elbűvölten figyelte, amint egy újabb gép emelkedik a magasba. Gyerekes lelkesedéssel, tudomást sem véve elegáns nadrágjáról és blézeréről, csillogó szemekkel leste a le- és felszálló gépeket. Figyelmét teljesen lekötötte a légi forgalom tanulmányozása, a sok gép körül sürgő-forgó kis jármű és embersereg. Na meg persze a kifutópályán elsuhanó gépek. Nem tudott betelni a látvánnyal! Hogy lehet az, hogy egy gép így felszálljon? Jó, igen, tanulta, hogy egyszerű fizika az egész, de akkor is. Félelmetes. Itt van az az óriási monstrum, több tonna, és oly könnyedén szökken a magasba, oly elegánsan. Teljesen odavolt, hogy ő is repülhet. Felszáll a felhők fölé és látja a házakat, mezőket, folyókat onnan fentről. Ő, a vidéki kislány, aki még a szomszéd városban sem járt, most pedig repülőre ül. De... rettenetesen fél!

Idegesen birizgálta parfümfelhőbe burkolt, a duty free shopban vett új sálját, melyet szinte önkívületben fújt tele a drogériában. David ragaszkodott ahhoz, hogy valami újban és elegánsban utazzon, így becipelte az egyik márkás boltba. Nagyvonalú volt vele és Kimberly teljesen ráhagyta a választást. Úgysem volt olyan hangulatban, hogy ilyesmik lázba hozzák. A mai napra úgy érezte, hogy nem bír többet harcolni. A mai nap már csak hagyta, hogy a történések sodorják magával. Engedelmes kislányként követte a férfi utasításait, elfogadva a döntéseit. De miért kapta el így a pánik?

Azok után, hogy kinyögte az igent, David már nyúlt is a telefonhoz és egy légitársaságot hívott. Mielőtt alaposan végiggondolhatta volna, hogy mit is tesz, már úton is voltak. David nem vacakolt, közölte, hogy még a mai nap túlesnek rajta. Igen, pontosan ezeket a szavakat használta! Irány Las Vegas. Kimberlyben erős gyanú támadt, hogy azért ekkora a sietség, hogy nehogy meggondolja magát. Illetve magukat. Ugyan tiltakozott, hogy ő még gyászolja a szüleit és hogy venné ki magát, ha most meg férjhez menne, de David lekeverte az ellenvetéseit. Kimberly kénytelen volt utólag beismerni önmagának, hogy abban ugyan igaza volt, hogy

153

egy-két hét nem számított volna semmit az illendőségen. A baba korán annál többet. Így még úgy tűnhet, hogy egy normális házasságról van szó és nem a gyerek miatt. David könnyűszerrel meg tudta arról is győzni, hogy ha hozzámegy, akkor jogilag majd ő tud helyette intézkedni és neki kevesebb fájó részlettel kell szembenéznie. Egy temetés, egy hagyatéki eljárás, egy költözés. Ezeket tényleg nem bírná egyedül végigcsinálni! Hálásnak kéne lennie a férfinak. Sőt, tulajdonképpen talán nem is bánta, hogy valaki helyette gondolkozik és dönt. Erre mostanság valahogy képtelen volt. És ha történik valami velük ott fenn a magasban?

A házasság jó megoldás – győzködte magát csapongó gondolatai közepette. Tényleg emiatt lenne ennyi válás, mert az emberek csak úgy hip-hop döntenek? Egy gyenge pillanatukban, ahogy azt ő is tette – kontrázott rögtön a tiltakozó énje. Hiszen még azt sem fogta fel, hogy gyereket vár, még a szülei elvesztése sem tudatosodott benne – párásodott be a szeme. Ha változás, akkor legyen teljes, nagyon úgy néz ki. Pedig ő csak egy kicsit szeretett volna valami újat az életében, nem ennyit. Hogy fog ezzel mind megbirkózni? Alaposan meg fogja még ezt bánni, az biztos. Hiszen egy házasság… egy házasság az nem játék, igenis komoly dolog! Hogy fogja majd bárki is elfogadni, hogy ő David felesége, mikor saját maga is kételkedik benne? Egyáltalán hogy fognak együtt élni? David biztosan nem veszi majd komolyan az egészet. Hiszen olyan nevetségesnek tűnik. De még nem késő… még kiléphet… És ha lezuhan a gép? Hiszen amikor együtt voltak eddig, az mindig katasztrófával végződött. Most is biztosan ez lesz…

- Menekülj! – szólalt meg a belső hang. Menekülj, amíg nem késő! – noszogatta egyre erősebben. Kimberly felnézett, tekintetével a kijáratot kereste. El kell innen mennie…

•

David már a harmadik poháron is túl volt és még mindig nem érezte magát jobban. Kényszeredetten mocorgott a széken, nagyon unta már az utat. Szeretett volna túllenni a mai napon. Felpattant a helyéről és a mellékhelyiség felé vette az irányt, már nem először. Muszáj sétálnia egy kicsit, nem bírja ezt a bezártságot! Hogy fogja akkor bírni a kötöttséget?

154

Nem, nem is akar erre gondolni, innia kell majd még egy pohárral! A legjobb, ha most nem is gondolkozik.

A gép enyhe rázkódása nem tett jót a fejében uralkodó nyomásnak. Már csak egy vihar hiányzik a teljességhez – bosszankodott. Szerencsére a rázkódás csak két nagy hullámzásból állt, köszönhetően annak, hogy áttörték a felhőréteget. A fejét fogva tért vissza az első osztályon lévő székébe és intett az utaskísérőnek, hogy jöjjön oda. Kivételesen egy pohár ásványvízzel is beérte. A fejét érő nyomás csak rosszabbodott, ahogy a gép hozzákezdett a lassú ereszkedéshez. Hamarosan megérkeznek. Davidnek olyan érzése volt, mintha egy temetésre menne, mégpedig a sajátjára. Egy szükségtelen rossz, amin túl kell esnie.

Kimberly a kezdeti duzzogását követően szerencsére már rendesen viselkedett és nyugton maradt. David igyekezett azonnal elfelejteni azt a reptéri kellemetlen szituációt, hogy a lányt szinte fel kellett vonszolnia a gépre és beleszíjazni az ülésébe. Inkább nem is firtatta, mi üthetett bele, hogy ilyen gyerekesen viselkedett és szökni próbált. Hiszen azt mondta, hogy nem fél a repüléstől! Akkor ez meg mi volt? Az út alatt David igyekezett viszonylag röviden kielégíteni a kérdéseit a géppel kapcsolatban. Szerencsére nyugton volt és nem zaklatta túl sokat, teljes figyelmét az ablakra tapadva töltötte és mereven bámult kifelé, görcsösen kapaszkodva a karfába. Néha gyerekes lelkesedéssel „juj" és „aú" hangokat hallatott. David nem tudta átérezni mindezt, számára megszokott volt a repülés. Semmi újdonsággal nem tudott szolgálni neki.

A gép váratlanul fordult egyet, bedöntve a szárnyat. David a fejéhez kapott, nem bírta a nyomásváltozást. Érezte, hogy Kimberly megragadja a karját és az ablakra bök:

- Odanézz, szivárvány! David nem túl lelkesen pillantott a mutatott irányba, nem akarva megbántani a lányt. – A legenda szerint a szivárvány a kapocs az ég és a föld között, ezen csúsznak le a tündérek és a koboldok – mondta teljesen komolyan a lány, mint aki tökéletesen hisz is benne. - Ezekre szükség is van Las Vegasban! – tette még hozzá.

David alig bírta visszatartani kitörő nevetését, el kellett fordítani a fejét, nehogy a lány észrevegye. Ilyet mondani! – mosolygott elégedetten befelé még percekkel később is. Igen, ez az! Ez kell neki, ez a gyerekes viselkedés, ezek a megszólalások! Nevetségessé kell tennie magát!

•

Kimberlyt mennyei érzés töltötte el, amikor ismét talajt érzett a lába alatt. Rettegése, pánikhangulata és rosszkedve egy szempillantás alatt elmúlt, akárcsak a negatív gondolatai. El sem hitte, hogy imái meghallgattatásra találtak és nem történt semmi az út alatt. Pedig számított rá! Ezek szerint a rontás már nincs rajtuk! Sehol egy vihar vagy egy motor meghibásodás, vagy akár csak egy kisebb ételmérgezés a fedélzeten.

Félénken figyelte a város fényeit, melyek a taxi üvegén keresztül is erőteljesek voltak. Nézte a hömpölygő tömeget, a félelmetes épületeket, az óriás reklámokat. Mindez olyan idegen volt számára, olyan mesterséges. Bár nem sokat tudott erről a városról, mélységesen elítélte. Álláspontján pedig a látottak alapján nem fog változtatni. Csak remélni tudta, hogy nem egy túl nyüzsgő részbe mennek. Bár nem úgy néz ki, hogy van itt nem nyüzsgő rész.

Lopva oldalra nézett. David csöndbe burkolódzva mereven bámult kifelé, nem sok lelkesedést mutatva. Nem szólt hozzá azóta, mióta leszálltak a gépről. Csak akkor mondott pár szót, amikor a sofőrt igazította el az úti cél tekintetében. Kimberlynek volt egy olyan érzése, hogy David úgy viselkedik, mintha a kivégzésére menne. De akkor miért teszi?

•

David egyből végignyúlt a hatalmas ágyon és nagyot szusszant. Ezt a percet várta már oly régóta. A tény, hogy az előző két éjszaka nem túl sokat aludt most kezdte megbosszulni magát. Mindezen az sem segített, hogy ezen idő alatt tetemes mennyiségű alkoholt is elfogyasztott. Egyszerűen még arra sem volt lehetősége, hogy kitisztuljon a feje. Volt egyáltalán egy tiszta pillanata a hétvégén?

Ez a vízszintes állapot viszont pár perc alatt egyből jobb kedvet hozott számára. Fújt egy nagyot és fejét a könyökére támasztva némiképp felemelkedett az ágyról. Szemkontaktust keresett a lánnyal,

156

de eredménytelenül. Kimberly neki háttal kifelé bámult a félrehúzott függöny mellett.

- Nekem most muszáj egy pár órát aludjak. Úgy hármat-négyet. Arra gondoltam, hogy addig elmehetnél ruhát venni magadnak, meg ilyenek. A portán biztosan adnak tippeket. A bankkártyát az asztalon hagytam. Aztán mehetünk – szólt hozzá.

- Éjjel? – nézett vissza rá a lány kétkedően. Lehet olyat is?

Bármit, pusztán csak pénz kérdése. Vagy inkább hajnalban legyen? Amit akarsz, rád bízom a döntést. Ez úgyis a nőknek fontos, nekem teljesen mindegy. Szóval? – nézett rá kérdőn.

Most azonnal kell döntsek... nem is tudom...

- Ugyan már, ezt nem hiszem! Már minden kislánynak tökéletes elképzelése van az esküvőjéről, a ruhájáról, a helyszínről! Ezt nem veszem be! – adta alá a lovat és kinyúlt az ágyon. Kimberly megfordult és csodálkozva nézett felé. Számított rá, hogy a férfi majd fog nem egy meglepetéssel szolgálni a számára, de ezt azért végképp nem gondolta volna.

- Honnan ismered te a kislányok gondolatait? – kérdezte meg őszintén.

- Az nem fontos! – vált fagyossá a férfi és hátat fordított neki. Kimberlynek valami azt súgta, hogy fájó pontra tapintott, melyről a férfi nem akar beszélni. Ez persze kíváncsivá tette.

Sajnálom – mondta őszintén és elindult a szoba ellenkező felébe. Amikor kellő távolságba került, akkor merte folytatni: - Úgy látszik, én nem vagyok átlagos lány. Még soha nem gondoltam erre igazán. Nem úgy voltam nevelve – tette még hozzá. David erre felkönyökölt az ágyban.

- Azért valami elképzelésed csak van? – kérdezte engedékenyebb hangon. Nem szabad felbosszantania a lányt – intette magát türelemre. Elvégre csak egy gyerek.

- Igen. Várj egy kicsit. - Kimberly behunyta a szemét és hagyta, hogy fantáziája elragadja. Még soha nem volt esküvőn! De hányat látott már a tévében és mindben talált kifogást. Mind túlzottan pompázó volt, túl hivalkodó és ez nem tetszett neki. Szerette a hagyományokat és az egyszerűséget. Ahol csak a pár van jelen és senki más. Igen, ez az!

David csendben figyelte a lányt, ahogy édeskés mosoly jelenik meg a szája körül.

- Egy hófehér ruhát szeretnék, egy szép csokrot és orgonaszót. És semmi bámészkodókat! Egyszerű legyen és hagyományos.

- Hmm... Még valami? Most szólj, úgy rendelem meg! – nyúlt a telefonért. Gyorsan túl akart lenni rajta, nehogy még valami totálisan képtelen ötlet is megforduljon a fejében. Aztán még olyan kér...

- Á, igen, ha kérhetem, hogy egy tisztes idős ember adjon össze minket, nem valami Elvis utánzat!

- Rendben, ezt megértem! – nevette el magát a férfi.

•

A portás előzékeny és kedves útmutatására nem lehetett elhibázni a szemközt lévő óriási esküvőcentrumot. Itt aztán egy teljes iparág épülhet erre – gondolta a lány és bevetette magát a megaboltba. Ekkora áruházat még életében nem látott! Ehhez külön térkép kell, hogy eligazodjon benne! És ez a tömeg... Megdöbbenve bámulta az óriás habcsodákat, az elképesztő csipke és fodor tömegeket, flittereket, rózsaszín habokat. De volt itt mindenféle szín. Tényleg felvesz valaki ilyet? – háborodott fel az extravagáns darabokon. Szórakozottan futtatta végig tekintetét a polcokon, megbámulva a sok ismeretlen kacatot. Némely micsoda rendeltetéséről fogalma sem volt. Zúgó fejjel ült le kifújnia magát az egyik székre. Ebben a boltban nincs semmi normális darab? Valami egyszerű és hagyományos? Bár maga sem tudja egészen pontosan, hogy mit keres, de nem ilyeneket! Majdcsak szembetalálkozik vele. Ha meg itt nem, biztosan akad egy másik boltban. Áruházban errefelé nincs hiány. Vagy inkább kérdezze meg, hogy van-e normális ruha is? Nem ilyen kommersz áru? Esetleg egy kisebb boltban. De nem ér rá órákat bolyongani, még fodrászhoz is el akar menni. Sőt, sminket is fog kérni! Elvégre nem minden nap megy férjhez. Először. De vajon utoljára?

Kimberly olyan irreálisnak találta ezt az egész helyzetet, mintha nem is vele történt volna meg mindez. Biztos csak álmodik, csak erről lehet szó! Képtelenség, hogy menyasszonyi ruhát nézzen magának. Képtelenség ez az egész helyzet! Hol van az édesanyja, hogy tanácsot adjon neki? Pánikhangulat fogta el. Annyira, de annyira magányosnak és elveszettnek

158

érezte magát így teljesen egyedül a nagyvilágban. De ebben az áruházban még világgá szaladni sem lehet.

· · ·

Három órával később Kimberly óvatosan lopódzott be a szobába és kémlelt az ágy irányába. Izgatottan reménykedett abban, hogy a férfi már felkelt és megcsodálhatja őt teljes pompájában. Az elegáns, de egyszerű ruhaköltemenyében, az új frizurájában. Csalódnia kellett. A takaró egyenletes mozgása arról árulkodott, hogy tulajdonosát jobb, ha nem zavarja. Kimberly tanácstalanul ácsorgott az ajtó előtt, majd gyomra korgásának engedelmeskedve kihátrált a szobából. Kell lennie egy étteremnek itt a szállodában – indult el felfedező útra, gondosan megjegyezve az emeletet és a szobaszámot, sőt még a szálloda nevét is. Még egyszer nem történik meg vele ugyanaz!

· · ·

David mintha egy halk ajtócsukódást hallott volna félálomban. Nagyot nyújtózott és résre nyitott szemmel az órájára pillantott. Majdnem kilencet mutatott. Vakart egyet a fején és felült az ágyban. Bár csak három órát aludt, egészen tűrhetően érezte magát. A fejében uralkodó nyomást alig érezte és a hangulata is némiképp javult. Egészen addig, amíg rá nem jött, hol is van és főképp miért. Lekászálódott az ágyról és a bárszekrény felé vette az irányt. Muszáj innia valami töményet. Most végképp nincs itt az ideje az elmélkedésnek. Útközben beleakadt a lába egy zsinórba. Mi ez a nyavalya itt? – rázta le magáról. A fürdőszobában bosszankodva állapította meg, hogy az ingét teljesen összegyűrte. Miért is nem vette le az alváshoz? Mivel nem hozott váltóruhának semmit, be kell szerezzen egy újat – lépett a zuhany alá, hogy felfrissítse magát. Meg ennie is kéne. Szörnyen éhes. Csak van itt egy étterem is.

· · ·

Kimberly csöndben üldögélt az egyik asztalnál már lassan fél órája. Pedig csak egy szendvicset kért, az nem tarthat ilyen sokáig, amíg elkészül – emésztette önmagát és zavartan pillantott körbe, hogy hányan hallhatták meg erőszakosan követelő gyomrának zajongását. Ideges körbenézésének eredményeként nem kerülhette el figyelmét a két asztallal odább ülő férfi szinte zavarba ejtő bámulása. Ez lenne a „felfal a szemével nézés"? – kapta el a tekintetét róla. Lopva visszanézett és a férfi még mindig őt bámulta. Felbátorodva az újabb pillantáson felállt a helyéről és poharával a kezében felé tartott. Kimberlyt kiverte a víz.

- Bocsássa meg a merészségemet, de nem kerülhette el a figyelmemet az ön káprázó szépsége! – kezdte egy igen nyálas belépővel. Bár a lány nem volt hozzászokva az effajta bókokhoz, de nem ejtették a fejére sem. Kimérten csak egy köszönömöt felelt és tüntetőleg más felé nézett. A férfi azonban a levakarhatatlanabb típushoz tartozhatott, mert meg sem várta a „szabad lesz" – kérdésre a „nem" választ, már le is telepedett az asztalhoz. Legalábbis Kimberly biztosan nemet mondott volna. Még rámenősebben folytatta az udvarlást:

- Ha jól látom kegyedet alaposan felültették. Figyeltem, hogy már fél órája itt ül és a lovagja sehol. Igazán ostoba lehet az a férfi, aki így hagy árválkodni egy ilyen csinos hölgyet – tartott egy kis szünetet a mondókájában. Kimberly azon morfondírozott, hogy mit reagáljon minderre. Reagáljon-e egyáltalán? A férfi újabb lendületbe kezdett:

- Ó, most látom, csak nem esküvőre készül? Ne tegye ezt velem, hiszen csak most találkoztunk, ne vegye el a lehetőséget előlem. Az a férfi meg sem érdemli, így megvárakoztatni! – ragadta meg a kezét és húzta magához közel. Kimberlynél ezzel betelt a pohár, kirántotta a kezét, felállt és pánikszerűen elhagyta a helyiséget.

A nagy rohanásban észre sem vette, hogy elszaladt David mellett, aki épp akkor érkezett oda.

•

Kimberly hátrafele pillantgatva sietősen ugrott be a liftbe és megkönnyebbülten sóhajtott, hogy nem követték. Már túl volt azon, hogy kiakadjon a zaklató viselkedésén, egyszerűen lekönyvelte önmagában mint egy illetőt aki minden bizonnyal túl sokat ivott és badarságokat beszélt. És szépnek látta őt. Pont emiatt gondolta meg magát és mégsem kevert le neki egyet. Mert ez a mondat bizony jóleső újdonság volt a számára! Egyedül az ennivalót sajnálta, amit ott kellett hagyjon. Most honnan szerezzen egy másikat? De ha nem jut ételhez sürgősen, akkor éhen hal.

Berontott a szobába, teljesen elfelejtve, hogy David esetleg ott lehet és még alszik. A telefon után nyúlt. Bután bámult bele a teljesen süket készülékbe. Most mehet vissza a portára? – futott át rajta a kétségbeesés. Nem létezik, hogy nincs itt egy hűtő vagy valami kaja szobában. Minden elegánsabb szállodában vagy egy gyümölcsöstál? – nézett körbe. Valahova biztosan beépítették és... - nyitogatta ki a szekrényeket. Á, igen! – lelt rá. És szendvics is van benne! – örvendezett és kipakolta a mozdítható elemeket. Mohón harapott bele egy salátaleveleket tartalmazó kenyérféleségbe és elégedetten ült le az ágyra.

- David? – húzta ki maga alól a vizes törölközőt. A férfiről teljesen elfelejtkezett. Körülnézett. A fürdőszobából kivezető lábnyomok, na meg a már ismert vizes ágyra hajított törölköző és az üres szoba egyértelműen arra utalt, hogy a férfi nem olyan rég távozott a szobából. De vajon hol lehet? És miért nem várta meg?

•

A bőséges lakoma után David elégedetten dőlt hátra a székben és cigarettára gyújtott. Füstbe burkolódzva kortyolgatta a poharában lévő vörösbort, majd kiöntötte a maradékot is az üvegből. Szüksége volt az erősítésre, de töményebbet már nem akart inni. Azért mégis az esküvőjéről van szó. Még egy új inget is kell vennie. Hú, már majdnem tíz óra. Sietnie kell. Kimberly biztosan már fenn várja a szobában. Biztosan valami giccses óriáshab költeményben. Brr.

Ezek agglegény létének utolsó órái – morfondírozott és szemezni kezdett a szomszéd asztalnál ülő két fiatal nővel. Élvezte a játékot, ahogy vigyorogva, pironkodva, egymással sugdolódzva, rá-rá pillantva flörtölnek vele. Mondjon le minderről? Nem udvarolhat, nem nézhet ezentúl más nőkre? Tényleg ezt jelentené a házasság? Biztosan ezt akarja?

161

A pánik rövid életűnek bizonyult: nem vak lesz, csak házas. Nem bilincs kerül rá, csak megnősül. Papíron. Elvileg. Vagyis persze, gyakorlatilag is, de ez nem olyan lesz. Mármint nem valódi. Akkor meg milyen lesz? Na mindegy, ebbe inkább nem is gondol most bele, nem is tudna. Ahhoz tiszta fej kell. És ha ő is csapodár? Vajon képes lenne-e megcsalni? Biztos lehet abban, hogy nem lesznek szarvai? Azt az egyet nem tudná elviselni! Szarvakat nem akar! Nem, Kimberly nem az a ragadozó és zöld- meg sárgaszemű típus, mint sok más nő. Igen, nem olyan, mint a többi nő – győzködte magát. De biztos nem olyan?

•

Kimberly jóllakottan és kibékülve a világgal dőlt hátra és elégedetten szemlélte pusztítása maradékait. Az ágyon számos szétmarcangolt fólia és összerágott gyümölcsbelsők jelezték, hogy valami nagyot lakmározott. Tényleg jó éhes volt és nagy szerencse, hogy talált elég ételt. Ha nincs a hűtő, lehet hogy az ágytakarót csócsálja meg, hogy tápanyaghoz jusson.

Maga elé meredve üldögélt csendben a szobában, Davidra várva. Jönnie kéne már, hova tűnt ennyi ideig? Mindjárt tíz óra! Csak nem ment el? Csak nem hagyta itt magára? Nevetség tárgyaként? – futott át a jeges pánik a lányon. Hiszen még a telefonszámát sem tudom, hogy mehetnék hozzá? Már ha egyáltalán visszajön még. Felállt és mély levegőt vett. Gyerünk, Kimberly, szedd össze magad! Nem kaphatsz folyton pánikrohamot! – vette óvatosan kezébe a menyasszonyi csokrát. Elmélázva cirógatta a fehér rózsaszirmokat és szipogott kettőt. És eszedbe ne jusson sírni, lemosódik rólad a sok festék! – állt a tükör elé. Szembe nézve önmagával mindig hatásosabban tudta kifejteni akaratát. A ruhám! – nézett végig a tükörképen. Nem hiszem el, hogy lehettem ilyen figyelmetlen, hogy ez történjen! – bámulta a hasán lévő pecsétre. Hogy nézek ki? És ha nem jön ki? Nincs már idő újat venni! Hol van itt egy mosoda? Hátha... – kapta fel a telefont, hogy a portát hívja. Még mindig süket – tépte fel az ajtót és rohant a lift felé.

•

162

David egy szélsebesen elfutó fehérséget látott a folyosón keresztbe, amikor kilépett a liftből. Nem sok jelentőséget tulajdonított neki, figyelmét sokkal inkább a mágneskártya kötötte le. Miért nem nyílik már ki az ajtó? Milyen egy vacak… - morgott, majd lökdösni kezdte. Fújt egyet a kártyán, majd fordítva is megpróbálta. A jelzőfény egyből zöldre váltott.

David a szobába lépve a lányt szólította. Legfőbb ideje, hogy induljanak. Benézett a fürdőbe, sőt még a függöny mögé is besandított, de ott sem volt. Hol a csudába lehet, még el fognak késni? Csak nem meggondolta magát? Az étteremben nincsen, hiszen most jött onnan. De akkor merre keresse? Lehetséges, hogy még mindig vásárol? Talán meg kéne kérdezze a portát, lehet, hogy hagyott üzenetet. Nocsak, a telefon süket. Akkor legjobb, ha személyesen megy le – sietett az ajtó irányába, nem véve észre az ágyon a szétdobált fóliákat.

•

Kimberly széles mosollyal öltötte fel a frissen tisztított és vasalt ruhát. Tüzetes szemlélődés után sem találta semmilyen nyomát az előbbi balesetének. Ezek az új mosócsodák tényleg verhetetlenek! Körbefordult a tükör előtt, hogy meggyőződjön arról, minden rendben van. Ott az áruházban nem értékelte annyira a ruhát, nem érezte át úgy a pillanat jelentőségét, hogy a menyasszonyi ruháját ölti magára. Most viszont egy adag izgalom, futkosás és kétségbeesés után más volt a helyzet. De túl sok érzelgősségre viszont nem volt ideje, rohannia kell. David minden bizonnyal már türelmetlenül várja – valahol. Feltépte az ajtót és kivágtatott az alaksori mosószobából, majd a lift felé vette az irányt.

Türelmetlenül nyomta meg a hívó gombot és belépett a liftbe. Egy árnyalatnyi habozást követően mégis úgy döntött, hogy előbb a portán érdeklődik a férfi után. A földszintre érve szinte kiugrott a liftből, félig nekiütközve valakinek. Az ütközés hatására a csokor kirepült a kezéből és a földön landolt. Kimberly a lendület hatására csak pár lépés múlva tudott lelassítani. Hátranézett és látta, hogy egy férfi lehajol a rózsák után.

•

- Ezt elejtette a kisasszony – mondta az úriember és előzékenyen felemelte a csokrot majd utána fordult és felé nyújtotta.

- Köszönöm – nyújtotta ki Kimberly a kezét a virágok után, de megállt a levegőben. David – mondta halkan. Mosolyra húzta a száját és kissé belepirult.

Nem kell tovább keresnie, megtalálta. A férfi ott állt hanyag eleganciával, kigombolt fehér ingben, fekete zakóban, csokorral a kezében. Az ő csokrával. Nem is hiányzik róla a nyakkendő. Kimberly mérhetetlenül megkönnyebbült, hogy mégsem tűnt el!

A férfi összeráncolt homlokkal kérdően nézett rá.

- Kimberly? – kérdezte bizonytalanul. Létezik, hogy nem ismeri fel már megint? – döbbent le. Teljesen fel volt készülve arra, hogy jól leszidja a lányt, amiért nem jött időben, amiért itt keresnie kell és szinte kétségbe is esett, hogy eltűnt. Már-már aggódott. Dühe most egy pillanat alatt köddé vált. Útjaik keresztezték egymást.

David tekintetével tüzetesen végigpásztázta az előtte állót: nem erre számított! Nem egy „nőre" számított. Hol van az a gyerek, aki pár órája a repülőgépen kapálódzott? A lány új, felnőttes frizurája teljesen lenyűgözte. Kimberly ugyanis kihúzatta egyenesre a haját, mellyel így a színe sötétebbnek, majdnem feketének tűnt, tökéletes kontrasztban állva ruhája színével. A teljesen egyenes hajat hátul összefogták és divatos csigákat sütöttek a végéből, melyből az egyik oldalon előre omlott pár csiga. És a ruhája! A férfi magában elismerte, hogy káprázatosan néz ki rajta a hófehér, majd a földig érő vastag selyem hosszú ruha, apró fehér köves két-két pánttal a tetején, deréknál bekarcsúsítva. Egyszerű, de fejedelmi volt a szabása. Apró kis pántos topánkája elől kibukkant a ruha alól, elárulva, hogy a ruha elől trükkösen félkörívben pár centivel rövidebb, mint hátul. David elképedve konstatálta, hogy egy majdnem kész nő áll előtte, nem pedig egy kislány. Ez pedig nem éppen az volt, amit tervezett!

•

Kimberly nyugtalanul topogott az előtérben, csak arra várva, hogy a zene végre megszólaljon. A jelre, ami a szertartás kezdetét jelenti. Kétségbeesetten próbálta értelmezni a férfi viselkedését, de nem jutott dűlőre. Pedig ő mindent megtett, hogy jól nézzen ki, akkor meg miért volt az, hogy amikor meglátta, amikor végignézett rajta, akkor olyan képet vágott? Olyan kétségbeesettet és gondterheltet? Nem hiszi, hogy csak amiatt volt az egész, hogy elkésnek! Ez a magyarázat túl kevés neki. Itt többről van szó!

Kimberly, ébresztő, megszólalt a zene! Itt az idő, férjhez kell menned. Kell? – lépkedett végig a sorok között és állt meg David mellett. A férfin nem lehetett nem észrevenni, hogy milyen ideges. Kimberly ettől csak még jobban elbizonytalanodott. David azonban összeszorított szájjal engedelmesen az anyakönyvezető felé fordult, a legkisebb jelét sem mutatva annak, hogy indulni készülne vagy leállítani ezt a nevetséges színjátékot. Eldöntötte magában, hogy most már végig fogja csinálni, még ha minden idegszála tiltakozik is ellene!

Kimberly szusszant egyet és figyelmét a szertartásra összpontosította. A szimpatikus férfi kedves beszéddel készült:

„Kedves pár! Azzal a szándékkal jelentek meg itt ebben a teremben, hogy az önök között lévő kapcsolatot hivatalos formába öntsék. A házasság egy olyan csodálatos kötelék két ember között, mely a szereteten kívül kifejezi a másik iránti tiszteletet, megbecsülést és elfogadást. Egy olyan kötelék, amely kiteljesíti a személyiséget azáltal, hogy a másik szemével láttatja önmagunkat. Kívánom, hogy találjátok meg mindazt a boldogságot ebben a kapcsolatban, amire vágytok."

Kimberly az elhangzottak hatása alá került. Mit keresnek ők itt? Hiszen... hiszen ő ezt a férfit nem is ismeri, sőt, nem is olyan rég gyűlölte... talán még most is! És abban is biztos volt, hogy ez kölcsönös. - Menekülj, rohanj, tegyél valamit, mielőtt késő lenne! – szólalt meg benne a belső hang olyan hangosan, mint eddig még soha.

Miközben ezeken járt az agya, az anyakönyvvezető már az eskü résznél járt.

Először a menyasszonyhoz fordulnék a kérdéssel: Kimberly Ann Beckett, akarja-e az itt jelenlévő David James Wilsont férjéül és kitart-e mellette jóban-rosszban, míg a halál el nem választja?

- Nem! – tört ki a lányból a heves tiltakozás.

•

David elsőre szinte nem is hallotta meg, hogy nem stimmel valami. Csak amikor másodszor is hallotta a „nem" szót, akkor jött rá, hogy mi is történt. A lány felé fordult.

- Azt hittem ezen már túlvagyunk! – fakadt ki idegesen. Már csak az hiányzik, hogy itt is egy gyerekes hisztit vágjon le. Azt már nem, még egyet a mai nap nem tud elviselni! Akkor inkább hagyják az egészet annyiban!

- Nem, David, beszélnünk kell – fordult felé a lány nyugodtan. David az égre emelte a tekintetét, majd kétségbeesetten nézett a szertartásvezetőre.

- Nos, fiam, ha a hölgynek kétségei vannak, akkor azt jobb, ha még most tisztázzák – adott tanácsot. Esetleg ott kinn – mutatott a kijárat felé. Megvárom magukat – tette még hozzá és nézte, ahogy a férfi maga után húzza a lányt. Látott már egyet s mást pályafutása során, így ez sem érte váratlanul.

•

- Megtudhatom mi volt ez? – esett neki a férfi rögtön abban a pillanatban, amint kiértek az épület mögé.

- Kétségeim vannak – mondta egyszerűen a lány és igyekezett legalább két lépés távolságban maradni a férfitól. Szerette volna, ha kellő rálátása van mindarra, amit csinál.

- Azt hiszed nekem nincsenek? – fakadt ki és cigarettára gyújtott. Szüksége volt arra, hogy lenyugtassa idegeit. A füstfelhőbe burkolva figyelte, hogy a lány fel-alá járkál előtte.

- Akkor meg mi ez a fene nagy sietség? David, ez örültség!

- Repdesned kéne az örömtől, hogy hajlandó vagyok elismerni ország-világ előtt, hogy a gyerek az enyém és elvenni téged feleségül! Kimberly erre köpni-nyelni nem tudott.

- Pont ez az, ami elrettent, ez a fene nagy áldozat. Látni, ahogy szenvedsz. Nem értem, egyszerűen nem látom, miért. Vagy pont ezért?

- Gyerekesen viselkedsz – próbált kitérőt találni a férfi.

166

- Igen? Mert úgy kezelsz, mint egy gyereket! David, kérlek áruld el, miért? – állt meg előtte és a szemébe nézett. Tudnom kell, mibe lépek be, mielőtt döntenék!

- Ezt már megbeszéltük! – nézett el a másik irányba a férfi, nem bírva állni a lány nézését.

- Nem ez a teljes igazság, igaz? – faggatta a lány. David már kezdte unni a beszélgetést. Lehet, hogy jobb is, ha ennyiben maradnak. Ha szépen hazamennek és minden úgy lesz, mint régen. Ha letesz a bosszúról és visszamegy bábunak.

- Nem! Na azt már nem!

- Rendben – adta be a derekát. Eldobta a cigit és kezeit a lány vállára tette. – Tényleg jogod van tudni, hogy mit várok majd el tőled. Jól figyelj, mert csak egyszer mondom el! – elengedte a lányt, fújt egyet és belekezdett. Bár nem volt tudatos, de apja szavait használta. - Az üzleti életben rá kellett jöjjek, hogy egy bizonyos kor felett az embertől „elvárják", hogy családos legyen. Hogy megbízhatónak tűnjön. Tudod, kedves megértő feleség, gyerekek, kutya… az amerikai idill – tartott egy kis hatásszünetet, majd folytatta. Hogy hogyan alakul a kapcsolatunk, azt nem tudom megmondani és garantálni sem tudok semmit. De… de úgy érzem, erre te alkalmas vagy. És ha kiderülne, hogy van egy gyerekem… szóval…

Kimberly próbálta emészteni a hallottakat. Szüksége volt egy kis gondolkozásra. Szóval erről van szó… David állást kínál neki, felkéri arra, hogy játssza el a boldog és kiegyensúlyozott feleség szerepét. Jólétben, gondok nélkül, biztonságban, de érzelmek híján.

- Látszatházasság? – kérdezte meg. Ami csak papíron létezik, kifelé?

- Olyasmi – dünnyögte a férfi. Nem gondolta volna, de megkönnyebbült attól, hogy mindezt elmondta a lánynak. Már nem is volt olyan ideges vagy nyűgös. Lehet, hogy előbb kellett volna mindezt megtennie? Persze esze ágában sem volt felfedni az összes kártyáját, nem akarta megemlíteni, hogy ő csak eszköz lenne. Hogy estélyeken kellene helyt állnia, partikat kéne szerveznie, el kellene viselnie anyját, apját, szeretőit, haverjait, kicsapongásait, na meg persze Cecile-t. Nem akarta elrettenteni, majd szép apránként úgyis meglátja. Ő meg élvezni fogja, hogy lejáratja családját a gyerekes viselkedésével. Ő pedig a mennybe megy az áldozatos tűréssel.

Igen, valóban ő áldozat, mártír lesz ebben az egész kényes helyzetben! Hiszen ő lovagként, úriemberként viselkedett. Ki is venné majd zokon mindezek után, ha egy idő után elválik és megtartja a gyereket?

Kimberly gondolatai eközben teljesen más helyen jártak. Aggodalma a házasság mindennapjai körül forogtak.

- És a Vörös Körmű? – futott ki hangosan is a száján a nagy kétsége.

- Cecile? Nos, vele történetesen alaposan összevesztem – adott rövid és tömör választ, nem kitérve ennek okára. Hiszen pont amiatt veszett össze vele, hogy nem akarta elvenni feleségül. Erről inkább nem is kell tudnia a lánynak.

David nem akart türelmetlenkedni, hagyta, hogy a lány tovább gondolkozzon. Úgy ítélte meg, hogy ajánlata elég korrektnek tűnik és végül is semmit nem titkolt el. A többi az majd csak előre nem számított következmény lesz, amire nem is gondoltak.

Kimberly úgy érezte, hogy nem tölthet sokkal több időt a töprengéssel. A férfi elvégre nyíltan kifejtette szándékait. Nagyon is hízelgően hatott számára az a gondolat, hogy őt megfelelőnek tartja erre. Mármint feleségnek.

- Visszamehetünk – szólalt meg és elindult az ajtó felé.

•

Az anyakönyvvezető békésen üldögélt az eskető teremben egy könyvvel az ölében és kíváncsian nézett a párra.

- Sikerült dönteni? – fordult a lány felé.

- Igen, folytathatjuk – nézett vissza rá határozottan. Azt ugyan nem állítja, hogy nincs benne kétely, sőt. De nincs más választása, egyszerűen nincs. Szüksége van a biztonságra a gyereke érdekében.

- Nos, hol is hagytuk abba – állt fel és vette elő a nagy könyvet. – Á, igen, a fogadalmaknál. Akkor kérdezem újra: Kimberly, elfogadja-e férjnek az itt jelenlévő Davidet?

- Igen – felelte halkan, de kellően egyértelműen a lány. Kezében láthatóan megremegett a csokor.

- És Ön, David James Wilson, elfogadja-e az itt jelenlévő Kimberly Ann Beckett-et feleségül és kitart-e mellette élete végéig?

168

- Igen – felelte minden kétséget kizáróan a férfi is, az anyakönyvvezető legnagyobb megkönnyebbülésére.

- Nos, kedves pár, az egybehangzó szándékuknak megfelelően, a rám ruházott jogomnál fogva ezennel önöket házastársaknak nyilvánítom. Hadd gratuláljak, Mr. és Mrs. Wilson! Megcsókolhatja a feleségét! – nézett Davidre.

Davidben és Kimberlyben is meghűlt a vér: erre nem volt felkészülve egyikük sem! Hogy egy csók?! Hogy a fenébe felejtkezhettek meg róla? David magában mindenkit elátkozott, hogy nem kérte előre ennek a résznek az elhagyását a szertartásból. Lassan, nagyon lassan fordult a lány felé. Most mit csináljon, nem csókolhatja meg? Majd egy ártalmatlan kis puszit nyom a homlokára, igen, az lesz a legjobb – nézett a lányra. Kimberly bizonytalanul és ártatlan szemekkel nézett vissza rá. Olyan édes volt, mint egy angyal, akinek már csak a glória hiányzik a feje körül. Egy bájos kis angyal, akivel ördögi terve van – nézegette David. Talán nem lesz olyan nehéz megcsókolnia egy kicsit – hajolt lejjebb és száját finoman a lány szájára tapasztotta. Bár rövid, futó csókot tervezett, de közben belefeledkezett. A lány tapasztalatlansága továbbra is kihívás volt számára, aminek nem mondhatott nemet. Kimberly különben sem tiltakozott: szinte elolvadt a váratlan gyengédségtől és teljesen a férfi karjába omlott. - Ez a csók nem hamis, nem lehetett az! Ez tényleg neki szólt! – gondolta ujjongva azután, hogy a férfi elengedte. Fogalma sem volt arról, hogy eközben Davidben milyen vihar dúl.

·

- Fényképet, igen, persze szeretnénk – unszolta percekkel később az ifjú feleség a férjet. Gyere, kell valami emlék erről az őrültségről! – rángatta oda a paraván elé. A kedvemért – nézett rá gyerekesen.

- Na, jó – egyezett bele lemondóan a férfi és igyekezett több lelkesedést mutatni. Csak remélni tudta, hogy ellen fog tudni állni a lány „ilyen" kéréseinek a továbbiakban. Veszélyes vizekre sodródott, kezdte belátni. Vissza kell evickélnie a partra, mert nem lesz jó vége. Ez a lány igenis tudja befolyásolni őt! Finoman, kedvesen, de akkor is befolyásolja. Azt pedig nem akarta, teljes önállóságot akart! Az érzelmek végképp nem fértek bele a terveibe.

- Mosolyt kérnénk! – szólt a fényképész és máris különböző beállításokkal bombázta őket. David öt kép után megunta.

- Nem-nem, te még maradj – utasította a lányt vissza a kamera elé. Kell egy jópár kép csak rólad ebben a ruhában. Elragadó vagy benne! Azzal elgondolkodva nézte, ahogy a lány lelkesen forog és pörög a kamera előtt és édesen, gyerekien kacag. David lelkében újra előjött a lelkiismereti vihar és gyanította, hogy állandó jelenlétével fogja ostromolni. Van-e joga ezt az ártatlan, angyali lányt tönkretenni, kihasználni, megsebezni? Játszhat-e egy ilyen törékeny és eleve sebzett lélekkel piszkos játékot?

•

Davidnek fogalma sem volt, hogy most mi következik, terveiben ugyanis nem szerepelt a szertartást követő időre forgatókönyv. Hiszen már rögtön a legelső pillanatban csődöt mondott, nem számítva holmi nyilvános ál-érzelemnyilvánítást. Gondosan zsebre vágta a dokumentumokat és megadta a címet, ahova a fényképeket küldhetik.

És most mi lesz? Nem mehetnek egyből vissza a szállodába! Bármennyire is adja magát a helyzet, azt mégsem teheti meg! Nem feküdhet le vele! Főként nem most, hogy úgy reagált rá – de ez mellékes. Távol kell tartania magát tőle, az a legegyszerűbb. Különben is a látszatházasságnak ez nem része – egyenlőre. Vagy igen? Tisztázniuk kell ezt a kérdést, hogy miért is nem jutott előbb az eszébe! David kezdte átkozni a percet, amikor kitalálta ezt az őrültséget. De most már nincs visszaút, alaposan belekeveredett. Gondolkoznia kell, mielőtt tovább bonyolódna a helyzet. Átkozott férfiúi gyengeség.

•

Kimberly zavarodottan ácsorgott a járda szélén, a taxira várva. Próbált magyarázatot keresni érzéseire, de túlságosan kusza volt minden. Annyi érzelmi hatás érte mostanság, nem tudott eligazodni rajtuk. Egyik pillanatban kacagott volna, a következőben ordibált volna szíve szerint,

170

most viszont sírhatnékja támadt. Gondolkoznia kell, de főként tisztáznia érzéseit. David iránt érzelmeit. Már megint egy átkozott, felkavaró csók! Nem szabad erre gondolnia most, előbb az életének a menetét kell, hogy megtalálja. Meg kell emésztenie szülei elvesztését. El kell fogadnia az új helyzetet. Addig nem mehet bele semmi meggondolatlanba. Aztán jöhet a férfival való viszonya. Vigyáznia kell magára, nehogy megsérüljön, könnyű a veszélye. De amíg kellően távol tudja magától tartani, addig nem lehet baj. Majd ha visszamennek, minden a helyére kerül. Ha hazamegy. De nem akar hazamenni, nem akar szembenézni mindennel. Pedig muszáj lesz, nem menekülhet el előle. Ez a pár nap csak időben eltolta az elkerülhetetlent: a fájdalmával akkor is szembe kell néznie. A gyásszal és a veszteségével. És főképp a megváltozott, új életével.

•

Az ajtó halk kattanással csukódott be mögöttük. A hosszú, izgalmakkal teli nap után Kimberly elcsigázva a szekrényhez vonszolta magát és levette a polcról a vázát. Kivette a szobadísznek szánt száraz virágot és beletette a csokrát, majd a fürdőbe ment, hogy vizet tegyen bele. Muszáj volt kimenni a szobából, ahol tapintani lehetett a feszültséget. Most mi lesz? Hiszen férj és feleség és ez a nászéjszakájuk. Hogy is nem jutott eszébe tisztázni ezt a kérdést a látszatházasságon belül?

Visszament a szobába és nézte, hogy a férfi azóta is ugyan azon a helyen áll.

- Sok megbeszélnivalónk van még – szólt hozzá, gyorsan hozzátéve – de nem ma. Kimberly hálásan rápillantott és leült az ágyra. Pihenésre van szükséged – folytatta. Aludj itt nyugodtan, nem zavarlak. Lemegyek egy kicsit körülnézni, én aludtam délután. Rendben? – nézett még rá.

- Ühüm – jött a válasz.

- Akkor szép álmokat, Mrs. Wilson – mosolygott még rá távozás előtt.

Kimberly még percekig ült az ágyon befelé mosolyogva, mielőtt bármit is tett volna. Nem gondolt semmire, csak élvezte a belülről áramló nyugalmat. – Nos, kicsim, most már törvényes baba leszel – mondta hangosan és dudorászva ment be a fürdőbe, hogy levegye a ruháját.

VI.

A délutáni napfény szokatlanul erőtlenül ontotta sugarait alá, pedig már május volt. Ebben a hónapban pedig 10 fokkal is melegebb szokott lenni annál, mint ami most van. Furcsa ez a fagyos fogadtatás – húzta össze magán fázósan Kimberly a blézerét és örült annak, hogy perceken belül a házban lesznek. A kastélyban, amely mostantól az ő otthona is lesz. Még bele sem gondolt, micsoda felelősséggel fog mindez járni! De hát eddig is működött minden nélküle, ő meg nem szeretne semmin sem változtatni.

David szinte kipattant az autóból és berohant a házba, Kimberlyt hátrahagyva. Türelmetlenül várta ezt a pillanatot, amely minden bizonnyal élete egyik legmókásabb élményei közé fog besorolódni. Az igazság pillanatát, amikor szüleinek bemutatja a feleségét. Igen!

- Itthon vannak a szüleim? – csapott le köszönés nélkül egyből Rosera, aki a kocsi zajára jött elő a konyhából.

- Igen, épp a vacsorához készülődnek – felelte udvariasan a házvezetőnő.

- Akkor tegyen még fel két terítéket, hoztam magammal valakit – utasította a nőt és már ment is visszafele, hogy Kimberlyt bevezesse. Ne téblábolj már ott, gyere be! – parancsolt rá az ajtó előtt toporgó lányra. Ennél sokkal határozottabban kell majd viselkedned, azt ugye tudod! – kezdett bele az oktatásba, de mára csak ennyi bölcsességet szánt. – Mindjárt vacsora. Kitűnő alkalom, hogy megismerd a családomat. Légy kedves és elbűvölő!

- A családodat? – emelkedett meg a lány hangja.

- Igen, persze. Mit gondoltál, nekem olyan nincsen?

- Nem csak... izé... még nem beszéltél róluk – keresett kibúvót a lány. Vajon ők hol laknak? Hiszen amikor itt töltött két napot, akkor senkivel sem futott össze. Lehetséges, hogy ebben a házban élnek a testvérei, a szülei, a nagybácsik és az öreg nagyszülők? Vajon kik azok és milyenek lehetnek? – jött lázba. Talán akad olyan, akivel egyből kijön majd, annak nagyon örülne!

172

David nem akart tovább várni, egyből a mélyvízbe szánta dobni a lányt. Nem törődve azzal, hogy a több órás repülőút, az autókázás, az időeltolódás milyen nyomokat hagyott a lányon, egyből az ebédlő felé vette az irányt, maga mögött húzva a lányt. Kimberly zavartan próbálta az ujjaival hátrasimítani szétesett hajának előre kúszó tincseit. Nem merte azt kérni a férfitől, hogy hadd kapjon pár percet, hogy rendbe szedje magát. Pedig tudta nagyon is jól, hogy az első benyomásnál nincsen fontosabb. Most pedig meglehetősen viharvert állapotban lehet.

Szíve a torkában dobogott, amikor David háta mögé bújva beosont az ebédlőbe. Oldalt kikukucskálva lopva az asztal felé pillantott, hogy meglássa a családot. Az óriási asztal két oldalán csak ketten ültek: a szülők.

•

Kimberly őszintén csalódott volt, ennél nagyobb családra számított. Érdeklődve futtatta végig tekintetét előbb a hölgyön. A látszólag negyvenes – de biztosan legalább ötvenes nő tökéletesen nézett ki. Kimberlyben a kisebbségi érzés mint egy vulkán úgy tört elő annak köszönhetően, amilyen felsőbbrendűen lenézett rá. Egy igazi, tökéletes úrinő, egy előkelő dáma az anyósa, aki láthatóan máris utálja. Kimberly szörnyen aprónak és jelentéktelennek érezte magát a jelenlétében. Gyorsan átszaladt tekintetével az apósára. A jóvágású idősebb férfi David kiköpött mása volt idősebb kiadásban. Le sem tagadhatta volna fia eredetét. Kimberly próbált valami bizalmat sugárzó nézést belemagyarázni a tekintetébe, de nem sikerült. Valami nagyon, de nagyon zavarta ebben az emberben. Nem tudta volna megmagyarázni, hogy mi az, de olyan érzése volt, hogy ő még az anyánál is veszélyesebb.

Kimberlyt a látottak hatására fagyos rémület fogta el és legszívesebben elszaladt volna. Hogy fog tudni együtt élni ezekkel az emberekkel itt ebben a házban?

David törte meg a csendet.

- Apa, anya, jó étvágyat – szólt udvariasan a szüleihez. David élvezte, ahogy anyja gúnyosan felvonja egyik szemöldökét, apja pedig kérdően nézegeti hol a lányt, hol pedig őt. – Hoztam magammal valakit – kezdett

173

hozzá a mondatához és alig bírta ki, hogy ne nevesse el mindeközben magát. – Szeretném bemutatni. Hátrafordult és mézédes mosollyal előbbre tolta egy kicsit a lányt, vállára téve a kezét. - Kimberly, ő itt az édesanyám, Elizabeth Wilson – intett a karjával a jobbra ülő anyja felé, ő az édesapám, John Wilson – mutatott balra. Aztán köszörült egy picit a torkán és úgy folytatta:

- Apa, anya, hadd mutassam be nektek Kimberlyt, Kimberly Ann Wilsont. A feleségemet.

•

David legszívesebben elégedetten dörzsölte volna össze a két tenyerét, ahogy a következő perc eseményeit látta. Elsőként a házvezetőnő fejezte ki döbbenetét azzal, hogy elejtette a plusz terítékhez járó evőeszközöket. A beálló síri csöndben a kanalak, villák és kések élesen visító hangja betöltötte a termet, felrázva a döbbent szülőket. Elizabeth Wilson teljesen elsápadt és nagyon közel járt ahhoz, hogy ülve elájuljon. Az éles zajra összerezzent és kétségbeesetten nézett férjére. John Wilson lemeredve ült a széken, a csörömpölésre viszont felemelkedett a helyéről, kezében tartva az asztalkendőjét. Átnézve az asztalon viszonozta felesége tekintetét. Annyira, de annyira komikus volt mindez! David a világ minden kincséért sem hagyta volna el az ebédlőt. Milyen kár, hogy nem nevethet fel hangosan, pedig de jól esne most neki! Olyan viccesek! David mintha mi sem történt volna, közelebb lépett az asztalhoz, majd helyet foglalt úgy, hogy szüleire tökéletes legyen a rálátása. Nem törődött a hátrahagyott lánnyal, akit így teljesen kiszolgáltatott szüleinek. Mint egy védtelen célpont, úgy érezte magát Kimberly a két felnőtt lövellő pillantásainak kereszttűzében. Ekkora ellenérzésre nem számított! Ennyi gyűlöletet még nem érzett. Mielőtt megismerték volna, hogy milyen valójában, máris elítélték! Látta, hogy lenézik, hogy semmibe veszik. Ez nagyon fájt neki.

Kimberly nem bírta tovább odabenn. Ha egy percet még ott kell lennie, akkor biztosan elsírja magát. Udvariasan kimentette magát, hivatkozva a csapozott külsejére és a hosszú útra és igyekezve megőrizni a méltóságát, nem szaladva távozott a szobából. Amint azonban becsukódott mögötte

174

az ajtó, kirohant az ismerős hátsó kertbe. Csak futott, futott keresztül az udvaron, el a karámok mellett, messze maga mögött hagyva mindenkit. Addig szaladt, amíg elő nem törtek elfojtott könnyei. Akkor térdre rogyott a fűben és megkönnyebbülést keresve zokogni kezdett.

•

A lány gyors távozását követően Elizabeth Wilson ocsúdott fel először a döbbenetéből, kínos kérdéseket tartogatva fia számára.

- Ez igaz? Nem csak szórakozol itt velünk? – nézett rá Davidre, de nem volt szüksége válaszra. Fia kaján vigyora az arcán tökéletesen kimerítő volt. – Mondd, te teljesen megőrültél? – nézett rá a vigyorgó férfira. Részeg voltál vagy micsoda? – emelte meg a hangját a nő és közben paprikavörös lett. Hogy egy ilyen… egy ilyen nőt… - ismételgette, de nem tudta befejezni a mondatot. Még soha, de soha nem hozták így ki a sodrából. Egész testét remegés fogta el és ingerülten hajtotta le az előtte lévő borospoharának tartalmát egy hajtásra. A beálló csöndben apja vette át a szót.

- Biztos, hogy minden törvényes volt? – tette fel a praktikus kérdését és David bólintására mindjárt rátért a számára legégetőbb témára: - És házassági szerződést irattál-e vele alá? – David magabiztosságán apró csorba keletkezett, ez ugyanis teljes mértékben kiesett a fejéből. De még semmi nem késő, hiszen nincs egy napja, hogy létrejött a házasság! Nem fontos azt előtte elkészíteni, visszadátumozni meg bármit lehet. Apjának teljes mértékben igazat adott ez ügyben, de ügyesen felelt a kérdésre:

- Még nem, ki akartam kérni a te véleményedet is, nemcsak az ügyvédét.

Johnnak nem jutott eszébe egyenlőre több akadály, ahhoz túlságosan is váratlanul érte ez az új helyzet. Nyugalma csak látszólagos volt, belül viszont tombolt. Ez az ostoba kölyök, hát hol van itt az álmodott zsíros parti? – tombolt belül. Ebből a kislányból ugyanis semmilyen vagyont nem nézett ki!

Időközben újra levegőt kapó felesége vette át a frontot. David türelmesen átsiklott tekintetével anyjára. Apja mérsékeltebb és nyugodtabb reakciója már nem rejtett magában több élvezeti tényezőt, anyja viszont továbbra is időzített bombaként viselkedett. David pedig élvezettel tartotta a kezében az indítógombot.

- És kiféle-miféle ez a Kimberly izé? Mit csinálnak a szülei? Mennyire előkelő a neveltetése? Egyáltalán mennyi idős, elmúlt már 20? – bombázta egy csomó számára fontos kérdéssel.

David nagyon jól tudta, hogy a felsorolt paramétereknek csúnyán nem felel meg a lány, mondhatni anyja elvárási szintjét ha egy 10-es skálával kell jellemezni, akkor Kimberly ezen a vizsgán nem kapna pontot. Sőt az is lehetne, hogy negatívba menne át. De pont ez volt a célja, pont emiatt választotta őt! Figyelmen kívül hagyva anyja kérdéseit úgy ítélte meg, legfőbb ideje átmennie támadásba. Hiszen ennél jobban nem is alakulhat a helyzet. Sőt, itt a remek alkalom, hogy kilépjen a bábu szerepből és átvegye az irányítást. Igen! Hogy ez eddig nem jutott az eszébe! Pedig teljesen kézenfekvő, hogy a látszatházasságnak a szülők előtt is működnie kell, különben csúnyán kitudódik minden. Vagyis most ő egy boldog, ifjú férj, akinek kutya kötelessége megvédeni a párját. Hadd pukkadozzanak csak a szülők, ennél jobb móka nincs is! Anyja majd úgyis hamar megkapja a válaszokat, hadd ne kelljen neki megadni.

- Nos, igazán nem értelek titeket. Nem ti akartatok megnősíteni? Talán nem tetszik a választásom? Kétségbe akarjátok vonni a józan ítélőképességemet és azt állítani, hogy nem jól döntöttem? – lendült bele.

- Nem, dehogy, nem erről van szó, csak szeretném, ha nem csalódnál és... - ment át egyből védekezésbe az édesanyja. David nem találta furcsának a hirtelen pálfordulást, fel sem tűnt neki. A diadal annyira elvakította, hogy nem gondolt bele igazán ebbe. Anyja eközben magában már alternatívákat keresett a helyzet minél gyorsabb és főként diszkrét megoldására.

- Fiam, ismered eléggé ezt a lányt? – tette fel váratlanul apja a következő kérdést. - Elég jónak tartod magadhoz? – fonta ő is a hálókat gyanútlan fia köré. Apja már anyjánál is előbbre járt és alattomos tervek vonalai kezdtek kibontakozni a fejében. Kifelé azonban ebből semmit sem mutatott. Nem tetszett neki az a tudat, hogy fia ellentmondott neki. Hogy tehette meg azt, hogy a legfontosabb kérdésben nem kérte ki az előzetes véleményét?

- Nem értelek titeket: még csak esélyt sem adtatok Kimberlynek! Még csak nem is ismeritek, pedig olyan kedves és szeretnivaló lány. Igazán nem ezt vártam tőletek! – játszotta a megsértődöttet, magában kitűnően szórakozva. Sajnálta, hogy muszáj lesz távoznia, illenék a felesége után menni. - Most pedig ha megbocsátotok, átöltöznék én is – állt fel az asztaltól. Ne várjatok meg minket a vacsorával, lehet, hogy le sem jövünk – vigyorogta el magát a meglehetősen egyértelmű célzás után és fütyörészve távozott. Tervei tökéletes irányba haladnak és remekül fog szórakozni az elkövetkező hetekben-hónapokban. Már alig várja!

•

Mint egy fúria, Elizabeth Wilson úgy kezdett el rohangálni az asztal körül. Látszólagos megbékélése fia távozásával egy szempillantás alatt elillant. Az ő fia, az egyetlen gyermeke figyelmen kívül hagyva a társadalmi elvárásokat, eltűnik pár napra és egy kis fruskával jelenik meg, akiről azt állítja, hogy a felesége! Egy olyan nővel, aki még azt sem tudja, hogy illik megjelenni? Ilyen csapzott hajjal és smink nélkül, gyűrött ruhában? Borzalom! Hol van itt a hét ágra szóló lakodalom? Hol vannak itt az előkelő vendégek, a jó családból való tökéletes menyasszony, aki elfoglalhatja a kellő helyét a családban, tovább növelve annak vagyonát és társadalmi befolyásoltságát? Ha ezt Cecile megtudja, biztosan megüti a guta! Inkább nem is mondja el neki, nem lenne rá képes. Hogy tehette mindezt ez az átkozott kölyök? Be kéne záratni valahova, biztosan nem normális! Hogy ő nem erre nevelte, az már biztos! Valamit sürgősen tenni kell, mielőtt mindez kitudódik. Talán egy megfelelő összeg a lány zsebébe, egy kis némasági pénz és máris megoldódik ez a nevetséges és lehetetlen helyzet. Az a kis csapzott, úri ruhába bújtatott pénzéhes senki cafka nem lesz az ő menye. Azt már nem! Hivatkozni lehetne a fia átmeneti beszámíthatatlanságára, biztosan nem volt józan. De miért csinálja mindezt? Pusztán azért, hogy visszavágjon? Dacból, mert ő kérte, parancsolta, hogy vegye el Cecilet? Lázadozni próbál? Na azt már nem, nem engedi ki a kezéből az irányítást!

- John, mondj már valamit! – csattant férjére. Sürgősen meg kéne oldanunk ezt a kényes helyzetet, mielőtt még kitudódik. John!

177

- Elizabeth, kérlek hagyjál gondolkozni – mordult feleségére. Utána kell nézzek alaposan... - indult kifelé az ebédlőből.

- De John, ugye véget vetünk ennek a nevetséges ügynek? Ugye teszel valamit? John! – üvöltött utána, de a férfi csak intett egyet feje felett, hátrahagyva tajtékzó nejét.

- Attól tartok, ide komoly stratégia kell – dörmögte és elindult felfelé az irodája felé.

•

Rose Mendez izgatottan rohangált az ebédlő és a konyha között. A benn hallott hírek annyira felvillanyozta unalmas hétköznapjait, hogy el is felejtett morogni amiatt, hogy a vacsora még a legelején félbeszakadt és ő majd mindent melegíthet újra akár négyszer is. Igen, négyszer! Hihetetlen, hogy a fiatalúr megnősült, ezt soha nem gondolta volna róla! És pont ezt a helyes kis ártatlan kislányt vette el. Szíve mélyén örült neki nagyon, hiszen a lányt aranyos, kedves teremtésnek tartotta. Azt a másik hárpiát, azt a Boreó... vagy milyen lehetetlen nevű kisasszonyt úgysem bírta volna elviselni. Azt a Cecilet. És bár hangosan soha nem ismerte volna be, de örült, hogy Elizabeth asszony majdnem gutaütést kapott a hírtől. Meg is érdemli! A fia végre felnőtt és nem úgy fütyül, ahogy a szülők diktálják. Ez a házasság ennek egyértelmű jele. Csak remélni tudta, hogy nem pusztán a bosszú vezérelte a tettét és tényleg érez valamit a lány iránt. Őszintén kívánta, hogy boldog legyen, hiszen megérdemli! Meglátta ebben a lányban azt, ami abban a sok kis könnyűvérű nőben nincs meg: a tisztaságot.

Nem bírt tovább magával, kirohant a házból, hogy elmondja mindezt a férjének is. Lihegve csapott le rá a garázsban.

- José, nem fogod elhinni, mi történt – fújtatott egy újabbat. José, te nem is figyelsz rám! – utasította rendre.

- Hallok, asszony, hallok, nincs baj a hallásommal – vetette vissza. Utálta, ha munka közben zavarták és ez most sem volt másként. Felesége sebessége egyértelműen arra utalt, hogy nem szokványos dologról lehet szó. Különben nem hagyta volna el a házat. - Mondd! – kérte nem túl kedvesen. Utálta a rossz híreket, nem beszélve a váratlan helyzetekről.

178

Rose elengedte füle mellett párja érdektelenségét és izgatottan egy szuszra elmondta:

- Képzeld, David fiatalúr azért tűnt el egy pár napra, mert megnősült! – apró hatásszünetet tartott, de férje a legkisebb reakciót sem mutatta. Gondolhatod, hogy az anyja majdnem gutaütést kapott! – pletykálta. José még mindig közönyösséget mutatott. És elhozta a feleségét is! – mondta diadalmasan. Emlékszel arra a fiatal kislányra, aki pár hete nálunk volt két napig? Na ő az, az a kedves, csöndes kis teremtés. Nem azt mondom, hogy nem lep meg David fiatalúr választása, hazudnék, ha az ellenkezőjét állítanám, de szerintem nem választott rosszul – mondta mindezt egy szuszra. – Na, José, igazán mondhatnál már valamit, még csak meg sem lepődtél! – noszogatta szűkszavú férjét.

- Láttam, amikor jöttek – mormogta.

- És? És mi a véleményed? Nem hiszem, hogy közömbös vagy teljesen? – állt meg pontosan vele szemben Rose és csípőre tette a kezét. José ismerte ezt a jelet. Tudta, hogy most kijött a sodrából és neki muszáj valamit mondania. És nem elég a szokásos egy-két szó. Letette a kalapácsot a kezéből és felnézett a feleségére.

- Ha a véleményemet kérdezed, nincs közöm hozzá. A gazda választását tiszteletben tartom. Rose keze továbbra is a csípőjén maradt. Mindebből látta, hogy mindez kevés lesz így vett egy levegőt és folytatta. – Őszintén csodálkozom, hogy a lány belement ebbe, ezt hittem ennél okosabb. Túl jó ide. Csak kívánni tudom, hogy ne tegyék tönkre és még időben távozzon – tette hozzá a saját véleményét.

Ha Rose azt hitte, hogy az elmúlt 40 év alatt alaposan kiismerte férjét, akkor csalódnia kellett. Férje véleménye szöges ellentétben állt azzal, amire számított. A legkisebb mértékben sem tudott vele egyetérteni.

•

Manuel Mendez jóleső fáradtsággal vitte ki az utolsó vödör trágyát az istállóból. Nagy lendülettel borította a messziről szagló kupac tetejére és elégedetten mosolygott. Jó, hogy a mai nappal végzett ezzel is, holnap legalább most már tényleg jöhet a kaszálás. Levette a kesztyűit és a kupac mellé dobta. Aztán meggondolta magát és bevitte az istálló zárt részébe.

179

Nem kizárt, hogy éjjel esni fog. Odaállította a sarokba a vasvillát és a vödröt is és bezárta az ajtót. Jöhet a vacsora! – indult el a ház felé.

Dudorászva nézett körül a tájon. Milyen szép magas lett a fű ebben a sok esőben. Tényleg megérett a kaszálásra! De mi ez a csapás itt? – nézte a meghajlott füvet. Mi járhatott erre? – indult el a nyomokat követve. A kutyák nem szoktak errefelé csatangolni és ez egy nagyobb csapásnak tűnik – morfondírozott. Nem kellett sokat mennie: pár lépés múlva egy földön kuporgó alakot látott meg a távolban. Azonnal sietősebbre fogta a lépteit.

•

David kezdett komolyan kétségbe esni, hogy sehol nem találja a lányt. Már végigjárta az összes szobát, megnézte valamennyi helyiséget az épületen belül, melyek egyáltalán szóba jöhetnek, de semmi! Hova a fenébe tűnhetett? Lehetséges volna, hogy kiszaladt a kertbe? – jutott eszébe a kézenfekvő megoldás. Képes volt kimenni oda a hidegbe? – futott ki a hátsó ajtón aggódva. Talán a hintánál lehet, vagy a rózsakertben – vette arrafelé az irányt, útközben magára véve a kabátját. Igazán nem értem, miért futkos állandóan el, ha valami nem tetszik neki – bosszankodott.

•

Kimberly meghallotta, hogy valaki közelít feléje hátulról. Már csak annyi ideje maradt, hogy gyorsan letörölte az arcán lévő könnycit.

- Jól van? – hajolt le hozzá egy ismeretlen hang. Kimberly felnézett. Megismerte a férfit: ha jól emlékszik, talán Miguel vagy Manuel a neve és ő vitte őt haza. Még akkor. Azon a délutánon, amikor minden rossz elkezdődött.

- Igen, köszönöm – felelte udvariasan a kérdésre és felállt. Nincs semmi baj – erőltetett egy mosolyt magára. Már csak az hiányzik, hogy így lássák meg. Biztosan eljut mindenki fülébe és azt nem akarta. Ne lássák gyengének.

- Megtudhatom, mit csinál itt? – nézett végig gyanakvóan a lányra. Nem ismerte fel. Fogalma sem volt, hogy kerülhetett a hátsó kertbe egy idegen, fiatal lány, ilyen állapotban.

- Csak levegőre vágytam – felelte látszólag könnyedén. Fogalma sem volt, hogy mit tegyen, mit mondjon. Zavartan téblábolt. – Kimberly vagyok – nyögte ki váratlanul. Csak illik bemutatkoznia, elvégre még nem mutatkozott be neki.

- Én Manuel Mendez vagyok, itt dolgozom a házban – hajolt meg kissé a férfi. Visszakísérem, ha nem bánja – ajánlotta fel udvariasan. Gondolom egy vendég – emelte meg a karját, mutatva az irányt. Soha nem alkalmatlankodott a vendégek körül és ez most sem volt másként. Tiszte innentől kizárólag csak annyi kell hogy legyen, hogy visszakísérje. A bánata orvoslása már nem rá tartozik.

Kimberly nem tiltakozott, elvégre nem volt benne egészen biztos, hogy visszatalálna egyedül. Csendben követte a férfit. Óvatosan próbált meg tipegni a fűben. Hogy nem tűnt fel neki a futás közben, hogy ennyire csúszik? – szaladt ki a lába pont ebben a pillanatban. Manuel a zajokra hátrafordult. Addigra Kimberly már fenéken ült.

- Nem ütötte meg magát? Hadd segítsek – nyújtotta feléje a karját.

- Innen átveszem, Manuel! – hallották meg mindketten David éles hangját. Kimberly csak nézte, ahogy a férfi ott tornyosult felette és szúrós szemekkel bámul le rá.

•

Kimberly teljesen összetörve és elcsigázva vonszolta fel magát a lépcsőn és engedelmesen követte Davidet. A mai nap is hosszú volt számára, hát még a befejezése! Nem vágyott már semmi másra, csak egy jó forró fürdőre és egy puha ágyra. Majd holnap elmélkedik, töpreng, az lesz a legjobb. Holnap biztosan mindent más színben fog látni. Talán a szülők sem lesznek olyan félelmetesek. Talán megnyugszanak. David is ezzel próbálta bíztatni hazafelé, hogy adjon nekik időt.

Annyira el volt merülve a gondolataiba, hogy nem is tűnt fel neki, milyen szobába mentek. Csak amikor David megszólalt, akkor nézett körül.

- Jobb, ha leveszed a vizes ruhákat, arra van a fürdő – mutatott a szoba túlsó felén lévő ajtó irányába. Kimberly felnézett és meglepetten vette észre, hogy a férfi teljes nyugalommal vetkőzni kezd az ő társaságában.

- Mi van? – állt meg David és ránézett. Nyugodtan menj előre, de ne szöszögj túl sokáig, én is zuhanyozni szeretnék! – mondta magától értetődően. Kimberly csak állt ott tovább bambán és nem mozdult. Továbbra sem tudta, hogy mit mondjon. Ott a kertben nem jutott eszébe semmi értelmes, most meg nem tudta, hogy kérdezze meg. Aztán csak kinyögte:

- Te, itt...?

- Igen, ha jól emlékszem megállapodtunk. Tudod, férj, feleség.

- Aha... kifelé... - nyögte ki a lány. Megrémült: csak nem akar David ugyanabban a szobában aludni, mint ő?

- A kifelében a szüleim is benne vannak – igyekezett teljesen komoly képet vágni, bár szíve szerint legszívesebben kinevette volna. Ilyen nehéz a felfogása?

- Közös szoba – ragadt le még mindig ezen a lány.

- Igen.

- Közös ágy? – vékonyodott el a hangja. David végre rájött, mi a baja Kimberlynek.

- Tegnap sem volt vele bajod! – vágta oda.

- De... - akadékoskodott a lány.

- Nézd – ült le a férfi az ágyra és vett egy nagy levegőt, mielőtt folytatta volna – nem vagyok vadállat. Ebben a nagy ágyban észre sem foglak venni, ha nem akarod. Különben sem gondoltam csak rád az igényeim kielégítésekor – vágta hozzá meglehetősen durván. Ez az álszentség kezdte idegesíteni. De ha nem kér belőle, akkor majd keres mást, ez nem okoz problémát! Úgysem volt soha elég neki egyetlen nő!

- Ha kell én... - mondta megszégyenülten a lány. Fogalma sem volt a „férfiak igényeiről", honnan is tudhatta volna. Szülei ilyesmikre nem késztették fel, még csak nem is beszéltek róla. Kimberly mélységesen megalázva érezte magát. Olyannak, akinek semmi haszna. Hiszen már gyereket vár, akkor meg minek is...? Meg fogja csalni, ez egyértelmű. De miért zavarja ez? Hiszen számíthatott rá, akkor meg miért fáj neki? Nem

182

akarta megsérteni a férfit, hiszen tartozott neki. Tudta, hogy vannak kötelezettségei.

- Majd megbeszéljük, menj – mondta engedékenyebben a férfi. Talán túl hirtelen volt ez egyszerre neki, jobban adagolni kellett volna. Na mindegy. Az biztos, hogy nem fog szívességet vagy áldozatot kérni senkitől. Nem szorul rá.

A helyzet teljesen egyértelmű: a lány számára ő teljesen közömbös!

•

Kimberly hátat fordítva hálótársának igyekezett álomba merülni. Hiába volt a hosszú és fárasztó utazás, a sok megpróbáltatás, csak nem jött álom a szemére. Nem tudta kiverni a fejéből, hogy megalázták. Anyósa és apósa viselkedése, David kioktatása… mindezek önmagában is elegek lettek volna ahhoz, hogy kétségbeessen. Kimberly szomorúsága mögött azonban egy ennél is súlyosabb tragédia állt: tudta, hogy holnap vissza kell mennie a házukba. Össze kell rakodnia, át kell néznie a holmikat. Szembe kell néznie végre az elkerülhetetlennel, amit az elmúlt pár napban sikeresen halogatott: szülei halálával. Könnyek tódultak a szemébe, majd patakokban folyni kezdtek a párnára, teljesen átnedvesítve. A lány azonban mindezzel nem törődött, csak hagyta, hadd távozzon belőle a szomorúság. Nem zokogott, csak csendesen gyászolt.

Davidnek feltűnt a rendszeres szipogás. Sejtette, hogy a lány sír. Női könnyek… nem bírta elviselni őket, nem tudott mit kezdeni velük. Tudta, hogy közönyösségével megbántotta a lányt. Megszólalt a lelkiismerete és közel járt ahhoz, hogy elnézést kérjen. Aztán meggondolta magát: ő soha nem fog bocsánatot kérni senkitől! Főképp nem azért, hogy az igazságot mondta ki. Hadd sírjon csak, majd megnyugszik. Nincs szükség felesleges érzelgősségre, ő kemény marad!

•

- Hogy mi? Micsoda? – emelte fel hangját Kimberly és tágra nyíltak a szemei. Ezt meg hogy képzelted! – tette még hozzá indulatosan. - Nem aludt túl jól az éjjel és fáradt, sőt nyűgös volt. Erre azonban végképp nem számított. Így is szörnyű napok elé fog nézni, de hogy ezt még meg is nehezítsék, az már a tűrőképessége felső korlátját jelentette.

A heves felindulásnak köszönhetően David a szoba másik sarkába hátrált. Nagyon nem tetszett neki az a hangnem, ahogy a lány hozzászólt. Nem erre kérte meg, nem erre számított. Hogy képzeli, hogy számon kéri a döntését?

- Csak megkíméltelek a nehézségektől! – támadott vissza. Ő tényleg csak jót akart.

Hogy megkímélni? – emelte meg még jobban a lány a hangját. Agyát elborította a lila köd. Soha, de soha nem hozta még ki semmi úgy a béketűréséből, mint David előbbi laza kijelentése. És mindezt úgy, azzal a nemtörődömséggel, mintha ez lenne a legtermészetesebb. Mintha ez a lépése egy varázsütésre eloszlathatta volna a fájdalmát. Igen, ez a hozzáállás volt az, ami magánál a ténynél is jobban felháborította. Ó, hogy gyűlölte ebben a pillanatban.

- Belegondoltál egyáltalán abba, hogy mit tettél a hátam mögött, a beleegyezésem nélkül? Végiggondoltad azt, hogy ez... ez mennyire fájhat nekem? – bicsaklott meg a hangja és remegni kezdett a szája, de már nem az idegeskedéstől. – Hogy fogok... hogy tudok így elbúcsúzni... lezárni mindent és... - tört ki könnyekben. Az a gondolat, hogy idegen kezek tapogatták végig eddigi életének minden egyes fontos darabját, hogy ismeretlen emberek érintették anyja ruháit, eszközeit, az ő kedves kincseit és bútorait elképzelhetetlen fájdalmat váltottak ki belőle. Nem elég, hogy nem látja többet a szüleit, soha többé nem látja azt a helyet, ahol éltek. Úgy már nem. Soha többé.

- Csak összepakoltak egy raktárba... - kezdett hozzá David a mentegető magyarázathoz, de jobbnak látta nem folytatni. Kezdte látni, hogy talán mégsem ez volt a legbölcsebb döntése.

- Hagyj magamra, kérlek – mondta a lány könnyek között, majd arcát párnákba fúrta.

David nem ilyen reakcióra számított. Pedig tényleg csak jót akart azok után, hogy a lány még a kórházban kijelentette, hogy ő oda vissza nem megy többet. Miből is gondolhatta volna, hogy holmi női szeszély folytán most mégis el akar menni a régi házukba pakolászni? Soha nem fogja megérteni a nőket és egyre inkább hajlott abba az irányba, hogy nem

184

is akarja. Jobb, ha most tényleg kimegy és magára hagyja. Mit is tudna csinálni egy zokogó, hisztiző, gyászoló lánnyal?

.

Cecile unott tekintettel futtatta végig tekintetét a legutóbbi kollekció egyedi darabjain. Olyan zaklatott lelki állapotban volt, hogy azon még a vásárlás sem tudott segíteni. Pedig az mindig segített – eddig. Tovább is lépett a kirakat elől és tekintetével egyéb elfoglaltság után nézett. Mi az, ami esetleg feldobná? Egy új parfüm? Vagy egy frissítő kúra a szépségszalonban? Esetleg egy kemény sportedzés? – vetette el sorban a különböző délutáni programokat. Mi a fenét csináljon? És ez csak így megy az elmúlt napokban! Pontosabban azóta, mióta David „lapátra tette". Egyszerűen nem tud magával mit kezdeni! A legjobb lenne, ha tényleg elmenne Miamiba, ahogy azt tervezte. Vagy talán máshova, már azt a helyet is unja. Kéne valami újdonság, valami olyan, ami teljesen leköti, felpezsdíti és megváltoztatja. Mi lenne, ha Kaliforniába menne? Hmm, nem is rossz ötlet! Egy hónap és teljesen kicserélődik. Igen, itt a legfőbb ideje, hogy változtasson! – döntötte el és már nyúlt is a telefonjáért, hogy egy helyet foglaljon a jövő heti járatra. Kell egypár nap a csomagolásra.

.

Kimberly magába roskadva ült a dobozok között már órák óta és elmerengve fogta a kezében a családi fényképalbumot. Csak nagyon lassan volt képes átlapozni a soha nem látott, sárguló oldalakat, szürkülő fotókat. Az album, amely anyja családját örökítette meg. Olyan embereket, akiket ő soha nem látott, akikről soha nem is hallott. Ez tette még nehezebbé az egész helyzetet. Bárcsak itt lenne most az anyja, bárcsak egyszer, csak egyetlen egyszer leülne vele és mesélne. A régi életéről, a családjáról, a messzi országról, ahonnan szülei érkeztek új élet reményében. Arról a kultúráról, melynek eszméit beletáplálta, de nem magyarázta. Párás szemekkel simította meg az egyik képet, amelyen egy 8 év körüli kislány volt látható két vaskos copffal, labdával a kezében. Megbabonázta a lány

185

kedves mosolya, amely olyan rejtélyes volt, nem beszélve szemei huncut csillogásáról. Kimberly a ruhaujjával törölt egyet a szemein és figyelmét a lány arcára összpontosította. Próbálta a vonásokat elemezni. Hasonlított anyjára, semmi kétség. De vajon ki lehet? Az anyja még kis korában, vagy a testvére? Vagy a nagymamája? Ó, miért nem tudhatja meg, kicsoda. Miért nem ismerheti meg a múltját, az eredetét?

Az albumot magához szorítva felállt és körbenézett a dobozok között. Fújt egyet. Tudta, hogy nem lesz könnyű és sok időt vesz majd igénybe, amíg mindent átnéz, de azt nem gondolta volna, hogy ilyen lassan fog haladni. Úgy érezte, hogy mára ennyi elég lesz, nem bírja tovább. Felemelte a táskát, amelybe néhány ruhadarabját tette és dobozokat kerülgetve maga mögött hagyta a helyiséget.

•

Elizabeth Wilson türelmetlenül futkosott le-fel a szobájában. Egyszerűen nem tudta elfogadni az új, megváltozott helyzetet. Már az is kihozta a sodrából, hogy az a kis csapzott fruska korábban távozott a házból, mielőtt még módja lett volna gyötörnie egy kicsit, most meg rá kell várni! Hogy képzeli, hogy magával viszi az ő sofőrjét és kénye-kedve szerint egész nap igényeli a szolgálatait? És mi lesz vele? Ő az úrnő! Erre nem is gondolt! Hát hogy fog ő így eljutni a városba, hogy a saját dolgát intézze? Nem, odáig nem süllyed, hogy taxiba üljön, azt már nem. De ezt visszakapja, kegyetlenül meg fogja alázni! Ezt nem hagyja annyiban.

Már vagy tíz éve nem vezettem – mordult fel hangosan és az egyik fiókban kezdett el kotorászni, vezetői papírjait keresve. Ezt nagyon megkeserülöd! – morogta fenyegetően.

•

David elégedett mosollyal nyugtázta, hogy a nap ismét előbújt a felhők mögül. Melegítő hatását egyből jótékony hatásként érezte a délutáni szeles időben. Felelőtlen módon csak egy rövid ujjúban szállt fel a jachtra, nem gondolva bele, hogy a tó közepén a szélben sokkal hűvösebb az idő. A meleg májusi idő továbbra is váratott magára.

186

David felemelt üres pohárral jelezte az orrfedélzeten tartózkodó Tommy felé, hogy lemegy a kabinba tölteni. Örült annak, hogy legjobb haverja is elmerengő hangulatban van és nem zaklatja kérdésekkel. Pont ez volt az, ami miatt annyira szeretett Tommyval lenni. Hogy szavak nélkül is megértették egymást. Most viszont késztetést érzett arra, hogy végre beszélgessen egy kicsit vele. Férfitársaságra vágyott azok után, hogy pár napig kénytelen volt egy kislánnyal hadakoznia. Gyorsan elhessegette magától azt a gondolatot, hogy este kénytelen lesz hazamenni és minden tovább folytatódik.

Két üveg sörrel a kezében tért vissza a fedélzetre és az orrész felé vette az irányt.

- Hoztam egy kis frissítőt – adta oda az egyik üveget a kissé meglepett Tommynak, aki örömmel fogadta a társaságot. – Na mesélj már, mi volt a múlt héten, égek a vágytól, hogy végre minden részletet megtudjak – mondta David és igyekezett a lehető legkényelmesebben elhelyezkedni a fedélzeten.

•

- Tényleg el akarsz menni – most? – nézett meglepetten Elizabeth Cecile-re. Hirtelen azt sem tudta, hogy örüljön-e a hírnek vagy sem. Még mindig a vezetés megaláztatása okozta stressz hatása alatt állt. Teljesen kijött a gyakorlatból, amit jelzett az autó kétszeri lefulladása, a mögötte araszolók dudálása és a hajszálvékony húzódások a kocsi oldalán. Mindez azonban eltörpült amellett, hogy el kellett viselnie Cecile döbbent pillantását, amikor sofőr nélkül látta meg őt. Ezt a szégyent! Vajon elhitte a szerviz-sztorit?

- Igen, döntöttem, elmegyek a jövő héten. Szükségem van egy kis feltöltődésre. Nem is mondom meg, hova megyek, nem fogja tudni senki. Így legalább teljesen kipihenhetem magam – csicseregte a nő, majd lendülettel elkapta a mellette téblábolo pincérnő kezét. – Kaphatnék még egy narancslevet? – duruzsolta mézédes hangon.

Elizabeth tekintete eközben Cecile csuklóján csilingelő karkötők tömegére tévedt. Szokatlan látvány volt számára a sok csörgő, csillag és egyéb felismerhetetlen apróság látványa. Nem szokott ilyen ékszereket viselni, hiszen ezek közönséges bizsuk! – állapította meg döbbenten.

- Hát nem is tudom... talán tényleg nem is olyan rossz ötlet... – gondolkozott el hangosan Elizabeth, majd mikor rájött, hogy gondolatait asztaltársa is meghallotta, elharapta a mondatot. Nem szokott ekkora hibát elkövetni! – szidta meg magát. Ugyan tényleg nem rossz, ha Cecile egy kicsit távol van, amíg ő intézkedik. Amíg azt a nevetséges házasságot érvényteleníti. Felesleges komplikáló tényező lenne csak a közelben. Arról nem is beszélve, hogy tényleg szüksége van a pihenésre. Ha itt marad, még teljesen becsavarodik, a jelek erre mutatnak. Méghogy értéktelen ékszereket viseljen!

Cecile meglepve kapta fel a fejét. Nem erre számított barátnőjétől! Hosszú győzködésre, noszogatásra és lebeszélésre volt felkészülve; de hogy ennyivel elintézze? Liz érezte, hogy gyorsan kell reagálnia az új fejleményekre.

- Tudod Daviden úgy látom, hogy most tényleg haragszik. De ha nem lát egy kis ideig, akkor hiányozni fogsz neki és rájön, hogy szüksége van rád – próbálta menteni a menthetőt, fél sikerrel. Cecile arcáról szinte eltűnt az értetlenség, de Elizabeth meglátta a továbbra is megbúvó bizonytalanságot. Majdnem teljesen elszúrta! Hiszen jól ismeri Cecile-t tudhatta volna hogy hamar gyanút fog!

- Tényleg így látod? – kérdezte ártatlan képet vágva Cecile. Továbbra sem tetszett neki, hogy Liz ilyen könnyen rábólintott. Vajon mi lehet a háttérben? – kapott szimatot. Kedvesen megrezegtette a pilláit és kezét barátnője kezére tette. – Bízom benned, azt teszem, amit javasolsz – mondta őszintén hangzóan és mélyen a szemébe nézett. Elizabeth keményen állta a pillantását. Tudta, hogy nem szabad elkapnia a tekintetét, az egyet jelentene a beismeréssel, hogy titkol valamit.

- Cecile, tudod nem is rossz ötlet, hogy nem mondod el senkinek, hova mész. Tudod mit, még nekem se áruld el! Hiszen ismersz, a végén még elkotyogom! – mosolygott kötetlenül a nőre. Hadd egye a fene, hogy fogalma sincs merre jársz és főként, hogy kivel! Nincs is jobb, mint egy féltékeny, tehetetlen férfi! Igyunk a zseniális közös tervre! – emelte fel a poharát. Biztos volt benne, hogy sikerült eloszlatnia a legutolsó kétséget

188

is. Azt azonban mindenképpen kideríti, hogy hova megy, soha nem lehet tudni…

- Mikor is indulsz, drágám? – mosolygott rá reménybeli menyére és mélységes elégtételt érzett, amikor megtudta a gép pontos indulási időpontját. Innen gyerekjáték lesz kideríteni, mi az uticél. Ó, Cecile, ravasz vagy lányom, ravasz, de nem járhatsz túl a húsz év többlettapasztalaton, amim nekem van! – konstatálta diadalmasan a győzelmet.

•

David cigarettával a kezében a sörösüvegen keresztül nézegette a lassan lenyugváshoz készülődő napkorongot. Milyen furcsa, hogy ez az óriás égitest belefér egy ilyen kis üvegbe! Hogy mit tesz a különböző nézőpont, ez hihetetlen! Mást látni máshonnan – állapította meg bölcsen. Erősen kellett koncentrálnia, hogy az egyre erősödő szélben dülöngélő hajón vissza tudjon menni a kabinba. - Nem értem, minden jóravaló szél estére elül – csóválta a fejét. Legfőbb ideje lenne, ha lenyugodna, a végén még nem fognak tudni időben visszamenni a kikötőbe. A végén még kénytelenek lesznek itt tölteni az éjszakát a hajón. Hmm, talán nem is olyan rossz ötlet! Úgysem kívánja egyetlen porcikája sem, hogy hazamenjen! Elege volt a nyűglődésből, szabadságot akart. Otthon úgyis lassan, de biztosan kezd megfulladni.

•

- Hé, maga, igen, magához beszélek, jöjjön már ide! – mordult nem túl udvariasan Elizabeth a hátsó ajtón besurranó Kimberly után. A lány lemerevedett a fagyos hang hallatán. Reggel mélységesen örült, hogy elkerülte az asszonyt, de most nem úszta meg. Egyszer úgyis el kell kezdeniük a kommunikációt, de miért pont most? Mikor olyan szörnyű lelki állapotban van! Nyúzott és elcsigázott. Lassan, nagyon lassan fordult csak a kanapé felé, ahol az asszony méltóságteljesen trónolt. Kimberly tekintetét egyből elkapta a fagyos szemek láttán. Ez a nő mindjárt megeszi előételnek! Akaratlanul is remegni kezdett a térde. Ha így néz rá tovább is, elsírja magát. Neki most megértésre és gyengédségre lenne szüksége, nem csatára!

- Igen asszonyom – lépett elé és igyekezett bíztató benyomást tenni.

- Nos, ha itt kíván velünk élni, akkor meg kell tanulnia a házi szabályokat! – állt fel Elizabeth és vészjóslóan indult el felé, majd lenyomta az egyik fotelba és fölé magasodott. Kimberly sejtette, hogy ez nem véletlen és így akar még félelmetesebbnek tűnni. Bár teljesen felesleges erőlködnie, így is apró és jelentéktelen kis porszemnek érezte magát. Egy betolakodónak. Most először átkozta nagyon is azt az őrült pillanatot, amikor belement ebbe a játéknak egyáltalán nem nevezhető egyezségbe. Összehúzva magát várta a szabályokat. Várta a megaláztatást. Mert tudta, most az jön.

Elizabeth fokozni kívánta a feszültséget, így hátrébb lépett és járkálni kezdett. Ez volt a kedvenc fegyvere: tudta nagyon jól, hogy a kivárással és a járkálással bárkit az őrületbe lehet kergetni. Most is ez szerette volna elérni. Kimberly viszont annyira fáradt, összetört és elveszett volt, hogy ez a kis szünet épphogy jól jött neki. Pont ellenkező hatásként teljesen megnyugodott és beletörődve várta a sorsát. Tudta, hogy a legrosszabb érzésen már túl van és jelenlegi veszteségéhez képest minden más eltörpül. Teljesen hidegen fogja hagyni most egy kioktatás. Elizabeth úgy érezte, hogy elegendő időt várt és hozzákezdett:

Először is a megjelenése semmit sem változtat a felálláson: a ház úrnője én vagyok! Így bármit szeretne tenni, ahhoz engedélyt kell kérnie tőlem! Vagyis engedély kell ahhoz, ha odább szeretné két centivel tolni az egyik bútort, ha le szeretne tépni egy virágot a kertből, és legfőképp: ha el akarja vinni az autót a sofőrrel! – vált vészjóslóvá a hangja. Az engedélyem nélkül még levegőt sem vehet ebben a házban! – rikácsolta és ujját fenyegetően rázta meg a lány felé. Megértette! – nézett rá úgy, hogy Kimberly csak remélni tudta, hogy soha többé senki nem fog így ránézni. Még jobban belepréselte magát a fotelbe és csak bólogatni tudott. A szavak súlya nem jutott el hozzá, ahhoz túlságosan sok minden kötötte le gondolatait. De azt tisztán érezte, hogy ő itt csak rab és csak örülhet, hogy nem rabszolga. Bár még az is lehet.

•

190

Elizabeth Wilson első végiggondolásra nem volt maradéktalanul elégedett az előbbi összecsapással. Valahogy többre számított, főként nagyobb ellenállásra. Szinte bosszantotta, hogy az a kis fruska nem szólt semmit, a provokációt teljesen szó nélkül hagyta. Így nem lehet tovább fenyegetni, ha nincs válasz, nincs ami még jobban feltüzelje! Na mindegy, az biztos, hogy jól ráijesztett és pont ez volt a terve. Sőt, ha ennyire nem is reagál semmire, akkor talán még könnyebb is lesz a dolga, mint gondolta! Hiszen meglehetősen rémült volt, még megszólalni se bírt. Lehet, hogy ha még jobban ordít, akkor már most el is ment volna? Lehetséges. De majd holnap még jobban elkezdi üldözni, lebeszélni erről a nevetséges kapcsolatról. És főként rávezetni, hogy sokkal jobban jár, ha minél előbb elhagyja ezt a házat. Igen, pokollá teszi az életét, hogy ne legyen maradása!

•

- David, nem szép dolog tőled, hogy teljesen magára hagytad a feleségedet az éjjel! – fogadta gúnyos mosollyal a kora délelőtt hazalopakodó férfit anyja. David tompa agyán átfutott az a gyanú, hogy anyja képes volt egész reggel itt őrködni, lesve a pillanatot, amikor hazajön. Biztos rájött, hogy nem volt itt este, biztosan kereste a vacsoránál. De az is elképzelhető, hogy az a buta kislány szólta el magát, hogy nem jött haza.

- Szervusz, anya! – üdvözölte mesterkélten és szokása szerint csókot akart nyomni az arcára, de Elizabeth egy intéssel elhárította a kísérletet. Nem volt nehéz megéreznie a fiából áradó alkoholt.

- A drága kis feleséged épp az előbb tájékoztatott, hogy elhúzódott a tegnapi programod és Tomnál aludtál. Jól szórakoztál? – kérdezte olyan éllel, amit nem lehetett gyomorforgás nélkül kibírni. Főleg amilyen gúnyosan mondta mindezt. Davidnek éppen elég volt az átmulatott éjszaka utáni fáradtsága ahhoz, hogy rosszul érezze magát. Már csak az hiányzik, hogy anyja máris rájöjjön a turpisságra és oda legyen a szórakozása. Mégiscsak haza kellett volna jönnie a színjáték miatt. De legalább a lány hozza a szerepét.

- Igen, legénybúcsút tartottunk, utólag. A mai napot viszont teljes egészében Kimberlyvel kívánom tölteni kárpótlásként – vágta oda anyjának. Esze ágában sem volt még csak egy pillantást sem vetni a lányra, kizárólag anyját akarta idegesíteni. - Ugye még fenn van? – kérdezte.

- Mi vagyok én, holmi cseléd, hogy számon tartsam, ki hova megy ebben az átkozott házban – fakadt ki Elizabeth és felhúzott orral távozott, magában szitkozódva. Vajon mi a fenét láthat a fia ebben a csapzott fruskában?

•

Kimberly magányosan állt a szemerkélő esőben és fel sem tűnt neki, hogy az esernyőjét nem pontosan a feje fölött tartja. Észre sem vette, hogy bal válla kezd átnedvesedni az esernyő széléről aláhulló víztől. Megrázkódott. Mélységes ürességet érzett belül, hatalmas űrt. Eltűnt az elmúlt két napban érzett mardosó fájdalom, elfogytak a könnyei. Csak állt ott egyedül és maga elé meredt. A tény, hogy szülei nevét látja egy táblára írva maga volt a felismerés, maga volt a visszavonhatatlan tény: el kell fogadnia. Fel kell dolgoznia: nem látja őket soha többé. Hogy utálja ezt a szót, hogy soha! Olyan kegyetlen szó, annyira, de annyira végleges, megváltoztathatatlan. Ez a négy betű maga a visszavonhatatlanság és tehetetlenség. Hogy fog tudni élni nélkülük?

- Anya... guggolt le a helyhez, amely mostantól a szüleit fogja jelenteni számára. Az esernyő kicsúszott a kezéből, de tudomást sem vett róla, csak a földet nézte. – Én vagyok az, Kimberly. Csak... én csak szeretném elmondani, hogy mennyire sajnálom. Úgy sajnálom, hogy... hogy nem ismertelek téged meg apát jobban. És már nem is... - zokogta el magát. Csak jópár perccel később tudta folytatni. - Én nem felejtelek el titeket, ígérem. És gyakran kijövök hozzátok ide beszélgetni, jó? Én... eredtek el újra a könnyei és nem bírta folytatni. Remegő kézzel megcsókolta, majd a névtáblára helyezte azt a szál rózsát, amit nekik hozott.

•

Rose azt hitte, nem jól lát, amikor kinézett az ablakon. Hallotta az autó fékezését és kíváncsian pillantott ki a függöny mögül, hogy vajon ki lehet az. Megdöbbent, amikor meglátta a csapzott, ázott lányt magába zuhanva kivánszorogni a hátsó ajtón, tiszta feketében. Olyan volt, mint egy kísértet. Eldobta a fakanalat és azonnal kirohant, már amennyire idős kora és testsúlya ezt lehetővé tette. Hiszen az új úrnőjének szüksége van rá! Jelen percben az sem tudta érdekeli, hogy esetleg odasüt valami a vacsorából.

- Jöjjön kisasszony, vagyis asszonyom, majd én segítek – támogatta a nappali felé. Kimberly alig vett tudomást a külvilágról. Kezével ösztönösen hátrafésülte vizes homlokára tapadt tincseket, melyek kiszabadultak abból a hátratűzött kuszaságból, amit még reggel késztett. Rose azt sem tudta, mit tegyen, fogalma sem volt arról, honnan jött haza. Bár már egyszer felbukkant hasonló állapotban, de akkor David úrfi is vele volt. De most taxival jött. Mi történhetett? Mit mondjon? Hiszen nem tudja, miért kell vigasztani! – Jöjjön, vegye le gyorsan ezeket a vizes ruhákat, mielőtt megfázik. Egy forró fürdőre van szüksége, minél előbb. Meg hozok jó meleg teát, vagy inkább levest kér? – próbálta szóra bírni, miközben fogta a kezét, úgy kísérte felfelé a lépcsőn.

- Leves... egy leves az jó lenne. Köszönöm – rebegte síron túli hangon, de Rose-t mindez örömmel töltötte el. Legalább nem őrült meg és nyugodtan magára hagyhatja a fürdőkádban.

Ó, bárcsak tudna valamit erről a lányról, úgy furdalja a kíváncsiság! Annyira szeretné megismerni, támogatni! De mióta David úrfi hazahozta, azóta még csak nem is beszélt vele! Olyan, mint egy kísértet. Reggel elmegy itthonról, este meg hazajön, nem szól egy szót sem. Nem éppen egy ifjú, boldog feleség benyomását kelti. David szülei előtti előadásai pedig neki túlságosan is átlátszóak. Rose agyában nem volt nehéz összeállnia annak a gondolatnak, hogy itt bizony messze nem szerelmi házasságról van szó. Ennek ellenére kutya kötelességének érezte, hogy azonnal szól az úrfinak. Tudnia kell róla, hogy milyen állapotban jött haza a felesége!

•

David unottan és fáradtan meredt maga elé, fejét egyik kezére támasztva. Kimerítette azon igyekezete, hogy egész nap próbált úgy tenni, mintha szörnyen elfoglalt lenne. Minden lében kanál titkárnőjének egy halom fénymásolnivalót, faxtömegeket és hivatalos levélvázlatot ömlesztett oda, hogy távol tartsa magától. Bár ténylegesen is akadt volna tennivalója, képtelen volt rá. Csak tologatta az aktakupacokat az asztal egyik feléből a másikba, átrendezve a sorrendjüket.

Már nagyon várta a hétvégét, hogy végre megint kiszabadulhasson a házból. Nem mintha túlzottan sok időt töltene otthon az alváson kívül. Kimberlyvel tegnap nem is beszélt, de nem is érezte szükségét. Úgy gondolta, hogy elég volt az a gesztus részéről, hogy nyitott neki egy bankszámlát, amihez csak ő férhet hozzá. Innen kedvére vásárolgathat meg költekezhet, az már legyen az ő dolga. Őt az ilyenek nem szokták érdekelni. Máskor is így járt el, megszokott volt részéről ez a fajta „fizetség".

Most viszont ki kéne találnia végre valami újat. És legfőképp: be kell vezetnie a társaságba a lányt. De nem mindegy, mikor és hol. Ez volt az, amin az utóbbi órákban annyit tépelődött. A terve egyszerűen kifulladt és szüksége van a mielőbbi újraindításra.

Telefoncsörgés zökkentette ki gondolataiból. Hagyta, hogy a készülék hármat is csörögjön, mire felvette.

- Igen? – szólt bele csak ennyit a készülékbe, várva titkárnője bejelentkezését.

- Uram, a házvezetőnője keresi – mondta Joan – és nagyon izgatott a hangja – tette hozzá fontoskodva. David általában értékelni szokta titkárnője egyenességét, most viszont nem túlzottan örült annak, hogy bele akarja ütni az orrát a magánéletébe. Ez a megjegyzés maga volt a tömény kíváncsiság!

- Kapcsolja – mordult bele a készülékbe és előrehajolt a székében. Rose nem szokta itt keresni, komoly dologról lehet szó. - David vagyok. Parancsoljon Mrs. Mendez, hallgatom – szólt bele a tőle telhető legnagyobb kedvességgel a telefonba. Nem számított arra, hogy a vonal másik végéről izgatott és összefüggéstelen mondatok tömkelege zúdult rá.

- Uram, bocsássa meg hogy benn zavarom, de úgy éreztem tudnia kell arról, hogy a kisasszony, vagyis hát az asszonyom, szóval hogy zavart és elázott és aggódom érte hogy mi történhetett vele mert olyan állapotba jött haza taxival és nem szólt egy szót sem és enni sem akart pedig kért de mégsem ette meg nekem meg nem mond semmit de önnek biztosan

194

mondana... haza tudna jönni? – hadarta egy szuszra Rose. David egy mukkot sem értett az egészből.

- Nyugodjon meg kérem, rendben? Most pedig kezdjük elölről. Kivel van gond?

- A feleségével, teljesen kétségbeestem hogy vajon mi történhetett vele hiszen... - kezdett volna bele újra az érthetetlen kiselőadásba, de David most félbeszakította.

- Kimberlyvel? – kérdezett vissza úgy, mintha több nő is szóba jöhetett volna.

- Igen. Önnek biztosan elmondaná mi történt mert én aggódom az állapota miatt és...

- Orvost nem hívott? – ijedt meg kissé David.

- Nem, nem beteg, nem orvosi eset. De biztosan komoly dolog történt ha ilyen állapotban van. - Teljesen elázott a fekete ruhája amikor hazaért úgy kellett leszedjem róla...

- Rose, kérem, egy szót sem értek. De igyekszem haza, rendben? – zárta rövidre David a beszélgetést. Biztos volt benne, hogy órákat is beszélhetnének, akkor sem tudná értelmesen elmondani, mi is a helyzet. A legjobb, ha tényleg hazamegy és megnézi. De rohanni nem fog, az biztos! Lehet, hogy anyja áll a dolog mögött? – morfondírozott, majd lassan pakolni kezdte táskáját.

- Hova tettem a kocsi kulcsot? – morgott és turkálni kezdett a táskájában. Pedig mindig ide teszi ebbe a zsebbe, hogy könnyen megtalálja. Akkor meg hol lehet? – nyúlt bele a másik zsebbe. Nem tűnhetett csak úgy el! Hiszen direkt rárakott egy fekete kulcstartót, hogy könnyen megtalálható legyen.

David döbbenten állt meg a keresgélésben és kezét tehetetlenül eresztette le maga mellé. - Fekete... fekete ruha – villantak be neki a házvezetőnő szavai. Te jó ég, hogy felejtkezhettem el a temetésről!

VII.

John Wilson elégedetten dörzsölte össze a kezét, miután letette a telefont. - Pompás, előbb, mint gondoltam! – nézett rá elégedetten a behozott dossziéra. Kinyitotta, hogy belenézzen, aztán úgy döntött, hogy most már mégsem foglalkozik vele. Hanyag mozdulattal a táskája mellé dobta a kanapéra. Úgyis csak hétfőn fogják aláíratni, addig még nyugodtan át tudja nézni. Hiszen ott van az egész hétvége. És ha esetleg hiányol belőle valamit, akkor még tudják pótolni. Az ilyet úgysem szabad elkapkodni, mégha rövid időre is szól. Fő a biztonság! Mert ki tudja, egy vesszőt rossz helyre tettek és esetleg a kislány vérszemet kap. Aztán még elperli a vagyon egy részét, amihez semmi joga! Nem, biztosan alaposan átnézi a házassági szerződés minden egyes betűjét! Ha már a lüke fia ilyen meggondolatlan és ostoba volt.

•

Elizabethet teljesen kikészítette az a tudat, hogy nem gonoszkodhatott az elmúlt napokban újdonsült kis menyével. Férje ugyanis ráparancsolt, hogy amíg nincs aláírva a házassági szerződés, addig még nem tehetnek semmit. Nincs megalázás, elzavarási kísérlet, de még apró szurkálásokról sem lehet szó. Ezt azonban nem tudta megállni! Még az sem érdekelte, hogy fia megkérte, legyen barátságos és elnéző Kimberlyvel, mert most vesztette el a szüleit. Egy kis ártatlan rosszindulat belefér. Az a koszos vacak album igazán nem illett oda, még szép, hogy megszabadult tőle! – jutott eszébe legújabb sikeres megmozdulása és gonosz mosoly suhant át rajta. Pedig pont most kéne igazi támadásba lendülnie! Elizabethet megőrjítette a gondolat, hogy ezekben a napokban teljesen védtelenek. Nem tudta volna elviselni, hogy bármikor elveszthetik a vagyonuk felét.

Szinte rávetette magát Johnra, amikor hazaért és megkönnyebbülten vette tudomásul, hogy végre elkészült a papír. Már csak a hétvégét kell kibírnia és utána minden rendben lesz. Utána végre támadásba lendülhet!

196

•

Rose személyesen vitte fel az emeletre Kimberly vacsoráját. Mióta tegnap este Davidtől megtudta, hogy a lányt mekkora csapás érte, a tőle telhetően igyekezett támogatni és a kedvében járni. Szóra bírni viszont egyáltalán nem tudta, így arra összpontosított csak, hogy igyekezzen kicsalni a szobából. Ne magába roskadva egyedül gubbasszon ott egész nap. Amennyire meg tudta ítélni, a tegnapi mélypontot követően ma már egészen „jól” volt. Délelőtt lábatlankodott egy kicsit a konyhában, délután pedig sétált a kertben. Beszélni csak akkor beszélt, ha kérdezték, akkor is csak szűkszavúan. Enni viszont alig evett és ez volt az, ami nagyon aggasztotta! Bár amilyen kedvesen fogadták a szülők, nem is csoda, hogy nem sok étvágya van! – vette egyből a pártfogása alá.

Rose-t az elmúlt napokban rengeteget foglalkoztatta David hirtelen házassága ezzel a fiatal lánnyal. Nem tudta kiverni a fejéből azt a kezdeti meggyőződését, hogy itt nem egészen stimmel valami. Bár látszólag David kedves és figyelmes volt a lánnyal, hiányolta azt a bizonyos tüzet mindkét fél részéről. Azt a beszédes nézést, ami minden szónál vagy cselekedetnél többet elárul. Mintha David megváltozott volna kissé, ahogy ilyenkor ez szokás. De a lány részéről nem látott semmi rajongást. És ez volt a furcsa! Találkozott már nem egy lánnyal David korábbi barátnői közül és azok mind elegáns cicababák voltak és csak úgy csüngtek a férfin. Még ha túljátszott volt az imádat, amit mutattak, akkor is érezhető volt David vonzerejének hatása. Kimberly viszont a legkisebb jelét sem mutatta holmi elragadtatásnak vagy az ilyenkor szokásos lebegésnek. Ez a lány teljesen más volt és talán pont ettől illett bele a képbe. Rosenak be kellett ismernie, hogy nagyon is passzol Davidhez! De hol az imádat? Hol a pirulás, a lesütött pillák, vagy hogy állandóan róla kérdez? Ezek miért nincsenek? Miért hiányzik valami ebből a kapcsolatból?

Az új ismeretek hatására csak némileg értékelte át az eddigieket: kétségei továbbra is ott lapultak. Főként sehogy nem talált arra magyarázatot, hogy miért van annyit távol David.

•

Elizabeth és John kettesben, teljes csendben ették meg a vacsorát. Elizabeth ismerte a férjét annyira, hogy lássa, most jobb ha nem zavarja kérdéseivel. Amikor John így ráncolta a homlokát, az a mély gondolkodásról árulkodott. Az ételt is monotonom rágta meg, nem téve megjegyzést az ízére. Pedig Rose nagyon kitett magáért ma is, a vacsora egyenesen mennyei volt! Elizabeth tűkön ült, annyira kérdezhetnékje volt, de türelmesen kivárta a megfelelő időpontot: amikor férje felállt az asztaltól.

- John... – szólt hozzá kedves hangon és aggódó tekintettel nézett rá. Tudta, hogy ennyi elég lesz ahhoz, hogy szóra bírja.

- Nem stimmel nekem valami, nem áll össze a kép – mondta ki hangosan a gondolatait a férfi. Elizabethnek fogalma sem volt arról, hogy mire gondol, de türelmesen várt. Tudta, hogy ha nem szólal meg, John folytatni fogja a hangos gondolkozást. Neki pedig pont az a célja, hogy megtudja, mi zajlik férje fejében. - Már megint nem esznek velünk – jött a következő mondat és Elizabeth egyből értette a célzást. – Tudsz róluk valamit? – intézett hozzá egy kérdést. Elizabeth megkönnyebbült: végre tudja egy kicsit irányítani!

- Igen, természetesen. A szobájukban vacsoráznak. Érthető, hogy kettesben akarnak lenni.

- Akkor sem stimmel nekem valami – mormogta ismét John maga elé. Neked nem tűnt fel, hogy nem egészen úgy viselkednek? Vagyis hogyismondjam, szóval ifjú házasok meg minden és... valami hiányzik...? – morfondírozott a férfi.

- Mire gondolsz? – kérdezett vissza a felesége értetlenséget színlelve. Szeretett volna még több kétséges okot kiszedni férjéből. Ilyenkor könnyű dolga volt, tele hassal, pár perccel az evés után a férfi mintha hipnózisban lett volna.

- Nemistudom... nászút? – nyögött ki egyet a sok kétség közül. Elizabeth elképedt.

- Most? Az még nem lenne ildomos! – akadt ki még ő is ezen az elképzelésen.

- Hogyhogy? – emelte meg a hangját a férfi és értetlenül nézett a párjára. Elizabeth egyből tudta, hogy kizökkent a befolyásolható közegből. De a reakciója meglepte.

- De hát mit szólnának hozzá, ha megtudnák, hogy egy nappal a temetés után... - kezdett magyarázkodásba, de John közbevágott:

- Milyen temetés?

- Hát a szülei... - rebegte a nő.

- És én erről miért nem tudtam? – harsogta be a házat félelmetes hangja. Elizabeth összehúzta magát. Fogalma sem volt arról, hogy fia ezt neki nem mondta el!

John csapott egyet az asztalra és villámokat szórt a szeme. – Ez lehet, hogy mindent megváltoztat, utána kell nézzek... - távozott vihariramban az ebédlőből a dolgozószobája felé. Elizabeth megrökönyödve zökkent le a székre és férje után bámult. Sajnálta, hogy ilyen keveset sikerült megtudnia, elszalajtva egy remek alkalmat. Most abból a kevésből kell gazdálkodnia, amit megtudott. Vagyis ki kell derítenie, mire célzott a férje: mit jelent az, hogy ez bármit is megváltoztat?

•

David felkapta a fejét apja üvöltésére, majd mintha mi sem történt volna, tovább folytatta az evést. Belül pedig nagyon is érdekelte volna, hogy mi is történhetett odalenn. Kezdte unni ezeket a közös, külön vacsorákat. Semmi élvezetet nem talált abban, hogy elrejtőzködjenek és kimaradjanak bármilyen veszekedésből! Abból a csemegéből és felháborodásból, amiért ezt az egészet csinálta! Tegnap meg tegnapelőtt még érthető volt, hogy Kimberly magányra vágyott, de ma... ma már igazán méltózhatott volna lemennie!

- Holnaptól ismét lenn eszünk – jelentette ki David ellentmondást nem tűrő hangon. Kimberly némán vette tudomásul az utasítást, nem szólt rá semmit. Mit is mondhatott volna?

Davidnek feltűnt, hogy csak tologatja az ételt a tányéron. – Edd meg, ami ott van! Ne felejtsd el, terhes vagy! – mordult rá a lányra. Kimberly durcásan próbált még egy-két falatot leerőltetni, de nem sok kedve volt hozzá.

- Erőszakkal nem megy – tette le a villát. Majd később eszem még – próbált hatni a férfira, aki csak fújt egyet.

- Na jó, ez így nem mehet tovább – csapta le az evőeszközt David a tányérra. Felpattant az asztaltól és járkálni kezdett a szobában. Érthetetlenül morgott magában, majd megállt a lány előtt. Elég volt rápillantania, hogy a teljes kétségbeesés fogja el: ezzel a házassággal mindent elrontott! Teljes képtelenség, ami vele történik és nem lehet már csak úgy visszacsinálni! Itt van ez a kislány, aki szürke arccal, sápadtan és nyúzottan ül, kócos hajjal, letagadhatatlanul nem kék vérrel az ereiben. És a felesége! Olyan jogokkal rendelkezik, amelyekbe nem is akar belegondolni! Ó, mennyire elrontott mindent! Minden amiatt van, mert ő másnapos volt! Átkozott ital! Most mit csináljon, hogy lehetne az egészet semmissé tenni? Visszaszerezni a szabadságát? Kezével végigszántotta a haját, majd elgyötört arccal fújt egyet: Ideje lenne, hogy beszéljünk! – mondta a kelleténél erősebb hangon.

- A játékszabályokról? – kérdezte meg Kimberly egyértelműen, le nem véve tekintetét a férfiról. David meglepődve kapta fel a fejét arra, hogy a lány egyből tudta, hogy mire gondol.

Igen, azokról. Ideje lenne megállapodnunk – ült le a lánnyal szemben és gondterhelten ráncolta a homlokát. Kimberly csodálkozva nézte, hogy ilyen is tud lenni. Ilyen kemény, szinte könyörtelen. Ez megrémítette.

- Hallgatlak. Van valami új? – nézett rá kissé megszeppenten.

- Nos, hol is kezdjem – fújt újabbat David. Fogalma sem volt arról, mire is gondolt a lány.

- Elrontottam valamit? – esett kétségbe Kimberly és összehúzta magát. Csak nem anyósa panaszkodott, hogy nem elég udvarias?

- Nem, nem, dehogy, nem erről van szó – esett ki David egyből abból az irányból, amit eltervezett. A párás szemek látványát nem tudta elviselni. – Én nem akarlak sürgetni meg minden, de neked mostantól kötelezettségeid vannak! – váltott kemény hangra. És ideje lenne lassan ezekről tudomást venned! Azt, hogy megjelensz a társaságban, hogy majd elkísérsz. A jövő héttől erre számíts! És legfőképp: mindig követned kell, amit kérek, pontosan, feltétel nélkül! – mondta határozottan.

- Ahogy az egy feleségtől elvárt – bólogatott a lány. David szinte meg sem lepődött, hogy nem tapasztalt semmilyen ellenállást. Már rá is tért arra, amiről a beszélgetésnek szólnia kell:

- Lenne itt egy házassági szerződés – bökte ki kertelés nélkül és a lányra nézett. Kíváncsi volt a reakciójára. Úgy sejtette, hogy ez a kérés másként fog hatni és érdekelte, hogy mennyire. Ez ugyanis nagyon sok mindent el fog árulni arról, hogy mennyire lesz nehéz dolga vele a jövőben. Akkor, amikor majd meg akar szabadulni tőle.

- Persze, érthető – hümmögött Kimberly. Ha te kéred, aláírom – mondta és ártatlan szemekkel nézett a férfira. David úgy nézett bele ebbe a két szembe, mintha most látta volna őket először. Hogy nem vette észre ezt a csodás szempárt eddig? Van benne valami különös, valami egyedi, olyan, amit eddig nem látott. Olyan formája van, olyan megragadó – futott rajta mindez át a másodperc törtrésze alatt. Aztán már el is hessegette a szentimentális érzelmeit és megmaradt az örömteli tényeknél: nyert ügye van! A lány tényleg komolyan is gondolta, amit mondott! Ilyen sima ügy lenne? Ez így túl egyszerű! – bicsaklott meg a harc nélküli diadal örömében. Átfutott rajta a gondolat, hogy mindenképpen át kell néznie, mielőtt a lány aláírja. Nem hagyhatja, hogy apja kihasználja ártatlanságát. Mert ha csak ennyit foglalkozik ezzel a kérdéssel, akkor bizony nagyon is jóhiszemű. Kimberly mintha csak belelátott volna, mi zajlik éppen a férfi gondolataiban, mert hozzátette az előzőekhez: - De csak akkor, ha te előtte átnézted!

.

Kimberly ismét egyedül ébredt az ágyban és egyből az órára pillantott. Már majdnem kilenc óra volt! Jó nagyot aludt! Az első éjszaka óta egyedül aludt, így megszokta, hogy David nem tölti otthon az éjszakákat. Vagy legalábbis nem vele. Tegnap este is a hátsó udvar fele, némán távozott, nem árulva el pontosan, hova. Kimberly csak sejtette, hogy a barátaihoz megy – remélhetően. Bár ki tudja, lehet hogy megkockáztatott egy nőt is?

Miközben lassan felvette a tegnapi ruháit, David szavain járt az agya. Tényleg képes lesz ő társaságban forogni? Miről is tudna bárkivel beszélgetni, mikor mindig is magának való volt? Egyáltalán miről is beszélgethetnek ezek az úri nők? Eszébe jutottak kedves szappanoperái, ahol az alaptörténet mind az ő helyzetéről szólt: hogy nem gondolt rá eddig? Hiszen teljesen ki van képezve, mit is kéne tenni! Hányszor látta, hogy az alapproblémát mindig az okozta ezekben a filmekben, hogy a lány túl faragatlan és tudatlan volt. Ostobaságokat beszélt, neveletlenül viselkedett, botrányosan öltözött. Vele mindez nem fog előfordulni – döntötte el máris. Majd nagyon vigyáz arra, mit fog mondani, vagy hogy egyáltalán megszólaljon-e. A gazdag nők úgyis főként csak a divatról beszélnek, majd mindig egyetért valamelyikükkel és azzal rendben is lesz. Bárcsak tényleg olyan könnyű lenne, mint ahogy hangzik – ismerte be magának a szomorú tényt. Tudta, hogy nem lesz egyszerű dolga, ha meg akar felelni David elvárásainak és segítségre lesz szüksége. De vajon kire számíthatna?

•

Elizabeth Wilson igyekezett kihasználni minden egyes percet, amit a férje az étkezőben töltött. Szerencséje volt, hogy John nem szerette a dolgozószobájában a morzsákat így általában lenn reggelizett. Hogy ne csapjon zajt, nyitva hagyta az iroda ajtaját, már csak azért is, hogy hallja, amikor a férje felfelé jön majd a lépcsőn.

Szinte habzsolta a házassági szerződés sorait, amelyet a kupac legtetején talált. A sok jogi nyakatekert szófordulat és „amennyiben" kifejezés között megbújó számokat igyekezett megtalálni, kevés sikerrel. Végre – örült meg az apanázs és járandóság szavaknak, melyek értékét az olvasata szerint nevetségesen alacsonynak találta. Ez a rész megnyugtatta, viszont az egyéb feltételeket egyáltalán nem értette. Lemondóan tette vissza a papírt ugyanarra a helyre, ahonnan felemelte és igyekezett meggyőzni magát arról, hogy férje pontosan tudja, mit csinál. Gyorsan végigfuttatta tekintetét az asztalon található egyéb iratokon, egyéb csemege után lesve. Megakadt a szeme egy piros címkével ellátott papíron. Nocsak – emelte fel az átruházási szerződés szóval fejlécezett iratot. John soha nem szokott ilyen feltűnően megjelölni semmit! Vagyis ez nagyon fontos dolog lehet, amiről nekem feltétlenül tudnom kell – bölcselkedett magában és belemerült az olvasásba.

•

Kimberly nagy lendülettel érkezett a konyhába, de egyből visszahőkölt: a nyitott ajtón ugyanis meglátta, hogy a mögötte lévő ebédlőben, neki háttal ül valaki. Egy szempillantás alatt visszaugrott a fal mellé, remélve, hogy nem vették észre. Már csak az hiányzik, hogy odarángassák őt is enni. Igyekezett egyenletesen lélegezni, hogy megszűntesse a heves szívdobogást, ami elkapta. Lassan visszatérő nyugalmával együtt átértékelte a helyzetet is. – Kimberly, nem bujkálhatsz örökre! – szólalt meg a lelkiismerete. Kötelezettségeid vannak – hallotta meg fejében visszhangzani David szavait. Legfőbb ideje lenne, hogy szóba állj a ház lakóival! Hiszen már hatodik napja laksz itt és nem is beszéltél velük! Ez megbocsáthatatlan! – dorgálta önmagát. Gyerünk! Annyira nem lehet rossz! – noszogatta magát. Nagy levegőt vett és ismételten belépett a konyhába.

•

John nehéz léptekkel ment fel a lépcsőn. Léptei súlyánál csak aggodalma volt nagyobb: fogalma sem volt arról, hogy mit is csináljon! Nem elég, hogy annyi baja van, még ennek a hírnek is most kellett befutnia! Hogy fognak ebből kilábalni? – gondolt a tegnap este felfedezett aláíratlan okmányokra. Hogy a fenében maradhatott ez ki? – vádolta a kollégákat a hiányosságért. Az biztos, hogy ezért fejek fognak hullani! Ki fogja deríteni, kinek a lelkén szárad ez a mulasztás! Mert ezt ő pontosan kiadta aláírásra a többi dokumentummal együtt, ez mégis valahogy kimaradt. Hogy lehetséges az, hogy ez az egy átkozott példány nem került aláírásra?

•

Elizabethnek az utolsó másodpercben sikerült elhagynia az irodát. Annyira elmerült az olvasásban, hogy nem hallotta meg férje közeledését, csak amikor már a keze a kilincsen volt. A nagy sietségben már nem volt ideje visszatenni az iratot az asztalra, azzal együtt szaladt csak ki a szobából. Fújtatva támaszkodott neki a szomszéd szoba ajtajának és zilált idegeit próbálta csillapítani. Kiverte a víz. – Azért még mindig nem vagyok túl öreg az ilyen kalandokhoz – mosolygott magában és legyezőként használta a fontos papírt. Ördögi terv futott át az agyán, hogy juttassa vissza a megfelelő kézbe.

·

Kimberly némi csalódással vegyített megkönnyebbüléssel vette tudomásul, hogy a hezitáló idő alatt az ebédlő üres lett. Nem bánta, hogy teljesen egyedül kell áttekinteni a reggeliző asztal maradványait. Csak most vette észre, hogy milyen éhes is valójában, így nem várta meg, amíg bárki is kínálgatni kezdi. Annyira lekötötte az evés, hogy észre sem vette a nappali felőli ajtó mozgását. Az ajtót egy zizegő papírt tartó kéz visszahúzta, miután meggyőződött a szobában lévő személy kilétéről.

·

Martha idegesen nézegetett körül és amennyire csak tudta, szedte a lábait vissza a házba. Ha Rose meglátja, hogy az ebédlőt felügyelet nélkül hagyta, azt nem fogja szó nélkül hagyni. Nem beszélve arról, hogy milyen régen elment. Abban biztos volt, hogy a gazdáék már megreggeliztek és nekik biztosan nem tűnt fel, hogy nincs ott senki a közelben, de ha a kukacos Rose előbb bukkan fel a beszerzőhadjáratról, akkor neki vége! Pedig csak jót akart és Manuelnek vitt ki egy kis ennivalót. Arra azonban nem számított, hogy a zárkózott férfi végre szóba is áll vele! És nemcsak a szokásos formaságokról kérdezi! – lelkendezett. Mielőtt belépett volna a hátsó üvegajtón, meghúzgálta a szoknyáját és söpört még egyet a vállán. Csendben húzta be maga mögött az ajtót, majd a látottaktól földbe gyökerezett a lába!

·

Rose úgy vezényelt a férjének, mintha egy egész hadsereggel beszélt volna. Szegény José nem győzte hova kapni a fejét a sok parancsolgatástól. Pedig csak két bevásárlókosárról és két láda elhelyezéséről volt szó, nem egy egész hadosztály egy havi ellátmányáról! „Állj közelebb! Miért álltál olyan közel! Ne ott fogd! Fogd erősebben! Vigyázz mert törékeny! Ne te cipeld mind! Megszakadok, miért nem segítesz!" – jöttek a mondatok egymás után, egymásnak ellentmondva. José teljesen letett arról, hogy bármit is reagáljon rájuk hangosan. Az összes, amit tehetett, hogy mindig a legutolsó kijelentésnek megfelelően igyekezett cselekedni. Rose mindig így viselkedett, ha a vásárlásról volt szó, nem volt benne semmi újdonság. Utált bemenni a városba, hosszú listákat pipálgatni, feltankolni, tömegben vásárolni. José nagyon jól tudta, hogy a nagybevásárlás mindig kikészíti. De már csak pár perc és újra a régi, megszokott és kedves Rose fog hozzászólni, bocsánatot kérve tőle. Már csak néhány perc és minden a konyhába kerül és végre megnyugodhat. Bárcsak ereje még a régi lenne, mert ez volt az, ami miatt kész kínszenvedésnek élte meg a bevásárlásokat.

Rose üres kézzel vonult be a konyhába, majd jelentős zaj mellett vonult át az ebédlőbe. Kimberlyt meglátva mindjárt megtorpant és kihátrált, sűrű bocsánatok mellett. Magában szitkozódott a tapintatlansága miatt, amiért evés közben zavarta meg az új családtagot. Végre lejött enni és ő meg csak így rátör!

Lelki szemei előtt már látta is maga előtt, ahogy Martha levegő után esdeklik, mert szorosan átfogja a nyakát. Hol van az az átkozott lány, miért nincs itt a konyhában? Miért nem figyelmeztette?

•

Elizabeth négykézlábon tolatva hátrált az ebédlő felőli ajtó irányából, majd felegyenesedett. Martha annyira lemerevedett ettől a látványtól, hogy eljátszani is elfelejtette, hogy nem látott az egészből semmit. Asszonya miután leporolta a nadrágját, mintha mi sem történt volna megigazgatta tökéletes frizuráját, majd intett feléje. A szobalány készségesen ugrott oda és igyekezett magába fojtani a feltörni készülő nevetését. Vigyorát azonban képtelen volt elrejteni. Elizabeth lenéző pillantásának hatására azonban arcára fagyott a mosoly és lehajtotta a fejét.

- Ezt a papírt fel kéne vinned a fiam szobájába. A kisasztalra tegyed kérlek – nyújtotta át az előbb zsákmányolt okmányt. Elizabeth a szobalány távozása után elégedetten dörzsölte össze a tenyereit. Pompásan alakul minden!

•

John Wilson elsápadva ejtette el a telefont a kezéből. Nem szokta kibillenteni tökéletes egyensúlyából semmi, most viszont úgy érezte, mintha egy szörnyű összeesküvés szerencsétlen áldozata lett volna! Legmerészebb álmaiban sem gondolta volna, hogy ilyen is megesik, és mindez vele! Hogy az, amit már a markában érzett, amiért annyit küzdött és dolgozott, az csak úgy egy szempillantás alatt semmivé váljon! Hogy lehet az, hogy már egy hét is eltelt és ez csak most derül ki? Nem történhet ez meg vele, az nem lehetséges – omlott teljesen össze. Lehanyatlott a fotelba és törölgetni kezdte izzadó homlokát. Miért van az, hogy naplopókkal van körülvéve, tehetségtelen idiótákkal! Muszáj lesz kitalálnia valamit, de sürgősen! Talán nem is olyan rossz a helyzet, talán a családja nem is tud erről a megállapodásról. Ki kell derítenie, de sürgősen, hol van az a Beckett lány – lépett a tettek mezejére és átment fia irodájába, hogy belenézzen a telefonjegyzékébe.

•

Kimberly már másodszor túrta fel a szobát, eredménytelenül. Pedig teljesen meg volt győződve arról, hogy a fényképalbumot az éjjeliszekrényre tette. Akkor meg hova a csudába tűnhetett? Csak nem vitte le az emeletről? Bár még az is elképzelhető! A legjobb, ha megkérdezi a személyzetet, hátha látta valaki.

- Ez meg micsoda? – emelt fel a kisasztalról egy oda nem illő papírt. Ránézett a fejlécére és egyből látta, hogy egy céges iratról lehet szó. Biztosan David felejtette el elvinni magával – hagyta abba a tanulmányozását, úgyse értene belőle semmit. De várjunk csak: David nem is aludt itt, sőt, nem hozott magával táskát sem! Csak bejött és itt vacsorázott! Furcsa... - tűnődött el a lány. Az a legjobb, ha beviszem az irodájába – döntötte el, és már indult is kifelé a szobából a másik szárny felé. A két ajtót meglátva tanácstalanul állt meg a folyosón: melyik is

206

volt, ahova legelőször ment? Mintha az tűnt volna David székhelyének. De melyik lehet az? – tétovázott, majd gyors válasz érkezett a kérdésére. A közelebbi ajtó mögött apósának öblös hangja emelkedett meg jelentőségteljesen. Ezek szerint a másik szoba lesz – nyúlt a kilincs után és beosont az üres szobába. A nagy sietségben fel sem tűnt neki, hogy ebben az óriási szobában még nem is járt! A papírt gyorsan az asztal szélére helyezte, majd vihariramban rohant ki a szobából. A legkevésbé kívánt volna beleütközni abba a félelmetes emberbe!

·

Kimberly felszegett fejjel lépett be az ebédlőbe, hogy csatlakozzon a közös étkezéshez. Elhatározta, hogy David távolléte ellenére összeszedi minden bátorságát és lemegy enni. Muszáj szoknia a légkört, muszáj jobban megismerkednie velük! Meglepődve tapasztalta, hogy egy-két lenéző pillantáson túl semmi más megvetést nem kap. Hacsak nem minősül teljes közönyösségnek az a tény, hogy nem szólnak hozzá.

Kimberly tudomást sem véve a passzivitásról élvezettel lapátolta magába az ismeretlen összetételű salátát az újdonság erejével ható fűszerezésű hús mellé. Igyekezett lassan és nyugodtan enni, az etikett előírásainak megfelelően. Már csak az hiányzik, hogy okot adjon a piszkálódásra. Nem jött zavarba az ölébe hullott salátadaraboktól, hanem észrevétlenül igyekezett visszacsempészni a tányérjára. Megkönnyebbülten látta, hogy senki nem vette észre.

·

Az ebédlő csöndjét Elizabeth asszony törte meg:
- John drágám, olyan gondterhelt vagy? Minek hozod haza a munkát a hétvégére is? – próbált negédesen érdeklődést színlelni, miközben a kávéját kavargatta.
- Valakinek dolgoznia is kell ebben a házban – jött a morgós válasz, amit mindenki magára is vehetett volna. Elizabeth azonban elengedte a füle mellett a megjegyzést és lassan, de biztosan próbálta a beszélgetést terelni.

- Valami nyomaszt, látom. Nem tudnék segíteni? – próbálkozott.

- Ha egy hiányzó aláírást tudsz pótolni, annak nagyon örülnék! – szólta el magát a férfi, majd hozzátette: De az idő visszaforgatásának még inkább – és egyenesen Kimberlyre nézett. A lány nem is érzékelte a mondatban rejlő bántást, figyelmét sokkal inkább az kötötte le, ahogy ez a két ember harcolt egymással! Amennyire szembetűnő volt az ő szüleinek egymás iránt imádata, Kimberlyt annyira meglepte ennek a két embernek a negédes utálata!

Gondolataiból Elizabeth csilingelő kacaja zökkentette ki. A lány teljes figyelmével a mondatokra összpontosított, információ után lesve.

- Hiányzó papírokat tudnék pótolni! – mondta Elizabeth és közben ő is Kimberlyre nézett, nem számítva a lány gyors helyzetfelismerő képességére. Kimberly legszívesebben a fejéhez kapott volna! Szóval ezért volt olyan gyanús! Szóval ez a nő tette oda csapdaként! Képes volt ellopni egy iratot a férjétől, hogy őt bemártsa!

- Azt nem kell, megvan minden – jött az a válasz, amire Elizabeth nem számított.

Az asszony csalódottan nézett a férjére, majd elővette szúrós tekintetét és Kimberly felé küldte. Ez a liba elrontotta a szórakozásomat. Okosabb lenne, mint hittem, vagy csak szerencséje volt? – cikáztak a gondolatai.

Kimberly már fel volt készülve és a tekintete lepergett róla. Összehúzta a szemét és állta a pillantást. John Wilson nem vette észre, hogy a szobában rajta kívül levők nyílt csatába kezdtek, hadüzenet nélkül.

.

Elizabeth mérhetetlen dühvel rontott be a konyhába és nem véve tudomást Roseról, elkapta Martha kezét és maga után ráncigálta. A szegény lány azt sem tudta, mi történik vele, egy szempillantás alatt a falhoz lapulva találta magát, két centire asszonya sok jót nem ígérő szemeitől. Soha nem élt a testi fenyítés módszerével, nem emelt kezet az alkalmazottjaira. A lélektani hadviselést mindig sokkal eredményesebbnek tartotta.

- Hova tetted azt a lapot amit adtam neked! – köpte a szavakat a lány szemébe. Marthát remegés járta át és beléfagyott a szó. – Beszélj, te

208

szerencsétlen, az asztalra tetted, ahova kértem! – ismételte meg a kérdést. Martha végre rájött, hogy miről van szó és a hangját is visszanyerte:

- Asszonyom... én... odatettem a... a kisasztalra... a lapok... izé alá... nem volt... feltűnő...

Ó, most az egyszer szerencséd volt – lépett hátrébb Liz, utat hagyva Marthanak. De nehogy azt hidd, hogy ennyivel megúsztad, elkaplak még, elüldözlek ebből a házból, nem hagyom annyiban – morgott hangosan. Martha azt hitte, hogy róla van szó és mozdulni sem mert. - Kimberly... - mondta ki olyan hangsúllyal a nevét, hogy Marthanak is felállt a szőr a hátán. Rájött, hogy nem ő a célpont.

- Asszonyom, mondhatok valamit? – szólalt meg Martha. Muszáj visszaszereznie az úrnő bizalmát.

- Igen? – vonta fel a szemöldökét a nő, észrevéve, hogy nincs egyedül.

- David külön hálóban alszik – bökte ki kertelés nélkül Martha. Tegnap láttam!

- Ez biztos? – csillant fel Elizabeth szeme a váratlan fordulat hatására. Kaján vigyor jelent meg az arcán és gondolatai már messze járva kombinálni kezdtek. - Csak nem máris összevesztek volna?

.

A szombat esti éjszakai élet forgatagában David és Will szeme vadul villant össze az asztal felett. Tom és Tommy is aggódó pillantást vetett hol az egyikre, hol a másikra. Tom öccsét próbálta nyugtatni, Tommy pedig legjobb barátját, de úgy látszik, erőlködésük nem járt sikerrel: nagyon úgy festett a helyzet, hogy ölre mennek. David hátrarúgta a székét és felpattant, idegesen csapva az asztalra. Erre természetesen Willnek is lépnie kellett ő is felemelkedett a székből. Tom, a legértelmesebb és az egyetlen józan közöttük újabb kísérletet tett a lenyugtatásukra és igyekezett fesztelen hangon megjegyezni:

- Fiúk, igazán, mióta is ismerjük egymást? Ugyan, csak nem fogtok összeverekedni egy ilyen semmiség miatt!

- Méghogy semmiség, Tom, hogy mondhatsz ilyet! – támadt neki egyből a testvére. Te nem is hallottad, hogy becsmérelte az új autómat! – csapott újra az asztalra. Tom visszavonulót fújt és más kiúton kezdett gondolkozni. A reakciókból ugyanis teljesen egyértelmű volt, hogy a két, enyhén ittas állapotban lévő férfi olyan szinten van felspannolva, hogy nagyon elkerülhetetlennek tűnik a verekedés. Vagy ami még rosszabb lenne, egy rögtönzött autóversenyzés. Az pedig az ő állapotukban akár végzetes is lehet. Ebbe nem mehetnek bele! Nem fajulhat el odáig a dolog!

Nem érti az öccsét, miért hagyja magát így cukkolni! Hiszen tudja nagyon jól, hogy David autóversenyző volt, így esélye sincsen. És meg kell valljuk, nagyon ért az autókhoz. De azért nem volt szép tőle, hogy a járgányt kicikizte! Pedig milyen büszke volt Will az egyedi, felturbózott Porchéjére, ami egy kisebb vagyonba került.

- David, ugye csak az árát sokalltad – próbálta a másik irányból megközelíteni a problémát, mire csak egy fejingatás volt a válasz. David és Will továbbra is szúrós szemekkel nézett egymásra.

Tommy számára nem volt ilyen meglepő a parázs helyzet: Tomnál ő mélyebbre látott. Tudta ő nagyon jól, hogy előbb-utóbb a rivalizálás a felszínre fog törni a két kakas között. Ott lappangott ez a feszültség köztük már az ismeretségük kezdete óta és az is kész csoda volt, hogy eddig nem tört a felszínre. Tommy azt is tudta, mi áll az egész hátterében. Pontosabban ki. Egy nő, aki nagyon régen nem Willt, hanem Davidet választotta. És most, most sem az autóról van szó, sokkal inkább arról, hogy Will fülébe jutott, hogy David milyen csúnyán elbánt Cecile-lel. A nőkért folytatott versenyben pedig nincsen barátság!

•

Kimberly egész testében remegett a dühtől. Egész délutánját azzal töltötte, hogy felforgassa a lakást, de nem járt sikerrel. Még Rose asszony és Martha sem tudta megmondani, hogy hova tűnhetett a fényképalbum. Azok a fényképek, amelyek a családját, a múltját jelentették a számára. Kimberly számára teljesen egyértelmű volt, hogy mi áll az egész hátterében: természetesen a ház úrnője! Egy újabb alattomos és szemét kis cselekedete, amelyet egyértelműen egyetlen cél vezérel: hogy őt eltávolítsa! Nem volt elég a papír, sőt, az már csak a folytatás volt! Kimberlynek nem tellett sok idejébe, hogy rájöjjön, itt nem sok támogatót talál a házban. Nem is tudja megmondani pontosan, mi tartja még itt.

210

Soha nem tartotta magát harciasnak, de muszáj lesz kiállnia magáért – magukért! Folytatnia kell! Már hiú ábránd, hogy amint kiderül, hogy gyermeket vár, a helyzet némileg normalizálódna. Kimberly alig várta a pillanatot, amikor David végre elérkezettnek látja az időt a hír tálalására. Erre ugyanis nem fognak tudni mivel reagálni! De addig sem fog türelmesen várni és nyelni a mérgezett tüskéket és nyilakat!

•

- Gyorsulási verseny? – állt elő Will az ajánlatával. A két aggódást tükröző baráti szempár David felé fordult, várva a beleegyező választ.
- Részemről rendben – felelte David. Tom és Tommy tekintete most Will felé fordult ismét, tőle várták a következő mondatot.
- A régi gátnál? – kérdezte köntörfalazás nélkül Will. A hallgatóság figyelme ismét átfordult a másik irányba.
- Indulhatunk – jelentette ki David és még felhajtotta a poharában lévő maradék italt. – Tom, te velem jössz, Tommy, te pedig arra ügyelsz, hogy az ellenfelem is odajöjjön – jelentette ki ellentmondást nem tűrő hangon David és a kijárat felé vette az irányt.

•

- Hát itt van – mászott elő a kukából Kimberly és letörölgette az albumra ragadt beazonosíthatatlan hulladékot. Gondolhattam volna erre előbb is! – indult el diadalittasan a bejárati ajtó felé, magához szorítva a megfakult és kissé viharvert albumot. Át fogja tenni egy másik, új albumba, hogy ne legyen olyan feltűnő. Vagy nem is, visszateszi ugyanígy a szobájába. Sőt, szerez egypár képkeretet és kiteszi a legkedvesebb képeket a polcokra. Igen! A csata folytatódik! Beérve a fényre lesöpört a felsője ujjára akadt hulladékot és felfelé indult a szobája felé. A szőnyegen jól látható nyomokat hagyott a hajából és a hátáról lehulló répareszelék és hagymahéj.

•

David erősen pörgette a motort és elborítva adrenalinnal csak az előtte lévő pályára figyelt. Tudta, hogy Will mellette hasonlóan tesz. Ismerős, de rég tapasztalt érzések szállták meg: eszébe jutottak autóversenyző pillanatai, csatái. Elég hamar jutott fel a csúcsra és már 24 évesen bajnok lett. Utána viszont nem vonzotta többé a verseny, az egész felhajtás. Megszerezte, amit akart és már nem volt olyan lelkes. A következő évad első harmadában kiszállt, nem kis botrányt kavarva maga körül. De új kihívásokra vágyott, új diadalokat szeretett volna. Kipróbálni magát más területen is, ott is sikert elérve.

Most ebben a pillanatban kissé sajnálta, hogy olyan hamar kiszállt az autóversenyzésből. Hiszen mehetett volna magasabb kategóriába, hívták is oda. Csak valahogy éppen akkor nem volt kedve aztán meg a következő évben már nem is foglalkoztak vele...

- Öt, négy, három, kettő, egy – mutatta a visszaszámlálást a két autó között, de kissé előttük álló Tommy magasra emelt kezével, majd zakójával megadta a jelet.

David beragadt a rajtnál. Hangos káromkodások közepette volt kénytelen végignézni, ahogy Will kilő mellőle és jelentős előnyre tesz szert, amíg ő az elfelejtett kézifékjét oldja ki. Ezt az amatőr hibát! Agyában azonban a győzelmen kívül más szó nem is létezett, így a rajtvonallal együtt a hibát is maga mögött hagyta. Tudta, hogy az autójának a tapadása jobb és a kanyarban ki is tudja előzni Willt. Mert ő fog nyerni, ez egyértelmű!

.

Kimberly az albumot az ágyra helyezte és aggodalmasan nyitotta ki. A képeket látva megnyugodott: az a boszorka legalább belül nem bántotta! Végiglapozta az ismerős oldalakat, megnézve, hogy minden kép a helyén van-e. Az egyik oldal azonban üres volt! Kimberly egy másodpercre kétségbeesett, aztán meglátta, hogy nincs baj. A kép csak elesztette a ragasztót és érintetlenül fekszik a másik oldalon. A lány óvatosan felemelte a képet és egészen közelről is megnézte. Ez volt az a fénykép, ahol az a bájos kislány fogta a labdát. A képet az ágyra helyezte és tovább lapozott a könyvben. A lapok által keltett szél megfordította a takarón heverő képet és Kimberly csodálkozva látta meg a sárguló papíron a gondosan felírt, jól látható betűket.

•

Tomnak nem okozott gondot, hogy meglássa a kanyarban feltűnő méretes porfelhőt. A bőgő motorok zaja is eljutott füléhez. Izgatottan lépett hátrébb az út szélén, megfelelő pozícióba állítva a telefonját. Biztos volt abban, hogy szükség lesz egy célfotóra!

Bele se mert gondolni, hogy fognak viselkedni barátai a versenyt követően. Mert csak az egyikük lehet a győztes! Helyre fog újra állni közöttük a béke és lesz-e még olyan, mint eddig volt? Vajon képes lesz-e Will lenyelni egy újabb vereséget, hiszen David profi – mégha csak volt, akkor is.

Tom pislogni sem mert, csak maga elé nézve várta, hogy a két autó elzúgjon előtte. Telefonját nem pontosan maga elé tartotta, hanem egy árnyalatnyit jobbra. Attól tartott, hogy elhibázza a pillanatot és nem lesz semmi az esetleges sorsdöntő képen. Így talán nagyobb az esélye. Kíváncsisága csak nem hagyta békén és rásandított a két közeledő járműre. Az autók teljesen egymás mellett haladtak!

•

Kimberlyt a felfedezés öröme lelkesedéssel töltötte el! Hogy is nem gondolt arra, hogy végtelenül precíz édesanyja ne lásson el útmutatóval valamit. Ezek szerint biztosan minden rajta van, hogy hol és mikor készült, és főként az, hogy kit ábrázol a családjából! – lelkendezett, de öröme nem tartott sokáig. Hogy fogja elolvasni ezeket a számára teljesen ismeretlen írásjeleket?

•

Tom a két távozó autó után bámult és teljesen tanácstalan volt. Szabad szemmel ugyanis a legkisebb különbséget sem vélte felfedezni a két hadakozó fél között! Az eredmény felettébb nagy elégedettséggel töltötte

213

el, hiszen ez volt a lehető legjobb megoldás. Telefonját gyorsan el is süllyesztette, mintha soha nem is lett volna ott és a két fékező autó után szaladt.

Na, ugye te is láttad, hogy győztem! – ugrott ki a volán mögül Will és lesújtó pillantással illette a szerinte legyőzött Davidet.

- Nem is igaz, szerintem az én orrom előbb volt, mint te – esett neki David rögtön.

Tom ekkorra ért oda és nem örült a perlekedésnek. Annak még kevésbé, hogy mindkét fél saját igazának alátámasztását várta el tőle.

- Ácsi, álljatok már le! – üvöltötte el magát Tom. Én voltam kívül, én láttam a befutót és azt kell mondjam, hogy teljesen egyszerre értetek be!

- Ez nem igaz – hőzöngött Will és mutató ujjával megfenyegette bátyját. – Ezt nem vártam tőled! Teljesen egyértelmű volt, David is láthatta, hogy előbbre voltam, mint ő! Tudom, hogy amikor oldalra néztem ő kissé a hátam mögött ült!

- Persze, mert az én kocsim orra hosszabb, mint a tiéd! De a legelejét láttam, hogy előbbre volt, mint a te tragacsod orra! – esett neki David Willnek, és ha Tom nem állt volna közéjük, akkor ölre is mentek volna!

- Befejeznétek ezt a gyerekes vitát! – ordított ismét Tom! Tisztára mint az óvodában! Davidnek annyiban igaza van, hogy a kocsi orra számít, nem ahol ültök! Így persze hogy mögötted volt David – fordult öccse felé. Abban viszont nem értek egyet, hogy az ő orra előbb lett volna, teljesen egyszerre értetek be! Fogadjátok el ezt a helyzetet és kész! Most pedig kézfogás! – parancsolt rájuk.

Wlll azonban megmakacsolta magát és maga előtt keresztbe vonta a karját. Nem akarta elfogadni, hogy döntetlen lett a vége, egyszerűen érezte, hogy ez nem igaz. Muszáj nyernie, muszáj, hogy egyszer legyőzze Davidet. Persze, hogy elfogadná ezt a döntést, hiszen érzi, hogy kikapott!

- Mutasd a telefonodat! – nyúlt váratlanul Tom zsebe felé, de a férfi hátralépett egyet.

- Minek? – kérdezte meg ártatlanul.

- Tom, a telefonodat! – követelődzött. Ismerlek, tudom hogy fényképeztél. Szóval... - nyújtotta ki felé a kezét. Tom kénytelen-kelletlen átadta a kis készüléket.

Will izgatottam nyomkodta a gombokat majd felordított: megmondtam! – azzal az aprócska képet Tom orra alá nyomta. – Nézd, tisztán látható, hogy előbbre vagyok! David, szép verseny volt, köszönöm – nyújtotta felé a tenyerét kézfogásra. David anélkül, hogy megnézte volna a képet, elfogadta a kezet. Gesztusát Will nem is fogta fel. Diadalittasan pattant be az autójába és anélkül, hogy egyiküknek is szólt volna, faképnél hagyta barátait.

•

Az ágytakaró tele volt kiszedett fényképekkel. Kimberly a fotók között trónolt és elgondolkozva bámulta a különböző jeleket, azonosságokat keresve. Vajon anya tudta olvasni nagyszülei nyelvét? Megtanították neki? Mennyit tudhatott ezekről a képekről? A családi történetekről? Kihez vihetné el megfejteni a múltját? – morfondírozott, majd nagyot ásított. Majd holnap visszatér erre, most viszont ideje lesz aludnia – kezdte el összeszedni a fotókat.

•

Will örömfutása kezdetben céltalan irányokat öltött. Aztán hirtelen ötlettől vezérelve nagyon is egyértelmű irányba állította a kormányt: úgy érezte, itt az ideje, hogy átvegye a trófeát. Megszolgált érte! Nagyot fékezve állította le a győztes járművet az épület előtt. – És mi van, ha nincs itthon? Hiszen szombat este van? – bizonytalanodott el, amikor a csöngetés után semmi zajt nem hallott bentről. Aztán váratlanul felpattant az ajtó. Will sejtelmes mosollyal futtatta végig tekintetét a hátsó megvilágítás hatására meglehetősen átlátszó ruhán, majd a nő szemébe nézett. Nagyon rég várt erre a pillanatra! Cecile a férfiak tekintetének olvasásban verhetetlen volt. Most sem okozott túl sok fejtörést, miért van itt Will. Őt akarja! Azt is egyből átlátta, hogy mit nyerhet ő mindezzel. Mindketten ugyanazon állhatnak bosszút!

Cecilenek tetszett az ötlet: mindig is incselkedett a gondolattal, most viszont itt van az alkalom a cselekvésre! Azzal berántotta Willt a lakásába.

David már a sokadik poháron volt túl, akárcsak kéttagú hallgatósága. Tommy két kézzel támasztotta a fejét, csak így tudta az asztal felett tartani. Tom szokásától eltérően szintén alaposan felöntött a garatra. Nehezen tudott túllépni öccse viselkedésén! Tommy csuklott egyet, majd lassan forgó nyelvvel, de csak kibökte a kérdést, ami már régóta izgatta:

- Te, David... figyelj áruld már el nekem, hogy felejthette el a magadfajta profi kiengedni a kéziféket időben?

- Nemistudom... - nézett vissza rá David. Talán... he-he... talán itt volt az ideje, hogy a kicsi Willy egyszer végre legyőzzön. Így volt megírva... - ott fenn – bökött az ég felé. Ezt a sorsot szánták nekem.

- Sors, David... te miről beszélsz? – csatlakozott Tom a lassan forgó nyelvű eszmecseréhez.

Ó, hát tudnék mesélni a sorsról. Főleg a fintorairól.

- Tényleg... hát hallgatunk, öntsd ki a szívedet a legjobb barátaidnak. Mi bánt? – kérdezte Tommy. Egyikük sem vette észre, hogy eközben Tom asztalra támasztott feje álomba merül.

- Nők! – öntött egy újabb adagot a poharába. Kijelentése némi élénkülést eredményezett Tommynál.

- Nocsak – kapta fel a fejét. Lemaradtam valamiről?

- Te, ugyanmár – verte hátba David Tommyt. Hiszen megegyeztünk, hogy semmit nem teszünk anélkül, hogy kikérnénk a másik véleményét, nemigaz? – emelte fel a poharát koccintásra, majd ugyanazzal a lendülettel lecsapta. A lendülettől az ital fele az asztalra loccsant. Elnyomta a cigarettáját.

- Tommy, muszáj neked elmondanom valamit – húzta közelebb legjobb barátja fülét David. De pssz. Ez titok még, nem mondhatod el senkinek. Esküdj meg rá!

- Esküszöm! – tette David kezét a mellkasára a maga helyet Tommy.

- Szóval... én... he-he, megszegtem a megállapodásukat. Ó, kedves barátom – borult David Tommy vállára és zokogni kezdett. Nem hiszed el, mit tettem egy hete – szipogta, majd orrát barátja ingébe törölte.

- Miről hadoválsz te itt? – tolta el kissé magától Davidet, hogy vöröses szemébe nézhessen.

216

Tommy, én... én... - nem tudom kimondani. Ez kimondhatatlan.

- Na, itt vagyok, hahó, Tommy vagyok, tudod. Nem kell tőlem félned. Nem mondom el senkinek, még a szüleidnek sem. Emlékszem, pssz. Megígértem!

- Én... én megházasodtam! – tört ki Davidből olyan hangosan, hogy arra még Tom is felébredt.

•

Kimberly öntudatlan állapotban nyugtalanul forgolódott az ágyban, majd vergődni kezdett. A rossz álmok ismét visszatértek és nem tudott ellene mit kezdeni. Ahogy korábban, most is mindig ugyanaz ismétlődött: ugyanazok a képek, amelyekre felébredés után képtelen visszaemlékezni. Történések, melyeknek a pontos felidézése gátolva van. Csak a rossz érzés az, ami utánuk marad, a nyugtalanság, kétségbeesés és a félelem. És ami még ennél is nyomasztóbb érzés: a magány.

•

David elsőre nem is vette észre, hogy kikotyogta a nagy titkot. Csak akkor lett sejtése erről, amikor Tommy és Tom is úgy nézett rá, mint egy marslakóra. Sőt, néhány pillanatra ettől a két tekintettől józanabb lett, mint valaha. Aztán újra visszaereszkedett a kellemes rózsaszín köd és már nem is tűnt olyan borzalmasnak a helyzet. Még szórakoztató is lett. A két barátja ugyanis egyáltalán nem hitt neki! David egy idő után pedig lemondott arról, hogy fennhangon ismételgesse, hogy ő márpedig tényleg megnősült. Ezek nem vették komolyan és talán nem is fogták fel. És ellentétben velük David biztos volt benne, hogy annyira eláztak, hogy nem is fognak emlékezni semmire az estéből, nemhogy erre a beszélgetésre.

•

Elizabeth álmatlanul forgolódott az ágyában. Pedig már bevett két altatót is, de az sem segített! Most is már hajnali fél háromkor felébredt és nem tudott visszaaludni! Képtelen volt elaludni, de ez nem volt újdonság: már a sokadik félig álmatlan éjszakáját töltötte gondolkozással és ez az intenzív agytorna – na meg persze az alváshiány kezdte teljesen kikészíteni. Ez vezetett a tegnapi hibás akcióhoz, amely nem úgy sült el, ahogy szerette volna! Az a kis fruska... sokkal rafináltabb, mint gondoltam volna! – elemezte újra meg újra a tegnapi ebédlői jelenetet. Most az egyszer szerencséje volt, de ez legközelebb másként lesz – döntötte el. Fogalma sincs, hogy kivel áll szemben, kinek az arcába dobta vissza a kesztyűt! Mert őt nem lehet legyőzni! Soha nem veszítettem még csatát és most sem fogok! – ült fel az ágyban. Mik ezek a zajok? – kezdett fülelni. Nocsak, úgy tűnik, kedves férjemet sem hagyja ez a dolog aludni – konstatálta Elizabeth, majd magára kapta a pongyoláját és átment a szomszéd szobába.

•

David most is sikeresen vette az akadályokat és a hajnali óra ellenére teljes épségben jutott el az ágyáig. Sőt, még arra is maradt az energiájából, hogy néhány ruhadarabjától megszabaduljon, főként a teljesen elázott ingétől. Aztán mint egy zsák, végigzuhant az ágyon, rá a takaróra és mélyálomba merült. Az sem riasztotta fel, hogy Kimberly biztonságot keresve az újabb álombeli rémképek elől csupasz mellkasát kispárnaként kezelte.

•

- Hogy mondtad John, ez biztos? – lepődött meg férje kijelentésén Elizabeth. Noha ebben a meglehetősen korai órában, így hajnali három után nem működtek tökéletesen az érzékszervei, azt azonban tökéletesen érzékelni vélte, hogy John is meglepett. – Tényleg nem nézte meg? – kérdezte meg újra, bár a kérdés meglehetősen feleslegesnek tűnt.

Hogy lehet az, hogy David nem is volt kíváncsi a házassági szerződésre, még a főbb vonalaira sem? Egy ifjú férj, még ha csak hirtelen fellángolásból is nősül meg, akkor sem hagyná párját teljesen kiszolgáltatottan! Itt valami másról van szó! – cikáztak az asszonyban a gondolatok. Elizabethben végig ott volt az a gyanú, hogy itt nem minden tiszta és bolondot csinálnak belőlük!

Itt nem stimmel valami! – csattant fel. Ez valami színjáték lehet, semmi más. De majd én utánanézek... ennek a hálószoba ügynek! – mondta és már robogott is kifelé a szobából. John egy mukkot sem értett az egészből és felesége után futva kérdezte meg:

- Milyen hálószoba? Hova mész ilyenkor? Még biztosan alszanak! – kiáltott utána.

Elizabeth azonban nem hallott. Ez az új információ lila ködként telepedett agyára: nem érdekelte sem az illem, sem bármi más, egyszerűen és azonnal a saját szemével akarta látni! A lépcsőn még lendülettel szaladt fel, a folyosóra érve azonban lassított léptein és osonva közelítette meg fia hálószobáját. Az ajtó hangtalanul nyílt ki.

A látottaktól azonban földbe gyökerezett a lába és teljesen összezavarodott. Nem éppen az volt a szobában, amire számított, amit látni szeretett volna! A szőnyegen eldobott ruhadarabok hevertek, az ágyban pedig David hiányos öltözékben édesdeden aludt – karjában tartva a feleségét!

VIII.

Kimberly tágra nyílt szemmel nézett körül a hatalmas épület méretes előcsarnokában és mérhetetlenül aprócskának érezte magát. Irigykedve bámulta a mellette elhaladó sötét öltönyös és kosztümös, elegáns és fontos embereket, akiket merev tekintettükkel és katonás léptükkel együtt nyel el a gyorsliftek hada. Ezek szerint itt így indul a hét – állapította meg magában nagy bölcsen és eszébe jutott a gyár, ahol ő dolgozott. Micsoda kontraszt! Ott a konyhások fehér kötényben érkeztek, bevásárlószatyrokat és nejlon vackokat húzva maguk után, csicseregtek, sugdolóztak, nevetgéltek, majd fejükre tették a hajhálót. Hogy kiríni itt a tömegben abban az egyenruhában! – mosolyodott el a gondolatára. Hiányzott neki a munka, be kell hogy ismerje. Kezdte magát feleslegesnek érezni! Muszáj lesz dolgoznia valamit, elfoglalnia magát és főként: hasznosnak érezni a létét! Már ennyi idő, ez alatt a hét alatt belátta, hogy a semmittevésre ő képtelen lenne!

- Gyere – hallotta meg David hangját a háta mögött és összerezzent attól, hogy finoman a lift felé tolta. A férfi látva a lány arcán az ijedtséget, halkan megjegyezte: - Ez még soha nem romlott el.

Kimberlyt azonban nem a lift gondolata zavarta, ez eszébe sem jutott. Sokkal inkább a férfi kiemelt figyelmessége kavarta össze. Túlságosan mézesmázos volt a mai nap! Bár ha jobban belegondol, akkor tegnap is sokat foglalkozott vele. Mi ez a hirtelen érdeklődés? Az, hogy ittasan a saját ágyába mászik be, az természetes, ennek nem is tulajdonított jelentőséget. De a többi? Kimberly agyában újfent erős vészcsengők szólaltak meg, fokozott figyelemre intve.

·

John Wilson türelmetlenül járkált fel-le az irodájában és félpercenként nézte meg az óráját. Már lassan negyed órája itt kéne lenniük! – türelmetlenkedett. Legalább ideszólnának, hogy késnek, akkor nem téblábol itt feleslegesen. Még jó, hogy nem rendelte ide az ügyvédet meg

220

a közjegyzőt kilencre, akkor a guta ütné meg! A legjobb, ha nem is szól még nekik egy ideig. Felhívom, az lesz a legjobb! – döntötte el hirtelen és már nyúlt is a telefonjáért.

•

David szitkozódva konstatálta, hogy mobilja csörög. Ó, hogy miért nem állította rezgőre! Muszáj lesz felvennie! Mert nem elég, hogy a lift rogyásig tele van, most még kaparja elő a telefonját is, hogy aztán netalán kínos vagy zavarba ejtő dolgokat halljon a vonal túlsó feléről az egész társaság! Mert ez a vacak ilyenkor persze nagyon is jól hallható! Eszébe jutott, hogy egyszer az egyik nője – a nevére már nem is emlékszik – átállította a csengőhangot. Az a liba képes volt a saját hangját felvetetni, amint szerinte búgó hangon azt rebegi, hogy: „Drágám, telefonod van, vedd fel" – vagy valami hasonló. A szakításhoz épp elég indok volt. Még jó, hogy akkor nem nyilvános helyen szólalt meg, azt nem élte volna túl! David elhessegette a kellemetlen emlékeket és igyekezett úgy felemelni a kezét, hogy ne üssön meg senkit a tömött liftben. Kiemelte zakója belső zsebéből az éktelenül ordító telefont és felvette.

- David – morgott bele a szám nélküli vonalba.

- Hol vagytok? – hallotta meg apja ideges hangját. David az égre emelte a tekintetét.

- Már a liftben. Mindjárt ott leszünk – motyogta bele, majd kinyomta a telefont. Sejthette volna, hogy apja ideges lesz: gyűlölte a pontatlanságot!

Nem volt kedve visszatuszkolni a zsebébe, se nem lett volna elég helye ahhoz, hogy letegye a kezét, így más megoldást választott. Kezét telefonjával együtt Kimberly vállára tette. Legalább a lány kedvében jár, amíg lehet. Nem szabad, hogy gyanút fogjon, amíg nincs aláírva a papír! Azt a pár percet még kibírja! De már nincs messze a vége és akkor nem kell tovább alakoskodnia. Legalábbis nem annyit és főként nem sokáig. Meglehetősen fárasztó volt ugyanis az egész tegnapi napot kiskutya módjára a lány körül incselkedve töltenie. De abban is biztos volt, hogy már eléggé behálózta! Hiszen hogyan is tudna ellenállni neki pont ez a naiv kislány? Könnyű, túlságosan is könnyű prédának számít! Egész kapóra is jött neki, hogy az előző éjjel szokásához híven a saját ágyába mászott be. Legalább hagy higgye, hogy miatta volt. Az már más kérdés, hogy David olyan állapotban volt, hogy egy gerendán is elaludt volna, ha történetesen az ágyát arra cserélték volna le. Sőt, akár Miss World is lehetett volna az alvótársa – na nem, azt azért biztosan nem hagyta volna ki – futott át eme csábító gondolat az agyán.

Fogalma sem volt arról, hogy mi – és főként ki – vitte őt haza. Mert ő bizony semmire sem emlékszik! A verseny után filmszakadás következett és a következő emlékképe már délelőtti. Lehetséges, hogy ő vezetett volna?

·

Kimberly idegesen pattant ki a liftből és nyugtalanul rángatta a lábát, amíg David is előkerül a második sorból. Teljesen össze volt zavarodva és tudta, hogy időre van szüksége ahhoz, hogy megnyugodjon és főként hogy tisztán lásson.

- Én... izé azt hiszem túl sok teát ittam reggelire és... hol van itt a vécé? – kérdezte meg egyből a férfit. Időt kell nyernie, hogy összeszedje magát, főképp, ha ilyen sármos mosollyal nyugtázza David a kérdését. Nem is, ez már túlvan a sármos mosolyon, ez már az idegesítő, bicskanyitogató határát súrolja. Mi folyik itt? – pánikolt be.

- Csak nem vagy ideges? – kérdezte meg kedvesen a férfi, érdeklődést színlelve. Kimberly vészcsengője olyan hangosan szólalt meg, hogy azt hitte, kinn is hallható. Menekülj! – szólalt meg a rég hallott belső hang is.

- Igen, egy kicsit – ismerte be és nem mert felnézni, csak a cipője orrát bámulta.

- Ugyan már, kislány, nem fogorvoshoz megyünk. Mondtam, hogy átnéztem és teljesen rendben van minden, de természetesen lesz ott egy ügyvéd, akitől megkérdezhetsz mindent, jó? – játszotta a bűbájt. – A mosdók jobbra, az irodák balra – mutatta készségesen. Ha végeztél, gyere be nyugodtan, én előre megyek. Apa már így is ideges, hogy késtünk – beszélt a lánnyal szájbarágósan, majd igyekezett egy megnyugtató mosolyt küldeni feléje. Kimberly nem láthatta, hogy amint hátat fordított a férfinak, a mosoly lehervadt. David még soha nem kívánta annyira, hogy előreléphessen az időben.

•

Kimberly világ életében a mosdó magányában szeretett gondolkodni. A kezdetektől aprócska lakásukban ez volt az egyetlen hely, ahol tényleg egyedül lehetett, így szinte nem is tudott máshol fontos kérdésekről elmélkedni. Most is a körülményekhez képest kényelmesen elhelyezkedett a lehajtott deszkán és lassan, nyugodtan próbálta értelmezni a történteket. Viszonylag gyorsan világossá kezdett válni minden a számára. Legalábbis úgy sejtette, hogy az események mögött egy egyszerű tény lapul: ma indult a színjáték! Hiszen nyilvános fellépések tömkelege vár rá, pont úgy, ahogy azt David előre jelezte. Vagyis nincs itt semmi trükk, ő csak eljátssza, amit ilyenkor kell. Ahogy viselkedni fog majd vele. Ideje lenne, hogy ő is lazábbra vegye a figurát és valami hasonlóval rukkoljon elő. Igen, pontosan ezt fogja tenni!

Határozott léptekkel indult el az irodák felé, ám egy vészjósló hang egyből megállította:

Segíthetek? – nézett rá kérdőn egy negyvenes, pápaszemes, „lerí róla, hogy titkárnő" a pult mögül. Kimberly magabiztossága a másodperc törtrésze alatt vált semmivé a szúrós tekinteteket látva.

- Igen, én... izé David... David Wilsont keresem és...

- Jelenleg tárgyal, megkért, hogy ne zavarjam. Kérem, foglaljon helyet – mutatott rá a szemközti kanapéra. Kimberly szófogadóan helyet foglalt a kényelmes fotelben és a vizslató nézés elől menekülve szórakozottan az asztalon lévő prospektusokat kezdte nézegetni.

•

David megunta a várakozást és a tettek mezejére lépett. Hova a fenébe tűnt az a kislány, csak nem gondolta meg magát? – indult el aggodalmas léptekkel az ajtó felé. Lehet, hogy rosszul lett? – nyílalt belé a kétség. Idegesen tépte fel az iroda ajtaját és szinte beleütközött az ügyvédbe, aki épp az irodájába igyekezett. Kimberly annyira belemerült az olvasásba, hogy csak a szóváltásra lett figyelmes.

- Á, ügyvéd úr, jöjjön, az apám már nagyon várja – fogott vele David kezet és már a másik ajtó felé tolta, majd szinte belökte apja szobájába. Figyelmét ezután az óriási kanapén pöttömként ható lányra irányította.

- Miért ülsz itt? – mordult rá. Mondtam, hogy gyere be! – szúrta le nem éppen kedvesen. Kimberly teljes nyugalommal nézett fel rá és a titkárnő felé biccentve mondta:

- Azt mondta, hogy tárgyalsz, ne zavarjalak! – közben a táskájába süllyesztette a csemegeként ható cégtájékoztatót. A férfi átnézett a pult mögött kocsányon lógó füllel ülő, ám elfoglaltságot mímelő titkárnőjére.

- Mrs. Brown, ez megbocsáthatatlan! Hogyhogy nem engedte be? – ráncolta a szemöldökét David és a nyomaték kedvéért a pultra könyökölt.

- De hiszen ön mondta, hogy ne engedjek be senkit, fontos elintéznivalójuk lesz – méltatlankodott a nő.

- Igen, vele! – ordított rá David és Kimberly felé mutatott. Jegyezze meg kérem, mert többet nem mondom el: ha valaki hozzám jön, akkor beszól és megkérdezni, hogy fogadom-e. Ha a feleségem jön, akkor ő egyenesen bejöhet. Világos? – harsogta a végét David. Mrs. Brown megilletődően bólintott és megsemmisültem rogyott le a székébe, majd megnyúlt nyakkal felállt és visszakérdezett: a... fele... kije? – csuklott egyet közben.

- Igen, jól hallotta, a feleségem! – értetlenkedett David, miközben betuszkolta a bámészkodó Kimberlyt az ajtón.

Joan Brown még percekkel később is csuklott és megzavarodottan hápogta: méghogy a felesége... ez kezd meghibbanni!

•

John Wilson kopogás nélkül tépte fel a két iroda közötti ajtót és három lépéssel a szoba közepén termett. Csak bólintott a lány felé és máris David felé fordult:

- Most hívott a közjegyző, hogy késni fog. Tíz előtt biztosan nem fut be. Addig mindenképpen várnunk kell.

- Jó. Esetleg ha... - kezdett bele David egy mondatba, de apja már a szavába is vágott. Kimberly arcán mosoly suhant át: ezek szerint gazdagéknál ez dívik: ajtófeltépés, parancsolgatás és a másik szavába

224

vágás. Szép szokások! És ahogy elnézi, ez a kor előre haladtával csak tovább fokozódik. John Wilson a fiánál is keményebb! Egyértelmű, hogy ő diktálja a tempót.

- Az ügyvédnek szüksége lenne egy pár adatra még a lá... izé feleségedről. Ilyen semmiségek, mint születési hely meg anyja neve – mondta mindezt úgy, mintha csak mellékes lenne.

- Mondjam? – állt fel készségesen Kimberly az előbb elfoglalt székből.

- Nem kell, igazán, elég a személyi igazolvány – intette le John oly módon, hogy közben nem is nézett a lányra. Kimberly értette a célzást: te csak levegő vagy itt. Összehúzta a száját. Készségesen túrta elő táskájából a nála lévő összes dokumentumot és szó nélkül átnyújtotta Davidnek. Ha már az apósa nem vesz róla tudomást, akkor ő is hasonlóan fog eljárni.

·

Cecile ébresztőórája pontban fél tízkor szólalt meg. Álmosan fordult meg az ágyban és egy határozott mozdulattal elnémította a csilingelő készüléket, majd egyik szeméről felemelte a szemellenzőt és az órát kezdte vizsgálni.

- A csudába, tényleg annyi – morogott és kikászálódott az ágyból. Kómásan vonszolta át magát a konyha irányába, átesve a szoba közepén nyitott és félig pakolt állapotban lévő bőröndkészleten. - És még sehol nem vagyok a pakolással – zsörtölődött, majd egy adag kávét öntött magába. Rengeteg ideje van, a taxit csak tizenegyre rendelte. Addig is komoly feladat vár rá: el kell döntenie, hogy melyik ruhadarabokat vigye magával erre a fontos útra!

·

John csuklott egyet, majd mégegyet. A szeme kidülledt, mint aki nem jól lát. A keze remegni kezdett. Muszáj lesz innia valamit, különben mindjárt rosszul lesz – kapkodott levegő után, miközben rém szorosnak tűnő nyakkendőjén próbált lazítani egyet. Biztosan csak képzelődött – döntötte el magában és ismét felemelte az iratot. Semmi kétség, tényleg jól látta! Az okmányon valóban a Beckett név szerepelt. Szóval azért tűnt ismerősnek!

John a kezdeti sokk után igyekezett összeszedni magát. Hátradőlt a székében és az új fejleményeket igyekezett kielemezni.

•

- A csudába, már tíz óra is elmúlt és még mindig nem sikerült eldöntsem, melyik fürdőruha kollekciót vigyem magammal! – csattant fel Cecile és lerogyott a ruhákkal borított ágyra. Túl fáradtnak és elgyötörtnek érezte magát ahhoz, hogy bármiben is érdemi döntést tudjon hozni. – A legjobb, ha mind elviszem – söpörte a táska tetejére a két tucat madzagot és anyagdarabkákat, ráhajítva három kalapot. Így ni – csapta rá a tetőt a bőröndre. Nincs kedve tovább pakolászni. Majd ott vesz ruhákat, nem bajlódik itt holmi válogatással. Úgyis unja már ezeket a göncöket, kell egy kis újítás – döntötte el.

•

- David! David azonnal gyere át! – üvöltötte el magát John Wilson, nem törődve a belső hívásra is alkalmas készülékkel. - Hol van az én okos kis fiam? Gyere, hadd ropogtassalak meg! – mosolygott rá az ajtóban feltűnt férfira, alig halkabb hangerőn. Te kopé, én meg itt már minden követ megmozgattam, minden lehetőséget átnéztem, hogy milyen kiút van, te meg egy huszárvágással elintézted! Ilyen áldozatot hozni – harsogta be a szobát úgy, hogy nem lehetett nem meghallani a másik irodában.

Hangját aztán halkabbra vette, de még így is jól hallható volt Kimberly számára, aki David irodájában maradt. Épp arra készült, hogy aláírja a házassági szerződést, mit is vacakolt volna vele tovább. A hangokra azonban letette a tollat és óvatosan a résnyire nyitva maradt ajtóhoz osont. Erős gyanúja támadt, hogy a jövőről fognak beszélni és ez őt is érinti. És ha már nyitva maradt az ajtó, egy kicsit kihallgatja őket. Nem árthat!

226

A szomszédban David belehuppant egy fotelba.

- Miről van szó? – nézett értetlenül az apjára. Kétségbeesett és csak remélni tudta, hogy nem jött máris rá, miben mesterkedik.

- David, tudod hogy az elmúlt napokban micsoda fejtörést okozott nekem a Bergen cég jövője! Ki a fene számíthatott arra, hogy az a félnótás Adam Beckett golyót röpít a fejébe, mielőtt aláírta volna az összes átruházási papírt? Aztán meg ez az örökösödési mizéria. Már az is megfordult a fejemben, hogy a lányt gyámságom alá helyeztetem, hogy rátegyem a kezemet a vagyonára. De ez jobb megoldás! Sokkal tisztább és gyorsabb. Szegény kis fiam, ilyen áldozatot hozni értem? David, miért nem mondtad, hogy a Beckett lányt vetted el? Így ami az övé, az a tied is. Zseniális! – veregette meg a fia hátát. Még nálam is rafináltabb vagy! Igazi profi! És mi még anyáddal azon gondolkoztunk, hogy elment az eszed, hogy egy ilyen nőt vettél el.

David arca megnyúlt, fogalma sem volt minderről! Hogy Kimberly gazdag lenne?

A szomszéd szobában guggolva hallgatózó lány az elhangzottak hatására váratlanul lezökkent a földre. Micsoda? – zsongott a feje. Hogy vagyon... hogy apjának pénze... hogy átruházás... ő... örökös... tulajdonos... gazdag...? Hogy... hogy erről David tudott... Hogy ezért vette el? A vagyonért? Nem is a gyerek... a pénz? A pénz! A hatalom!– fordult meg vele teljesen a világ. Annyira zsongott a feje, hogy nem is hallotta, hogyan folytatódik tovább a beszélgetés.

Már csak anyádat kell megnyugtassuk, hogy nem rossz parti volt ez. Minden erejével azon dolgozik, hogy visszacsinálja. De még nem kell! Ő mit kap cserébe? Mennyi időre szól? – nézett a fiára John, további kérdésekkel bombázva.

- Izé... majd meglátjuk – nyökögte. Szerencséje volt, hogy apja annyira belemerült a tervezgetésbe, hogy nem vette észre éretlen és elgondolkozó arcát. David teljesen magába zuhant. Most mi lesz, a terve teljes dugába dőlt! Öngólt lőtt! Miért, miért pont őt? Hogy történhetett meg mindez pont vele? Hogy vehetett el egy gazdag nőt? Ki kell találnia valamit, gondolkoznia kell! Talán még sincs veszve minden, talán... John eközben tovább ontotta magából a terveket:

- David, tudod hogy ez azt jelenti, hogy át kell nézni azt a szerződést. Figyelni kell arra, mit is íratunk vele alá. Ugye még nem írta alá? Azután meg természetesen kap valami kártérítést és gyorsan eltávolítjuk innen. Az ország másik felében nyugodtan kezdhet új életet – járt már nagyon előre. David ezeket már nem is hallotta.

Eközben a másik szobában Kimberly gondolatai is tovább gyűrűztek David körül. A lány képtelen volt elhinni, hogy ennyire átverte. Hogy minden csak hazugság és képmutatás volt. Hogy semmi nem érdekli őt, még a gyereke sem! Szóval ezért ez a színjáték, hogy ne fogjon gyanút. Nem, nem lehet igaz, nem tartozhat ilyen emberhez! Eltűnik innen, örökre. Már semmi nem köti ide. Nem is hallotta, hogy beszélnek-e még, csak kirohant a szobából. Érdekelte is az, hogy esetleg meghallják.

•

Kimberlynek fogalma sem volt arról, hogy mióta ücsörgött egy férfimosdóban. Ide menekült azok után, hogy kirohant az irodából és megmagyarázhatatlan módon felfelé szaladt vagy három emeletet a lépcsőn. Aztán találomra elindult körbe, majd bemenekült a mosdó felirattal ellátott ajtón. Reszketve rogyott le a kőre.

Próbálta összerendezni gondolatait, kiutat keresve. A legképtelenebb ötletek is megfordultak a fejében, kezdve azzal, hogy véget vet életének. Mélységes gyűlöletet érzett a férfi iránt, akinek a gyerekét várja. Hogy tudná majd őt szeretni? Hogy lenne képes elfelejteni mindazt, amit vele tett, ahányszor csak ránéz? Mindezek ellenére képtelen lett volna bántani. Hiszen az övé is. Ez a szegény kis gyermek nem tehet arról, hogy micsoda szörnyeteg apja van! Egy számító, képmutató dög!

Kimberly megsértett agyában a bosszú szó visszhangzott. Muszáj visszaadni valamit mindabból, amit vele tettek. Nem a pénz, az nem érdekli. Hanem ez a macska-egér játék. Hiszen... hiszen még nem írta alá a házassági szerződést! – kapott a fejéhez! Micsoda szerencse! Ha egy perccel később... de nem! Még időben tette le a tollat! Vagyis ez azt jelenti, hogy jogilag nem adott át semmit. Sőt, ha jól tudja, akkor David vagyonának a fele őt illeti meg, mint feleséget! Sőt! Ezzel a gyerekkel még többet is! Nos, kedves Wilson család, ha hatalmi harc, hát legyen. Nem szabadulnak meg tőlem olyan könnyen! Csakazértsem megyek el! És egy túszuk átmenetileg még nálam van egy jópár hónapig, ezért alkudni kell! – gondolt a gyermekére, mint a bosszú eszközére.

•

Cecile unottan futtatta végig tekintetét a terminálban várakozó szánalmas tömegen. Reménykedett abban, hogy talál figyelmére érdemes személyt, azonban csalódnia kellett. Szórakozottan gyújtott egy cigarettára a nemdohányzó részben, tudomást sem véve a felháborodott tekintetekről. Mobilja csörgésére elnyomta a csikket és meglátva a hívó fél nevét, búgó hangon szólt bele a készülékbe.

- Will kedves, hogysmint? – csilingelte.

- Cecile drágám, téged nem könnyű utolérni. Mikor láthatlak újra? – kérdezte meg az újdonsült lovagja. A nő elégedetten nyugtázta, hogy sikerült teljesen megbolondítani a férfit.

- Ó, hát sajnos ki kell, hogy ábrándítsalak, egy ideig nem tudunk találkozni – csicseregte ugyanazon a hangszínen.

- Hogyhogy? – esett le az álla Willnek. Csak nem bántottalak meg valamivel? – mentegetődött egyből.

- Egy időre elutazom, így volt tervezve. Cecile felettébb élvezte, ha utána epekednek.

- Ezt nem teheted velem! – változott Will hangja kétségbeesetté. Mikor mész és hova és mennyi időre? – akart mindent megtudni. Cecile most a titokzatos vagyok részt vetette be:

- Nos, még nem tudom egészen pontosan, mikor jövök vissza. Igazán.

- De mégis...?

- Ugyan már, mit számít az a pár hét, elvégre hosszú évek óta ismerjük egymást – húzta tovább a férfit.

- Kérlek, kérlek szépen, ne menj el... pont most! – fogta könyörgőre Will. Cecile diadalmas mosollyal hallgatta, imádta ezt a részt. Ha most itt lenne, az még izgalmasabb lenne, mert a lába elé vetné magát.

- De már várnak – hűtötte le a férfit, enyhe bizonytalanságot csepegtetve a hangjába.

- Legalább azt mondd meg, hogy hova mész... hogy esetleg meglátogathassalak...? Kérlek, ne légy velem ilyen szívtelen, teljesen összetörsz... - Will belekapaszkodott a vonal végi csöndbe.

- ...Hát jó... majd jelentkezem – mondta megadóan Cecile és kinyomta a telefont.

Igen! – ujjongott magában. A tenyeréből eszik! Most majd azt tehet vele, amit csak akar! Reszkess David, mert visszakapsz még mindent! Lehet, hogy tényleg nem kéne túl sokat távol lennie – bizonytalanodott el. Majd meglátom!

•

David már lassan egy órája kutatott a lány után. Biztos volt benne, hogy Kimberly mégis meggondolta magát! Nem lett volna szabad magára hagynia, hiszen látható, hogy mi lett a vége: egyszerűen elmenekült! Ezt jelzi az iroda nyitva maradt ajtaja és ezt állítja Mrs. Brown is, aki látta kiszaladni a feldúlt lányt. De mi történhetett? – állt értetlenül a helyzet fölött David. Pedig nincs semmi olyan a szerződésben, ami kiakaszthatta volna, átolvasta ő is. Akkor meg hova ment és főképpen, miért?

•

Cecile kényelmesen elhelyezkedett az első osztályon és kifelé bámult az ablakon. A többi, turista osztályra igyekező utas egymást taposva nyomult hátra a gépen, mintha nem lett volna elég hely. A nő lemondóan nézett végig a szánalmas társaságon és egy pletykalapot emelt ki az újságkosárból. Unottan lapozgatni kezdte, majd az ölébe ejtette. A mellette ülő hatvanas hölgy udvariasan elkérte tőle a lapot. Cecile átadta, majd mivel nem volt jobb bámészkodnivalója, ő is bele-belepillantott a lapozgatott oldalakba. Semmi újdonságot nem látott. Egy újabb lapozást követően aztán tágra nyílt a szeme és szabályosan kitépte a nő kezéből a lapot.

230

•

Kimberlyelőmerészkedettarejtekhelyérőlésminthaalegtermészetesebb dolog lett volna, emelt fővel távozott három megrökönyödött férfi tekintetétől kísérve. Legfőbb ideje, hogy hazamenjen és egyen valamit – döntötte el és lefelé vette az irányt. Elvégre elmúlt dél! A legnagyobb nyugalommal szállt be egy taxi hátsó ülésére, függetlenül attól, hogy nem volt nála pénz. Ha jól hallotta, akkor eléggé gazdag ahhoz, hogy otthon megelőlegezzék neki a taxi díját. Sőt lehet, hogy a legjobb lenne, ha neki is külön sofőrje lenne!

•

Cecile felpattant az ülésről és az ajtó felé vette az irányt. A légikísérők értetlenül próbálták elállni az útját, hogy most már nem szállhat ki, útban vannak a felszállópálya felé. A nő azonban eltökélte, hogy leszáll és senki nem tarthatta vissza. Nem érdekelte a csomagja, se semmi: le akart jutni a gépről! – Átkozott, szemét, hazug, képmutató – motyogta ezt a négy szót egészen addig, amíg nem állították félre a gépet és nem hoztak egy külön lépcsőt a számára. Cecile úgy vágtatott le, mintha az élete múlt volna ezen! Muszáj itt maradnia, most nem mehet el! Nem érdekli, ha megbüntetik, akkor is ezt kellett tennie!

Úgy szorította a kezében az újságot, hogy a betűk szinte olvashatatlanul gyűrötté váltak. Ő azonban nagyon is jól emlékezett a cikk minden egyes szavára: Az „Elkelt" cím alatt rejtőző kegyetlen sorokra: „Az autómágnás David Wilson is igába hajtotta a fejét. Ahogy arról a kettővel ezelőtti számunkban beszámoltunk, ismeretlen nő tűnt fel a népszerű férfi mellett. A titokzatos nő rekord gyorsasággal elérte azt, amire oly sok elődje képtelen volt: az alig több, mint egy hónapos románc házasságba torkolt. Kérdés, hogy mennyire lehet tartós egy ilyen gyorsan kötött házasság. A mai világban sosem tudni. Mi azért hadd kívánjunk nekik sok szerencsét."

•

- Nem – ismételte meg újra ezt a három betűt Kimberly már sokadszor. Teljes nyugalomban ült a fenti szobában és figyelte, ahogy David egyre vörösebb fejjel fel-alá rohangál előtte. Tudta, látta rajta, hogy legszívesebben kezet emelne rá, de még ez sem érdekelte. Úgy érezte, hogy összetört benne a bizalom bárki és bármi iránt, hogy most úgy érzi, hogy soha senkinek nem fog elhinni semmit. Pláne nem ennek a férfinak.

- A gyerekes viselkedéseddel teljesen megaláztál! – siránkozott a férfi. Hogy legyen így tekintélyem bárki előtt, ha előtted sincsen? Erre még nem gondoltál? – nézett rá vérben forgó szemmel. Kimberly teljes csöndbe burkolódzott. – Egyáltalán mit akarsz elérni? Pénzt akarsz? Vagy mit? Mert nem ebben állapodtunk meg! A szavadat adtad! – rikácsolta szinte magán kívül. El akarsz innen menni? Hát tessék csak, menjél, próbálj meg egyedül boldogulni! Menj, nem tartalak vissza! – mutatott az ajtó felé. Vagy el akarsz válni? Hm? Felelj! Tőlem, de figyelmeztetlek, egy vasat sem kapsz! Gondolhattam volna, hogy te is csak olyan vagy, mint a többi pénzéhes szuka!

- Ez nem igaz! – pattant fel Kimberly a helyéről. Kikérem magamnak! – kapta fel a vizet a sértésre.

- Ugyan már, ne nevettess – legyintett a levegőbe David. Akkor miért nem írtad alá?

- Csak – makacsolta meg magát Kimberly.

- Csak mi?

- Soha nem kérnék olyat, amihez nincs közöm! – vágta oda a lány.

- Bizonyítsd be! – nyomta az orra elé a papírt. David eltökélte, hogy addig nem hagyja el a szobát, amíg nem lesz rajta a lány aláírása.

- Megtartod a gyereket és engem meg lapátra teszel. Mert ez a terved, ugye? – kérdezett rá kerek perec.

- Hogy mi? – fújta fel magát David, úgy felemelve a mondat végén a hangsúlyt, hogy az szinte fülsértő volt. Hogy jön ide gyerek? – kérdezte meg bután, teljesen elfelejtkezve róla.

- Na ezért – ült le Kimberly ismét a székbe. Egyértelmű, hogy Davidet nem érdekli a gyereke.

- Te zsarolsz engem? – vonta fel a szemöldökét.

- Én? – fuvolázta ártatlanul Kimberly. Csak szeretném majd megadni neki, ami jár!

- Á, szóval a vagyon fele nektek jár! – csapott le David újra.

- Nem, az neki jár. Az enyém csak az én örökségem!

- Az örökséged... - nevetnem kell. Milyen örökség? Az a romos kis luk, ahol laktatok? Ugyan már, ne nevettess! – mondta patetikusan.

- Ne játszd itt a meglepettet! – felelte halálosan komolyan Kimberly. Hallottam, David, minden egyes szót! – mondta mindezt olyan hangsúllyal, hogy attól még a férfi is megrettent. Elsápadt és előre zuhantak a vállai. Erre egyáltalán nem gondolt! Pedig milyen kézenfekvő volt... ez a hirtelen pálfordulás...

- Ezt még nem fejeztünk be! – rázta meg mutatóujját fenyegetően a lány felé és kiviharzott a szobából.

•

Elizabeth reszkető kézzel tette le a telefont, majd elkiáltotta magát:

- Rose, Martha és aki még hallja, befelé! – hangjára felsorakozott a kéttagú benti személyzet, nem sok jóra számítva a vészjósló tekintettől. – Egy egyszerű kérdést teszek fel, amelyre egy nevet várok. Érthető? – Kinek pletykálták el, hogy David fiam megnősült? A két nő értetlenül nézett egymásra és bambán a fejüket csóválták. Elizabeth kénytelen volt levonni a tanulságot, hogy nem a személyzet kotyogta el a hírt. De akkor hogyan került be a házasság híre az újságba és így az egész város tudomására? Ezzel teljesen lerombolta azon tervét, hogy úgy oldják meg a helyzetet, hogy ne derüljön ki soha! Most főhet a feje!

A megcsörrenő telefon nem sok jóval kecsegtetett: Elizabeth felkészülhetett a rohamra! Mert biztos volt abban, hogy a mai meg a holnapi nap folyamán még egy tucat ismerősének kell megerősítenie fia váratlan fellángolásának tényét. Kész kínszenvedés!

•

- Nos? – csak ennyit kérdezett John, mikor fia belépett az irodába. David csak egy fejcsóválással tájékoztatta az eredménytelenségről és letelepedett a fotelba. Szusszant egyet, majd szárazon közölte:

- Meghallotta, amit az irodában mondtál nekem.

- Az baj – hajtotta le John a fejét és némaságba burkolódzott. Mennyit akar? – kérdezte egy idő után lemondóan.

- Tulajdonképpen csak az örökségét – felelte az egyenlőre publikus részét a kérésnek David. Jobb, ha a gyerek dolgot egyenlőre még nem pencegeti. Így is eléggé áll a bál!

- Mi a meglátásod, elvégre te ismered? – kérdezte kendőzetlen őszinteséggel az apja.

- Szerintem hagyjuk lenyugodni egy kicsit – morfondírozott el David. Talán meg tudom győzni – újra. Elvégre egyszer már belement – gondolkozott hangosan.

- David, ugye tényleg csak amiatt vetted el? – hajolt közelebb John a fiához fürkésző tekintettel.

- Persze! Miért, mit gondoltál? – háborodott fel kellően annyira ahhoz, hogy apjának mindez teljesen hitelesnek tűnjön.

- Á, csak tudod anyád... - kezdett bele a kínosnak indult mondatba, aztán abbahagyta.

- Apa, kérlek fejezd be: mi van az anyámmal? – makacskodott David. Tudni szerette volna, mi zajlik körülötte.

- Hát azt hiszem anyádnak ebből egyenlőre nem mondunk semmit. Olyan pletykás és még azt hiszi, hogy... hogy... izé ti...

- Az jó! Ezek szerint őt sikerült átverjem! – érzett diadalt David. Legalább ennyi öröme legyen a mai napon.

- Krh... - krahácsolt zavartan John, majd csak kibökte: Látott titeket egy ágyban és...

- Ugyan már, apa, olyan részeg voltam, hogy két medvével is együtt aludtam volna! Csak nem képzeled, hogy bármit is tudnék azzal a kislánnyal kezdeni! – háborodott fel David a képtelen ötletre, nem gondolva bele, hogy így a saját jövőbeni helyzetét nehezíti meg.

•

234

Elizabeth szerencsére az előbbi beszélgetésről pont lekésve futott be a szobába és vörös fejjel egy lapot lobogtatott:

- Megjelent! – mondta mérhetetlen dühvel és az újságot a férje elé csapta az asztalra. Miközben John a szösszenetnyi szöveget futotta át, hevenyészet pillantást vetve a már ismerős ominózus képre, Davidnek máris fejmosást tartott: - Fiam, hogy cseszhetted el ennyire az életed? Te voltál, biztos vagyok benne, hogy te tetted! Pedig kértem, hogy várjál még vele! – ráncigálta meg fia karját. Most tessék: mindenki tudja! A telefon egyfolytában csörög! Lennél szíves leállítani a dömpinget némi magyarázattal? Nekem fogalmam sincs, mit mondjak, azon kívül hogy a hír... hát szóval igaz. Részleteket akar mindenki! Nekem meg fogalmam sincs semmiről! Ez maga a vég, belepusztulok! Oda a jó hírünk, oda minden – játszotta a drámát. - Tényleg, aláírta a szerződést? – kérdezte meg váratlanul, enyhe hangnemmel. John elmosolyodott, ismerve feleségét: tudta, hogy az egész eddigi cirkusz csak pucc volt, kizárólag a szerződés érdekelte Elizabethet! Sőt, talán csak játssza a mártírt, ahogy ismeri még jól is fog kijönni a helyzetből. Hiszen most mindenki erről akar beszélni, főként vele!

- David, ugye te mondtad el valakinek? – ismételte meg a kérdést.

- Hogy én? – nyúlt az újság után David és átfutotta a semmit mondó sorokat.

- Szóval aláírta? – kérdezte meg újra Elizabeth és hol a férjére, hol a fiára nézett.

- Nem, közbejött valami és... - kezdte el David a magyarázkodást, de apja a szavába vágott:

- Tudod a másik ügyvéd talált egy támadható pontot és újrafogalmazzák – mentette meg a helyzetet John, leintve fiát. Bízzátok rám a pr-t, majd én elintézem a megerősítést. David, hozzál egy esküvői képet is! – azzal már nyúlt is a telefonhoz, hogy a legmenőbb városi lap szerkesztőségét hívja. Liz drágám, írjál egy listát, hogy kiket kell értesíteni, telefonszámmal együtt – adta ki a parancsokat John.

- Amíg Elizabeth leszaladt a saját jegyzetfüzetéért, addig John visszatartotta fiát:

- Anyádnak egy szót se erről! Higgye csak azt mindenki, hogy ez a házasság gyors – és majd mint kiderül – elhamarkodott lépés volt. Hm? – nézett az összezavarodott és meghökkent fiára.

- Biztos...? - kérdezte David és elgondolkodva ment képet keresni. Nem vette észre, hogy most sokkal inkább zsinóron rángatják, mint korábban.

•

- Azt hiszem elég jól sikerült! Nem túl bőbeszédű, de elég informatikus ahhoz, hogy távol tartsa az érdeklődőket – dőlt hátra elégedetten John a székében. David? Liz? – nézett körbe. Elizabeth, intézkednél a vacsoráról, éhes vagyok! – nézett feleségére, aki készségesen felállt és távozott. John végre ismét egyedül maradt a fiával.

- Mindenki minket akar majd látni! Én ezt nem fogom bírni! – pattant fel a székéből.

- Erre találták ki a nászutat! – mondta nyugodtan John.

- Hogy mit? – képedt el teljesen David és értetlenül nézett apjára.

- Nyugi, mi ezt fogjuk mondani. Gondolj csak bele, tökéletes megoldás: eltűntök két hétre, addig itt is lecseng az ügy, a lány megnyugszik az út alatt, meggyőzöd, aláírja a papírt, aztán már összeveszhettek és elválhattok. Tökéletes...

- De... - kezdett bele a mondatba David.

- Legyen Európa, az kellően messze van és kellően zsúfolt ahhoz, hogy eltűnjetek. Hmm... úgyis Franciaországba készültem már mióta, megnézni az új egységet. Nemsokára kész lesz. Menj te! A lánynak elég, ha azt mondod, hogy üzleti út. Lepasszolod mondjuk Monacoba vagy Párizsba, amíg te Marseillesben dolgozol. Meg pihensz.

- Na? – John roppantul elégedett képet vágott! Ennél tökéletesebb tervvel senki nem állhatott volna elő!

- Hát... nem is tudom... - bizonytalanodott el a férfi. Túl sok minden történt a mai napon és belefáradt. Nem bírt használhatóan gondolkodni. – Legyen – bólintott rá.

- Remek, máris rendelem a jegyeket holnapra! Még reggelre, ha lehet. Kérlek legyél vele nagyvonalú és bőkezű! Az mindig hat! És főként: vetessél vele új ruhákat! Unom már azt az egyetlen blézerét.

236

IX.

A közepes méretű repülőgép csak úgy szelte a kilométereket. Kimberly lassan már rutinos utazó szemmel nézte a kivetítőt, amelyből értesülhetett arról, hogy a jelenlegi sebességük 780 km/óra és 5600 méter magasan járnak. Vagyis már javában ereszkednek! A kis térképet figyelve itt kell lennie valahol a tengernek! Hatalmas várakozással telve tapadt a kicsiny ablaküvegre. Még soha nem látta a tengert és most végre megpillanthatja! Most az ablak mellé szól a jegye, nem úgy, mint azon az óriás dög gépen, ahol belül ültek és semmit nem látott az óceánból. Még mindig semmi – mozgolódott az ülésén nyugtalanul, elfelejtve az időeltolódás és a hosszú út okozta megpróbáltatásokat. David ugyanis azonnal átpakolta erre a másik gépre. Nem bánta, hogy ilyen gyorsan megszabadult tőle!

- Ó! – csak ennyit tudott kinyögni, amikor a hegyeket maga mögött hagyva a gép kirepült a víztükör fölé. Kimberly áhítattal bámult alá a mélykék tengerre. Ilyen csodás árnyalatokat még soha nem látott! És azok az apró kis pontok, azok csak nem hajók? És a sziklák, ott meg az egy város lenne? – nézett jobbra-balra, hogy minél többet láthasson. A gép fordulás közben tovább ereszkedett, amit Kimberly újból bedugult füle is jelzett. Ez azonban a legkevésbé sem zavarta, mikor ilyen csodában lehet része! Figyelte, ahogy a magasság csökkenésével változik meg a víz színe. Gondolta, hogy ha a gép jobb oldalán ülne, akkor láthatná a partot is, de így is elégedett volt a helyzetével, hogy belátja a tengert.

Mindjárt leszállnak Nizza repülőterén. De hol van az a leszállópálya? Hiszen a kerekek már mindjárt a vízbe érnek, olyan alacsonyan vannak! Kimberly nem merte behunyni a szemét, hátha nem lesz rá alkalma, hogy újra kinyissa. Összekulcsolt kézzel merengve nézte az azúrkék vizet. Aztán az utolsó másodpercben csak feltűnt egy betoncsík, ahol a gép kényelmesen landolhatott. Megérkeztek!

Kimberly türelmetlenül ficánkolt a helyén, mialatt a gép korábbi sebességéhez képest komótosan cammogott a terminál felé. Izgalom fogta el: nyaralni jött ide! Az épület mellett és mögött meglátta a pálmafákat.

Istenem – futották el az örömkönnyek a szemét. Ez tényleg vele történik meg?

Apró bőröndjét maga mögött húzva izgatottan lépett ki a szétnyíló üvegajtó mögött. A csarnokban jó páran várakoztak, elállva a szabad utat az érkezők elől. Kissé elveszettnek érezte magát ezen az új és ismeretlen helyen. Észre sem véve a Mrs. Wilson táblát tartó embert, megállt a csarnok közepén és közbenézett. Kell itt lennie egy információs pultnak, ahol segítenek neki, hogy juthat el Monacoba.

·

Cecile magán kívül volt és tehetetlen dühében a falba csapta az öklét. Könnyeit nyeldesve próbálta visszaszerezni az önuralmát – sikertelenül. Csak nem fog egy férfi miatt sírni! Pont egy ilyen férfi miatt, aki ezt meg sem érdemli!

- Disznó! Minden férfi disznó! – söpörte le a mellette lévő kisasztalról annak tartalmát. – Hogy merészelt elmenni nászútra! – ordította. Ezt megkeserülik, mind a ketten! Ebbe nem nyugszik bele! Megnősült! Elvette! Őt nem akarta! Nem őt vette el! De visszaszerzi magának! Az a kis koszos nem ütheti ki a nyeregből, nem győzheti le! Miért? Mit tud az a lány, amit ő nem? Milye van neki, ami neki nincs? Nem, nem és nem, Cecile Boreauxtól nem vehet el senki egy férfit sem! Reszkess, kislány, még nem ismersz! – nézett farkasszemet az újságban lévő, a képen ártatlanul mosolygó Kimberlyvel.

·

Kimberly már öt perce várakozott – hiába – a pult előtt. Nem úgy nézett ki a helyzet, mintha egyhamar odajönne bárki is segíteni neki. Szórakozottan nézegette a kihelyezett prospektusokat és tájékoztatókat, majd felfedezett egy várostérképet. Jobb híján tanulmányozni kezdte.

Hmm... van itt egy vasútállomás a városban, onnan biztosan megy oda is vonat. Hiszen mindössze csak 20km-re van innen. Csak megy a reptérről busz az állomásra – vonta le a következtetést és megragadva bőröndjét a kijárat felé vette az irányt. Kint ismeretlen és izgalmas illatok

239

és kellemes meleg fogadta. Levette a kardigánját, amire szüksége volt az agyonlégkondizott repülőgépen. Örömmel látta, hogy az ajtó mögött néhány busz várakozott. Ezek szerint jó helyen jár. Odalépett az eligazító táblához és egy perc alatt kiderítette, hogy a 99-es számmal jelzett busz tökéletesen megfelelő lesz a számára. Már csak meg kell várnia, tíz perc múlva jön. Megnyugodva nézegetett körbe és tekintete a pálmafákkal övezett parkon állapodott meg. A park mögötti üvegszállodán a Cote d'Azur felirat díszelgett. Muszáj lesz minél előbb szert tennie egy útikönyvre, mert azon kívül, hogy Dél-Franciaországban van, semmi mást nem tud erről a csodás vidékről!

•

Laura Bertran igyekezett mosolyt erőltetni magára, mielőtt belépett volna a toronyépületbe. Tudta, hogy az első benyomás mennyire fontos, még ha a recepcióról is van szó. Megigazította a válláról lecsúszni szándékozó retiküljét és áttette a másik kezébe a tervrajzokat tartalmazó hosszú papír hengert. A pulthoz lépve köszörült egyet a torkán és bemutatkozott, majd elmondta, hogy kihez jött. A körmét reszelgető szőke liba vonakodva nézett fel. Laura annyira ideges volt, hogy nem is tűnt fel neki a nő irigykedő pillantása, mellyel babaarcát, hófehér bőrét, fekete haját és gazella termetét bámulta. Laura sokak szerint úgy nézett ki, mint Hófehérke, mások szerint ő volt a megtestesült nőideál. Ennek azonban sokszor nem örült, főként hogy a férfiak ezen tulajdonságainál zömmel leragadtak.

A szőkeség kényeskedve megnyomta az egyik hívógombot és felszólt az emeleti titkárságra. Laura a bebocsátási engedélyre várt. Bár már nem először jelent meg tervegyeztetésre, mindig feszült volt a megbeszélések előtt. Főként most, hogy már harmadszor jön egy átdolgozott variációval, remélhetőleg a végsőre. Nem is akart belegondolni, hogy mi lenne, ha ez a változat sem tetszene a megrendelőknek. Annyit dolgozott ezzel az új berendezéssel, hogy komoly kudarcként fogná fel, ha ez sem tetszene nekik.

•

Kimberly az óriási üvegajtó elé állította meg a bőröndjét majd félig nekidőlve egy kapaszkodónak, kifelé nézegetett a buszból. A látványtól tátva maradt a szája! A jármű sikeresen sorolt be a délutáni forgalomba a part melletti úton, de nem akármilyen úton! A kétszer kétsávos forgalmat ugyanis pálmafasor választotta el egymástól! Kimberly még soha nem látott ennyi pálmát egyszerre! Figyelme aztán az út másik irányába fordult, ahol a széles gyalogos sétány után egyenesen a tenger hullámzott! Kimberly most először láthatta közvetlen közelről a vizet. Legszívesebben kipattant volna a buszból, hogy lerohanjon a köveken és kezével megérinthesse ezt a csodát! Türelemre intette magát, hogy lesz még erre ideje, helyette magába itta a látvány minden egyes apró részletét. Vennie kell egy fényképezőgépet, hogy mindezt meg is örökíthesse, bár biztos volt benne, hogy nincs az a kép, ami visszaadná ezt a sok árnyalatot.

A busz egy lámpánál balra fordult, befelé a belváros felé. Kimberly átmeneti búcsút intett a tengerpartnak, de figyelmét máris új látnivalók kötötték le. Előre hajolva sem a kirakatok, sem nem az utcán hömpölygő tömeg, sokkal inkább a szokatlan épületek vonzották tekintetét. Ilyen négy-ötemeletes, díszes, vékony házakat még soha nem látott! Ennyi vékony és magas ablak, cirádás erkély és apró dombormű. És azok a keskeny utcák, parkok, díszítések, ablakok, egyszerűen lenyűgöző! Ezek szerint ez lehet az úgynevezett európai építészeti stílus. Összehasonlíthatatlanul jobban tetszett neki, mint amit otthon látott. Minden bizonnyal az újdonsága erejével volt rá ilyen hatással.

•

A busz egy újabb kanyart követően váratlanul megállt, majd a vezetője, meglepő módon egy fiatal nő búgó hangon a „vonat pályaudvar" szokatlan szókombinációval tájékoztatta az utasokat. Kimberly megragadta bőröndjét és levonszolta a buszról. Átverekedte magát a zsúfolt megállón, majd méregetni kezdte a szemközti épületet. Kizárásos alapon annak kell a pályaudvarnak lennie – döntötte el és határozottan a zebra felé vette az irányt.

Vajon melyik járat mehet Monaco felé? – nézegette tanácstalanul a vonatokat jelző menetrendet. Az ismeretlen, egzotikus neveket rejtő városok közül még egyről sem hallott. A legjobb lesz, ha beállok a kígyózó sorba, a pénztárnál csak tudnak tájékoztatni – döntötte el. Bőröndjét egyre nagyobb tehernek tartotta és nyugtalanul pakolta egyik karjából a másikba levetett kardigánját. Szerencsére hamar sorra került. A tömény francia akcentussal beszélő kedves hölgy készségesen egy kis menetrendet adott Kimberlynek, amely részletesen tartalmazta az egyes állomásokat és vonatokat, melyek ezen a vonalon közlekednek. Annyira átlátható volt a rendszer, hogy elhibázni sem lehetett.

•

Laura alig tudta titkolni idegességét: nyugtalanul csavargatta egyik fekete hajtincsét, nem is véve észre. A megrendelő a rajzok fölé hajolva nem szólalt meg, csak pakolta egyiket a másik után. Laura egy hümmögésnek vagy egy fejcsóválásnak is örült volna, de ez a német hűvös távolságtartás egyszerűen teljesen megőrjítette! Bár már itt élt Berlinben lassan nyolc éve, nem tudta megszokni, hogy ennyire nem mondanak el semmit. Laura kevéske önbizalma csak tovább csökkent. Így is mennyi harcot kell megvívnia fiatal kora miatt. Sokan nem akarnak szóba állni egy 26 éves fiatal irodai lakberendezővel, annak ellenére, hogy a legjobb iskolákban tanult és kiváló referenciái vannak. De valahogy ezek a középkorú, fontoskodó üzletemberek meg vannak győződve arról, hogy egy ilyen fiatal személy – pláne egy nő – egyáltalán nincs tisztában azzal, hogy milyen igényei lehetnek egy maguk fajta elfoglalt és fontos embernek. Nem merik megkockáztatni, hogy netalán olyan berendezés kerül alájuk, amely aláássa tekintélyüket. Laura ilyenkor szokta megbánni azt a rég hozott – és akkor talán nem eléggé átgondolt – választását, hogy ebbe az irányba specializálódjon. Talán még időben van és válthatna a lakások irányába...

•

Kimberly szuszogva rogyott le az emeletes vonat alsó szintén az egyik székre és kíváncsian nézett körül. Épp sikerült elcsípnie a vonatot! Egy újabb dolog, amihez eddig nem volt szerencséje. Egy vonat. Micsoda egy különös szerkezet ez a kerekeken guruló és csikorgó monstrum, méghozzá két szinttel. Ha nem lenne ez az átkozott bőröndje, akkor biztosan a felső szinten ülne, így viszont kénytelen lesz beérni itt lenn. - Bár ahogy elnézem, innen is jó a kilátás – tekintett jobbra, ahogy a vonat lassan kígyózva gördült ki a pályaudvarról és haladt át egy roppant magas felüljárón.

Kimberly csodálkozva nézte a házak között kígyózó vonatot és arra gondolt, hogy ha mindez Amerikában készült volna, biztosan a föld alatt vezetne. Pedig mennyi szépségről maradna le így az utas!

A vonat lelkesen kanyargott végig a part mentén, majd elbújt egy alagútba. Kimberly csalódottan biggyesztette le az ajkát. Ezek szerint az európaiak sem mások. Pedig úgy megnézné, hogy mi van a város után! Csalódottsága azonban gyorsan eltűnt, amikor ismét kibukkantak a sötétségből. Kimberly csak nézte az alant elterülő tájat és nem tudott betelni vele! Minden bizonnyal kis magánvillák, barátságos kertek tele ismeretlen mediterrán növényekkel, sziklák, na meg persze a tenger. De milyen színe van, azt leírni sem lehet! Kimberly soha nem gondolta volna, hogy ilyen pompázatos árnyalat egyáltalán létezik a világon. Valami hihetetlen zöldeskék csík húzódott a part mentén a sekélyebb részen, hogy azután egyre sötétebb árnyalatot vegyen fel, ahogy beljebb haladtak. Kimberly tudta, hogy egyből beleszeretett ebbe a vidékbe.

A vonat újra eltűnt és előbukkant, újabb tüneményes partszakaszokat tárva fel a kíváncsi szemek előtt. Majd egy hosszabb alagút következett, ahol a jármű csikorogva kanyarodott, majd egy föld alatti megálló kezdett kibontakozni. Monaco.

•

Laura alig akart hinni a fülének, amikor a megrendelő a „megfelelő lesz, igen, pont ilyesmire gondoltam" – szavakat mondta. Szinte alig volt magánál, akikor kezet fogott vele és szerződés aláírásról hadovált, meg kivitelezési határidőkről. Laura szerencsére kész időbeosztást készített még a megelőző napon írásban, így nem kellett szóban elmondania a továbbiakat. Tartott tőle, hogy képtelen is lett volna rá!

Úgy érezte, hogy akár repülni is tud, amikor távozott az irodából. A folyosón gyorsan körülnézett, hogy ne lássa senki, majd az öklét a levegőbe emelte! Igen, sikerült, megkapta élete első fontos megbízatását! Bár igazából a munka nagyján már túl is van. Muszáj lesz ünnepelnie! – döntötte el és kedvenc cukrászdája felé kormányozta kicsiny autóját. Igazán megérdemel egy óriás fagylaltkelyhet.

•

Kimberly a bőröndjével egyensúlyozva sikeresen vette a mozgólépcsőkkel tarkított föld alatti folyosórendszert majd hosszú gyaloglásba kezdett. A kerekek egyenletes duruzsolása tökéletes szinkronban volt cipője kopogásával. Kardigánját a légkondis vonatút után ismét levette és táskáján átdobva próbálta elhelyezni, hogy maradjon egy szabad keze. Még jó, hogy mégsem tette el a bőröndbe, bizony a vonaton alattomosan hideg volt! Bár kísértést érzett arra, hogy kinyitja bőröndjét és a tetejére tuszkolja, de aztán lebeszélte róla magát. Csak kibírja a lakásig, nem lehet olyan messze. Különben is itt egészen jó helye van.

Az az érzése támadt, hogy egy örökkévalóság óta megy a föld alatt és nem úgy néz ki, hogy valaha is véget ér a folyosó. Már annyira látni szerette volna, hogy mi van odakinn. Aztán váratlanul egy üvegajtó állta útját. Kimberly kilépett a napfényre.

•

- Uram, itt Jean. Van egy kis gond – hallotta meg David a vonal túlsó végén a zaklatott hangot. David idegesen a hajába túrt, mialatt a beszámolót hallgatta. Ő felrakta a gépre, akkor meg hol lehet? Hova a fenébe tűnhetett? Csak nem sétált ki egyedül az ismeretlenbe? Ennyire nem lehet ostoba! Ez a nő teljesen kikészíti!

•

Kilépve első dolog, amit Kimberly megpillantott, az egy árboc teteje volt. Csak nem egy kikötő az? – tett két lépést előre, majd körbenézett. A háta mögött és balra hatalmas szikla tetején pompás házak tűntek fel. Kimberly alig akart hinni a szemének! Szinte semmit nem tudott Monacoról azon kívül, hogy adóparadicsom és hogy hercegség, na meg persze a Grace Kelly történetet is ismerte. Így egyáltalán nem volt felkészülve arra, amivel szembe találta magát: egy pazar, tökéletes és hihetetlen városkával, amely annyiak szívét rabul ejti.

Ámulva nézett jobbra-balra, nem tudta hova kapni a fejét. Egy szempillantás alatt tudta, hogy a város örökre belopta magát a szívébe. A hajókat muszáj lesz megnézzem – indult el gyerekes lelkesedéssel keresztbe az úton, nem véve tudomást az autókról.

•

David majd szétrobbant a tehetetlenségtől és a dühtől, amikor meghallotta a géphangot a készülékében. Hangosan káromkodott egyet és keresetlen szidalmakat szórt Kimberlyre. - Persze, hogy nem kapcsolta be azt az átkozott telefonját, minek is vettem meg neki. Hiszen még kezelni sem tudja! Arra nem gondol, hogy engem meg a frász esz meg! Tisztára felelőtlen! Az biztos, hogy mióta ismerem, már öt évet elvett az életemből... ha ez így megy tovább... most mit csináljak? – dühöngött és csak remélni tudta, hogy képes egyedül is tájékozódni egy idegen országban.

•

Kimberly hosszú percek óta állt ugyanazon a helyen és csak bámulta a kikötőt. Biztos volt benne, hogy ilyen szép panoráma nem létezik még egy! Képtelen volt megválni ettől a látványtól. Csak nézte a tengert, a jachtokat, a sziklára felkúszó házakat, melyek fölött magasodó hegy rejtélyesen felhőkbe burkolódzott. Ettől még sejtelmesebb volt.

Aztán csak rászánta magát és lassan elindult felfelé a kissé emelkedő úton.

Hölgyem, a csomagja – kiáltott utána egy középkorú férfi és bőröndjére mutatott, amely jó tíz méterrel lejjebb a járdán maradt.

•

Laura élvezettel kanalazta egyik gombócdarabkát a másik után a szájába. Ritkán szokott megengedni magának ekkora luxust, de most ebben a pillanatban óvatosan karbantartott alakja sem érdekelte. Teljes nyugalommal kezdte bökdösni a tejszínhab tetején terpeszkedő málnaszemet, arra ösztönözve, hogy átguruljon a kehely túloldalán alapos gonddal kivájt gödörbe, vékony pirosas csíkot húzva maga után. Laura finom mozdulatokkal passzírozta el a hányatott sorsú málnadarabot, hogy átízesítse a csokoládé és vanília fagylaltot. A következő kanál eltávolítása után egy mogyoródarab kukucskált rá. Óvatosan kiemelte a fagylaltból és lenyalta, hogy külön egye meg. Alapos rágást végzett, miközben a tekintete átsiklott a szemközt ülő férfi hatalmasra nyitott újságjára. Az egyik szalagcímen megakadt a szeme és a rágást is abbahagyta. Meredten bámulta a betűket, majd nagyot nyelt. A mogyoródarabkák rátapadtak a torkára, erős köhögésre ingerelve.

•

- Elnézést, meg tudná mondani, merre találom a kaszinót? – lépett oda az egyik fényképező turistához. A megszólított fiatal lány úgy nézett vissza Kimberlyre, mintha legalábbis azt kérdezte volna, hogy merre találja a tengert.
- Ez az – mutatott az előtte tornyosuló pazar épületre és sietősen odébbállt. Kimberly észre sem vette ezt a közjátékot, tekintetével már az épületet méregette. Hol lehet ez alatt lakás? – morfondírozott magában. David azt mondta, hogy a kaszinó alatt van az apartmanja... - nézelődött körbe és tanácstalanul vonszolta tovább maga után a bőröndjét. Még egyszer nem hagyja el! Talán ez a park lesz az, hiszen mintha említett volna holmi kilátást a vízre – indult tovább a part felé, egyenesen egy korlátba ütközve. – Igen! – nézett le az alatta húzódó lakásokra. Hogy én

246

milyen ügyes vagyok! – örvendezett. Már csak az a kérdés, hogy jutok le oda.

•

Mint akit megbűvöltek, úgy bámulta Laura az újságot és pislogni is elfelejtett. Pedig az elmúlt percekben tulajdonosa már többet is lapozott rajta. Ő továbbra is csak az előző betűket látta maga előtt és ez teljesen felkavarta. Már nem is törődött a fagylaltjával, amely szép csendesen teljesen megolvadt. Tényleg jól látta? „Franciaországban terjeszkedik a Wilson Corp." – vajon az a Wilson Corp? – tette fel magában a kérdést újra meg újra. Hiszen nem volt odaírva, milyen iparágról van szó! Muszáj lesz megtudnia, muszáj lesz egy olyan újságot vennie!

•

A bőrönd hangos koppanással dőlt hátra a nappaliban, tulajdonosa legnagyobb megkönnyebbülésére. Kimberly gyorsan felmérte a helyes kis lakás berendezését, amely elegáns volt, de hideg és személytelen. Bizonyára meglehetősen ritkán volt használva, bár egy porszemet sem fedezett fel sehol. Nagy lendülettel rántotta el a függönyt és kilépett a teraszra. Nekitámaszkodva a korlátnak behunyta a szemét és élvezte a délutáni nap kellemes sugarait. A tenger halk duruzsolását éles csörgés szakította félbe. Kimberly összerezzent és keletlenül kinyitotta a szemét. Ki zavarhatja meg a nyugalmát? Csak nem a ház gondnoka tart ellenőrzést, hogy nem-e illetéktelen személy tartózkodik a lakásban?

- Igen? – szólt bele bizalmatlanul a telefonba.

- Ki beszél? – szólt bele a vonal másik végén a hang.

- Ott ki beszél? – kérdezett vissza. – Micsoda udvariatlanság, hogy felhív egy számot és nem mutatkozik be! – méltatlankodott.

- Kimberly, ne szórakozz velem, így is eléggé pipa vagyok rád! – mordult bele a készülékbe David, miután bemutatkozás nélkül is sikerült megismernie a lány hangját.

- David... - nyögte ki a lány. Teljesen elfelejtkezett róla! Pedig megígérte, hogy amint leszáll a gép, felhívja.

- Kimberly, hol vagy? – kérdezte teljesen összezavarodva David. Kimberly érezte a hangján, hogy nagyon ideges.

- Hol, hát a lakásodban – felelte és próbálta nyugalomra intenie magát.

- Izé... és hogy kerültél oda? – faggatta tovább a férfi. Halálra idegeskedtem itt magam! Több órája hívott a sofőr, hogy nem vagy sehol, hiába várt rád! – ordította ki magából az elmúlt órák feszültségét.

- Milyen sofőr? – kérdezte meg értetlenül a lány, nem válaszolva a feltett kérdésre.

- Hát a sofőr, aki rád várt a reptéren, hogy odavigyen – mondta még mindig idegesen a férfi.

- Rám várt? – kérdezett újra bután vissza.

- Igen – ismételte meg magát David is. Szerencséje van Kimberlynek, hogy nincs ott a közelében, akkor biztosan megrázná. Így értetlenkedni!

- Nem szóltál semmilyen sofőrről – jelentette ki magabiztosan a lány. Szinte hallotta, hogy a vonal másik végén a férfi megropogtatja a készüléket. Ijedten hőkölt hátra, mintha el akarná kerülni, hogy megragadja.

- De hát ez természetes, hogy ott lesz! – üvöltötte ismét David. Kimberlyt viszont már nem lehetett kihozni a sodrából.

- Neked lehet, hogy természetes, de nekem nem! – mondta lassan és érthetően. Legközelebb legyél szíves szólni az ilyen természetes dolgokról. Sajnálom, hogy szegény ember hiába várt rám! – mondta. Mellesleg tökéletes és átlátható a közlekedés, busszal és vonattal jöttem ide – büszkélkedett.

Szerencsére nem láthatta, hogy David eközben tekintetét az égre emeli és közel jár ahhoz, hogy tehetetlenségében a telefonzsinórba ne harapjon. Lassan számolt el magában tízig, hogy annyira lenyugtassa magát, hogy egy mondatot még tudjon a lánnyal közölni:

- Akkor most megkérnélek arra a természetes dologra, hogy légy szíves kapcsold be a mobilodat, hogy elérhető legyél! – mondta még mindig erős hangon és lecsapta a készüléket.

Kimberly még egy ideig bámulta a sípoló kagylót, majd vállat vonva visszatette a helyére. Eldöntötte, hogy csakazértsem fogja ma már bekapcsolni a mobilját!

•

Kimberly egyszerűen nem tudott ellenállni a kísértésnek, hogy megmártózzon a tengerben. Noha biztosan hideg lesz a víz így május közepén és hülyének fogják tartani, de egyszerűen muszáj lesz. Még soha nem fürdött a kádon kívül sehol és muszáj átéreznie, milyen, amikor a víz teljesen körbeveszi. Egyértelmű volt számára, hogy a kikötővel ellentétes irányba induljon el strandot keresni. Törölközőjét a kezébe lóbálva, strandpapucsban vágott neki az útnak. A fenti sétányról már messzebbről meglátta a vékony parti sávon kihelyezett nyugágyakat.

Igen! – örvendezett annak, hogy a vízben egy magányos úszót is megpillantott. Legalább nem leszek egyedül. A tenger közelébe érve kibújt a papucsból és kezében vitte tovább. Alig bírt magával, hogy ne rohanjon egyből neki a víznek, azonban nyugalomra intette magát, mikor meglátta, hogy a víz meglehetősen gyorsan mélyül. Hiszen nem tud úszni!

Lassan lépett bele a kristálytiszta vízbe és áhítattal véste magába az újabb élmény felejthetetlen pillanatát: amikor először érintette meg a víztükröt a kezével is. Finoman futtatta ujjait a sós vízben, majd összeszedve bátorságát tovább lépett befelé. A víz meglehetősen hideg volt, de ez sem tántorította vissza: újabb lépéssel haladt befelé. Már derékig ért a víz. Kimberly sugárzó arccal élvezte ki azt a mennyei érzést, ahogy a víz teljesen körbeveszi. Kezét előre-hátra húzva apró hullámokat keltett maga körül, majd a vízfelszínt paskolta gyermeki lelkesedéssel. Behunyta a szemét és beleszimatolt a levegőbe: tényleg sós volt! Vajon a víz mennyire sós? – futott át az agyán a kérdés és már emelte is vizes ujjait a szája felé, hogy óvatosan belenyaljon. Fülig szaladt a szája! Hiszen ez sokkal sósabb, mint gondolta volna. Milyen furcsa is ez...

•

Laura gyors elhatározással egy újságos boltba kötött ki, ahol kedvére tanulmányozhatja a lapokat. Fogalma sem volt arról, hogy melyik újságban keresse, így először az üzleti lapokat futotta át. Keresgélése hamar sikerre vezetett: megtalálta, amit keresett! Nem is merte alaposabban áttanulmányozni a cikket, ahhoz nyugodtabb helyre van szüksége. Tudta, hogy nagyon is felkavaró lesz mindez számára.

Két sarokkal odább letelepedett egy üres padra és felcsapta az újságot. Mohón habzsolni kezdte a sorokat, majd lapozott egyet. A következő oldalon egy képet pillantott meg. – Ó, istenem, David... - mondta, óvatosan érintette meg a képet. Hiszen... hiszen szinte semmit sem változott!

•

Kimberly kényelmesen elhelyezkedve ült le a sekély vízben és kinyújtotta a lábait. Reménykedett benne, hogy sikerül egy kis barna színt gyűjtenie. Kezét hátul támasztékként használva figyelmét a strandon tanyázó emberekre fordította. A pár ember életkora a hatvanas átlaggal bírt. Kimberly meglepődve állapította meg, hogy egyikük sem látszik dúsgazdagnak! Pedig nem úgy néznek ki, mint az átutazó turisták, biztosan valamelyik elegáns szálloda lakói. De hát fürdőruhában mindenki átlagosnak tűnik.

Jóleső fáradtsággal hunyta le a szemeit és hagyta, hogy az apró hullámok, melyek a hullámtörőn keresztül benyomultak, ne csak a partot, hanem őt is ostromolják. Még soha nem érzett ekkora nyugalmat és lelki békét! Hagyta, hogy a gondok, a kétségbeesés, a csalódások mind-mind szinte kimosódjanak belőle és csak élvezte a pillanatot! Hiszen nem olyan rossz a helyzet, mint amilyennek tűnt egy nappal ezelőtt: itt van ezen a csodálatos helyen és nyaralhat! Egyedül! Senki nem szól bele, mit csinál, hova megy, mit tesz! Van tíz teljesen szabad napja! Életében először végre teljesen a maga ura! Bár nem kéne, hogy ennyire élvezze ezt a helyzetet, de akkor is így van: szülei nyomasztó jelenléte megszűnt! Sikerült az, amiben soha nem hitt: független lett! És nincs emiatt lelkiismeret furdalása!

Az biztos, hogy mindent alaposan meg fog nézni, körbejárni és megismerni. Maximálisan kihasználja ezt az egyedülálló lehetőséget, nem foglalkozva a jövővel.

•

Laura az egész délutánt hosszas tipródásban töltötte. Nem gondolta volna, hogy ennyire felkavaró lesz számára valaha is az a tény, hogy David viszonylagosan közel van. Annyira lekötötte gondolatait a hír, hogy már nem is örült a megbízatásának, már nem is készült rá! - Ez így nem mehet tovább! – csapta le a ceruzát a kezéből és felpattant a helyéről. Már megint egy órát csak bámészkodással töltött! Pedig holnapra illene összeállítani egy teljes ütemtervet!

Nekiesett a nappaliban elterülő óriási szekrénynek és legalulról előráncigálta a rég használt dobozát. - Valahol itt kell lennie – motyogta, miközben egy kis mindentudó füzetecske után kutatott. Igen! – kiáltott fel lelkesen, amikor meglelte. Jobb ötlet nem jutván az eszébe, egy réges-rég nem használt számot ütögetett be a készülékbe. Torkában dobogó szívvel hallgatta, ahogy a telefon kicseng a túloldalon. Aztán inába szállt a bátorsága és két csöngés után lecsapta a készüléket. Vajon mi a fenét is mondhatna, ha esetleg felveszik a másik oldalon? Nem, nem szabad keresnie! Hogy is juthatott egyáltalán az eszébe ez a teljes képtelenség?

.

Kimberly méltatlankodva állt fel a csörgés hangjaira a teraszról. Pedig olyan jól bevackolta magát egy takaróba, hogy nyomon követhesse a vízen zajló élénk éjjeli forgalmat. A készülék azonban kettő csörgés után abbahagyta. Kimberly enyhén méltatlankodva állt és várt még egy kicsit, hátha újra megszólal, aztán visszament a teraszra. Biztosan téves hívás, és még időben rájött. Ha David lett volna az, már rég újra hívta volna. Ki más is kereshetné őt?

X.

Kimberly a mondhatni szokásos napi programja végén járt: épp a vacsoráját fogyasztotta az erkélyen. Élvezettel nézte a lenyugvó nap fényeit a tenger felett. Az elmúlt kilenc napban volt alkalma alaposan megismerni ezt a kicsiny országot: bejárta minden egyes utcáját. Nem volt olyan pont, ami valami miatt ne tetszett volna neki, de ha mégis választania kellett volna, akkor egyértelműen a vár mögötti kertre tenné le a voksát. Onnan pompás kilátás nyílt a kikötőre és a tengerre egyaránt. Nem beszélve arról, hogy a turistákkal átszőtt utcákhoz képest itt viszonylagos csönd és nyugalom honolt.

Kimberly gyakran ült itt le az egyik padra, hogy az egyetemi könyvtárból kölcsönzött könyveket olvasgassa. Ugyanis fejébe vette, hogy kihasználja a lehetőséget és gyarapítja ismereteit. Főként az autóipar érdekelte, de a vállalati szervezeti kérdésekkel foglalkozó könyvekkel is megpróbálkozott. Legalább az alapvető fogalmakkal és helyzetekkel legyen tisztában a jövőben, hogyha a társalgás ilyen irányba kerül, értsen is belőle majd valamit. Szintén nagy rutinnal rendelkezett már az óriás bevásárlóközpont felépítését illetően, hiszen minden nap megfordult itt. Nem szívesen ment volna étterembe, így rendszeresen főzött magának. Ugyancsak büszke volt arra, hogy egészen jól haladt az úszás elsajátításával is. Minden délelőtt és délután a helyi nyitott uszodában a kicsikkel együtt tanult, nem törődve a nyilvánvaló korkülönbséggel.

A legfontosabb programja azonban az interneten való böngészés lett: az elmúlt napokban órákat töltött azzal, hogy mindent megtudjon David Wilsonról! Elámult, hogy mennyi minden van fent a neten erről a férfiről. Most legalább kellő előnyt szerzett magának a tudnivalókról! – összegezte a feltehetően csak érintőlegesen is számos nőügyét, nem beszélve az egyéb csemegékről. Muszáj képbe kerülnie!

Hú! – ámult el a vízen keresztül suhanó impozáns jacht-ot meglátva és már pattant is, hogy kihozza bentről a fényképezőgépet. Annak ellenére, hogy luxusjárművek vették körül nap mint nap, mindig megbámulta őket! Elégedett mosollyal nyugtázta, hogy még időben sikerült lekapnia az egyre távolodó hajócskát. Ez volt a 350. kép, amit készített. Lassan nincs olyan pontja a városnak, amit nem örökített volna meg. A leginkább azt szerette, hogy ugyanarról a helyről többször is készített képet, összevetve a színek közötti különbségeket.

Telefon – mondta hangosan magának. Tudta, hogy David lesz az, hiszen mindig ilyenkortájt szokta hívni. Minden nap. Szökkenve ment be a szobába és felkapta a készüléket.

Szia! – szólt bele magától értetődően. Az elmúlt napokban némiképp csökkent a kettőjük közötti feszültség. Sőt, tegnap már egészen hosszan elbeszélgettek.

A vonal túlsó felén azonban nem David volt. Laura Bertran meghökkent a közvetlen megszólításra – na meg persze a női hangra – és alaposan megingott. Már-már azon volt, hogy lecsapja a kagylót, aztán mégis meggondolta magát és csak beleszólt:

- Jó estét. David Wilsont keresném, jó helyen vagyok? – kérdezte és csak remélni tudta, hogy hangja remegése nem volt hallható. Most Kimberlyn volt a csodálkozás: még eddig senki nem kereste itt a férfit! Aztán összeszedte magát.

- Igen, az ő lakását hívta – válaszolt ennyit. A kellemes női hang óhatatlanul is óvatosságra intette.

- Esetleg beszélhetnék is vele? – kapta el az izgatottság a hívót. Bár Laurának fogalma sem volt, mit is mondhatna, de ha már idáig eljutott, akkor nem fog most visszakozni.

- Sajnos nem tudom adni, holnap délután érkezik vissza – ábrándította ki Kimberly. Igyekezett udvarias lenni, hátha egy üzletfélről van szó. - Esetleg átadhatok neki valami üzenetet? – kérdezte udvariasan.

- Nem, köszönöm, majd keresem – hallotta meg a választ és mielőtt a neve felől érdeklődhetett volna, már csak a sípoló hangot hallatta a készülék.

•

David értetlenül vette tudomásul, hogy a telefonja foglalt jelzést ad. Ki a fenével beszélgethet Kimberly? – méltatlankodott, majd ismét tárcsázott. A vonal ezúttal kicsengett.

- Kimberly? Kivel beszéltél? – támadta le rögtön a lányt köszönés nélkül.

- Téged keresett egy nő – a nevét viszont nem mondta meg és üzenetet sem hagyott – felelte egy szuszra Kimberly és igyekezett nem tulajdonítani nagy jelentőséget az ügynek. Főként, hogy David sem kezdett el kérdezősködni, sokkal inkább a holnapi érkezési körülményeit ecsetelte.

David a beszélgetést követően folytatta bőröndje pakolását, közben elmélkedett. Furcsa, de mintha hiányozna neki a lány. Badarság! – kergette el a gondolatot. Miért is hiányozna neki, hiszen állandóan csak felbosszantja a gyerekességével! És már nem is szórakoztató! Csak bízni tudott abban, hogy az elmúlt napokban Kimberly lenyugodott annyira, hogy rendeződjön a kapcsolatuk. Az mindenképpen reménnyel töltötte el, hogy a hangja vidámnak tűnt és nem volt vele ellenséges sem. Egészen jól el tudtak beszélgetni.

•

Kimberly bár kellő távolságban állt a helikoptertől, a gép által kavart szél így is elérte. Visszalépett a váróterembe és az üvegen keresztül áhítattal nézte a gépmadarat, ahogy pontosan landolt a leszállópályán és eszeveszett tekerése lassan csillapodni látszik.

Borzalmasan zajos egy madár – mosolygott a mellette állóra, aki nem értve semmit a szavából csak visszamosolygott rá. Kimberly megigazgatta új bézs színű kis ruháját és kopogó cipővel indult meg a jármű felé. Igyekezett elég elegánsan öltözni, amiben nagy segítséget kapott új ismerőseitől. „Muszáj jól kinézned, hogy elkápráztasd a férjedet!" – jutott eszébe a mellette lakó szomszédja intelme, amikor a száját húzó lányt berángatta a ruhaszalonba. Szerencse, hogy mellette alkalma sem lett volna felvásárolni a boltot. „A lényeg, hogy mindig meg tudjad lepni, mindig tudjál valamiben újítani. Egy kapcsolat alapját az érdeklődés adja, ezt jegyezd meg!" – adott értékes tanácsot a kétszer elvált milliomos nő, jelenleg éppen szabad préda után kutatva. Kimberly ugyan nem kívánta megfogadni valamennyi jótanácsát, ahogy történeteinek valóságtartalmát is többnyire felezte, ennek ellenére élvezte a társaságát. Rengeteget

254

tudott mesélni az úri körökről, a partikról és a mindenféle szokásokról, melyekre Kimberly különösen odafigyelt. Elég hamar rájött, hogy ebben az országban teljes képet kaphat a gazdag réteg viselkedéséről, beleértve a nevetséges újgazdagokat és a több száz éves múlttal és családfával rendelkező kékvérűeket is. Jó kis móka volt figyelni őket!

Kimberly elmélkedését David látványa rántotta vissza a valóságba: meglepetten konstatálta, hogy szíve gyorsabban ver a szokásosnál. Biztos amiatt ideges, hogy fogja fogadni – nyugtatta meg magát, de tudta, hogy ennél talán többről is szó lehet. Csak nem hiányzott neki? Miért is?

●

David hanyag mozdulattal dobta vissza a kinyitott ajtón keresztül a fülvédőt és napszemüvege után kutatott. Hátranyúlt a hátsó ülésre, hogy aktatáskáját saját maga hozza. Bőröndjének gondját a személyzetre hagyta. Bár szeretett helikopteren röpülni, a mostani utat valahogy nem élvezte – a pazar kilátás ellenére. Túlságosan erős volt a szél és ez néha félelmetes módon dobálta a gépet. David kimondottan örült, hogy végre szilárd talajt érzett a lába alatt. Elindult az épület felé, tekintetével Kimberlyt kereste. Messziről megbámulta az irányába jövő elegáns nőt, minden bizonnyal a következő utast. Csak figyelte, ahogy a szél belekap hosszú egyenes hajába és felrepíti több irányba. A nő azonban nagyon is az ő útvonalán közeledett és mintha mosolyogna. David váratlanul megtorpant és lekapta az imént felvett szemüvegét. Meghűlve bámult a nőre. Már megint nem ismerte meg! Kimberly elegáns volt, magabiztos és főként nyugodt és kipihent. David elkerekedett szemmel kereste a tíz nappal ezelőtti kapálódzó kislányt, aki nyúzottan, csapzottan, esetlenül mozgott. Hol van a gyerekes dac és hiszti? Ez a nő teljesen megszokott mozdulatokkal intett a bőröndöt cipelő fiúnak, hova vigye a táskát, mintha világ életében ebben a körben mozgott volna! David nem tudta hova tenni meglepetését: ennyi idő alatt hogy lehet ennyire alkalmazkodni?

- Jól utaztál? Kicsit erős a szél ahogy látom – üdvözölte Davidot és hagyta, hogy a férfi gyengéden átkarolja és egy csókot nyomjon a homlokára. Ahogy a külvilág számára illik.

- Jól nézel ki – mondott ennyit David, többre nem tellett tőle. Muszáj lesz egy kicsit emésztenie az új felállást. Hidegzuhanyként érte a felismerés, hogy eddig még nem látta a felesége nem akármilyen lábait!

•

- Béreltem neked autót, tessék, itt vannak a kulcsok – adta át Kimberly a retiküljéből előkotort kulcsfélét és a bizonytalanul felé nyújtott kézbe adta.
- De... - kezdett bele a mondatba David, aztán abbahagyta és csak kérdőn nézett a lányra. Kimberly hirtelenjében nem tudott mit reagálni. - Nem megy nekem ez a fene nagy magabiztosság és rámenősség – gondolta.
- Nyitott Audit kértem – mormolta. Sötétkéket – tette még hozzá. Neki az autókból úgyis csak a színe mondott valamit. David meglepetten nézett rá:
- Miért pont azt? – kérdezte gyanakvóan. Vajon honnan a fenéből tudja, hogy itt mindig ilyen autót vezet? – futott át az agyán. Kimberly nem számított erre a kérdésre így egy árnyalatot elgondolkozott, mielőtt válaszolt volna. Azt azért mégsem mondhatja, hogy megleste a neten és az egyik nyilatkozatában mesélte David, hogy Monaco útjain ez a típus fekszik a legjobban. Ennyire átlátszóan nem járhat a kedvében!
- Megnézettem a nyilvántartásban és legutóbb is ezt kérted – vágta ki magát. De ha másikat szeretnél... csak gondoltam fáradt leszel és megkíméllek ettől és... - kezdett magyarázkodásba, de David leintette:
- Nem, nem, tökéletes lesz. Köszönöm! Csak meglepődtem és... ennyi – tette még hozzá és csöndbe merült. Végülis nem pont ezt várná el egy feleségtől? – villant be a felismerés. Fogalma sincs most mit csináljon vele! Hogy viselkedjen, mit mondjon neki. Csak nem kéne gyanakodnia, hogy valamit el akar érni nála. Vagy igen?

•

Kimberly nem bánta, hogy David nem szólt hozzá az alatt a röpke út alatt, amíg a házig értek. A lánynak az a benyomása támadt, hogy a föld alatti parkoló labirintusban több időt töltöttek, mint a felszínen. Gyalog

256

biztosan előbb hazaértek volna! Eszébe jutott, hogy egyik alkalommal kíváncsiságból bement egy parkolóházba. Amikor a -5. emeleten járt, akkor inkább visszafordult. Megrémítette az a tudat, hogy a tenger szintje alatt járhat.

Fogalma sem volt arról, hogy mit is csináljon, mit mondjon a férfinak. Sajnálatosan a személyes jelenléte jobban kizökkentette a nyugalmi állapotából, mint azt gondolta volna. Vajon haragszik még rá? Mit gondolhat róla azok után, ahogy viselkedett vele legutóbb? Lehet-e még helyrehozni bármit is, hogy normalizálódjon kettőjük között a viszony? Vagy lapátra teszi rögtön? – töprengett, majd mivel nem tudott választ adni a kérdésekre, elhessegette a bizonytalan gondolatokat. Rábízza az időre, nem fog tépelődni emiatt. Megvárja, hogy viselkedik vele a férfi. Eddig is alakult valahogy és bármi történik is, ezt a pár napot, ezt a csodás élményt senki nem veszi majd el tőle!

•

- Nagyon elfáradtam – mondta David, miután végignyúlt az ágyon. Muszáj lesz beszélgetnie egy kicsit a lánnyal – ösztönözte magát, de nem jutott eszébe jobb belépő.

- Igen, láttam hogy nyúzott vagy. Sokat dolgoztál, ugye? – kérdezte meg tőle kedvesen Kimberly.

- Aha. Elég fárasztó volt. Talán maradunk még egy napot pihenni – motyogta.

- Ha nincs kedved elmenni enni, főztem – kérdezte félénken. „Nem szabad rámenősnek lenned! Ne telepedj rá, hagyd, hogy úgy tűnjön, ő irányít!" – jutottak eszébe anyja szavai és némi fájdalmat érzett a szíve körül. Anyja is mindig a háttérből, kedvesen irányította apját, ráhagyva mindent. És milyen jól megvoltak – ők ketten. Csak ketten.

- Tényleg főztél nekem? – kérdezett vissza David. És mit?

- Halat – felelte a lány, nem merülve el túlságosan a fájó múltban. Tudta nagyon jól, hogy az a férfi kedvence. Azt rendelte az étteremben is, akkor, amikor először találkoztak, na meg persze azt olvasta róla.

- Igen? Akkor lássuk azt a halat! – mondta David és felülve az ágyon hagyta, hogy Kimberly kiszolgálja.

·

- Tessék? – szólt bele Kimberly a telefonba. Már el is felejtette, hogy ez a nő kereste Davidet. - De felismerte a hangját.

- Jó estét, Daviddel szeretnék beszélni! – szólt bele Laura Bertran.

- Sajnos nem tudom őt adni, épp zuhanyozik. Esetleg ha megadná a kedves nevét és az elérhetőségét, akkor visszahívja – udvariaskodott Kimberly azzal a szándékkal, hogy legalább a nő kilétét kiderítse. Nyugtalanította valami. Várakozón fogott meg egy tollat.

- Megtudhatom én kivel beszélek? – kérdezett vissza a nő.

- Igen, a felesége vagyok! – szólt bele magabiztosan Kimberly. Egyre inkább az a gyanúja támadt, hogy nem üzleti kapcsolatról van szó. Legalább tudja meg, mi az új felállás, még ha nem is arról van szó, amit ez a szó rejt. Ezt másoknak igazán nem kell tudnia!

- A felesége? – kérdezett vissza a megdöbbent hang elvékonyodva, majd a vonal megszakadt. Kimberly diadalmasan tette le a készüléket. Na ezzel a nővel többet nem kell számolni! – konstatálta a tényt. Elijesztve!

Fogalma sem volt arról, hogy ezzel pont hogy felcsigázta a másikat, aki egyenlőre a kezdeti sokkból nem tudott magához térni. Laura lerogyott a telefonasztala melletti fotelba és csak bámult maga elé. Méghogy David megnősült! Ezt nem hiszem el! – mondta ki hangosan is a hitetlenkedő szavakat.

·

- Úgy, egy kicsit jobban támaszkodj neki a korlátnak! Nagyszerű, mosolyt kérek! Nem, nem ilyet, azt a lefegyverzőt! Maradj így! Remek! – utasítgatta David másnap délelőtt a lányt, miközben egy újabb képet rögzített a masina. – Remek, hogy ennyit fényképeztél, így már csak olyan képek kellenek, amin mi is rajta vagyunk! – mondta David, aztán átadta a gépet a lánynak. Most te jössz. Lekapod a napimádót! – ült le a férfi a yacht fedélzetére és pózba vágta magát: behunyt szemmel a nap felé tartotta fejét és tökéletesen tisztában volt azzal, hogy izmai kellően megfeszülnek. Kimberly csak mosolygott magában azon, hogy ezért

258

a képért tini lányok ezrei taposnák egymást, vagyonokat fizetve! Hogy lehet ilyen egoista macsó az ő férje! Hogy történhetett ez vele?

Most ketten. Dobd már le azt a vacak kendőt, mit rejtegeted magad! – parancsolt rá a lányra, majd a gépnek próbált keresni egy vízszintes pontot. - Te, van ezen a vacakon időzítő? – kérdezte meg a lányt. Most sajnálta, hogy csak egy „kis hajót" bérelt, ahol nincs személyzet. Bár így legalább a vezetés élménye az övé!

Kimberly meg sem hallotta a kérdést, csak szórakozottan bámészkodott körbe. Amíg a part közelben voltak, egyszerűen odáig volt a látványtól és csak vigyorogni tudott. De most, hogy beljebb mentek és a part csak a messzi távolban sejlődött elő, Kimberly nyugtalan lett. Vajon milyen mély lehet itt a víz? Biztosan több kilométer is! És ha beleesik? Hiszen még nem tud úgy úszni! Mi van, ha a férfi beledobja a vízbe és magára hagyja? Hiszen egyedül vannak a nyílt tengeren, közel s távol senki. Így egyből lelenne róla a gond! Ha már nem írta alá azt a papírt. Hiszen özvegyként ő az örökös! – jelentek meg rémképek a lány előtt. A férfira sandított, majd leszidta magát: Kimberly, nem lehetsz ilyen! Ennyire elvetemültnek gondolod? Akkor meg mi a bajod? Az, hogy nem veszekedtetek, mióta megjött? Hogy olyan, mintha misem történt volna? Már ez is gyanús, hogy csak jól akarja érezni magát és kerüli a kényes témát? – csapongtak a gondolatai. Biztosan akar valamit, hiszen megint olyan bűbáj vele! Pont úgy, mint azelőtt, hogy becipelte volna a céghez. Akkor, amikor kiderült az aljas terve!

Nem vette észre, hogy a férfi közben mellé áll és megragadja a karját. David megunta, hogy hiába szólongatja a lányt, hiszen nem is hallja. Majd ő odaállítja a megfelelő helyre.

Kimberly ösztönei félreértve a helyzetet tévesen veszélyt jeleztek: ellökte magától a kezet és védekezésképp hátrálni kezdett. Három lépés után azonban megcsúszott a nyirkos fedélzeten és a korlát alatt a vízbe pottyant.

•

- Istenem, Kimberly! – ordította a férfi a fedélzetről, majd gondolkodás nélkül a vízbe vetette magát. Volt egy olyan érzése, hogy a lány nem sokat

259

konyít az úszáshoz. De az is lehet, hogy megütötte magát és eszméletlen – kapta el a pánik a férfit, miközben villámgyorsan próbálta megtalálni a lányt. Nem volt nehéz dolga: Kimberly közvetlenül mellette kapálódzva próbált fennmaradni a vízen, semmit sem hasznosítva az utóbbi napokban megszerzett parányi úszótudásából. Nem tiltakozott, amikor egy erős kar a derekára fonódva a víz felszínén tartotta.

- Jól vagy? – kérdezte aggódva a mögötte tempózó férfi, majd a hajó hátsó része felé vette az irányt. Kimberly kis mennyiségű vizet nyelt és krahácsolva hagyta, hogy David felsegítse a létrán. Nagyon megrémült! Hirtelen azt sem tudta, hol van.

Még jó, hogy lehorgonyoztam, különben úszhatnánk! – próbálta tréfával elütni a helyzetet David, miközben ő is kimászott. Tényleg megijedt. Sőt, talán még nem aggódott ennyire – senkiért. Valóban? - Azért legközelebb szóljál, mielőtt hátast ugrasz, jó? – tette volna a kezét a lány vállára, aki elhúzódott tőle.

- Te félsz tőlem? – kérdezte meg a teljesen nyilvánvalót és megdöbbenve nézett a lányra. Csak most jutott eszébe a vízbe esés előtti pillanat is: a lány őelőle menekült! – Kimberly, válaszolj kérlek! – parancsolt rá.

- Én csak... nem is tudom... - kezdett bele akadozva. Mit lehet erre válaszolni? Hiszen teljesen egyértelmű, ahogy az is, hogy David kihúzta! Kimberly, te teljesen paranoid és őrült vagy! – gondolta magáról. Hiszen most mentette meg az életed!

- Megvárom! – mondta nyugodtan David és hangja semmi fenyegetést nem rejtett.

- Őrültség, nem? – nézett vissza a lány és próbált mosolyogni. David azonban ezt nem vette be. A gyanú árnyéka csorbát ejtett hiúságán! Ennél több magyarázatra van szüksége!

- Te komolyan azt feltételezed rólam, hogy képes lennék bántani? Ez őrület, tényleg az! – kezdett ideges járkálásba a fedélzeten és kezét a vizes hajába túrta. Kimberly csak nézte, ahogy a róla lepatakzó víz ellepi a környéket. Lassan egy napja vannak együtt és eddig még nem morgott vele, most viszont sikerült kihúznia a gyufát! - Talán elfelejtetted, hogy a gyerekemet várod? – mondta gondolkodás nélkül és letérdelt a lány elé. Tényleg ennyire gonosznak tartasz? – használta ki az alkalmat és a lány szemébe nézett.

- Nem – felelte Kimberly és lehajtotta a fejét. - Azt hiszem túl élénk a fantáziám – ismerte be. - Biztosan a tegnapelőtti film tehet róla, ott a férfi kinyírta a gazdag feleségeit, balesetnek feltűntetve, így jutva a vagyonukhoz.

- Szóval innen fúj a szél – állt fel David és megkönnyebbülten felkacagott. Kislány, továbbra is csak egy kislány! Legbelül még az – konstatálta a tényeket. Ez a lány hihetetlen! – gondolta.

- Akkor most jól figyelj! – ült le mellé és fújt egyet. Nekem lenne félnivalóm, tudod? Fogalmad sincs róla, hogy mekkora a vagyonom! Sokkal inkább te lökhetnél be engem, hm? – nézett a lányra, aki tágra nyílt szemmel értetlenül bámult vissza rá. A te örökséged csak aprópénz, tudod?

Kimberly semmit nem értett és bátortalanul csak annyit kérdezett vissza:

- Szóval nem akarsz megszabadulni tőlem?

- Miért is kéne? – kérdezett vissza David. Örült, hogy megint a szórakoztató Kimberly társaságát élvezheti. - Na gyere, keressük meg azt a gépet – mondta derűsen. Még nincs közös kép rólunk! Az együttműködés kezdő pillanatát muszáj megörökíteni – húzta fel a fedélzetről a lányt.

·

- Ne vacakolj már annyit, gyere! – morgott a fürdőszoba ajtón keresztül David a tollászkodó lányra. Mi van már? – nyitotta résnyire az ajtót. Minden rendben? – szólt be a nyíláson. Kimberly a tükör előtt állt és sírt. David az égre emelte a tekintetét és nyugtatás helyett ráförmedt: Mi a fene bajod van? A női könnyek egyszerűen idegesítették! Vagy az is lehet, hogy a hormonok kezdtek már el dolgozni? Mintha hallott volna olyasmikről, hogy a kismamák érzelmi állapota nagyon is hullámzó tud lenni. Ez pedig végképp nem hiányzik neki!

- A smink... hüppögte Kimberly. Nem értek hozzá és... törölgette vörös szemeit.

- Kit érdekel? – mordult egy újabbat David. Lehet, hogy túl korán örült, hogy a szórakoztató és normális Kimberly tört újra felszínre a lányból, erre tessék: már megint gyerekesen idegesítő! Jaj, hogy rágyújtana

261

most! Pedig már mióta nem szívott el egy szálat sem! De ez a nyűglődés, kikészíti!

- De... nem akarom hogy szégyenkezz miattam és... - hüppögött tovább. Mégiscsak vacsorázni viszel...

- Kimberly! – ejtette ki olyan fagyos hangsúllyal a nevét David, hogy egyből abbahagyta a sírást. - Ideje lenne felnőtt módjára viselkedned, hiszen hamarosan anya leszel! Hadd mondjak valamit: akinek sok pénze van, az bármit megengedhet magának. Vagyis ha nem akarod kipingálni magad, akkor ne tedd! Szép vagy te bármilyen mesterséges izé nélkül is – mondta békülékenyebb hangon.

- Tényleg? – nézett rá a könnyektől még mindig csillogó szemekkel a lány, meglepődve a váratlan dicséreten. – Én... szép? – kérdezett vissza.

- Igen – nyögte ki kényszeredetten David. Ha már ilyet mondott, csak nem vonja vissza! Különben is, a kedvében kell járnia, mielőtt újra bőgni kezd. Bár ha így jobban végignéz a lányon, csúnyának tényleg nem nevezhető. Sőt! Bár egyáltalán nem az esete... de az alakja nem rossz. Az arca most kissé piros, de az elmúlt napok napsugarainak és a tengeri hatására egyenletes barna színű lett a bőre. Mondhatni hibátlan. Tényleg nincs is szükség lefedni bármivel. És a szeme... van bennük valami különös... ahogy David belenézett egy pillanatra megint a fogságukba került.

•

- Én nem megyek be! – cövekelt le Kimberly a bejárat előtt. David felkapta a fejét, majd kibontakozva a lány karjából szembe állt vele. Mi ez az újabb hiszti, hiszen egészen jól elvoltak vacsora közben?

- Miért is nem? – nézett rá a lányra szigorúan. Kimberly lehajtotta a fejét.

- Hát... mert Casino meg... szerencsejáték... és... képtelen lennék... – fordult háttal a férfinak. Könnyek bukkantak fel a szeméből. David nem értett semmit és visszafordította a lányt, majd megemelve fejét kényszeríttette, hogy a szemébe nézzen.

- Nem értem! Lennél szíves érthetőbb lenni! – parancsolta.

- Apa... - nyögte ki a lány. David lesápadt. Hogy nem gondolt erre!

- Ne haragudj, tapintatlan tuskó voltam! – kezdett önostorozásba. Én... gyere, hazamegyünk! – karolta át a lányt.

- Nem, te menjél nyugodtan, nem kell hazajönnöd velem! Komolyan! Majd sétálgatok egy kicsit még.

- Biztos? – lepődött meg a férfi. Vajon hány nő tenne ilyen gáláns ajánlatot, nem ragaszkodva ahhoz, hogy a kivilágított városban együtt romantikázzanak?

- Igen. Szórakozz egy kicsit egyedül is. Köszönöm a vacsorát. Tényleg jól éreztem magam! – csacsogott zavartan a férfi átható pillantása miatt.

- Én is – mondta David és átfogta a két kezét, majd csókot lehelt rájuk.

A pillanat varázsának egy dudáló autó vetett véget. Kimberly remegő lábakkal nézte, hogy David eltűnik a Pazar épület ajtajában, hátrahagyva illatfelhőjét.

·

Kimberly szomorúan bámult ki másnap délután a komor reptér óriás üveg ablakán és a vigasztalhatatlanul zuhogó esőt bámulta. Párizs, esőben. Pedig alig egy órája még ragyogó napsütés mellett hagyták maguk mögött az azúrpartot. Kimberly csalódottan fordított hátat a lehangoló kilátásnak és letelepedett az egyik várószékbe. Behunyta szemét és máris a tengerparton találta magát! Felidézte azt a mennyei érzést, ahogy pár órája még jetski-zett. David elvitte egy körre! Istenem, ahogy az a jármű szelte a vizet, ahogy ugratott a hullámokon, ahogy a sós víz az arcába csapott, az egyszerűen mennyei érzés volt! Kimberly nem is vette észre, hogy visongat közben a gyönyörűségtől! Teljesen biztonságban érezte magát a férfi irányította járművön. Aztán meg a helikopterút... mint egy álom, ahogy az a gépmadár végigrepült a part felett! Egyszerűen csodálatos volt, leírhatatlan! Kimberlynek könnybe lábadt a szeme ennyi gyönyörűség láttán és lelkesedésében az üvegnek tapadva bámult lefelé. Soha nem fogja elfelejteni, az biztos. Csak be kell hunynia a szemét és máris újra maga előtt lát mindent!

Fogalma sem volt róla, hogy mindeközben figyelik. David pár méterrel odább egy oszlopnak támaszkodva a cigarettafüstön keresztül őt nézte.

Elmerülten gondolataiba. Nem is gondolta volna, hogy két nap alatt ilyen gyorsan kipiheni magát. Milyen nyugodt!

Mintha... mintha kissé más szemmel látta volna most Monacot... mintha új oldalát mutatta volna a város. Hiszen neki eddig teljesen természetes volt sok minden, fel sem tűntek... ahogy a lány rácsodálkozott mindenre, megbámulta az épületeket, autókat, megérintette a pálmafákat, a növényeket... ennyi lelkesedés... ennyi őszinteség...

Hogyan tovább?

XI.

David Manuel segítségével óvatosan emelte ki a békésen alvó lányt a kocsi hátsó üléséről. A borzalmasan hosszú repülőút, a kétszeri átszállás, az időeltolódás őt is teljesen kikészítette, nem csoda, hogy a lány nem áll a lábán. Amint kialudta magát elviszi az orvoshoz kontrollra – döntötte el, miközben felfelé haladt a lépcsőn a nehéznek nem nevezhető csomaggal a kezében. Olyan vékony ez a lány, olyan törékeny... fogja bírni? – filózott el, majd óvatosan az ágyra fektette. Levette a cipőjét, majd gondosan betakarta. Gyengéden kisimította a haját az arcából és figyelte, ahogy egyenletesen, nyugodtan lélegzik.

Mi a fene ütött belé? – állt fel az ágyról. Az ilyen fajta atyáskodás egyáltalán nem jellemző rá! Mit is gondolt, atyáskodás? Ez itt a vég! – verte ki a víz. Sürgősen alvásra van szükségem, mielőtt itt még teljesen elveszítem önmagam! – indult a fürdő felé, hogy megszabaduljon a ruháitól.

•

- David! – üvöltött a telefonba Tommy és már szedte is szét a kérdéseivel és szemrehányásaival barátját: - És még a legjobb barátomnak mondod magad, mikor a tudtunk nélkül váratlanul megnősülsz, lapítasz, aztán meg elhúzol nászútra két hétre? Hát micsoda bánásmód ez itt velünk, itt evett a guta és a kíváncsiság hogy miről van szó! David, napszúrást kaptál vagy micsoda hogy ilyenre vetemedtél? Te, aki mind közülünk a legjobban házasságellenes voltál? Mi van, megkukultál, megégetett egy nő vagy csak a pénze? – tartott rögtönzött litániát Davidnek.

- Nem – mondott ennyit tompán David. A repülőgép monoton zúgását még mindig tökéletesen hallotta. Tommynak fogalma sem volt melyik kérdésére válaszolt.

- Én mondtam a többieknek, hogy itt nem komoly dologról van szó, ugye igazam van? – várta lélegzet visszafojtva a választ. David hirtelen nem tudta, hogy beavathatja-e legjobb barátját a titkába apja mellé, vagy az már veszélyes lenne.

- A házasság igazi – mondta kétértelműen, hogy időt nyerjen.

- David, ne izélj már, Tommy vagyok! Tudod, akivel annyit szoktál együtt lógni! Most már otthonülő leszel?

- Nem! – tiltakozott hevesen David a feltételezésre.

- Okés. De legalább annyit árulj el, hogy a szüleid megpukkadtak? Mert hogy Cecile tombol, az biztos! – pletykálkodott Tommy.

- Tényleg? – csigázta fel érdeklődését ez a fejlemény. Teljesen elfelejtkezett Cecile-ről. Szóval tombol... hmm... akkor elő kell adjam a boldog férjet, hagy pukkadozzon egy kicsit! – döntötte el. Remek, legalább van újabb ösztönző, amiért érdemes ezt csinálnia még egy ideig! Pompás! – örvendezett. De ebbe pedig nem vonhatja be még barátait – egyenlőre.

- David? Láthatnánk élőben is? Na, hozd már el délután! Az a fénykép nem sokat árul el és kíváncsiak vagyunk rá! – nyúzta barátját Tommy. Muszáj lesz megtudnia, mi áll a háttérben, kicsoda ez a nő. Továbbra is gyanús itt neki valami, de nagyon. Ennyire nem ismerhette félre barátját, hogy csak úgy ilyet tegyen!

- Tudod mit? Nem is olyan rossz ötlet! – felelte David. Négykor a klubban – azzal elégedetten rakta le a telefont.

•

- Nos, Kimberly, programunk van mára! – ébresztette fel a lányt a hangos belépőjével, mit sem törődve ezzel. Meg sem kérdezte, hogy aludt és hogy van. Kimberly pislogva, álmos szemekkel nézett körül.

- Hogy kerültem ide? – kérdezte, elnyomva egy ásítást, majd a fejéhez kapott. – Neked is zúg?

Igen. A kávé segít – zárta le a témát ennyivel David, és máris a programot zúdította a lányra. Szóval legfőbb ideje, hogy megismerkedj a barátaimmal, ma délután. Lelkesen magyarázni kezdett: - Négyen vannak. Tom, Will, ők testvérek, élelmiszer multijuk van. Aztán ott van Tommy meg Dylan. Bár ő nem biztos, hogy el tud jönni, nagyon elfoglalt ügyvéd. Tommy biztosan ott lesz, ő jobban ráér. Yachtklubja van. Jó? –

266

nézett a lányra. Kimberly próbálta emészteni a hallottakat de már tudta, hogy elfelejtette a neveket és a foglalkozásokat. Mit is mondott David, élelmiszerügyvéd? Az meg mi?

- Persze – mondta. Mikor? – pánikolt be, amint meglátta a delet mutató órát.

- Négykor – mondta David kifele menet, majd visszanézett még az ajtóból és hozzátette: a szüleim üzleti úton vannak még két napig! – azzal becsukta maga mögött az ajtót.

Kimberly örült, hogy ezt a mondatát legalább tökéletesen megértette. Fellélegzett, hogy anyósával nem kell összecsapnia a mai napon.

•

- Akkor sikerült megjegyezned, amit kértem? – rágta át huszadszor a teendőket David. Csak el kell játszanod, hogy teljesen odavagy értem! – mondta fennhangon.

- Igen – ismételte meg a leckét Kimberly. Idegesen bogarászta rövid szoknyája alját, de sehogy nem akart hosszabbnak tűnni. Miért is hagyta, hogy David ezt a minit vetesse fel vele? Még jó, hogy nem parancsolt ki, hogy pingálja ki magát! Így juszt sem kent semmit magára! Nem tudta még megemészteni, hogy David mióta hazajöttek, levegőnek nézi. Hiszen már egészen jól megvoltak – merengett. Legfőbb ideje, hogy visszavágjon! A férfi közben tovább folytatta a kioktatást:

- Hagyod, hogy hozzád érjek. Ne merészelj nekem leütni! – fedte meg tréfának szánva, de tovább sértve a lányt. Kimberly megpróbált nem jelentőséget tulajdonítani ennek, de nem sikerült.

- Ha kérdeznek, kedvesen válaszolsz, de feleslegesen nem beszélsz. Pláne nem gyerekes baromságokat! – Kimberly majdnem elsírta magát. Főként azt nem tudta lenyelni, hogy mindezt félvállról mondta. A lány megbántódva duzzogott az úton és elhatározta, hogy ha módja nyílik rá, vissza fog vágni mindezért! Méghogy ő gyerekes! Majd meglátja!

•

David belépve az étterembe enyhe csalódás mellett vette tudomásul, hogy Will nem jelent meg a fogadására. Ez az állapot azonban csak futó érzésnek bizonyult és talán nem is bánta annyira, hogy távol tartotta magát tőle. Ezek szerint tart tőle!

- Fiúk! – ordította a hátsó asztal felé, ahol meglátta a három férfit ücsörögni és már rohant is feléjük. Hogy hiányoztatok! – mondta, miközben a kezüket szorongatta és a hátukat paskolgatta. Barátai azonban sokkal inkább mögé pislogtak, mintsem vele foglalkoztak volna, így David is kénytelen volt hátrafordulni, hogy közelebb hozza a társaságot leginkább érdeklő lányt. Kimberly zavartan markolászta maga előtt a táskáját abban a reményben, hogy nem a lábát fogják bámulni.

- Drágám, gyere, hadd mutassalak be – fordult felé tenyérbe mászóan kedvesen David és finoman közelebb tessékelte az asztalhoz. Kimberly legszívesebben messzire szaladt volna, lábai azonban nem engedelmeskedtek. Teljesen lemerevedett a három vizslató szempár láttán! Az az érzése támadt, hogy nincs olyan testrésze, amit ezek a röntgen szemek ne tapogattak volna le!

- Örvendek – préselte ki magából és egyesével kezet fogott a kutató szemek gazdáival, majd feszengve ült le az asztalhoz. Hogy fogja mindezt kibírni! Jaj ne! – sápadt el. Nem tudta nem megérezni, hogy az asztal alja hozzáért a combjához, felszántva a harisnyáját.

.

Kimberly mosolyt erőltetve magára csak fél füllel hallgatta, ahogy David elmeséli a „hirtelen fellángolásuk" történetét, aztán meg különféle férfi dolgokról elmélkednek. Folyamatosan csak arra tudott gondolni, mit kezdjen a leamortizált harisnyájával. Követve David tanácsát és nem folyt bele a társaságba, csak ha kérdezték. Igyekezett férjét bámulni, azonban nem kerülte el figyelmét az a tény, ahogy Tommy minden egyes mozdulatát lesi. Ez a macsó mintha pont olyan lenne, mint David, vagy még annál is rosszabb! – állapította meg. Bár David sokkal jobban néz ki nála! – állapította meg elégedetten. Veszélyt szimatolt: ezzel a férfival még meg fog gyűlni a baja! – futott át rajta ez a megérzés és tekintetét Dylan szimpatikus vonásai felé fordította. A belső műszere nem jelzett

268

felőle semmilyen negatív kisugárzást. Nem tudta megállni, hogy magában ne egy kedves törpéhez hasonlítsa. Nem mintha nem lenne magasabb nála, de valahogy az egész lénye... olyan nem is tudom milyen – merengett el rajta. Tekintete átsiklott a harmadik férfira: Tom maga volt a zárkózottság és megközelíthetetlenség! Még egyszer sem mosolyodott el, mióta itt vannak, egyszer nem maradt kontroll nélkül egyik arcvonása sem. Őt is csak mintha futólag nézte volna meg. Lehetetlenség volt megállapítani róla, milyen is valójában. Kimberly számára nem is tűnt érdekes embernek.

Furcsa egy társaság – összegezte a látottakat Kimberly. Hogy a fenében lehetnek ők barátok? Hiszen annyira különbözőek? Aztán eszébe jutott apja egyik gyakori mondása: „Barátairól ismerszik meg az ember." Lehet, hogy ezek a vonások mind meglennének Davidben is?

•

- Ó, hát azt kívánják tőlem az urak, hogy itt hajolgassak maguk előtt! – mondta ártatlan őszinteséggel két órával később a némileg oldottabb Kimberly Tomnak és Dylannek. A lány kissé felengedett és hagyta, hogy a két férfi körülugrálja. Legyezte hiúságát, hogy flörtöltek vele! Még ennél is jobban motiválta, hogy megbüntesse Davidet a gyerekes jelzőért és a ruháért. Tommy és David kicsit távolabbról figyelte mindezt.

- Ugyan, majd nem nézünk oda. Megígérjük! – mondta vigyorogva Dylan és meglökte a mellette álló Tomot, aki csak egyetértően bólogatott.

- Látják, ez az én férjem, a világ minden kincséért sem mondta volna, hogy bowlingozni is fogunk! Biztosan sejtette, hogy akkor nem szoknyában jöttem volna! – mondta hangosan és jelentőségteljesen Davidre nézett. Nesze neked, ha már közszemlére tettél, akkor mutogatom is magam! – gondolta és megvillant a szeme. A férfi azonban rezzenéstelen arccal kortyolgatta tovább italát, nem reagálva a lány ezen megjegyzésére.

- A harisnyádat nem akarnád kicserélni? – vetette fel David mintegy mellékesen, ártatlan képpel. Kimberly viszont tudta, hogy ez nem kérdés volt, hanem utasítás. Azonban már rég a csakazértsem stádiumban volt.

- Miért is? – kérdezte ártatlanul. Á, emiatt a kis luk miatt? – mutatott ártatlanul a combján éktelenkedő óriási szakadásra. - Valakit zavar ez itt?

269

– bökött rá, ezzel elérve, hogy a körülötte levők tekintetükkel engedély mellett pásztázzák végig a lábát.

- Ugyan, nem, dehogy, á! – jött a kórus. Kimberly így nem zavartatva magát és gurításhoz lendült. Lelkesen tapsikolt, amikor hat bábut is sikeresen letarolt.

David nem bírta tovább a színjátékot és karon ragadva a lányt félrehúzta.

- Mit művelsz? – préselte ki magából a szavakat, miközben igyekezett vigyorogni a közelben álló barátaira. – Teljesen nevetségessé akarsz tenni? – karolta át a lányt. Bár szíve szerint megrázta volna!

- Éééén? – énekelte Kimberly. Ha jól tudom te öltöztettél kurvának! Csak hozom az elvárt szerepet – mosolygott vissza rá negédesen. Davidnek leesett az álla az éles hangnemtől, nem kevésbé az erős szóhasználattól.

- A szende szűzi lényedet úgysem vette volna be senki! – vágott vissza. Szemük harcra készen villant össze.

- Ezt komolyan mondod? – kérdezte meg a lány a kelleténél erősebb éllel. Mindez

tökéletesen hallható volt a többiek számára, akik meglepetten kapva fel a fejüket rájuk bámultak. Kimberly villámgyorsan reagálva mentette meg a helyzetet.

- David, ez remek ötlet! Uraim, mit szólnának egy csapatversenyhez? Melyiküket erősíthetem? – küldött lefegyverző mosolyt a rátekintőkre, akik elfelejtve az előbbi incidenst egymást tologatva igyekeztek „megszerezni maguknak".

•

- Ha megbocsátanak az urak – indult el Kimberly a mosdó irányába. Igyekezett méltóságteljesen távozni, már amennyire ebben a cipőben ezt meg tudta tenni. Szörnyen töri ez a vacak, muszáj lesz megnéznie! Lehet, hogy már vérben tocsog a lába! – vágott fájdalmas arcot. A vita felett aratott diadal tüze éltette eddig.

David már órák óta csak erre a pillanatra várt és szándékosan úgy tette fel a kérdést, hogy Kimberly még hallótávolságon belül legyen. Hadd egye a kíváncsiság!

270

- Na, milyen? Mit szóltok hozzá? Kimberly legszívesebben beugrott volna egy asztal alá, hogy onnan hallgassa ki, mit válaszolnak, de sajnos nem tehette. Tisztában volt azzal, hogy hátát négyen is bámulják. Pedig olyan kíváncsi lett volna, mit mondanak! Kénytelen volt bevonulni a mosdóba, hogy a harisnyát végre a méltó helyére helyezze: a kukába!

A három megkérdezett összenézett. Egyikük sem merte elkezdeni az értékelést.

- Természetes – szólalt meg végül a tárgyilagos Tom szűkszavúan. Több megjegyzésre nem is lehetett tőle számítani. David bólintással nyugtázta a tőle elismerőnek számító megjegyzést. Igyekezett nem mutatni, hogy meglepődött.

- Fiatal és csinos. Vékony és marha jók a lábai! – tette hozzá elmélázva Dylan, majd elnyomva röhögését komolyra fordította a szót: Nekem nagyon szimpatikus – folytatta az ügyvédi praktikus énje –, szórakoztató. Nem lóg rajtad! Jó feleség lesz belőle! Ő biztosan nem telepszik majd rád vagy irányít, ahogy az a boszorka tette! – utalt Cecile-re. Köztudott volt, hogy ki nem állhatta azt a nőt. – Csak gratulálni tudok a választásodhoz – nyújtotta feléje a kezét.

David meglepetten fogadta el az elismerést, erre igazán nem számított. Ennyire nem látnak a szemüktől? – méltatlankodott legbelül. Hiszen Kimberly annyira de annyira... gyerekes. Lehetséges, hogy a barátainak tényleg tetszik vagy csak udvariasak? – merengett el. Bár nem jellemző rájuk, mindig kendőzetlenül megmondják a véleményüket – vívódott. Vagy ez most más lenne?

- Apropó, jut eszembe, ha majd véletlenül válásra kerülne a sor, szólj nyugodtan, állok rendelkezésetekre. Az ördög nem alszik – tréfálkozott. David kényszeredetten vigyorgott a tréfán. Ez már sokkal inkább jellemző Dylanre. Hozta a formáját. És Tom? Tom soha nem mondott pozitív jelzőt egyetlen nőjére sem. Hmm...

Kérdően fordult legjobb barátjához: az ő véleménye számított a leginkább! Tommy nem véletlenül várta meg a másik két véleményt. Volt egy olyan érzése, hogy az övé kissé más lesz, mint az övék. Ekkora ellentétre azonban ő sem számított!

- Teljesen érthetetlen számomra, miért pont ő! Egyáltalán nem is az eseted! – fakadt ki Tommy. Kijelentésére a többiek mind felkapták a fejüket és értetlenül bámultak rá. David arca megnyúlt és összeráncolt homlokkal nézte Tommyt. Hogy is vallhatná be neki, hogy teljességgel igaza van! Magában nagyon megörült, hogy ennyire ismeri őt!

Meglepő fordulatként a szűkszavú Tom segítette ki Davidet a zavaró csöndből:

- Pont amiatt illik be a képbe! Teljesen más mint az eddigiek, ezt fogta meg őt. Nem igaz? – verte hátba a még mindig az előző mondaton elgondolkozó Davidet.

•

- David, mennyit nyom a kicsike? – rántotta félre barátját Tommy. Egyszerűen nem tudta megállni, hogy még ne a mai napon faggassa ki Davidet érthetetlen viselkedéséről.

Nem értem – játszotta a hülyét David, holott pontosan tudta, mire gondol Tommy. Kezet fogott a távozó Tommal is és utána intett a porfelhőnek. – Azonnal – kiáltotta oda az autó mellett várakozó Kimberlynek, aki fejbólintással nyugtázta, hogy megértette. David még látta, hogy sétálni indul a virágágyás felé. Rágyújtott. Tudta, hogy szüksége lesz rá Tommy faggatózásakor.

- Mekkora a vagyona? – kérdezte újra Tommy, amint látta, hogy David ismét csak rá figyel.

- Nincs vagyona – mondta közönyösen David.

- Á, szóval a szüleidet akarod velük bosszantani! – adta meg az egyértelmű megoldást Tommy.

- Tom, ezt már egyszer megbeszéltük – mondta határozottan David, igyekezve lehűteni barátja fantáziálgatását. Tudta jól, hogy Tommy rühelli, ha Tomnak szólítják. Magában viszont nagyon is bánta, hogy ilyet kell művelnie vele. Nem, egyenlőre még nem avathatja be ebbe!

- Mi kifogásod van ellene konkrétan? – kérdezte meg nyíltan, szemtől-szemben.

- Úgy teljességében. Nem illik bele a képbe! – mondta lassan és tagoltan a mondatot, kihangsúlyozva minden egyes szót. – Csak nem akarod bemesélni nekem, hogy kibírod egyedül e mellett a nő mellett?

- Én? Hiszen ismersz! – nevetett fel David ezen a kijelentésen, elárulva magát. Gyorsan hátat fordított a férfinek és a lányt kereste tekintetével. Tommy gyanakvóan összébb húzta a szemöldökét:

- Hát mert egyszer azt mondtad – tisztán emlékszem rá – hogy te csak akkor nősülsz meg, ha találsz egy olyan nőt, akit nem fogsz megunni. Te mondtad! Szóval ő lenne az? – kerítette csapdába.

- Lehetséges – hümmögte David, le nem véve tekintetét a virágoknál guggoló lányról.

- Tudod mit? Tegyük próbára!

- Ezt hogy érted? – lepődött meg David Tommy ötletén. Továbbra sem mert visszafordulni, nem bírt barátja szemébe nézni, attól tartva, elárulja magát.

- Minden nő szajha, nem ezt mondtad mindig? És ha ő is az? – lépett Tommy közelebb hozzá és súgta a fülébe, elültetve benne a bogarat. David pumpája felment, ráharapott az ötletre. Tommy elégedetten nyugtázta, hogy Daviddel könnyű játszadozni. Hiszen nagyon jól tudja, hogy nem tudja elviselni, ha egy nő megcsalja!

- Hallgatlak! – felelte háttal.

- Mi lenne, ha megpróbálnám elcsábítani? Na? Ha nekem ellent tud állni, akkor bárkinek! – mondta el ötletét. Nem akarta bevallani, hogy egyszerűen kíváncsi volt, mi lehet ebben a nőben. Meg akarta tudni, miért pont őt választotta David. Felkeltette az érdeklődését. Vajon mit tudhat? – csigázta a gondolat.

- Egy hónapot kapsz – mondta David és anélkül, hogy elköszönt volna, elindult az autója felé. Nem láthatta, hogy Tommy arcán kaján vigyor jelenik meg és elégedetten dörzsöli össze a kezét. – Eddig is osztoztunk minden nőn és ezután sem lesz másként! – mormolta.

•

Három nappal később Kimberlynek fogalma sem volt, hogy vezesse fel Davidnek ötletét. Figyelte, ahogy reggel a férfi öltözködik, munkába készül. Hogy mondja meg neki, hogy vigye magával és ne hagyja itthon egyedül? Még egy napot nem bír itt ki! Megöli az unalom! Tegnap meg tegnapelőtt még ellötyögött itt a kertben meg a lakásban, de ennyi bőven elég volt. Már bejárt mindent, beleértve a másik szárnyat is és már nincs mit néznie! Még az anyósa szobájába is bekukkantott, kihasználva távollétét. De ma már visszajön! Érkezésének időpontja fenyegető közelségbe került: ebédre már itt lesz! Szeretné elkerülni azt a percet, amikor megjönnek és őt itt találják. Biztosan már el is felejtették még a létezését is!

- David... - kezdett hozzá nem túl magabiztosan a kérésnek. Gyerünk, Kimberly, nem félhetsz folyton. Csak nem haragszik már annyira a múltkori veszekedés miatt. Nagy levegőt vett és próbálta a másik irányból megközelíteni a dolgot.

Én mindig is dolgoztam és... és hozzászoktam. Itt nem tudok mit csinálni, nem érzem magam hasznosnak! – kezdett magyarázkodni és a férfira lesett, hogy reagál rá. David mintha nem is hallotta volna azt, amit eddig mondott, töretlenül gombolta az ingén a gombokat.

- Igen? – kérdezett vissza arra, hogy a lány abbahagyta a beszédet.

- Szeretnék valamit dolgozni! – bökte ki a lány. David megállt egy pillanatra, majd folytatta az öltözést.

- Miért is? – kérdezte gyanakodva. Az volt az érzése, hogy szemmel akarja őt tartani és ettől a gondolattól kirázta a hideg.

- Hogy hasznosnak érezzem magam! – mondta a lány elszántan.

- Hamarosan meglehetősen elfoglalt leszel – vetette oda David és az előre kikészített nyakkendője után nyúlt.

- De addig még van több mint hét hónap! – méltatlankodott a lány.

- Pihenned kell, az orvos is megmondta! – szedte elő a legbiztosabb érvet David.

- De... - értetlenkedett Kimberly. David dühösen csapta le a nyakkendőt. Úgysem akarta felvenni!

- Semmi de! Itt maradsz és pihensz. Tőlem kötögethetsz is vagy varrogassál, az elfoglal – csattant fel és a zakója után nyúlt.

- Hogy nyugodtan? Hiszen ma jönnek haza a szüleid és... - esett kétségbe Kimberly. David a zakója ujját húzogatta, hogy egyenes legyen.

- Szemmel akarsz tartani? – kérdezte meg nyíltan.

274

- Én? – nyitotta tágra a szemét Kimberly. Ha kell az alaksorban fénymásolok, csak hadd csináljak valamit! – fogta szinte könyörgőre. David elmerengett. Tulajdonképpen miért is ne? - Hiszen majd úgyis máshol lesz! Arról nem is beszélve, hogy ezzel is bosszanthatja anyját. Igen, az ő felesége akár dolgozhatna is!

- A fénymásoló ártalmas lehet. A postázóban mindig elkel a segítség – mondta ki hangosan. Két percet kapsz – gyűrte zsebre nyakkendőjét és távozott a hálóból.

Kimberly lelkesen ugrott a szekrény elé, hogy gyorsan válasszon valami kényelmeset és viszonylag elegánsat. De semmiképpen nem egy miniszoknyát.

·

David még idegenként mozgott a Bergen gyáregységen belül, hiszen ez volt csak a harmadik munkanapja. Úgy döntött, hogy amíg nem indulnak be az új gyártási irányok, addig a helyszínről irányít. Biztosan szükség lesz egypár hónapra, hogy minden rendeződjön. Teljesen elmerülve vezette a járművet és fel sem tűnt neki, hogy Kimberly értetlenül csavargatja a fejét, rájőve, hogy hova is mennek.

Szüksége lesz a mai nap a koncentrációjára és a nyugodtságára, pláne hogy tegnap mi minden történt. Nem éppen úgy alakultak a dolgok, ahogy azt szerette volna, komoly ellenállásba ütközött bármilyen kísérlete. Egyszerűen nem értették meg, hogy csak az igazgató személye változik meg, semmi más! Vajon miért féltik egyből az állásukat, mikor neki pont több legyártott termékre lenne szüksége? Átnézett mindent és 10%-kal lehetne fokozni a termelést! Ezek meg itt az állásukat féltik, mikor lenne bőven munka! Így is elmaradtak a tervektől. Hogy fogják mindezt behozni? – morfondírozott még a felfelé lépcsőn is. Hallotta, hogy Kimberly igyekszik lépést tartani vele.

- Á, Mrs. Hardy – szólította meg az itteni titkárnőjét. A szolgálatkész harmincas nő volt az egyetlen a tegnapi nap folyamán, aki nem támadta le. Talán rá tényleg számíthat. – Jó reggelt! – mosolygott rá. Bemutatom Kimberlyt, a feleségemet. Szeretné hasznosan tölteni a napját, tudna neki eben segíteni? – kérdezte kedvesen, majd csókot nyomva Kimberly homlokára gondterhelten az irodába sietett.

•

Laura Bertran eltökélt ábrázattal pakolta egyik bőröndjét a másik után. Fogalma sem volt róla, hogy mennyi időre megy el és ez meglehetősen megnehezítette a dolgát. - Teljesen őrültség, amit tervezek, tisztára meghibbantam! Csak felszakítok vele annyi sebet feleslegesen. Legbelül azonban nagyon is jól tudta, hogy meg kell ezt tennie. Muszáj lesz elmennie oda. Még egyszer. Le kell zárnia a múltját, addig úgysem lesz képes továbblépni, teljesen új életet kezdeni. Amíg a múltbeli árnyak üldözik, addig nem szabadul. Szembe kell néznie velük!

•

- Kedvesem, szólítson nyugodtan Marynek – nyújtotta Kimberly felé a kezét a titkárnő mosolyogva, közben alaposan végigmérte a fiatal lányt. Igyekezett nem mutatni, de nagyon meg volt lepte. Egyrészt attól is, hogy újdonsült főnöke nős, valahogy nem olyan típusnak gondolta. Aztán meg hogy ilyen legyen a felesége! Ha valamilyen nőt el kellett volna képzelnie mellé, akkor egy festett, mindenhol kikent-kifent kényeskedő úri dámát gondolt volna mellé, nem egy ilyen fiatal és éretlen kislányt. Hmm… ez új megvilágításba helyezi a főnökéhez való viszonyát, hiszen ha tudott ennyi ízléssel választani, akkor talán tényleg nem is olyan szörnyeteg. Mennyi is lehet ez a fiatal nő? 20? Biztosan legalább tíz évvel fiatalabb nála. És milyen egyszerűnek tűnik, milyen bizonytalan. Hmm. Máris szimpatikus lett neki. Bíztatóan ismét rámosolygott.
- Meg tud várni amíg elintézem a reggeli teendőket? – azzal a fotel felé mutatott. – Tudom milyen érzés otthon ülni, a férjem osztályvezető itt – kacsintott rá. Ne aggódjon, találunk magának valamit. Kimberly készségesen foglalt helyet és figyelte, ahogy Mary Hardy iratok tömkelegével eltűnik a főnöki irodában.

•

Kimberly ereiben meghűlt a vér, amikor a folyosó végén meglátta felbukkanni Michaelt. Nem! – járta át a kétségbeesés minden egyes porcikáját és gyorsan az egyik ajtónyílásba húzódott. Örült, hogy ismét itt lehet a gyárban, de őt el akarta kerülni! Megkönnyebbülten sóhajtott fel, amikor a férfi a fordulóban lekanyarodott. Bárcsak a továbbiakban is ilyen szerencsém lenne! – nézett az égre és folytatta útját vissza a postázó felé.

Szerencsére Mary egyből megértette, hogy nem akarja bárki tudomására hozni, ki is ő valójában. Örült, hogy azt is hamar megértette, hogy olyan munkát szeretne, amellyel átlátja a gyár működését. Tényleg a belső postahálózat az, amely segítségével minden részleget és nevet megismerhet első körben. Pompás! Igyekezett tovább egy pár fontos dokumentummal. A lépcsőhöz érve azonban megszédült. Nekitámaszkodott a falnak és próbált egyenletesen lélegezni, hogy összeszedje magát. Megárthatott neki az előbbi izgalom. – Nyugi, ez természetes, nincs semmi baj – győzködte önmagát, de nem lett jobb. Váratlanul megfordult a gyomra. Rohanva indult el a folyosón visszafelé, mintha ott látott volna egy mosdót. Nem törődve a szétpotyogó iratokkal épp a legutolsó pillanatban érkezett meg a vécé fölé.

·

Laura türelmetlenül dobolt a bejárati ajtó kilincsén, ugrásra készen várva a taxit. – Hol késik? – idegeskedett, elhessegetve annak a gondolatát, hogy ezt akár mint kedvezőtlen előjelet kéne értékelnie. Ha már eldöntötte, akkor el is megy – pillantott az asztalon hátrahagyott búcsúlevelére. Irány Amerika!

·

- Hú, ez meleg volt! – törölgette le Kimberly az izzadtságcseppeket a homlokáról és megmosta az arcát. Ez volt az első rosszullétem! – konstatálta pihegve. Hú... ezt kihagynám legközelebb – mosta meg a karját is. Azt hiszem egészen szerencsés vagyok, hiszen már két hónapos lesz – tette a kezét a hasára. A gyerekem – lágyult el. Vajon kisfiú lesz vagy kislány? – gondolt erre először. David biztosan fiút szeretne elsőre, úgy illik. Neki tulajdonképpen teljesen mindegy. Elsőre? – ugrott vissza a gondolataiban és elpirult. Tényleg több gyereket szeretne majd!

- Az iratok! – kiáltotta és felcsapva az ajtót kivágtatott a folyosóra. Szerencsére nem sok vizet zavartak az elmúlt percekben és a szőnyegen ott hevertek érintetlenül. Kimberly összeszedegette őket. Melyik osztályra is készültem? – gondolkozott el a kizárólag névvel ellátott borítékok láttán. Termelésirányítás vagy Tervezésirányítás? – törte a fejét a gondosan lezárt borítékok láttán, megkönnyebbülten fedezve fel egy félbe hajtott lapot, ráírt címzett nélkül. Hátha belülre oda van írva! – futott át a lány agyán és megkönnyebbülten kettéhajtotta a lapot. Kiszaladt arcából a vér.

Nem törődve a többi irat esetleges sürgősségével, sem az előbbi rosszulléttel, a főnöki iroda felé vette az irányt. Ezt mindenképpen látnia kell!

•

- Kimberly? – emelte fel fejét David az elhalmozott asztal mögül és kérdőn nézett a lányra. – Tehetek valamit érted? Tetszik a munka? – kérdezte udvariasan. Kimberly egyenesen az asztalához ment és az imént elolvasott lapot David elé helyezte.

- Ezt szerintem muszáj lesz megnézned – mondta hozzá és nézte, ahogy David figyelmesen átolvassa a papír tartalmát.

- Sejtettem... - motyogta David és hátradőlt a székben. Hol találtad? – nézett a lányra kérdőn.

Minden osztályra küldtek ilyet – füllentette Kimberly. Hogy is árulhatná el, hogy fogalma sem volt hova készült vele. De mintha tényleg máshova is vitt volna ilyet ma...

- Értem – hajtotta le David a fejét. Kimberly megsajnálta és kényszert érzett arra, hogy megsimogassa. David csodálkozva kapta fel a fejét a meglepő gesztusra.

- Elnézést – motyogta zavartan Kimberly – a hormonjaim. David az arcába bámult:

278

- Mitől vizes neked a hajad? – terelte gyorsan más irányba a szót.

- Á, semmiség, csak arcot mostam, biztosan akkor.

- Rosszul voltál? – ugrott fel David és Kimberly kénytelen volt végighallgatni „Az én megmondtam előre, hogy maradj otthon és pihenj" litániát. Nem mintha otthon nem hányt volna ugyanúgy!

•

Elizabeth Wilson unott tekintettel hallgatta végig a szobalány beszámolóját, hogy mi minden történt – illetve nem történt – az elmúlt pár napban, amíg ők távol voltak. Lemondóan biggyesztette le az ajkát Martha azon kijelentésére, miszerint az ifjú pár jó színben érkezett haza és láthatóan élvezte az utazást. – Francba! – gondolta magában bosszankodva. Pedig úgy reménykedett abban, hogy fia máris összekap azzal a kis fruskával! – rágta idegesen a száját, nem is hallva meg a lány további felesleges locsogását holmi bevásárló listákról meg az új csempéről a lenti konyhában.

- ... Ja és igen, tegnap Kimberly kisasszonyt itt láttam ténferegni a szobájában – csicseregte Martha, szokása szerint csak nem tudott csomót kötni a pletykás nyelvére. Úgy mozgott itt, mintha teljesen természetes lenne, hogy körbenéz mindenhol, mint egy múzeumban – dőlt belőle a szó. Elizabeth csak akkor hallotta meg a lényeget és kíváncsian kapta fel a fejét.

Hogy mi? Itt, nálam! – fakadt ki. Hogy képzeli... - harapta el a mondatot, gyorsan nyugalomra intve magát. Ha jobban belegondol, a jövőben jobban kell vigyáznia arra, hogy mit mond és tesz ez előtt a pletykás perszóna előtt, elvégre mostantól ugyanezt a másik irányba is kivitelezheti! – gondolta át a helyzetet. – Rendben, köszönöm, elmehet – intett a lánynak és alig várta, hogy kimenjen.

- A kis dög – pattant fel a székéből. Ezt nem hagyom annyiban! – mérgelődött és kirohant a szobából. Ha neki szabad, akkor nekem is!

•

Kimberlyt hatlovas szekérrel sem lehetett volna távol tartani a délutáni szervezkedésről. Ott akart lenni! Mióta itt van még soha nem volt sztrájk ebben a gyárban és kíváncsi volt rá, milyen is az. Fittyet hányva Davidnek tett ígéretére, hogy szépen hazamegy ebéd után, háromkor ő is lement a belső udvarra. Elkerülve a nagy tumultust oldalt hátul helyezkedett el, leülve a bentről kihozott székre. Nem hiányzik, hogy elájuljon!

Csak nézte, ahogy a munkások kisebb csoportokban ácsorognak és beszélgetnek, egyre hangosabban. Teljesen ártalmatlannak és békésnek tűnt a tömeg egészen addig, amíg David fel nem bukkant az udvar másik felén. Kimberly döbbenten látta, hogy a békésen beszélgető emberhad egy szempillantás alatt válik dühöngő fenevaddá. Aggódva állt fel a székéből és lélegzetvisszafojtva várta, hogy próbálja meg David a lehetetlent: beszélni az elborult agyú emberekkel!

•

Elizabeth tövig kivágta fia hálószobájának ajtaját és bevonult rajta. Kutató szemekkel pásztázta végig a lakosztály méretű szobát, árulkodó nyomok után kutatva. A szobában azonban patinás rend uralkodott. Határozottan a szekrényhez lépett és félrehúzta a tolóajtót. Az öltönyök láttán a másik ajtóhoz nyúlt. – Á! – örült meg a női ruhák láttán és egyesével ráncigálva nézegetni kezdte Kimberly frissen beszerzett darabjait. Szóval ezeket vette kint! – mondta hangosan és szakértő szemmel tapogatta és nézegette végig a darabokat. Kiragadott egy finom selyemsálat és a zsebébe tömte. Biztosan ő is lenyúlt tőlem valamit! – mentette fel magát. Hmm... valaki biztosan segített neki, ennyi ízlése nem lehet! – lökte be bosszankodva az ajtót. De engem akkor sem fog soha lekörözni, gazdagnak születni kell! Egy csomó mindent nem lehet megtanulni! – méltatlankodott. De ezek tényleg finom darabok... Csak nem a fiam keze van benne? – futott át agyán az aggasztó kétség. Képes lenne a fia elárulni őt?

•

- Nem bízunk magában! – Áruló! – Elbocsát minket! – Garanciákat akarunk! – Biztonságot akarunk! – üvöltötték a tömegből a hangok és az öklüket rázták David felé. Kimberly lenyűgözve nézte, hogy ennek ellenére van bátorsága odaállni eléjük és beszélni! És nem is akárhogyan! De miért nem képesek felfogni, hogy mit is mond? Hiszen még ő is megértette! Most mondta, hogy nem változott semmi! Hogy a beszállítók ugyanazok, csak a megrendelő változott! Miért nem képesek megérteni, hogy nem akarja David megszűntetni vagy beolvasztani a gyárat? Hiszen semmi értelme nem lenne!

- Nem is a maguké a cég, nincsenek aláírva a szerződések! – üvöltötte be valaki a tömegből, amire még nagyobb felzúdulás volt a válasz. Kimberly felháborodottan pattant fel ismét a székéből és abba az irányba fordult, ahonnan az iménti bekiabálást hallotta.

- Nincs joga hozzá! Nem is igazgatósági tag! – ordította még egyszer az iménti hang. Kimberly nagyon jól látta azt az illetőt, aki mindezt mondta. Felismerte benne azt a személyt, aki őt nem is olyan rég kirúgta. A tömeg közben már az iménti mondatot skandálta. Kimberly agyát elfutotta a méreg: oldalt megkerülve a tömeget előre nyomult.

•

Elizabeth a szoba átkutatását követően a fürdőben folytatta a szemlét. Biztos volt benne, hogy lehangoló lesz a választék, amit itt talál. Sehol sincsenek kenőcsök, finom krémek, tégelyek, szépségápolási szerek. Hol van a sminkkészlete? A rúzstömegek? Szemceruza erdők? Elégedetten vette tudomásul, hogy a lány nem tűnik túl felkészültnek. Sehol semmi mesterséges izé. Ő ennyi idős korában már komoly arzenállal rendelkezett és ki sem mert lépni a szobából a púderes doboza nélkül. Ő meg semmit nem használ! Semmit, és anélkül is behálózta a fiát – döbbent rá a valóságra. Felbosszantotta az a gondolat, hogy neki nincs is szüksége minderre.

•

David adrenalintól fűtve nem látott vagy hallott. Teljesen felajzotta a feladat, ami megoldás után kiáltott. Mit mondhatna még nekik, ha semmire nem reagálnak? Mintha süket fülekhez beszélne! Hogy fog ebből kilábalni?

Kimberlyt is csak az utolsó pillanatban vette észre, ahogy elszántan pattan ki a tömeg elé. - Hogy került ide ez a nő? Nem azt ígérte, hogy hazamegy? – esett kétségbe. Mit akar itt? Mit forgat magában? – tolta volna szinte le. A lány azonban magabiztosan mellé állt. Nem véve tudomást az időközben arra repülő műanyag poharakkal kihasználta a meglepetés okozta árnyalatnyi csendet és beszélni kezd. David feszülten figyelte minden egyes szavát.

- „Uraim! Kimberly Wilson vagyok, a többségi részvénytulajdonos. Mivel nem rendelkezem gyárvezetési gyakorlattal, ezért kértem meg a férjemet, hogy segítsen, vegye át ezt a feladatot. Hagy mondjam el, hogy David Wilson nem a Wilson Corp. képviseletében teljesíti az igazgatói teendőket!" – mondta egy szuszra. David csodálkozva látta, hogy a tömeg mintha árnyalatnyit megnyugodna és figyelemmel teli kíváncsisággal követi a törékeny nő megnyilvánulását, beleértve saját magát. Kimberly belelkesülve folytatta:

„Kollégáim! Ahogy azt már hallhatták, nem változik semmi a gyár működését tekintve. A gyár továbbra is működni fog, hiszen nyereséges! – emelte meg a kezét. Az elmúlt évben több, mint húszezer járművet gyártottunk. Bár a piaci lehetőségek az elmúlt időszakban kedvezőtlenebbül alakultak, örömmel számolnék be arról, hogy a következő évekre egy biztos értékesítési hálózathoz csatlakoztunk! Kérem, gondolják végig, kinek szolgálja az érdekét, ha itt vesztegetjük az időnket, feleslegesen! Kérem, menjenek vissza dolgozni, folytassák a munkát! Számítunk önökre! Mindnyájukra" – fejezte be a rögtönzött beszédet.

A sorok hörögni kezdtek és újabb hangok jelezték tiltakozásukat a hátulról:

- A Wilson Corp mint felvásárló nyomott árakat diktál! – Átvernek minket! – Áron alul értékesítünk! – Tönkre fogunk menni! - csatlakoztak egyre többen a tiltakozókhoz. A tömeg ismét zúgni kezdett. David tudta, hogy most jobb, ha nem szól közbe. Érzékelte, hogy Kimberly remegni kezdett, de leintve a tömeget válaszolt:

- Uraim! Az igazgató tanács 10 tagból áll, ők képviselik a több száz részvényes érdekeit. Zömük külső befektető, de köztük van az önök képviselője is! Az, akit önök ezzel megbíztak! Gondoljanak csak bele, hogy is hagyhatnák az üzletemberek, hogy az igazgató, aki bár dupla szavazattal rendelkezik a maga 12%-os részesedése mellett, keresztül tudná vinni akaratát? Két szavazattal a kilenc ellenében? Egyikünknek sem érdeke ez! – ordította fennhangon majd bizonytalanul pislogott körbe.

A tömeg meglepő módon elcsendesedett és a tiltakozók láthatóan tanácstalanul néztek egymásra. Ez ellen tényleg nem lehet ellenvetésük! Ezek annyira nyilvánvaló tények! Hogy nem jutott neki eszébe ezt elmondani? – futott át David agyán, de nem foglalkozott vele. Most sokkal inkább az érdekelte, hogy reagál minderre a tömeg.

Nyomasztó csönd telepedett az udvarra. Mindenki lélegzetvisszafojtva várta a reakciókat.

Igazuk lehet... - Menjünk vissza dolgozni! – morogták többen a tömegből, majd páran elindultak visszafele. David jobbra fordult és látta, hogy Kimberly megkönnyebbülten hatalmasat fújt.

- Ez egyszerűen hihetetlen! – harsogta David, amikor látta a széledező tömeget. Felindultan magához ölelte a lányt. - Fantasztikus voltál! Szóhoz sem jutok! Egyszerűen... csodálatos vagy! Emelte fel a földről és megpörgette. De... de honnan tudsz ennyit a gyárról? – tette le és ránézett. Kimberlyt bár láthatóan alaposan leszívta a beszéd és az izgalom, de elégedetten mosolygott.

- Hát az enyém is... - mondta és hihetetlenül csillogott a szeme. David egyszerűen még mindig nem tért magához: hogy nem vette észre eddig, hogy ennyi tűz van benne!

- Látod, megcsináltuk! – mutatott az eloszló tömeg felé. Két tenyere közé fogta a lány fejét és fűtve az adrenalintól teljesen magától értetődően csókot nyomott a szájára. Kimberly megtántorodott, de David mindezt nem vette észre. - Verhetetlen csapat vagyunk! – kiáltotta és felajzva húzta befelé az épületbe a még mindig az iménti futó érzelmi kitörés miatt kóválygó lányt.

•

- Tudod, hogy igaza van annak az alaknak és tényleg nincsenek rendben a papírok? – mondta David jó húsz perccel később az irodában. Az iménti lelkesedés már lecsengett benne. Merengve nézte a csendesen ücsörgő lányt, aki nem is olyan rég amazonként védte meg. Őt, aki olyan cudarul bánt vele és mégis kiállt mellette! Most pedig mintha mi sem történt volna, csak ücsörög. Ki nézné ki belőle, hogy mennyi szenvedély van benne? Hogy nem vette eddig észre?

Kimberly eddig némán ült és csak az italának szentelte minden figyelmét. Most, hogy már a második pohár gyümölcslé is elfogyott, letette az előtte lévő kisasztalra az üres poharat. Nagyon kimerült.

- Tudom. Blöfföltem – felelte teljesen nyugodtan az előbbi kérdésre. David nem tudta megállni, hogy ne nevesse el magát.

- Egyszerűen nem térek magamhoz! Tisztában vagy azzal, hogy komoly diplomáciai potenciál van benned! – felelte. Beszélgetésüknek a megszólaló telefon vetett véget.

•

Kimberly undorral figyelte, azt az embert, aki feltehetően a tüntetés és sztrájk hátterében áll. Egyre inkább erre a következtetésre jutott mindabból, amit az elmúlt percekben David elé tárt – és azt a hangnemet! Kimberly alig tudta türtőztetni magát, hogy ne szóljon közbe. Hogy képzeli, hogy ilyen viselkedést engedhet meg magának az igazgatóval szemben! Kimberly még az elején igyekezett tárgyilagos maradni, elfelejtve azt, hogy ez az ember olyan durván rúgta ki nem is olyan rég innen. De erre már nincs mentség! Most fordul a kocka! – villant meg a szeme. Ő fog lapátra kerülni, ha ennyit akadékoskodik! Könnyen rá tudja bizonyítani az értelmi szerzői státuszt. Kimberly megpróbált ismét a beszélgetésre koncentrálni.

- Nincs semmiféle megbízási szerződés! – csapott az asztalra az ellenszenves pasas. – Átnéztem mindent és hivatalosan egy bizonyos

284

Adam Beckett a tulaj! – nézett diadalittasan Davidre. Kimberly csodálkozott azon, milyen higgadtnak is tűnik a férje.

- Az apósom – felelte nyugodtan David. Sajnálatosan elhunyt pár hete, a feleségemre hagyva a gyárat. Kimberly elégedetten látta, hogy ellenfelét kiveri a víz.

- Igen? – emelte fel a hangját bizonytalanul. Haha, megfogott! – érzett diadalt Kimberly.

- Másvalami? – kérdezte flegmán David.

- És az igazgatói megbízás? Arról sincs papír! – reagált ismét magabiztosságot sugározva. Kimberly és David is a másik tekintetét kereste. Most volt először az a perc, hogy szavak nélkül is megértették egymást. A két tekintet egymásba fonódott, belelátva a másik gondolatába. David kérdésére a lány egy enyhe szemhunyorítással igennel válaszolt.

- Valóban? Lehet, hogy az ügyvéd nem továbbította! Pedig vagy három hete már aláírtuk! – blöffölt most David annak tudatában, hogy az előbb megkapta az engedélyt rá. - Mindjárt szólok neki, hogy faxolja át – és nézzen új állás után – mondta nyomatékosan és magabiztosan nyúlt a telefon után.

- Á, nem kell, inkább majd egy eredetit – intette le a megsemmisült férfi és szinte belesüppedt a székbe. – Ráér holnap is – nyögte.

- Akkor befejeztük – állt fel David, jelezve, hogy a beszélgetésnek vége.

•

- Barom! – jegyezte meg David a távozó után. Kimberly felpattant a székből és nyíltan megkérdezte:

- Miért nem rúgtad ki? – Semmi tisztelet nincs benne! Úgy megalázott engem is – sziszegte a lány. - Úgy rúgott ki... - préselte ki a szavakat. David nyugalomra intette:

- Még van mit tanulnod. Ki kell várni, amíg ő mond fel, mert ha most én kirúgnám, az nem vetne rám jó fényt. Úgyis ellehetetlenítette már itt magát, nem fog maradni.

- Á! – csodálkozott el Kimberly.

- Arról nem is beszélve, hogy anyagilag is jobban járunk. Nem kell végkielégítést fizetni. Kimberly tágra nyílt szemekkel bámult a férfira: erre tényleg nem is gondolt!

- Szép kis kezdőnapot fogtál ki – váltott témát David. Holnap szabadnapot kapsz!

- Jó. Majd anyád mellett megnyugszom és kikapcsolódom! – nevetett fel a lány. Erre David is elmosolyogott.

- Na gyere, menjünk haza! – nyúlt Kimberly felé, hogy felsegítse a székről.

- De előtte még tényleg aláírom azt a vallomást.

Megbízást – javította ki David, egyből értve, hogy mire célzott. Biztos vagy benne? – kérdezte lélegzetvisszafojtva.

- Igen – bólintott Kimberly. De kérnék valamit: ugye van saját ügyvéded? Nem szeretném, ha az apád erről tudna! Bocsáss meg érte, de nem bízom benne!

David tökéletesen értette. Sőt, egyetértett vele, de még mennyire! Az órájára nézett és már nyúlt is a telefon után.

- Dylan? – szólt bele a készülékbe. David vagyok. Egy szívességet szeretnék kérni. Nem, nem válás! Elő tudnál készíteni egy megbízási szerződést? Hogy mi? Ne izéljél már, ügyvéd vagy, nem? Tudsz hitelesíteni egy ilyet is! Persze! Jó, rendben. Mindjárt ott leszünk! – tette le a telefont.

XII.

Cecile elégedett mosollyal nagyot nyújtózott az ágyban, nem törődve azzal, hogy ezzel akár felébresztheti a mellette elszenderedett férfit. Sőt, nem is bánta, hogy Will kissé morózusan, de tudomásul véve a henyélés végét, viszonylag készségesen könyökölt fel az ágyban, kérdőn nézve a nőre.

Cecile körbenézve a széthajigált bőröndökön a szoba másik felében, örült, hogy ilyen gyorsan újra megkaparinthatta a férfit. Mondhatni ugrásra készen jött ki elé a reptérre, most meg pincsi kutya módjára lesi minden szavát. Milyen könnyű dolga is van vele, mennyire jól irányítható! Nem úgy, mint David, aki öntörvényűen elvárta, hogy ő igazodjon mindig hozzá. David – szorult ökölbe a keze, arcán azonban nem látszódott semmi. Azok után, hogy elutazott, Cecile nem sok mindent tehetett. Két napi szitkozódás és vádaskodás után úgy döntött, hogy neki is kijár egy kis pihenés és máris Mexico City felé vette az irányt. Ennél pezsgőbb helyet nem is tudott volna elképzelni zilált idegeinek orvoslásához. Milyen könnyű volt rávennie Willt, hogy csatlakozzon hozzá a hétvégeken. Sőt, igazából nem is kellett rávenni, önként ajánlkozott fel. Cecile azonban rutinosan hagyta elhitetni a férfival, hogy az ő kérése volt. Mostanra már teljesen a rabszolgája! És meg kell állapítsa, nem is rossz rabszolga! Sokkal telhetetlenebb, mint David. Már megint David!

- Láttad már David kis feleségét? – csapott egyből a lovak közé a témát illetően. Biztos volt benne, hogy az elmúlt pár napban, amióta a kis párocska hazajött, összefutottak.

- Még nem – hűtötte le Will válaszával az izgága nőt. Pedig Cecile annyira kíváncsi lett volna a férfi véleményére. – De az öcsém találkozott vele – tette hozzá hanyagul. Cecile kissé előrehajolva kocsányon lógó fülekkel követte az eseményeket. Mivel Will önként nem volt hajlandó semmit mondani, kénytelen volt ő rákérdezni:

- És? Mit mondott róla?

- Ó, hát órákat beszélt róla – mondta Will humorosan, mire mindketten jót nevettek. Tom szűkszavúsága közismert volt. – Naszóval

– rugaszkodott neki újra. Hogy összefoglaljam – mondta fellengzősen –, annyit mondott, hogy egy átlagos nő, nem olyan, mint az eddigiek. Meg hogy szimpatikus – tette még hozzá. Cecile csalódottan biggyesztette le a száját. Vajon mit ehet rajta még Tom is? Bár amilyen rossz ízlése van annak az ürgének.

- Ennél még én is többet láttam belőle! Az a szürke kis egér... – csattant fel Cecile. Will figyelmét azonban nem kerülte el ez a megjegyzés.

- Te találkoztál vele? Mert mindezt nem arról a fényképről állapítottad meg, ami megjelent róluk, igaz? – kérdezte meg a dörzsölt üzletember lénye.

- Ó, csak futólag – csipogta Cecile. Egyszer. Egy éretlen kis fruska. Lizzie is pont ezt mondta róla. Az anyósa – tette hozzá magyarázatként. - Egyszerűen nem tudja megérteni, miért vette el David. Képzeld, még vagyona sincs! – hergelte magát bele egészen. Will mindezt figyelmesen hallgatta és elgondolkozott.

- Tulajdonképpen miért is zavar mindez téged? Mert ha jól emlékszem, akkor még előtte tetted lapátra Davidet... szóval miért is? – nézett farkasszemet a nővel. Volt ugyanis egy olyan érzése, hogy Cecile korántsem zárta le az ügyet magában. Bár tudta nagyon jól, hogy ő csak egy pótléknak, egy bosszúnak került bele a képbe, de bízott abban, hogy ennél már jóval többről van szó!

- De hát egyértelmű: mindenki rajtam nevet! Hogy alighogy kidobtam Davidet, ő máris elvette az első szembe jövő nőt! Hát milyen fényt vet ez rám? Gondolj csak bele! – szólt belőle a sértett hiúság és könnybe lábadt szemmel nézett a férfira. És rólad miket gondolhatnak... – dobta fel a labdát. Tudta, hogy ezt Willnek muszáj lesz lecsapnia. A férfi komolyan elgondolkozott az elhangzottakon és Cecile örömmel látta, hogy dühe fokozódik.

- Nem tesznek nekünk keresztbe! – csattant fel! Muszáj lesz valamit tennünk! – tette hozzá és a nőre nézett. Cecile belül mérhetetlen elégtételt érzett: csak erre várt! Hiszen persze, hogy volt neki előzetesen kigondolt terve, amit most végre a férfi elé tárhat.

.

Kimberly már viszonylag korán reggel kiosont a házból. Tudta, hogy ha a közös reggeli időpontot megússza, akkor talán lesz akkora szerencséje, hogy csak vacsoránál kelljen összetalálkoznia anyósával és apósával. A vacsorán, ahol már David is jelen van.

Két csomagolt szendviccsel érkezett meg az istállókhoz és már több, mint egy órája vakargatta az egyik állatot a másik után.

Kimberly két óra ténfergés után hamar rájött, hogy jobb lett volna ma is bemennie. Hiába fogott ki olyan zűrös első napot, minden jobb, mint az itteni tétlenség. Holnap mindenképpen be fog menni! Utána úgyis jön a hétvége.

Kényeztetését addigra a lovak is megunták és izgalmasabb szórakozás után nézve elmélyülten ropogtatták a friss füvet.

- Csillag! – kiáltott rá az öreg vizslára, amikor meglátta, hogy szájában az egyik előcsomagolt kajájával kioson az épületből. – Nem szégyelled magad! – futott feléje a lány és bosszúsan nézte, ahogy az állat eliszkol a ház felé. – És még a másikat is megetted! – morgott, amikor meglátta a szétcincált papírokat a földön. Na jól kibabráltál velem, most majd kulloghatok vissza a házba, ha megéhezem!

•

- Nekem lenne egy ötletem – mondta jópár perc elteltével Cecile, mintha mindegy mellékesen, most jutott volna eszébe. Felemelte fejét, amelyet eddig Will hasán tartott és a férfira nézett. – Mit szólnál ahhoz, ha mondjuk... elcsábítanád azt a lányt? – igyekezett minél ártatlanabbul nézni a férfira. Mivel Will továbbra is a körmeit piszkálta és az összes reakciója egy árnyalatnyi megállás volt, Cecile tovább tette a lovat alá. – Ez neked gyerekjáték lenne. A lány fiatal és tapasztalatlan.

- Könnyű préda – fejezte be a férfi a gondolatot.

- Na? – kérdezett vissza lelkesebben a nő.

- Hm-hm – merengett el a férfi.

- Gondolj csak bele, ennél jobban nem is tehetnél keresztbe Davidnak. Női kérdésben nem tud veszíteni! – ütötte tovább a vasat, pedig már rég nem is lett volna rá szükség. Will elvigyorodott:

- Tulajdonképpen miért is ne? Jó mókának tűnik!

- Tényleg? – játszotta az ártatlant Cecile, magában viszont ujjongott! És Willnek fogalma sincs arról, hogy ezzel mennyit segíthet neki. Talán megnyitja a visszautat is előtte.

- Mi lenne, ha egy kicsit fokoznánk is a tétet? – jelent meg a vadászösztön Willben.

- Ezt hogy érted? – kérdezte meg sem lepődve. Cecile nagyon is ismerte a férfiak azon vonását, hogy a szinte lehetetlenre, az elérhetetlenre utaznak és minél inkább annak bizonyul, annál inkább vonzza őket.

- Mit szólnál egy szűk határidőhöz? Legyen mondjuk... két hét – vigyorgott magabiztosan. Szombattól.

- És ha nem jön össze? - cukkolta a nő.

- Nos, az lehetetlen – jelentette ki. De egye fene, csak az izgalom kedvéért: akkor levághatod a hajamat! – lobogtatta meg büszkeségét Will.

•

John bár még csak délelőtt volt, de fáradtan rogyott le az íróasztala mögé. Gondterhelten temette arcát két kezébe. Nagyon kimerült ez alatt az üzleti út alatt! Ám zaklatott állapota nem ennek volt köszönhető, sokkal inkább a tehetetlenségnek és eredménytelenségnek. Azt a szót, hogy kudarc, egyszerűen nem ismerte! Most viszont egyre inkább afelé haladnak az események. Pedig ő tényleg mindent megtett, de hát nincs mit tenni: a tűt a szénakazalban nem lehet fellelni!

Alig tudott José szemébe nézni az előbb is, pedig ez a becsületes, csöndes ember olyan félszegen kérdezett rá, hogy van-e már valami eredmény. De hát mit is tudna ő tenni ebben az ügyben többet? Mert annyit tud, hogy Antonio nyolc éve hagyta el a házat. Az első két évben még nyomon követhető, hiszen előbb a katonaságnál, majd a tengerészetnél teljesített szolgálatot. Aztán semmi! Bizonyára nevet változtatott. A keresés tényén az sem lendített sokat, hogy valószínűsíthetően az Anthony név mellett kötött ki, ha tényleg azt választotta. Innentől kezdve a variációk száma viszont végtelen, ha még egyáltalán az országban is van, hány ilyen nevű ember él itt? Hamis papírok mellett még a születési dátum sem segít! Hiába próbálták végignézni a család összes létező vezetéknevét

290

visszamenőleg két generációra, mindez eredménytelen volt. Akárcsak a jól hangzó és még inkább elrejtő sablon Smith és Taylor nevek. Így is több száz férfit nyomoztak már le – eredménytelenül.

•

Martha fújtatva állt meg egy kicsit a lépcsőfordulóban és megtörölgette izzadt homlokát. Nagyot fújt, majd nekirugaszkodott, hogy tovább vonszolja lefelé a lecserélt ágynemű és takarókupacot, közben hangosan morgott magával. – Miért kell neked egyszerre levinned, sokkal tovább tart, mintha fordultál volna! – húzta tovább lefelé a lépcsőn a következő fordulóig a hatalmas kupacot. – Jobb lett volna, ha kihajítom az ablakon, egyenesen a medencébe! – jutott eszébe a praktikus megoldás, ami azért még csiszolásra szorult. A három hálóból kettő ugyanis nem a belső udvarra nyílt. A következő fordulóban már hosszasabban időzött el és kíváncsian nézett ki a hátsó udvarra, tekintetével Manuelt kereste. A távolban meg is látta, ahogy valakivel beszélget. – De hiszen ez Kimberly asszony! – lepődött meg, de aztán nem tulajdonított túlzott jelentőséget a dolognak. Elvégre miért is ne ismerkedhetne meg a személyzet tagjaival?

•

Laura Bertran a hosszú és kimerítő út végén teljesen elcsigázottan kászálódott ki az óriási repülőből. Nem tudott nem meghatódni azon, hogy ismét a szülőföldjére tette a lábát. Már nyolc éve nem járt itt! Azóta, hogy Európába ment továbbtanulni, mindent hátrahagyva maga mögött. Hogyhogy nem jutott eszébe előbb visszatérni? – kérdezte meg magától a költői kérdést. Persze, hogy nem jött vissza, nem is jöhetett. Nem kockáztathatta meg. Sőt, még most sem kéne itt lennie, tudja ezt nagyon jól. De egyszerűen már nem bírta tovább. Muszáj lesz látnia! Gondolataiból a vámtiszt riasztotta fel indiszkrét kérdésével:
  - Hölgyem, milyen céllal érkezett az országba?
  Laura csak állt és zavartan mosolygott. Ha ő azt pontosan tudná előre…

•

Martha jó fél órával később kezében tiszta ágyneművel békésen mászott fel az emeletre, hogy felhúzza. Elégedett volt azzal a tudattal, hogy az előbb leráncigált mindenféle a hatalmas mosógépben már egy ideje kellemes meleg mosószeres vízben forog. A fordulóban tovább szökkent felfelé a lépcsőn, kezében a két ágyneműgarnitúra pehelysúlyúnak és méretűnek tűnt az előzőekhez képest. Aztán meggondolta magát és visszalépett hármat, hogy még kileshessen az ablakon.

- Még mindig? – nézett rá a távolban továbbra is beszélgetőkre és a barna szemszíne zöldbe fordult át.

•

Kimberly dudorászva ment fel a lépcsőn. Nem is remélte, hogy ilyen jól alakul a délelőttje és még egész jól is érzi magát. A csöndes, magába forduló Manuel egészen kellemes társaságnak bizonyult! Még jó, hogy idejében sikerült leállítania, hogy most nem akar lovagolni. Kis híján kicsúszott a száján, hogy állapotosan nem ildomos lóra ülni. Pláne nem a második hónapban! Aztán csak sikerült kimagyaráznia a helyzetet, hogy Davidtől szeretne inkább engedélyt kérni hozzá. Ez teljességgel hihető magyarázat volt.

- Jé, nyitva van a szoba! – lepődött meg azon a nyilvánvaló tényen, hogy a hálószobájukkal szembeni ajtóban egy kulcscsomó lógott és az ajtó résnyire nyitva volt. Vajon mi van odabenn – lökte be az ajtót, hogy belessen. Akárhányszor próbálta, mindig zárva találta. Most lehet, hogy kiderül a rejtély – kukkantott be óvatosan a szobába.

•

Laura holtfáradtan rogyott le a szállodai szoba ágyára, majd kinyúlt a puha takarón. De jó is vízszintesbe helyeznie magát! A repülőn egy percet sem tudott aludni, most viszont mindjárt leragad a szeme. Pedig nem kéne... egy zuhany nem ártana... hahó, mozdulj! – ösztökélte magát és nagy nehezen feltápászkodott. Hú, kád van! – örült meg a felfedezésnek, hogy nem egy zuhanytálcát fedezett fel a fürdőben. Esetleg egy kicsit

elidőzhetek benne... mielőtt felbukkan. Te jó ég, hát hogy nézek ki? –
meredt rá a magát tükörképének kiadó óriáskarikákra, nyűzött arcra
és kócos hajra. Azt hiszem a legjobb, ha ma már sehova nem megyek!
– jutott ésszerű kompromisszumra. Ennyi év után egy napot még csak
kibírok!

·

Kimberly óvatos és gyors szemle után egyértelműen látta, hogy a szoba
bizony üres. Villámgyorsan beszökkent és berántotta maga mögött az ajtót.
Nekitámaszkodva a falnak remegő gyomorral pislogott körbe a szobába.
Sejtette, hogy valamilyen titok lappanghat, ami miatt az ajtó zárva volt.
De vajon mi? – futtatta körbe a tekintetét. A szobát a fehér szín uralta:
puha, finom szőnyeg borította a teljes padlót, ugyanilyen cicás takaró
volt a baldachinos ágyon, melyet körbe vékony fehér háló vont be. Fehér
párnák, plüssállatok hevertek a földön az íróasztal mellett. A szekrényen
könyvek sorakoztak katonás rendben. Az egész olyan benyomást keltett,
mintha a lakója bármelyik pillanatban betoppanna. Kimberly teljes
értetlenséggel látta mindezt és fogalma sem volt semmiről! Lassan lépett
előre és érdeklődve indult meg az ágy felé. Muszáj lesz megérintenie a
takarót. Hú, de finom! – nyomódott bele a keze a vastag selyem huzatba,
hátrahagyva kéznyomát. Kimberly zavartan igazgatta meg a takarót és
odébb lépett. Az ágy melletti kisszekrényen egy fényképre tévedt a szeme.
Egy gyönyörű, 16 év körüli lány mosolygott rá elbűvölően. Kimberly szíve
megmagyarázhatatlan módon összeszorult: tudta, hogy a szoba az övé
lehet.

·

Elizabeth Wilson szórakozottan nyomkodta a távirányító gombjait
két másodpercenként, nem is fogva fel, mi van a kiválasztott csatornán.
Bágyadt mosollyal hallgatta a váltakozó erősségű és témájú felvillant
képeket: egy híradót, egy kosárlabdameccset, egy ismeretterjesztőt,
egy tévéshoppot, egy főzőcsatornát és így tovább. Amikor a következő
gombnyomásra egy kisbaba képe foglalta el a hatalmas tévé képernyőjét,

293

sírva fakadt. Szipogva hajolt előre és reszkető kézzel nyújt az előtte lévő üveg kisasztalon álló pohár felé, de leverte. A benne lévő folyadékot a vastag szőnyeg egy pillanat alatt magába szívta.

- Szentségit! – szitkozódott és az asztalon lévő üveg után nyúlt. Megdöntötte a pohár felé, majd várt. Nem jött ki belőle semmi. Teljesen fejjel lefelé tartotta az üveget és megrázogatta. Két csöpp távozott. – Nocsak – lepődött meg, majd hogy teljesen megbizonyosodjon, az üveg száját a szeméhez emelte. – Ez tényleg üres – konstatálta a tényeket. Akkor hozok egy másikat – döntötte el és felkászálódott a fotelből. Imbolyogva elindult a szoba másik felében található bárszekrény felé, útközben kapaszkodva a bútorokba. – He-he – derült azon, hogy majdnem elvágódott a szőnyegen, de még idejében visszatántorodott. Harmadik próbálkozásra sikerült kinyitnia a kisszekrényt, amely azonban üres volt. – Pedig itt kell lennie valahol – nézett be a fotel alá, majd a függöny mögé. Tudom, hogy van itt tartalék – próbálkozott újra, egyre hisztérikusabban. Nincs kedve elmennie a kamráig, se nem az emeletre. De a férje szobájában biztosan lesz – indult meg korántsem határozottan a szomszéd háló felé.

•

Mrs. Mendez csendben kavargatta az ebédhez valót és gondterhelten sóhajtozott. Szeretett volna a mai napon minél gyorsabban túllenni! Ezt a napot mindig olyan nehezen vészeli át Elizabeth asszony. A legjobb lenne, ha megnézni, hogy jól van-e. Nem, mégsem, akkor elkezd vele veszekedni, azt pedig nem akarja. Talán mégis jobb, ha magára hagyja. Egyenlőre. Biztosan fog szólni, ha segítségre lesz szüksége. A délutánt biztosan a lánya szobájában szeretné tölteni, ahogy mindig. Magányosan, emlékezve. Erre pedig csak részegen képes.

•

Martha zaklatottan ráncigálta ki a mosógépből a friss ágyneműt, nem törődve azzal, hogy közben alaposan összegyűri. Még mindig nem tudta lenyugtatni felzaklatott idegeit. Alaposan megharagudott Kimberlyre.

294

Mit flörtölget itt annyit másokkal? Amint kirakja a férje a lábát, máris akcióba lendül! – gondolt ilyesmiket a lányról.

Alig hallotta meg, hogy Rose a nevét kiáltja.

- Tessék? – húzta ki a fejét a masinából és próbálta kihámozni magát egy rátekeredett lepedőből.

- Á, itt vagy! Hol vannak a kulcsok? – kérdezte meg a lányt.

- Kulcs... kulcs... - próbálta felidézni, hol is látta őket utoljára. Szerintem fennhagytam! – mondta tanácstalanul. Biztos letettem valahova. Ha itt nincs lenn az asztalon, akkor igen. Lehozom – mondta és ellépett a géptől. A benn lévő ágyneműk alig várták, hogy minél gyorsabban kiszabaduljanak a szűkös helyről. Martha még épp idejében ugrott vissza, hogy nehogy a földre zuhanjanak.

- Hagyd, majd én – mondta önfeláldozóan Rose és elindult felfelé a lépcsőn.

•

Kimberly kezében a fényképpel elgondolkodva rogyott le a puha szőnyegre és elmélyülten bámulta a fényképet. Elnézve a bájos kislányt nem volt nehéz rájönnie, hogy kiről is van szó. Milyen egy gyönyörű kislány! Micsoda szemek, mennyi huncutság! És a szemöldöke! Kimberlynek feltűnt, hogy nagyon is emlékeztet valakiére az íve. Bár ezé a kislányé finom és nőies, mégis van valami hasonlóság. Ugyanúgy van benne egy törés! Davidnek volt egy húga! Vajon mi történhetett vele? – szorult össze a szíve. És mikor? – ejtette az ölébe a képet. Üres tekintettel maga elé meredten ült tovább a földön, nem hallva a közelgő léptek zaját. Csak a kattanó zárra kapta fel a fejét.

•

David mozdulatlanul ült az irodaszékben és képtelen volt bármi értelmeset csinálni. Gondolatai folyton elkalandoztak és nem volt képes bármire is két percnél tovább koncentrálni. Ez így nem mehet tovább! – pattant fel a székéből és járkálásba kezdett. Tudta, hogy így sokkal eredményesebben jut bármilyen döntésre. De miről is kéne most

295

döntenie tulajdonképpen? – állt meg egy pillanatra és megvakarta a fejét. Tulajdonképpen mi is a bajom? – értetlenkedett. Igazából min rágódom, hiszen minden a legnagyobb rendben van! Vagy nem? Akkor meg miért érzem magam olyan cudarul – kapta fel az asztala szélére helyezett papírt. Itt áll fehéren-feketén, hogy Kimberly rá bízta a gyár vezetését. Pont, ahogy szerették volna ezt elérni. És ha már ezt aláírta, akkor igazán gyerekjáték lesz a házassági szerződést is megkötni. Kimberly... miért jár folyton rajta az esze? – értetlenkedett magában. Miért gondol folyton arra, hogy most vajon ő mire is gondolhat? Miért van az, hogy próbálja megmagyarázni a lány viselkedését, megérteni reakcióit, kiismerni, de egyszerűen nem megy! A lány kész talány és ez a kiszámíthatatlanság... ez ami izgatja annyira. Muszáj lesz megfejtenie, kiismernie, nem létezik, hogy kifogjon rajta! Muszáj lesz belelátnia a fejébe!

•

John idegesen dobolt az étkezőasztalon és sehogy sem értette, hova tűnt mindenki. Hiszen már kétszer is szólt! Hol van a szobalány, hol van a házvezetőnő? Itt mindenki süket? Pedig neki most azonnal szüksége van egy teára, hogy megnyugtassa az idegeit. Egyszerűen nem tud ilyen feszültség alatt gondolkozni, hát még dolgozni. Pedig semmi kedve ma bemenni az irodájába, direkt úgy rendezte a dolgait, hogy ne kelljen. A jegyzeteit elfaxolta a titkárnőnek gépelésre, a telefonba bediktálta, hogy miket válaszoljon a levelekre, most pedig a költségkalkulációkat kéne átnéznie és véleményeznie.

- Mrs Mendez, Miss Barnes! – üvöltötte el magát ismét, majd fülelt, hogy hall-e mozgolódást. De semmi! Hirtelen fordult meg a szobában, a lendülettől leverte a legfrissebb újságokat a kisasztalról. – Még ez is! – hajolt le a lapok után, hogy visszategye. Csak nem fogja itt szanaszét hagyni. Tekintete az egyik címlapra tévedt, majd a fejéhez kapott! – hogy ez nekem eddig hogy nem jutott eszembe! – dobta el a kezéből a lapot és a rendetlenséget hátrahagyva felviharzott az irodába.

•

Kimberly dermedten lapult a földön és hirtelenjében fogalma sem volt, hogy mi tévő legyen. A félelem teljesen lemerevítette az agyát. Csak amikor a távozó léptek zaját hallotta egyre kevésbé akkor ocsúdott fel, hogy talán kiáltania kéne. Hiszen bezárták! Ha most nem szól, akkor nagy valószínűséggel estig senki nem jön fel az emeletre, hogy meghallja.

- Hahó, itt vagyok! – kezdett el dörömbölni az ajtón, de addigra már késő volt. Csalódottan hajtotta le a fejét és vette tudomásul, hogy így járt. Ez a büntetése azért, amiért bement oda, ahova pedig nem lett volna szabad.

•

Vargas nyomozót keresném – szólt bele John a telefonba parancsoló hangom, mindenféle udvariaskodás nélkül. – Igen, sürgős! – tette hozzá a visszakérdezésre. Az sem érdekli, ha éppen egy csinos nővel van együtt, neki azonnal kell beszélnie vele! Nem azért fizetett neki már egy vagyont, hogy ne álljon a szolgálatára bármikor, pláne nem egy csütörtöki délelőtt. Mi fontosabb is lehet, mint ő, az ügyfele! – méltatlankodott magában. A nyomozóra perceket kellett várni, addigra már a férfi kellőképen felpaprikázta magát.

Itt John Wilson – szólt bele egyből a készülékbe, amint meghallotta a szuszogást a másik oldalon. Fejlemény van az Antonio Mendez ügyben. Rájöttem, mi lehet a fiatalember vezetékneve! – mondta diadalmasan. Ilyen koponya nem sok terem a földön, hogy emlékezzen olyan lényegtelen apróságokra, hogy a cselédek fia 20 évvel ezelőtt mennyit játszott Csillagok háborúját és mindig ő akart Han Solo lenni. Mennyit is vitatkoztak ezen a fiával! Egyszer ketté is szakítottak egy óriás posztert, ami a színészt ábrázolta. Most, hogy meglátta az újságban az újabb rész reklámját, most jutott ez az eszébe!

Igen, hallgatom – felelte unott hangon a nyomozó, nem sok reményt fűzve a fellángoláshoz, majd készségesen leírta egy cetlire a Ford vezetéknevet. – Rendben, utánanézek – tette még hozzá, majd letéve a telefont a cetlit az asztal szélére hajította.

•

Kimberly hátat fordítva az ajtónak próbálta kitalálni, hogy most mi tévő legyen. Nem kezdhet el ordibálni, mert akkor más is meghallhatja. Mondjuk az anyósa. Na azt a jelenetet mindenképpen szeretné elkerülni! – nézett rá az ablakra. Igen! – mondta hangosan és félrehúzta a függönyt. Talán a kertben van valaki – nyitotta ki reményteljesen az ablakrámákat és kikukucskált a hátsó kertre.

•

Laura Bertran nagyot nyújtózott az ágyban és lassan nyitotta ki a szemeit. Rögtön vissza is csukta. A szobába bevilágító napsütés ugyanis túlságosan erős volt ahhoz, hogy elviselje. – Vajon hány óra lehet? – morfondírozott el és karóráját az egyik, résnyire nyitott szeméhez emelte. Mennyi? – ült fel egyből, amikor a mutatókon egyértelműen látható volt, hogy 11 óra is elmúlt. Átállítottam én az órát egyáltalán? – kételkedett abban, hogy tényleg a helyi idő lenne. Elképzelhető, hogy 15 órát aludjon egyhuzamban?

•

Elizabeth Wilson bizonytalan léptekkel hagyta el a szobáját és tervei szerint az emeletre igyekezett. Ebben azonban ingatag állapota jelentősen korlátozta. Rose meg is hallotta, ahogy nekiütközik a kisasztalnak, ami így a kövön éles hang kíséretében odább lökődött.

Hadd segítsek – ugrott oda segítőkészen, eleresztve füle mellett a fejére zúdított szidalomáradatot. – Nem akarna asszonyom ebédelni? – kérdezte meg udvariasan és megpróbálta az ebédlő felé terelni. Egy kis könnyű ebéd, saláták, fehérhúsok. Vagy gyümölcsöt? – próbált némi étvágyat csinálni. Muszáj lesz ennie egy kicsit, hogy az ital gyorsabban felszívódjon.

- Egy kávé jólesne – mondta bágyadtan Elizabeth. Tudta, hogy nem nyújt valami fényes képet, de ez a legkevésbé sem érdekelte. Fájdalmát semmi nem csillapította. Rose egy pár kocka különböző süteményt és kekszet tett a csésze mellé, abban a reményben, hogy abból is fogyni fog.

Elizabeth azonban kizárólag a fekete léből kortyolt egy párat és ismét a lépcső irányába vette az irányt. Ha kell, négykézláb is felmászik oda, de muszáj lesz feljutnia! Ott akar lenni a lehető legközelebb a lányához.

•

Laura frissen és teljesen kipihenten robogott le a lépcsőn és egyből a portástól igyekezett megtudni a számára oly fontos információkat. Laura igyekezett a legártatlanabb módon kideríteni, hogy hol szórakozhatnak az emberek, milyen kikapcsolódási lehetőségek vannak, de főként az érdekelte a leginkább, hogy most hétvégén milyen társadalmi események várhatók. De előbb benéz a Wilson Corp. irodaházába.

•

David nagy lendülettel ütögette bele a telefonkészülékbe barátja számát és örült, hogy szinte azonnal felvette a telefont.
- Hello Tommy, hogysmint? – kérdezte meg szokásosan, majd egyből rátért a lényegre: - van mára valami programod?
- Szia David. Na mivan, meguntad az otthonlétet? Eszedbe jutott a régi haverod és ráfanyalodtál? – cukkolta barátját nem véletlenül. Nem tudta megbocsátani neki az árulást. David meg sem hallva az ugratást, mivel nem kapott kérdésére választ, rögtön előhozakodott a tervével:
- Figyelj, nincs kedved egy kicsit ütögetni velem? Fallabda? Egész héten dolgoztam megállás nélkül és már nem bírom! Nem vagyok én ehhez hozzászokva! – panaszkodott neki. Tommy részéről tudta, hogy számíthat a megértő fülekre.
- Ó, te szegény! – sajnálkozott. De ugye azt tudod, hogy a hétből még egy munkanap hátra van! – világosította fel barátját. David viszont csak horkantott egyet.
- Akkor ötkor a klubnál? – kérdezett rá egyből és az órájára nézett. Már csak azt a röpke négy órát kéne munkával elütnie, ami addig hátra van. Kész kínszenvedés!

- Na mivan, a főnökúr már az első héten idő előtt távozik! Hát milyen példát mutat a beosztottjainak? – húzta Tommy Davidet, majd beleröhögött a telefonba. - Legyen inkább fél hat.

- Hogy te ezért mit fogsz kapni! – morgott vissza rá kedélyesen David. Készülj fel rá, hogy nem foglak kímélni! Feszült napok állnak mögöttem.

- Hát erre a kis feleséged jobb gyógyír lenne – pimaszkodott Tommy kaján módon. Szerencsére nem látta, hogy erre David előbb elvörösödik, majd elsápad. Csak annyit hallott, hogy David dühösen csapja le a telefont. Ó, ha tudná, mennyire igaza van!

•

Kimberly törökülésben ült az ágyon és a polcon talált fényképalbumot lapozgatta. Különösen azok a képek nyerték el a tetszését és időzött náluk sokáig, amelyen David is rajta volt. Nem volt kétség a lány számára, hogy imádta a húgát! Kimberly már percek óta nézte az egyik fotót: David olyan huszonegynéhány lehetett rajta, a lány meg talán 16. Biztosan egy bálba mehettek, mert Daviden elegáns öltöny volt csokornyakkendővel, a húgán pedig egy csodás hófehér ruha, amely így csak hangsúlyozta a fekete haját. Istenem, csodaszép volt! Mint egy hercegnő! És az a mosoly... Kimberly el sem tudta képzelni, hogy David valaha is ilyen felhőtlenül és őszintén vidám is tudott lenni. A lánynak az volt vele kapcsolatosan az érzése, hogy túlságosan merev és távolságtartó, aki mintha nem akarja, hogy közel menjenek hozzá. Ezek szerint igaza volt! És Kimberly most már azt is tudta, hogy mindez miért. David lelke komoly sérülést szenvedhetett a testvére elvesztésekor és azóta nem tud és nem is akar senkit túlságosan közel engedni magához.

Hirtelen eszébe jutott a férfi egyik mondta az esküvőjük napján. A mondat, amit akkor annyira furcsállt, most teljesen más színezetet kapott. Megértette a férfi elutasító reakcióját, amikor rákérdezett. Hát ezért! Ezért mondta, hogy a lányok mind előre eltervezik az esküvőjüket. Szóval róla beszélt, rá gondolt... vajon ő milyennek képzelte el? – emelte fel az albumot és továbblapozott.

•

300

Cecile ösztönei azt súgták, hogy egyetlen további napot sem szabad elvesztegetnie. Itt az ideje, hogy máris visszacsöppenjen a társasági életbe. Valami programra lenne szüksége ma estére – egyedül. Mármint női társaságban, nem Willel. Természetesen egyből Elizabeth jutott eszébe, mint a városi napi programok tökéletes ismerője. Nocsak – lepte meg az a tény, hogy a mobilja ki volt kapcsolva és máris a vonalas készüléket tárcsázta. Különös, hogy senki nem veszi fel a telefont! Na nem baj, majd felhívom a városi klubot. Esetleg egy kis testmozgás nem fog ártani. Talán valami könnyű kis úszás vagy aerobic. Igen, ez nem is olyan rossz ötlet. A legfrissebb pletykákat az öltözőben is be lehet gyűjteni!

•

Kimberly kulcscsörgésre lett figyelmes. Gyorsan összecsapta az albumot és villámgyorsan felpattant az ágyról. Igen, meg vagyok mentve! – örült meg a hangoknak. Már csak az a kérdés, hogy mit fog mondani Rosenak vagy Marthanak, hogy mi a fenét keres ott és egyáltalán hogy került ide. Esetleg megpróbálhatna akár kiosonni? Mondjuk az ajtó mögé áll és amikor az illető bejön ő megvárja amíg elmegy mellette és kirohan. A filmekben ez olyan egyszerű, de vajon sikerülne neki? – cikáztak a gondolatok az agyában és fel sem tűnt neki, hogy milyen sokáig tart a zár kinyitása.

Elizabeth számára nem volt könnyű kivitelezni a kulcs elhelyezését a zárba. Fogalma sem volt arról, hogy valaki ezalatt a szobában lapul és a szabadulást várja. Ügyetlenkedve próbálta meg ismét belehelyezni a kulcsot a zárba, de most sem volt sikeres, a kulcs leesett a földre.
- Szentségit! – káromkodta el magát Elizabeth és egyik kezével a falnak támaszkodva próbált lehajolni a csomóért. Nem volt könnyű feladat.

Kimberly összerezzent a folyosóról beszűrődő hangra és a lába a földbe gyökerezett. Menekülj! – szólalt meg az elmúlt hetekben oly csöndes belső hang. Álmában se merte volna gondolni – még a rémálmaiban sem - hogy anyósa akarna ide bejönni. Pont most! Most mit csináljon?

Nem találhatja itt, mert azt nem élné túl! Csak most tudatosodott benne, hogy nemcsak David vesztette el a húgát, hanem ez az asszony is a lányát. És ahogy ebben a szobában körülnéz, az imádott és körülrajongott gyermekről lehet csakis szó! És ehhez neki, a betolakodónak végképp nincs joga, hogy pont itt legyen! Ó, most mi lesz? – futott körben a szobában. Hova meneküljek? – felelte a belső, sürgető hangnak.

Elizabeth sikeresen feltornászta magát a kulccsal együtt és újabb rohamot indított a zár ellen. Ezúttal szerencséje volt: a kulcs egyből a zárban találta magát, pont a kellő mélységben. Az asszony tekert rajta kettőt, majd lassan betolta a szárnyat és belépett a szobába.

XIII.

Laura hosszú percek óta állt a számára oly komor toronyépület előtt és csak nehezen tudta rávenni magát, hogy belépjen. Furcsállta, hogy emlékeiben nem ilyen kép maradt meg a házról, mintha sokkal vidámabb és üdébb épületként élt volna benne. Lehetséges, hogy ahogy öregszik, úgy szépülnek meg az emlékek? Tényleg ilyen komor és szürke lett volna? Bár az is lehet, hogy a nyomott lelki állapota az, ami ilyen formában vetíti ki ezt a képet. Biztosan. Laura körbenézett a sötét utcán. A környék, az is milyen sokat változott! Ott nem egy park volt? Most meg újabb óriások nőttek ki a földből, egész metropolisz jelleggel ellátva a tömböt. A sűrűn épített monstrumok a fényt jobban elzárták. Szóval ez az oka a komor érzetnek – jött rá a nyilvánvaló tényre.

Továbbra is bizonytalanul toporgott a bejárat előtt. Ha már idáig eljöttem, most nem fogok megfutamodni! – szorította össze a fogait és belépett az épületbe. A belső berendezésre már egyáltalán nem emlékezett, belül ugyanis csak párszor járt. Arra viszont jól emlékezett, hogy az iroda a 37. emeleten van. Megállt a beosztást mutató táblasor előtt és meggyőződött, hogy tényleg igaza van-e. Valóban! Beszállt a liftbe és megnyomta a megfelelő emeletet jelző gombot. Félúton azonban a stop gombra tette a kezét és gyöngyöző homlokkal dőlt neki a falnak. - Mi a fenét csinálok itt? – fújtatott. És főként mit mondok, ha majd bemegyek az irodába? Hahó, én vagyok az, emlékeztek még rám? Ezt így nem lehet! Nem vagyok normális, csak úgy nem törhetek rájuk! – azzal megnyomta a földszinti gombot. Jobb, ha előbb távolról nézem meg őket.

．

Kimberly a lehető legutolsó másodpercben húzta be maga mögött a szekrény tolóajtaját és remegő testtel rogyott le a ruhákkal borított gardrób legaljára. Hú, ez meleg volt! – törölte le gyöngyöző homlokát és megpróbálta minél halkabban úgy elrendezni a fölötte karfán lógó ruhákat, hogy ne nyomják teljesen össze. Fejét egy feltehetően bársony

303

ruhának támasztotta. Ennyi izgalomhoz nem volt hozzászokva! Próbálta lenyugtatni ziháló légzését, nehogy hallható legyen. A lassan beálló csöndbe élesen szűrődött be Elizabeth asszony zokogása. Hiába a nagy vagyon, mélységes gyászra utalt mindaz, amit itt látott: a teljesen érintetlen szobát, amely visszavárja a gazdáját. Egy ekkora tragédia pedig minden bizonnyal lerombolja az életbe vetett bizalmat: cinikussá és érzéketlenné tesz!

Kimberly összeszorult szívvel, szánakozva hallgatta, ahogy az anyósa záporesőjét és a szeme bepárásodott. Ebben a percben nagyon, mélységesen megsajnálta a nőt, elfelejtve, megbocsátva neki minden eddigi ellene irányuló gonoszságát.

·

A lift Laurával együtt ismét felfelé siklott a toronyépületben. A lány már másodszor változtatta meg döntését: nem tudott ellenállni a kísértésnek, hogy legalább ne nézzen be arra az emeletre. Elvégre csak benéz, de nem megy be. És ki tudja, akár szerencséje is lehet, éppen kijöhetnek a folyosóra.

A lift ajtaja készségesen nyílt szét a kért emeleten, Laurának azonban ismét inába szállt a bátorsága. Hátat fordítva az ajtónak kétségbeesetten nyomta meg az ajtóösszezáró gombot és ismét nekidőlt a falnak. Ha most valaki nyomon követné, hogy mit össze szerencsétlenkedem itt az épületben, az biztosan nem gondolja, hogy normális vagyok! – nyomta meg ismét a földszinti gombot.

·

- Jaj, ne! – szisszent fel Kimberly a szekrény mélyén kucorogva. Miért görcsölt be a lábam? – temette az ajkait az egyik ruhába, nehogy túlságosan hangoskodjon. Nem pont ilyen segítségért fohászkodott az imént! Óvatosan nyújtotta ki az egyik kezét, hogy a guggolásban elgémberedett testrészét megpróbálja megmasszírozni. A fájdalom enyhülni látszott. Muszáj lesz pozíciót váltania, mert ha így marad, biztosan hamar visszatér a görcs – futott át az agyán és lassan, óvatosan kísérletet tett arra, hogy kiegyenesítse a lábát. Csöndbe kell maradjak, mert kintről nem szűrődik be semmi zaj. – Ne! – kiáltott fel némán, amikor a kinyújtott lába által keltett ficánkolás következtében három ruha, fogasával együtt elindult a feje fölül. Kettő puffanó hang kíséretében halkan landolt Kimberly vállán és lábán, a harmadik azonban a szekrény aljára csapódott, erős koppanó hangot hallatva.

•

Laura az irodaépülettel szembeni gyorsétteremben az ablak mellett ült, le nem véve tekintetét az épület bejáratáról. Már a harmadik kávéját kavargatta, abban a reményben, hogy egy ismerős arcot lát távozni az épületből. Eddig semmi. Pedig már lassan egy órája, hogy itt van. Talán mégis be kellett volna néznie, lehet, hogy teljesen feleslegesen vár. Csak nem – sápadt el a kilépő alak látványától és villámgyorsan felpattant a helyéről. Követnem kell! – vágtatott kifelé az étteremből, le nem véve tekintetét az úttest másik oldalán nyugodtan sétálgató illetőről.

•

Elizabeth felkapta a fejét az iménti zajokra és értetlenül nézett körül a szobában. Tényleg jól hallotta volna, tényleg zaj volt? - törölgette meg a szemét és megpróbált felállni az ágyról.

- Van itt valaki? – kérdezte meg bizonytalanul.

Kimberly még soha nem kívánta ennyire, hogy tényleg láthatatlan legyen. Mennyiszer érezte azt, hogy jelentéktelen és sokan nem is törődnek vele. Bárcsak ez most tényleg igaz lenne! Összehúzva magát igyekezett minél kisebb pontként kitűnni a ruhakupacok alól. Ha idejön és benéz a szekrénybe, akkor talán van esélye és nem veszi észre, hogy ott lapul.

Kimberly tökéletesen jól hallotta, hogy az asszony imbolygó léptekkel indul el a szobában. Erősen behunyt szemmel várta a véget: hogy is lehetne kimagyarázni, hogy mit csinál itt a szekrényben és főként, hogy mióta?

Laura folyamatosan a túloldalt sétáló nőt nézte és igyekezett lépést tartani vele. A nő teljes nyugalommal, mit sem sejtve lépkedett végig, egészen az útkereszteződésig. Laura érdeklődve nézegette meg az ismerősnek tűnő vonásokat. Biztos volt benne, hogy ismernie kell. De honnan? – követte tovább, hátha beugrik valami. Megállt vele szemben a gyalogosátjárónál, amely azonnal zöldre váltott. Laura, mint egyetlen ott álló gyalogos, kénytelen volt elindulni a zebrán. Nem fordulhat vissza, az túlságosan feltűnő lenne. Mintegy futólag nézett rá a negyvenes, szigorú kinézetű nőre és egyből beugrott, hogy kiről is van szó. Hiszen ez Joan Brown, a titkárnő! Szinte semmit nem változott az elmúlt közel tíz év alatt, amikor utoljára látta! – kapta el a tekintetét róla. Nem szabad, hogy meglásson – nézett a másik irányba zavartan. Az úttest közepén járhatott, amikor a nő elhaladt mellette, majd utána szólt. – Hölgyem! Laura ereiben megfagyott a vér.

•

- Asszonyom, én vagyok az – csörtetett be ebben a percben Rose a fehér szalonba, egy tálcát egyensúlyozva. Gondoltam esetleg enne egy pár falatot – nézett rá a szoba közepén álló nőre. Valami baj van? Jöjjön, hadd segítsek – ragadta karon az értetlenül pislogó asszonyt és leültette az ágyra. Kérem, egyen valamit! – tette le elé a tálcát az illatozó ételekkel.

Kimberly hatalmas sóhajjal vette tudomásul, hogy most megúszta! Elizabeth asszony nem mond semmit arról, hogy zajt hallott volna a szekrény felől, hiszen nem kérte meg a házvezetőnőt, hogy nézzen bele. Helyette inkább az étel miatt morgott, hangosan tiltakozva az evés ellen. Pedig ő milyen szívesen enne egy-két-sok falatot abból! – jutott eszébe, hogy hosszú órák óta nem evett semmit. – Ne, ezt hagyd abba! – mondta némán. Már csak az hiányzott, hogy hangosan korogjon itt a gyomra! Ezt nem hiszem el! Lehet ez ellen tenni valamit? – tette Kimberly a két kezét a gyomorszájára, rászorítva egy ruhát is. Tudom, persze, nagyon követelődzöl, csak az az igazság, hogy most nem tudom mivel betömni a szájad! – morgott magában és az égre emelte a tekintetét, segítség után fohászkodva.

•

Laura megdermedten lépett még két lépést, majd zavartan fordította a fejét a hang irányába. Nem mert ránézni a nőre. Most mi lesz? Nem így akarja, nem így szeretne megjelenni!

- Hölgyem, elejtette a sálját – nyújtotta felé a titkárnő az elhagyott ruhadarabot és máris továbbhaladt. Laura moccanni sem bírt a rémülettől és meglepetéstől. Ennyivel megúszta volna? Mi lesz majd, ha tényleg felismeri valaki, ha már most így reagál rá? Bénultságából egy autóduda fülsiketítő hangja rántotta ki. Joan még hátranézett és egy pillanatra elbizonytalanodott. Valahonnan mintha ismerősnek tűnt az a nő – bosszúsága azonban elhessegette ezen gondolatát: milyen modortalanság, azért megköszönhette volna a segítségét!

•

Vajon meddig tart még mindez? Ugye nem fogja itt tölteni az egész éjszakát? Esetleg elalszik? De honnan fogom megtudni, hogy mikor alszik? Ha kihúzom a szekrényt, akkor meglát? – tépelődött Kimberly magában, majd nyújtózott egyet a szekrényben. Gondosan ügyelve, hogy ne verjen le újabb ruhadarabokat a fogasról. Szegény tagjaim, jól elgémberedtek – gondolta. Keze hozzáért a hátsó falon egy dudorodásra. - Ez meg mi? – tapogatta meg óvatosan az imént érintett részt. Csak nem...? – futtatta végig az ujjait a határozottan ismerős vonalakon. Hiszen pontosan ilyen a fogása a tolóajtónak! Lehetséges, hogy... - próbálta meghúzni, nem törődve az esetleges zajokkal.

•

- Vajon hol lehet a kisasszony? – gondolkozott el Rose. Hiszen itthon maradt, reggel határozottan látta. Akkor meg hol lehet? Még mindig nem jött ebédelni! Csak nem feküdt le? Lehet, hogy nincs jól? – kopogott be a hálószobába, majd miután nem hallott bentről hangokat, óvatosan benyitott. A szoba teljesen üres volt. Akkor meg hol lehet?

·

Kimberly meglepetten konstatálta, hogy a szekrény hátulja valójában egy ajtó! Óvatosan áttapogatott, hogy mi van a másik oldalán, majd villámgyorsan átcsúszott és berántotta maga mögött az ajtót. Biztos volt abban, hogy a túloldalon egy másik szekrényben ücsörög. Kirántotta a másik szekrényajtót és kipattant belőle! Ez hihetetlen! A folyosó végi piros szobában találta magát! Éljen, szabad vagyok! Sikerült! Úgy távoztam, hogy senki nem jött rá! Ez a szoba nem lezárt! – örvendezett és aprókat szökkent. Elképesztő, ezt nem gondolta volna! Hogy itt a beépített szekrények ilyen átjárhatók! Titkos átjárók… rejtélyes egy ház – futott át rajta a borzongás. Biztos volt ezeknek funkciója! Elképzelhető, hogy a lány ezen az ajtón osont ki a szobafogságból, pont úgy, ahogy most ő? Vajon erről mindenki tud? És lehet, hogy az ő hálójukba is be lehet így kintről jutni! – jutott eszébe. Ezt azonnal megnézi! Már csak az hiányzik, hogy valaki észrevétlenül ki-be osonjon ott – tépte fel az ajtót és megkönnyebbülten indult el a folyosón és egyenesen nekiütközött a szobájukból épp kilépő Rose-zal.

·

David megkönnyebbülten mosolygott vissza a nagy lendülettel felé közeledő barátjára, aki meg sem említve a majd húsz perces késését máris panaszkodni kezdett a felszerelésére. David ügyet sem vetve barátja szónoklatára, minden idegszálával már a meccsre koncentrált. Nem mintha bármikor is esélye lett volna Tommynak a győzelemre, de a férfi tudta, hogy a héten tényleg eléggé kifárasztotta a sok munka. Még az is lehet, hogy a szokásoshoz képest jobban megszorongatja. David helyben futott még egy kicsit, hogy újra átmelegítse az előbb már a játékra felkészített izmait és Tommyt is erre ösztönözte. Karkörzések és lábnyújtogatások után lepattintotta a labdát, majd már lendítette is az ütőjét. Tommynak esélye sem volt elérnie a labdát. David elégedett mosollyal nyugtázta mindezt és már újabb ütéshez készült.

•

Kimberly kedvenc helyén, a kerti kishintán ücsörgött és az imént hallottakon töprengett. Rose asszony azalatt, amíg ő alaposan teletömte a gyomrát a konyhában, mindent elmesélt. Kimberly döbbenten és teljes csöndben ült azon a hintán, ami Mariann kisasszonyé volt és próbálta feldolgozni a hallottakat. Azt már eddig is sejtette, hogy a 17 éves lány halála erős csapásként hatott az egész családra, az a mód, ahogy ez bekövetkezett csak fokozta mindezt. Rose elragadtatással beszélt az ifjú hölgyről, aki bámulatosan szép volt, kedves és barátságos és mindenkit könnyűszerrel az ujja köré csavart. Kimberly soha nem tudta volna elképzelni mogorva és közönyösnek tűnő apósáról, hogy valaha valakit imádva szeretett. Pont ez volt az, ami annyira meghökkentette Kimberlyt: hogy volt képes túlélni mindezt? Azt a kegyetlen tényt, hogy a halálát ő okozta! Rose asszony elbeszéléseiből ugyanis kiderült, hogy azon a végzetes éjszakán John Wilson vezette a járművet, ami az egyik kanyarban kisodródott és beleborult az árokba. Ő néhány töréssel megúszta, a lányának azonban nem volt ilyen szerencséje. Ma pontosan nyolc éve. Kimberlyn átfutott a hideg. Ennek ismeretében majd tapintatosabb leszek vele is! – döntötte el magában. Bár nem ismerte Mariannt, hogy is ismerhette volna, de különös módon érezte, hogy számos közös vonásuk van. Itt van például ez a hinta, erről sem tudott semmit! És állítólag a rózsakertet is nagyon szerette! Kimberly mélyen eltöprengett mindezen és új teóriával állt elő: lehetséges volna, hogy ezen hasonlóságok miatt gyűlölik őt ennyire?

•

- Kész, vége, megadom magam! – nyúlt ki a földön Tommy és hevesen fújtatott. Ilyen megalázó mértékű vereséget még soha nem szenvedett!
- Köszönöm a játékot – nyújtotta felé sportszerűen a kezét David, Tommy viszont lerántotta maga mellé.

- Hogy lehet az, hogy még egy izzadtságcsepp sincs rajtad? Nézd meg, rólam patakokban folyik a víz – mutatott az átnedvesedett padlóra. – Te aztán duzzadsz az energiától! – lökte oldalba. Azért tartalékoljál későbbre is – kacsintott rá. David fintorogva fordította el a fejét. Nem elég az hozzá, hogy folyton ezen jár az esze, amikor éppen nem, akkor is eszébe juttatják. Már ki sem akarta számolni, mióta nem volt nővel. És tudta, hogy ez a helyzet már nem sokáig lesz tartható!

- Na gyere zuhanyozni – húzta fel a barátját a földről és kivonszolta a pályáról.

- Te, David, azt értem, hogy te miért nem hordasz gyűrűt, de a kedves feleséged ujján sem láttam egyetlen gyémántot sem! – kérdezte meg Tommy és közben visszanézett barátjára. David megdermedt: hogy a fenébe felejthetett el egy ilyet!

- Á, csak most vésik bele a neveket meg az időpontot – füllentette. Ismered a nőket, milyen szentimentálisak – azzal nyugodtan folytatta az útját. Sürgősen be kell szereznie egy gyűrűt Kimberlynek – próbálta az agyába vésni.

•

Cecile tűzpiros, falatnyi bikinijében végiglejtett az úszómedence előtt, látszólag nem törődve a rajta legelő kiéhezett férfitekinteteken. Az irigykedő női pillantások mindig is jobban izgatták. Tökéletesen tisztában volt azzal, hogy milyen ellenállhatatlan az alakja, sokat is dolgozik rajta. De ebben a szánalmas társaságban egyik férfi sem ér fel a bokáig sem – mérte fel azonnal a terepet. Undorral igazgatta hajkoronájára az utálatos úszósapkát, majd betanult mozdulatokkal előbb leült a termálmedence szélére, majd lassan csúszott bele a gőzölgő vízbe. Jól esett megtornásztatott tagjainak ez a forróság, ellazítva valamennyi izmát.

•

David jól hallotta, ahogy Tommy a mellette lévő zuhanyfülke ajtaját hangosan bevágja, majd pakolni kezd a polcra.

310

- Te, David, nem akartok a hét végén vitorlázni jönni? – tartott egy kis hatásszünetet. Te és a bájos kis feleséged? – tette hozzá magyarázatképp, majd lélegzetvisszafojtva várta a választ.

- Szóval akcióba lépsz – dünnyögött David a szomszédból és nem értette, miért lett bosszús.

- Hát ideje. Eltelt egy hét és még csak nem is találkoztunk – mondta közönyösséget tettetve Tommy. Bár nem a mennyiség számít, hanem a minőség, de tényleg jó lenne, ha legalább a lehetőségem végre meglenne – mondta és feszülten várta David reakcióját.

- Megoldható – jött az érzelemnélküli, tárgyilagos válasz.

- Te, mesélj már valamit róla, milyen? – kérdezte Tommy és a pakolás befejeztével vetkőzni kezdett. David bár a játékpályán egyáltalán nem izzadt meg, most viszont határozottan érezte, hogy kiveri a víz. Mit is mondjon?

- Hát kedves... nem csüng rajtam – mondta azt a két általánosságot, amit Tomtól hallott a lányról. Aztán érthetetlen módon belelendülve folytatta: - néha még gyerekes, máskor meg túlságosan is felnőtt. Sőt, harcias. Tiszta ellentmondás, de pont ettől olyan vonzó. És ha tudnád, hogy milyen hamar kihoz a sodromból – nevette el magát kissé –, de olyan szórakoztató. Nem lehet mellette unatkozni, az biztos – merült el teljesen az elemzésben. Tommy a felét sem fogta fel a mondatoknak, mindössze David megváltozott hanglejtése volt az, ami megdöbbentette. Így, ilyen hangon még soha nem beszélt egyetlen nőről sem!

- És milyen az ágyban? – kérdezett rá nyíltan arra, ami igazán érdekelte. Nem véletlenül most hozta fel ezt a témát, ugyanis szemtől szembe valahogy ezt nem merte volna megkérdezni.

David örült, hogy most nem látja barátja az arcát, arról ugyanis minden látható lett volna. Mit is lehet erre a kérdésre érdemben válaszolni? Nem mondhatja azt, hogy már olyan régen volt hogy szinte nem is emlékszik rá! Pedig pontosan emlékszik mindenre... szinte mindenre – borzongott bele.

- Hát... tüzes – nyögte ki, majd belépett a zuhany alá. Annak ellenére, hogy a fagyos emlékek előtódultak belőle, hideg zuhanyra volt szüksége ahhoz, hogy lenyugtassa magát. És már nem először a héten.

•

Laura hevesen dobogó szívvel lépett be a városi elegáns klubhelyiség éttermébe és igyekezett a lehető legkevesebb feltűnés mellett körbetekinteni. Nem tudta megmondani, hogy minek örülne jobban: ha Davidot itt találná, vagy annak, hogy nem. Fellélegzett, amikor nem látta egyik asztalnál sem. Az izgága pincér szolgálatkészen pattant elé, hogy az egyik asztalhoz kísérje. Laura viszont ragaszkodott az egyik sötét sarokasztalhoz, ahonnan feltűnés nélkül és viszonylag észrevétlenül szemmel tudja tartani a termet. Egyenlőre csak egy üdítőt rendelt. Letette a napszemüvegét és nyugtalanul igazgatta feltűzött haját. Nem szokta így hordani! Most viszont a lehető legkisebb feltűnést akarta okozni, ennek megfelelően egy bő szabású nadrág és egy lezser, vékony blúz volt rajta. Még jó, hogy délutánra lehűlt az idő, soha nem szerette a forróságot – legyezte meg magát az étlappal. Gyöngyöző homlokának oka nem a már jelentősen enyhülő meleg, sokkal inkább az a tény állt a hátterében, hogy megtudta, David itt van a közelben. Hamarosan újra láthatom! – ujjongott belül és ismét elöntötte a forróság.

•

Cecile igyekezett a lehető legközönyösebb tekintettel csigalassúsággal tollászkodni az öltözőben. A körülötte csipogó gyanútlan libáknak fogalmuk sem volt arról, hogy a lenéző tekintet csak álca és egy ragadozó nagyvad van közöttük. A nő kocsányon lógó fülcivel minden egyes információs morzsát úgy szippantott magába, amennyire csak lehetett. Minden érdekelte, még a köznép ügyes-bajon dolgai is lekötötték figyelmét, leginkább azonban a felső tízezer piszkos ügyei voltak, amire vadászott. A hab a tortán az volt, hogy egy elejtett megjegyzésből értesülhetett arról, hogy David is itt van a klubban.

Nocsak – csigázta fel Cecile érdeklődését és egyből sietősebbre fogta. Tudta, hogy játék után a bárban szoktak beszélgetni még egy kicsit. Itt az ideje, hogy akcióba lépjek – lett egyből sietősebb a készülődés.

•

Laura kezdte megunni a várakozást. Az odaintett pincértől gyorsan megtudta, hogy a klubnak van egy bárja is, amely szintén kedvelt a vendégek között. Laura hezitálás nélkül állt fel az asztalától, hogy az előbb megtudott útmutatásnak megfelelően ő is megnézze azt a bizonyos bárt.

•

David a hideg zuhanytól elgémberedett tagokkal kissé szögletes mozgás mellett ült fel a bárszékre és máris egy kis lélekmelegítőt rendelt magának. Csak azután nézett körül a teremben, hogy legördítette a pohara tartalmát. Rágyújtott. Szerencséjére Tommy legújabb hódításának részleteit ecsetelte nagy áhítattal, így nem vette észre barátja enyhe közönyösségét. David igyekezett nagyobb figyelmet szentelni barátjának és amikor az felnevetett, ő is hasonlóan tett. Nem tudott magyarázatot találni arra, hogy miért nem élvezi Tommy társaságát! Már éppen mély önelemzésbe merült volna el, amikor a terem túlsó ajtaján belépő nőre esett a pillantása és az előbbi mosoly az arcára fagyott.

•

David hátat fordított az ajtónak és odasúgta Tommynak: Cecileveszély! Tommy nem tudta, hogy mi tevő legyen, mit vár el tőle barátja, így a legjobbnak látta tovább folytatni a történetet. David bár a hátán nem voltak szemek, pontosan tudta, hogy mikor érkezik mögé a nő. Minden egyes idegszálával érezte a közelségét. Cecile mellékönyökölt a bárpulton, ügyet sem vetve a másik férfira, és mintha semmi nem történt volna a legutóbbi találkozásuk óta, nyájasan üdvözölte. Tommy mondat közepén hagyta abba a mondatot, majd felkapta a poharát és elhagyta a puskaporos területet. Nem akart ott lenni, amikor bármelyiküknek köszönhetően felrobbannak a töltények! Illő távolságba helyezkedett el, még pont annyira, hogy mindent nagyon jól hallhasson és le nem vette szemét a két emberről. Fogalma sem volt arról, hogy nem sok mindent kell majd meghallania.

- Rég láttalak, hogy vagy? – trillázta bájos hangján a nő és igyekezett annyi érzékiséget belecsepegtetni ebbe az ártatlan kis kérdésbe, amennyit csak lehet. David üdvözlésként csak horkantott egyet és elfordult a nőtől. Cecile minderről igyekezett nem is tudomást venni és ártatlanul folytatta:

- Csak szeretnék gratulálni neked – próbálta arcon csókolni a férfit. David azonban felemelte a kezét, jelezve a nőnek, hogy meg ne próbálja. Úgy szorította a poharat a kezében, hogy attól lehetett tartani, összeroppantja. Cecilenek fogalma sem volt arról, hogy Davidet a megjelenése teljesen kihozta a sodrából. A közelsége pedig teljesen kikészítette. Hogyan is tudhatta volna, hogy Will-lel való kis románcának híre eljutott az ő fülébe is! Ezt a nyílt árulást pedig nem tudta megbocsátani neki!

- Mit akarsz? – kérdezte meg nyersen a nőtől, aki megszeppenve, rebegő pillákkal igyekezett lelkiismeret furdalást kelteni a férfiban.

- Pedig én csak kedveskedni akartam neked. Ezek szerint nem lehetséges, hogy még barátok lehetünk? – kérdezte a lehető legártatlanabb arcot vágva. David tökéletesen átlátott a szitán. Bár énjének nagyobbik fele nagyon is szerette volna felújítani a kapcsolatát a nővel, a sértett egója azonban nagyobbnak bizonyult.

- Nem! – vágta oda neki. Cecile igyekezett kifinomult műszereinek segítségével eme rövid szó hangsúlyának teljes kielemzését tökéletesen elvégezni és elégedett volt az eredménnyel! Tudta, hogy ez a nem nem olyan nem és belül mosolygott. Jösz te még az én utcámba!

- Hát, ahogy gondolod – felelte és igyekezett csalódottságot tetetni. Azért én nem adom fel! – mondta távozás közben. David inkább nem válaszolt erre a kijelentésre. Pontosan tudta, hogy a nő nem hagyja annyiban. És az igazat megvallva ezt nem is bánja.

•

Laura a bárba lépve majdnem összeütközött egy sebesen távozó illatfelhővel. Felnézett és oldalról és futólag ránézett a nőre. Cecile feldúlt volt, fel sem tűnt neki, hogy egy kíváncsi szempár utána fordul, majd kikíséri a parkolóig. Laura bámulta meg az egyből felismert Cecilet és késztetést érzett arra, hogy még jobban megnézhesse magának. Meg kell állapítsa, a nő még mindig pompázatosan nézett ki, bár az idő foga lassan

314

kezdett meglátszani rajta! - gonoszkodott. Bosszúsága, közönyössége messziről sugárzott, tompítva a belőle áradó nőiességet. Laura egyből látta, hogy a nő az elmúlt évek alatt csak még veszélyesebb lett. És azt is tudta, hogy iránta tanúsított utálata egy szemernyit sem csökkent.

•

- Hát ezt jól megmondtad neki! – ütötte hátba Tommy Davidet, közben visszamászott a székbe. Szerinted hány napra ijesztetted el, kettőre? – vigyorgott rá, mire David is megkönnyebbülten mosolyodott el.
- Cecile, a levakarhatatlan – morogta poharába és elkomorodott. Minél jobban zavarod, annál inkább tapad rád – mondta elmerengve, majd ördögi ötlet fészkelte be magát az agyába. Hmm, két legyet egy csapásra! – öltött formát az elképzelése. – Te, Will fejét teljesen elcsavarta már, igaz? – hajolt közelebb barátjához bizalmaskodva.
- Aha – röhögött fel Tommy. Öleb-effektus – jegyezte meg jelentőségteljesen. – Miért? Csak nem tervezel valamit? – fogott egyből gyanút.
- Az árulást nem tudom elviselni – felelte erre David titokzatosan és nem árult el semmit. Még különben is ki kell dolgozni a részleteket – csillant fel a szeme és egyből jobb kedvre derült.

•

Laura egy pár mögött lépett be a bárhelyiségbe és rögtön az ajtó melletti üres asztalhoz ült. Lassan, nagyon óvatosan futtatta körbe a tekintetét a termen, majd megállapodott a bárpultnál. - Ott van! – sikoltott fel belül és pulzusa soha nem tapasztalt magasságokba röppent. Még ilyen messziről, háttal is felismeri Davidet! Muszáj lesz közelebb menjek hozzá, muszáj lesz szemből is megnézzem – indult el a terem másik felébe, a bárpulttól a létező legtávolabbi még járható úton. Tekintetét le nem vette a férfiről. Leült egy nagydarab férfi mögé és lopva, a háta mögött kilesve kezdte tanulmányozni David arcvonásait. – Igen, ő az én Davidem. Mennyire férfias, mennyire jóképű még mindig. Sőt, még jobban! Ő a legvonzóbb férfi, akit ismer – nézte csillogó szemekkel.

315

•

- Te, David, tudod hogy folyamatosan bámulnak? – súgta Tommy barátja fülébe. David rögtön visszakérdezett:

- Csak nem az a boszorka jött vissza? – mozgolódott a széken.

- Nem, dehogy. Egy csinos fekete bámul onnan hátulról – biccentett a kérdéses irányba.

- Tényleg? Hol, ki? – kezdte forgatni a fejét a mutatott irányba. Nincs ott semmi fekete – mondta Tommynak.

- Dehogynem, a hústorony mögött – makacskodott Tommy, majd ő is arra nézett. – Hova tűnt, az előbb még ott volt! – méltatlankodott.

- Tommy, te szórakozol velem, én meg jól bedőltem! – vihogott fel David, abban a hitben, hogy jól beleesett barátja csapdájába. Egyből ugrott arra, hogy felkelti egy nő érdeklődését. Tommy viszont nem vette a lapot és értetlenül csóválta a fejét.

- Pedig nem is ittam sokat. Nemcsak hallucináció volt ott az a bájos tünemény – merült el.

Jobb, ha még nem vesznek észre – kuporodott be az asztal alá Laura és tervei szerint az elkövetkezendő jópár percet látszólagosan a kiborult táskája tartalmának összegyűjtésére fordítja. Sokkal óvatosabbnak kell lennem, majdnem elárultam magam! – szidta meg magát remegő térdekkel.

XIV.

Kimberly nyugodt léptekkel haladt végig a Bergen gyárüzem hivatali épületének második emeleti körfolyosóján és nem tulajdonított túlzott jelentőséget a postázandó lapos borítéknak. Péntek délben úgysem várható már semmi izgalmas és abban is biztos volt, hogy a levél címzettje az iratot kibontatlanul az asztalán fogja hagyni hétfőig. Unalmas, érdektelen nap volt a mai, pláne az előző két nap eseményeivel összevetve. Nem mintha Kimberly túlzottan vágyott volna egy kis sztrájkhullámra vagy több órás szekrényben való ücsörgésre. Szinte örült, hogy a nap eleddig teljesen eseménytelenül telt. Szórakozottan futtatta végig a kezét az egyszínű falon derékmagasságban húzott sötétebb csíkon, amely díszítésként próbálta megtörni az egyhangúságot. Talán kéne egy pár képet tenni a falra. Nem is tudom, vagy naptárakat. Mindjárt élettel telibb lenne a hangulat! – jutott eszébe a remek ötlet és megjegyezte, hogy jövő héten mindenképpen kivitelezi. Látta a raktárban, hogy rengeteg tavalyi szép színes falinaptár várja a selejtezést, miért ne menthetné meg a képeket belőle? Hiszen olyan szép üdék!

- Hohó, pardon – szólalt meg egy hang, elnézést kérve, amiért a kanyarban nekisétált az elgondolkozó lánynak és zavartan tolta fel a szemüvegét, majd kitérően oldalra lépett. Kimberly ügyet sem vetve a közjátékra egy „Nem történt semmi-t" rebegett és már állt is volna odább. Az előbbi hang azonban utána szólt: - Kim? A lány dermedten ragadt oda a folyosóra.

•

Elizabeth tompa aggyal, vizes borogatással a fején igyekezett átfutni az elmúlt heti postát, kevés sikerrel. Zakatoló fejének köszönhetően nem jutott el semmi az agyáig, képtelen volt koncentrálni bármire is. Visszadobta a kupacot az asztalra, amely szétcsúszva beterítette a terítőt. Homályos tekintete egy cirádás, rózsaszín borítékra tévedt. A nem éppen szokványos színű és méretű boríték felkeltette az érdeklődését.

317

Ügyetlenkedő ujjakkal próbálta kinyitni a borítékot, majd elfogyott a türelme és egyszerűen szétszaggatva jutott hozzá a tartalmához. Egy meghívó állt benne.

„Szeretettel meghívjuk Önt és kedves családját a június második szombatján tartandó jótékonysági álarcos bálunkra. Belépés csak jelmezben."

Nocsak – keltette fel érdeklődését a meghívás, amelyet még ilyen állapotban is különösnek talált. Ki rendez nyáron álarcosbált? – furdalta a kíváncsiság, de a levélen a helyszínen kívül mást nem talált. Különös – motyogott magában, majd a telefonja után nyúlt. Muszáj lesz kiderítenem! – és már tárcsázta is a pletykavonal forrószámát.

•

- Kimberly, mintha valahogy kissé más lennél – nézett rá kissé zavartan. Szervusz – ragadta meg a karját Michael és nem úgy nézett ki, hogy beszélgetés nélkül el is fogja engedni.

- Szia! – nyögte ki a lány és képtelen volt a férfira nézni. Tényleg nem láthat a szemétől ez a férfi, ha annyit mond csak, hogy kissé máshogy fest. Még csak nem is hasonlít régi önmagára! – kérte ki magának.

- Rég nem láttalak. Hogy vagy? Hova tűntél? Mit csinálsz itt? – irányított felé egyszerre több kérdést is. Csupa olyat, amire Kimberlynek nehezére esett volna válaszolni még egyesével is. Nemhogy egyszerre!

- Megvagyok – motyogta a cipőjét nézve. Köszönöm – tette hozzá udvariasan. – Sietnem kell, elnézést – próbált meg kibontakozni a kezek közül.

- A postázón vagy? De hát kirúgtak, nem? – kérdezte meg a férfi.

- Nem – mondta a lány. Áthelyeztek – igyekezett minél szűkszavúbban válaszolni.

- És hol laksz? Egy rokonnál? – kérdezte még meg a férfi, mielőtt eleresztette volna.

- Igen, egy rokonnál – erősítette meg Kimberly és amint lehetett, már szedte is a lábait. Szerencsére nem látta, hogy Michael milyen érdeklődéssel néz utána.

318

•

- Anya! – lépődött meg David azon, hogy édesanyját hallja a telefonba.
- Tegnap kerestelek, de nem tudtam veled beszélni! – kért rögtön elnézést azért, amiért nem váltottak szót. Elizabeth elengedte füle mellett a megjegyzést és igyekezett nem túlságosan a szívére venni, hogy élete férfijai – férje és fia – nem emlékeztek a tegnapi nap szomorú évfordulójára.

- Nem baj, ezért is hívtalak most. Holnap este egy nagyon fontos jótékonysági parti lesz, muszáj elmenjünk rá! Amiért előre szólok, hogy álarcosbál lesz, vagyis be kéne szerezned kosztümöt.

- Holnap este? Hajózni akartunk Tommyval – bosszankodott David és már pörgette is az agyát.

- Biztos vagyok benne, hogy a McIntosh család is hivatalos erre az estélyre. Tegyétek át vasárnapra! – gondolkozott meglepően gördülékenyen Elizabeth.

- Álarcosbál, ilyenkor? – lepődött csak meg most David.

- Igen, vagyis hazafelé ugorj be valami illendő maskaráért – mondta és letette a telefont.

David továbbra is értetlenkedve állt az esettel szemben. Kinek jut eszébe a legmelegebb júniusban beöltözős bált rendezni? És minek öltözzön, hogy ne gyulladjon meg? Talán Tarzannak?

•

Michael türelmetlenül dobolt a munkaügyi osztály pultján és legszívesebben kitépte volna az idős, tesze-tosza férfi kezéből a nyilvántartó kartont. Kiborító, hogy a huszonegyedik században vagyunk és egy ilyen közepes méretű vállalatnál a nyilvántartás még mindig kartonokon legyen! Hát mire találták ki a számítógépet? – méltatlankodott. Az idős, segítőkész férfi fejcsóválva lépett a pult belső oldalára.

- Sajnálom, uram, de ilyen nevű személy nincs a cég alkalmazásába.

- Ez biztos? – kérdezett vissza Michael. Hiszen most találkoztam vele a folyosón és ő mondta, hogy a postázóban van! – szólta el magát a férfi. Az idős ember ránézett és jelentőségteljesen megszólalt:

- Kérem, ön az előbb megpróbált félrevezetni és adatokat kicsikarni belőlem. Csak nem képzeli, hogy ezek után elárulom önnek a hölgy címét? Méghogy csak azért, hogy hova postázzák a végkielégítését! – méltatlankodott és bevágta maga mögött az ajtót.

Michael nem rettent meg túlságosan a leleplezéstől, máris új utat keresett, hogy a kellő információhoz jusson.

•

- Mrs. Hardy, volna olyan kedves és valahogy utol tudná érni a feleségemet? Szeretnék beszélni vele! – szólt ki David az irodából a titkárnőjének, aki már készségesen nyúlt is a telefon után, hogy a postázót hívja.

Szóval úton van – kapta az értékes információt. Na ettől nem lettem okosabb! – állt fel az asztaltól, hogy megpróbálja személyesen megkeresni. Elvégre csak három emelet van az épületben, mi az átnézni? – indult el lefelé a harmadikról. Hát nem furcsa, hogy a vezér feleségének nincsen mobilja? – értetlenkedett magában és a lépcsőfordulóban majdnem elvesztette az egyensúlyát a felé száguldó férfitól.

- Elnézést – igazította meg a szemüvegét az illető és már rohant is felfelé a lépcsőn. Mary fejcsóválva ment tovább és el nem tudta képzelni, mi lehet olyan fontos és sürgős péntek délután.

- Á, pont önt kerestem – örült meg a kanyar után felbukkanó lánynak és máris bizalmaskodva karon ragadta. A férje azonnal látni akarja – mondta hangosan, majd levéve a hangját a fülébe súgta: ha adhatok egy jó tanácsot, hordja mindig magánál a mobilját – azzal elővette sajátját, hogy megmutassa, majd folytatta: Kár feleslegesen aggodalmat kelteni. Érezzék csak úgy, hogy mindig elérhetőek vagyunk és a rendelkezésükre tudunk állni. Kimberly megállt és értetlenül nézett rá.

- Nem értem, asszonyom – mondta.

- Jaj, kicsim, maga annyira romlatlan és naiv, nem is értem miért pont önt... – harapta el a mondat végét és anyáskodva karolta át a lányt. Gyorsan témát váltva folytatta: - Fogalma sincs még arról, hogyan is működik egy férfiagy! Nem beszélve a gazdag és magas pozícióban lévőkéről – legyintett egyet. Majd mesélek róluk nem is egyszer, jó? –

320

tört felszínre a beszédes énje. De most türelmetlenül várja magát hogy...
– tolta be az irodahelyiségbe, ahol egy férfi várakozott. A mondatot nem fejezte be.

- Segíthetek? – kérdezte meg erős éllel az illetőt, felismerve benne az előbb rajta szinte átgázoló embert.

- Igen, én izé, egy hölgy iránt érdeklődnék. Itt dolgozik a postázóban és a neve Kimberly Beckett – mondta ki kerek perec. Mary értetlenül bámult a férfira, majd átnézve a válla fölött Kimberlyre nézett. Ennek az ütődöttnek hogy nem tűnt fel, hogy más is van a szobában? – mondta ki majdnem hangosan, de aztán még meggondolta magát. Ezt hívják csőlátásnak? – futott át az agyán, közben a hevesen kapálódzó lány reakcióját próbálta megfejteni. Mi köze lehet ehhez a pojácához?

- David sajnálatos módon épp ezt az időpontot választotta ki arra, hogy feltépve az irodaajtót megjelenjen a színen.

•

- Á, Kimberly, jó hogy itt vagy, épp meg akarnék beszélni veled valamit... - kezdett bele a mondatba, majd amint meglátta a várakozó férfit, elharapta a mondatot. Michael meghallva a lány nevét megpördült és előbb rá, majd Davidre bámult.

Mary Jane Hardy számára nem kellett túl sok fantázia, hogy úgy érezze magát, mintha egy nevetséges szappanoperába csöppent volna bele. Fantáziából azonban túl sok jutott neki és máris átélve a helyzet legszívesebben valami rágcsálnivaló után nézett volna, hogy azzal együtt várja be a folytatást. És még azt hitte, hogy a mai nap nem kell számolnia semmi eseménnyel! Ráadásul az első sorba szól a jegye! - nézett hol az egyik, hol a másik férfira. Elsőként David arcszínének változása volt az, ami felkeltette az érdeklődését: még soha nem látta ilyen mélybíbornak!

- Maga mit keres itt? – ripakodott rá Mr. Szemüvegre a főnök és kinyújtotta kezét a felesége felé. Mary átfordította a tekintetét, hogy az arcát is jól láthassa a válaszadónak. Az érzelmi reakciók mindig fontosabbak a szavaknál!

- Itt dolgozom! – húzta ki magát a másik, amennyire ez tőle lehetséges volt. És maga? – kérdezett vissza csípőből. Mary visszatekintett az igazgatóra.

- Képzelje, én is. És hogy mondjak valami jót is, jelenleg én vagyok a főnöke! – ordított rá a nála jó egy fejjel alacsonyabb madárijesztőre. Mary érdeklődéssel nézett a férje mögött lapuló lányra, aki halálsápadtan követte az eseményeket pont olyan fejforgatással, ahogy ő. Vajon mi lehet ebben a szerepe? – vetődött fel benne, mint nézőben ez a kérdés.

- Az meg hogy lehet? – kérdezte vissza nem túl frappánsan a törpe. Mary szinte felhördült: ki a fene írta bele ezt a gyenge sort? Hol a szappanopera forgatókönyvírója? Lehet, hogy ő is most kap infarktust attól, hogy színésze tönkreteszi a jelenetét? Tekerjünk – lépett tovább és már várta, hogy reagál erre David.

- Úgy, hogy megvettem a gyár többségi részvényeit – kérte ki magának. Megtudhatom, hogy mit csinál a cégen belül? – kérdezte fölényesen. Maryben joggal vetődött fel a kérdés: hogy lehetséges, hogy valaki ne tudjon arról, mi folyik itt a gyárban? Ez az ürge lehetséges, hogy tényleg a Marsról jött, nemcsak úgy néz ki? Nem-nem, itt át kéne írni a darabot, ennyire nem lehet hülye az egyik szereplő! – méltatlankodott.

- A főkönyvelő vagyok! - mondta. Mary a szája elé tette a kezét, nehogy elröhögje magát. Túl bárgyú! Annyit ő is nagyon jól tudott, hogy ezt pont a könyvelési osztályon kéne elsőként tudni.

- Csak volt! – ordított vissza David. Nincs szükségem olyan beosztottakra, akiknek fogalmuk sincsen arról, hogy mi folyik itt a cégnél! Még kevésbé olyanokra, akik nem ismerik meg a saját főnöküket! – Igen, ez az! – örvendezett Mary. Kezdett tetszeni neki a történet, bár ő biztosan jobbat írt volna!

- Nem rúghat csak úgy ki! – méltatlankodott a férfi és egy használt zsebkendővel törölgetni kezdte gyöngyöző homlokát. – Undortó! Brr! – rázkódott bele Mary.

- Miért is nem? – kérdezett vissza sziszegve David, azzal indult volna befelé. Michael azonban elkapta Kimberly karját. – Igen, most jön az erőszak! – lelkesedett bele Mary, a néző.

- Kim, veled beszélnem kell! – parancsolt rá és megmarkolta a lány karját. Mary jól érezte, hogy az egész csata a lány körül forog és most

322

ért el a tetőpontjára. Ó, bárcsak őérte is harcolnának így valamikor! – nézett irigykedve a lányra. Na mondjuk nem ilyen gusztustalan alakok, de a másik maradhatna akár. Igen, a főnök és a férje. Igen, az nem is lenne olyan rossz párosítás – ragadta el teljesen a fantáziája Mary Janet. Visszafojtotta a lélegzetét is.

David úgy nézett rá a törpére, hogy annak meg kellett volna semmisülnie. Azonban abban a védőszemüvegben minden bizonnyal semmit sem látott ebből – konstatálta Mary. Kimberly viszont fájdalmasan felszisszentett és cselekedett: egy hatalmas pofont nyomott a férfi bal arcára. Ez az! – ujjongott fel Mary. Az elnyomott nőkért!

- A nevem Kimberly – mondta dühödten a megszédült férfinak, aki az ütés hatására azonnal eleresztette a lányt. Mary majdnem felkacagott és csak nehezen türtőztette magát, bár a mondatban rejlő poént nem értette. A lány ott állt szemtől-szembe a zaklatójával és Mary felismerte, hogy ők ketten sokkal inkább egy súlycsoportba tartoznának, mint a két férfi. Szinte hallotta magát, ahogy kommentálja a tettlegességet: „A jobb sarokban fehér színben Mrs. Naiva, nemelkényeztetett főnökfeleség, harcias amazon; a bal sarokban feketében – kék zöld foltokkal – Mr. Csúszómászó csőszemüveg, pipogya kellemetlenkedő." Ha fogadnia kéne, biztosan a főnöknére voksolna – foglalt máris állást az első menet ismeretében és kíváncsian várta a folytatást.

Michael megigazgatta elfordult szemüvegét és igyekezett összeszedni magát. Látszódott, hogy még soha életében nem kapott nőtől pofont. Teljesen szétesett erre.

- De... nyögte ki és kezdett volna megint valami akadékoskodásba, de Mr. Főnök félbeszakította:

- Ha még egyszer meglátlak a feleségem közelében, tőlem kapsz egy pofont. De abban nem lesz köszönet! – rázta felé a mutatóujját, majd berántotta a lányt a szobájába.

Mary csalódottan konstatálta, hogy a jelenetnek, a filmnek vége és ő itt maradt ezzel az idiótával.

- Pardon, elnézést, de jól hallottam, azt mondta, hogy felesége? – kérdezte megrökönyödve a megvert alak.

- Igen, nagyon is! – felelte éllel Mary. Bosszantotta, hogy közben lemarad a nagy befejezésről: a film végét jelentő, happy end felirat alatti csókjelenetről.

•

Kimberly lelkesen futtatta végig tekintetét a maskarabolt kínálatán és máris izgalomba jött. Méghogy álarcosbál! Az nem februárban szokott lenni, meg Haloween-kor. Végre egyszer ő is beöltözhet, mindig is vágyott arra kisgyerekként! De mi is legyen? Királylány, vagy macskanő, esetleg háremhölgy? – nézett végig a kosztümökön és tanácstalanul pislogott át a bolt másik felében tartózkodó Davidre. Vajon ő mi lesz? – morfondírozott. Jó lenne, ha kissé összeöltöznének vagy pont nem?

David egyesével lökdöste át a lehetséges jelmezeket, de egyik sem ragadta meg. Zorró – abból biztosan lesz vagy egy tucat, akárcsak lovagból vagy királyból. Ennél sokkal eredetibb valami kéne... hmm... mi lenne, ha egyszerűen üzletember lennék? Öltöny, nyakkendő. Nem, azt inkább mégsem. De akkor mi? – lesett át a túloldalra, vajon a lány mit választ. Valami olyasmit kéne felvennie neki is? Esetleg gondolkozzon kettős jelmezen?

- Na, láttál valamit? – kiáltott át David a másik oldalra, majd közelebb jött, látva a lány nemlegesen ingadozó fejét.

- Fogalmam sincs, mi itt a szokás. Ez nem olyan gyerek Haloween party, nem? – kérdezte meg ártatlanul.

- Minél díszesebb és csillogóbb jelmez kell, az a lényeg   felelte David és lökött egyet a hastáncosnő jelmezen.

- Jelmez? Akkor miért nem egy színházba megyünk – csúszott ki Kimberly száján.

- Drágám, ez zseniális! – csapott a fejéhez David és már meg is ragadta a lányt. Hogy ez nekem miért nem jutott az eszembe? – tuszkolta befelé a kocsiba a megzavarodott lányt. Kimberly percekkel később merte megkérdezni magától: tényleg Drágámnak szólított?

•

Elizabeth számára nem okozott gondot a megfelelő jelmez kiválasztása: természetesen Erzsébet királynő jelmezben fog megjelenni! Ez tökéletesen illik a karakteréhez, nem beszélve arról, hogy megfelelő mennyiségű csillogó vackot is tetethet rá. Azzal a lényegtelen aprósággal sem törődött, hogy a kornak megfelelően Erzsébet királynő, az aggszűz meglehetősen egyszerű és zárt ruhákat vett magára. Ő természetesen ezen egy kicsit lazít, kizárólag az időjárás kedvéért. Ő biztosan nem fog egy teljesen zárt vastag ruhában megfőni. Elizabeth örült, hogy a bálhoz kapcsolódó előkészületek kellően leköti a figyelmét, elterelve a macskajajáról és a tegnapi bánatáról.

Már csak Johnnek kéne kitalálni valami megfelelőt – morfondírozott el. Tudta férjéről, hogy nem egy egyszerű eset és rá biztosan nem lehet holmi királyi bugyogókat ráhúzni, még ha abban a korban ez is volt a divat. Mi lenne, ha egyszerűen csak frakkot venne fel? Mondjuk egy karmesterpálcával? Hmm, ez nem is olyan rossz ötlet. Hiszen mindig mindenki úgy ugrál, ahogy ő vezényel!

•

Kimberly óvatosan tapogatta meg a Hófehérke jelmezt és el volt ájulva attól, hogy milyen finom is az anyaga. És pontosan úgy néz ki, mint a rajzfilmben! Ez hihetetlen! Tekintete átsiklott a sokkal egyszerűbb Piroska jelmezre, amely annyira kedves és pajkos volt, hogy pont ez ragadta meg benne.

- Na? – kérdezte meg a felette álló David. – Melyik legyen? – majd lendülettel megforgatta a játékpuskát a vállán, meghúzva a térdig érő szellős nadrágot. Zseniális ez a vadászjelmez, nem? – igazította meg a fején a sapkát.

- Szerinted? – kérdezte vissza bátortalanul a lány.

- Nekem teljesen mindegy. Mind a két mesében van vadász, úgyhogy illesz majd mellém – emelte a szeméhez a puskát és megpróbált célba venni egy legyet. Kicsit balra hord – jegyezte meg magának.

- Melyik kevésbé gyerekes? – próbálkozott újra Kimberly, de David már rég nem oda figyelt. Megkaparintva egy vívókardot épp a nem létező ellenséget próbálta meg lekaszabolni egy tükörrel szemben, ide-oda csapkodva és villogtatva a pengét. – És még én vagyok a gyerekes – fordult el tőle Kimberly és ismét a két kiterített ruhát nézte. Mintha Piroska szoknyája túl rövid lenne – motyogta és rossz emlékek idéződtek fel benne.

- Pont az a jó, nem lesz benne meleged! – válaszolt az épp mögötte hadakozó David és megpördült. Vastag térdzokni van hozzá? – kérdezte szakértő módjára. Kimberly felemelte a jelmezt tartó fogast és megfordította.

- Aha, harisnya – felelte.

- Belegyulladsz. Legyen Hófehérke – döntötte el a kérdést és meghajolt nem létező ellenfele, a tükörképe előtt, megköszönve a győztes csatát.

•

- De nem is fekete a hajam! – hisztizett Kimberly egymagában egy nappal később a tükör előtt, miközben fésülte magát. David szerencsére még a fürdőben volt, így nem hallotta, különben most biztosan nagyon cifrákat vágott volna a lányhoz. Kimberly leheletnyi festéket dobott a szeme alá, megpróbálva kihangsúlyozni annak sötét színét. David tökéletesen belőtt frizurával lépett be a szobába és elégedetten bámulta meg magát a nagytükörben.

- Tökéletes – mondott csak ennyit magáról, nem is nézve a lányra. Kimberly legszívesebben hozzávágta volna, hogy a Vadász jelmeznél semmi nem jellemzi jobban Davidet.

- Feltűzzem a hajam? – fordult felé a lány és felállt a székből, hogy David teljes alakos képet kaphasson róla.

- Maradhat – nézett rá futólag és a kisszekrényen tartott karórája után nyúlt. Nem kell annyit szöszögnie, hiszen úgysem lényeges, hogy mutat. - Jösz? – nézett rá a készülékre. Mintha késne – indult el a szobai óra felé, hogy megnézze azon a pontos időt. Megállt előtte, és utána állította az óráját.

- Ez meg mi? – futott rá a tekintete a mellette lévő bekeretezett képre és tátott szájjal bámult rá a lányra.

•

- Én leveszem ezt a mellényt – közölte a tényt John és megszabadult a frakk alatti fehér vacaktól. Öv is kell? – nézett feleségére könyörgő szemekkel. Várjunk csak, nem lehet öltönyben vezényelni? Vagy szmokingban? – nézett kérdőn a párjára. Nem mintha bármelyik más darab kevésbé lenne szellősebb – hadonászott a kezében tartott karpálcával.

- Te nyavalyogsz? – nézett rá Elizabeth. Tudod, hogy milyen nehéz ez a ruha? – fújtatott az agyondíszített anyag alatt és levegő után kapkodott.

- Tudod, hogy David mit vesz fel? – kérdezte meg az elalélni készülő asszonyt.

Azt mondta, hogy vadász lesz – felelte az asszony elhalkuló hangon. Már alig kapott levegőt.

He-he, ez jó – értékelte az ötletet John és ismét a zsebkendője után nyúlt, hogy letörölje patakzó homlokát. – Na ezektől sürgősen megszabadulunk – lépett felesége mögé, hogy kinyissa a ruháját hátul. Van is egy ötletem – mondta és már hajtotta is le magától a felsőjét.

●

- Ez... ők... a szüleid? – nyökögte David cérnavékonnyá váló hangon. Kimberly azon csodálkozott csak, hogy eddig nem vette észre a képet. Pedig már egy hete kitette!

- Igen – mondta büszkén. David megbabonázott tekintettel nézte a képen látható nőt és nem tudta, hogy kérdezzen rá.

- Anyád tényleg félvér? – mondta ki aztán hangosan is meglepettségének okát.

- Igen – mit is mondhatna erre. Hiszen teljesen jól láthatóak anyjának keleties vonásai. A fekete haja, a szép ívű mandulaszeme. - Bemutatom Julia Minget – váltott hivatalos hangnemre. Nagyapám ősei japánok, ő jött ide Amerikába a családjával és gringó lányt vett el. Ki is tagadták emiatt. Anyám már itt született – foglalta össze a gyors családtörténetet.

- Nagyon szép a mamád – jegyezte meg David és ezzel Kimberly is egyetértett.

- Tudom – mondta csendesen. David továbbra is elbűvölten nézte a fiatal, mosolygó nőt és tökéletesen meg tudta érteni Adamot a választása miatt. Julia meseszép volt! Oldalra nézett és egy pillanatra meglátta a lányban az anyja vonásait.

Kimberly közben már várta az oly sokat emlegetett mondatot: Biztos, hogy ők a szüleid? Hiszen nem is hasonlítasz rájuk? David azonban a hosszas nézegetést és pillantgatást követően meglepő kijelentést tett:

- Most már tudom, kinek köszönhető a szemed – és egyenesen Kimberly szemébe nézett. Olyan érdekes az íve, hát ez a magyarázat – tette hozzá elmélázó hangon.

- Szerinted hasonlítok édesanyámra? Ezt eddig még senki nem mondta! – lepődött meg hangosan is. - Mindenki kakukktojásnak tartott, főként a családom – árulta el magát.

- Hát mert csak azt látták, hogy semmi félvér vonás nem látszik rajtad. Pedig a szemeid azok teljesen az anyádéké. Meg az alakod, a tartásod! Ezt látniuk kellett volna! – vigasztalta meg a lányt. Kimberly soha nem gondolta volna, hogy valaki is bármi hasonlóságot talál az ő csodaszép anyja és a jelentéktelen őközte. Elmosolyodott és lehajtotta a fejét.

- Tényleg? – kérdezte meg és elpirult.

David ezzel már nem is foglalkozott, magában sokkal inkább az új fejleményeknek örült: Ez pompás! Anyámat meg fogja ütni a guta, ha megtudja, hogy az unokájában, az ő unokájában kínai vagy mi japán vér is csörgedezik. És ha még görbe szemmel néz majd rá, az lesz az ő igazi öröme!

•

Kimberly kezdte egyre rosszabbul érezni magát és ahogy feltehetően egyre közeledtek a helyszínhez, ez az érzés csak tovább fokozódott benne. Teljesen beparázott attól a gondolattól, hogy nyilvánosan, egy ilyen társaságban kell neki mutatkoznia. És főként, hogy fogalma sincs arról, mit is várhat a férfitől. Hiszen a legutóbb, amikor társaságban voltak – vagyis amikor először, vagyis egyetlen egyszer társaságban voltak akkor is mi lett – bonyolódott bele teljesen a saját eszmefuttatásába.

Pénteken meg hogy kiállt mellette! De ott nem voltak sokan. Ilyen jellegű eseményen most fog debütálni!

David előbbi, jól irányzott mondatát próbálta emésztgetni: - Ne izgulj, mindenkin álarc lesz. Fogalmunk se lesz, hogy kivel is beszélnek pontosan. Ideális gyakorlóterep lesz a számodra!

Könnyű azt mondani!

•

- Szabad a kedves nevét? – mosolygott kacérkodva Davidre egy meglehetősen hiányos öltözékű hölgyemény a parti bejárati ajtajánál. Davidet azonban túlságosan is lefoglalta az a töméntelen utasítás, amit a kocsit leparkoló fiatal fiúra zúdított, így nem hallotta a kérdést. Kimberly viszont automatikusan válaszolt:

Kimberly Beckett.

A hölgy végigfuttatta tekintetét a névsoron és változatlan mosollyal közölte, hogy ilyen név nincs a meghívottak listáján. Erre már David is felkapta a fejét és a lány segítségére sietett:

- Wilson – ejtette ki a magától értetődő szót, amivel minden ajtó megnyílik. Te is az vagy már három hete! – szidta meg kedveskedve és átkarolta.

- Négy – javította ki a lány hűvösen, nem törődve azzal, hogy nem illenék ellentmondani a párjának. David viszont máris belemelegedett a szerepébe, mert negédes hangon felelte:

- Mááár? Hogy repül az idő! – trillázott hozzá és még szorosabban karolta át a lányt. Kimberly nem tudta nem észrevenni, hogy a hölgyemény majd elolvad erre és úgy rebegteti hatalmas műszempilláit, hogy akár fel is szállhatna vele. El is fordította a fejét és már szabadult volna a kényelmetlen ölelésből.

- Válasszanak kérem álarcot – mutatott egy dobozta, ahol kiterítve számos tollal és egyéb vacakkal teletűzdelt izé állt a rendelkezésre. Kimberly megszabadulva a fogva tartó karoktól elragadtatással kezdte tanulmányozni a különböző díszes micsodákat és komoly gondba került a választást illetően. David nem sokat foglalkozott ezzel, kivett a férfiaknak szánt dobozból a legközelebbit, de esze ágában sem volt felvenni.

- Rendben – konstatálta a Rebegő pilla a választásokat. – Még egy utolsó kérdés: minek öltöztek? – helyezte a tollát a vendéglistához és írásra készen várakozott. Kimberly addigra már rég az álarc felhelyezésével volt elfoglalva, szinte meg sem hallotta a kérdést.

- Hamupipőke – motyogta, hiszen pontosan úgy is érezte magát. Megbabonázva indult is befelé, hogy megnézze, mit rejtenek a magas tujasorok. A nő gépiesen már írta is rá a papírra a szót, de most Daviden volt a helyesbítés sora:

- Természetesen Hófehérke. Én meg mindjárt levadászom – lódult máris utána, nehogy máris valami bajt csináljon.

Nem hallotta meg egyikőjük sem, hogy a hostess hölgy megjegyezte: - Jé, Hófehérkénk már van egy!

•

Cecile nem foglalkozva a kötelező előírásokkal fedetlen fejjel rohangált a vendégek között. Esze ágában sem volt felvenni az álarcot. Már csak az hiányzik, hogy ne ismerjék fel! Bár így neki nincs könnyű dolga! Hogy fogja megtalálni Davidet ennyi maskara közül? – bámulta meg az arcokat, kezeket, lábakat, nyugtalanul verdesve kecses pillangó szárnyaival.

- Nocsak, azt hittem az álarc kötelező! – hallotta meg a háta mögött a keresett hangot és mosolyogva pördült meg. Davidnek álarccal is könnyűszerrel felismerte volna Cecile-t, hogy is ne ismerte volna fel? Ki más lenne képes ilyen testre simuló – méghozzá nem is akármilyen testre simuló – csillogó halványrózsaszín csodát felvenni! Nem beszélve arról az illatfelhőről, amelyet a karjához rögzített szárnyai segítségével a szokásos métereknél is jóval távolabb tud küldözgetni.

- Nocsak, kedves Vadászom – húzta gúnyos mosolyra a száját – ma ki lesz a célpont? – tette kezét a David vállán nyugvó puskára, így kerülve közelebb a férfihoz.

- Vaktöltény van csak benne – mondta David és megpöccintve a lány fején található tapogatókat fejbiccentéssel közölte távozási szándékát. Cecile elégedetten állapíthatta meg, hogy a mai napon még biztosan a szárnyai közé kerül.

•

- Ezt is elhoztad? – bökött bosszúsan Elizabeth a tőlük három méterrel álló Kimberly felé, lemondóan követve a lány izgő-mozgó, forgolódó és csodálkozó mozdulatait. David meglepetten nézett a tőle jobbra álló két emberre, felismerve bennük szüleit. Nem is reagált megjegyzésükre, csak csodálkozását fejezte ki.

- Apa? Azt hittem karmester leszel! – hűlt meg benne a vér, amint rájuk nézett. Mi történt?

- Ez – mutatott John a tömeg felé, ahol számos nagyjelmezes, palástos illető látványosan szenvedett az esti hőségtől, lendületesen legyezgetve magát. - He-he, a sok ostoba – vigyorogta el magát és hogy fokozza a viccet, felemelte a nyakában lógó fényképezőgépet és kattintott egyet feléjük.

- Anya, te ilyen cuccban? – fordult édesanyja felé és hitetlenkedve nézte anyján a karibi mintás rikítóan sárga felsőt és az éktelen piros bermudát. A kollekcióból a virág fűzér és a szalmakalap sem hiányozhatott, nem beszélve a napszemüvegről.

- Apád ötlete volt, hogy legyünk turisták. Nem tetszik? Istenien érzem magam! – ragadott meg egy újabb koktélt és kezébe véve elnyelődött a tömegben, lasszóként pörgetve a virágokat. David apjára nézett.

- Ne is mondd! – legyintett lemondóan. Majd figyelek rá, hogy ne vigye túlzásba! – verte hátba fiát. Na menj, jó vadászatot! – felelte röhögve.

•

Kimberly bár egy zsúfolt udvar közepén állt, mégis végtelenül magányosnak és elveszettnek érezte magát. Már nem is foglalkozott azzal, hogy David egy szempillantás alatt faképnél hagyta és hagyta, hogy az a nő legyeskedjen körülötte. Még ha egy csodás lepkéről is van szó, Kimberlynek inkább az a ronda hernyó jutott róla eszébe, amiből a lepke előbújik. Tanácstalanul állt és fejét zavartan forgatta körbe, igyekezve elfoglalni magát azzal, hogy a díszes ruhákat csodálta, megpróbálva kitalálni, hogy milyen jelmezt is jelentenek. De hogy alatta kik vannak, az nem is izgatta. Tőle aztán nem is volt szükség az álarcokra, úgysem ismert senkit!

- Ó, ezt a véletlent! Nem is reméltem volna, hogy lesz majd itt valaki, aki a gondjaiba vehet! – állt meg Kimberly mellett egy Törpe. A lánynak jócskán fel kellett néznie a magas férfire és úgy üdvözölnie. Persze egy hangot sem tudott kipréselni magából a meglepetéstől, hogy valaki így leszólította. Mit is mondhatna neki? Belül azonban nagyon is örült, hogy legalább valaki szóba áll vele. Fogalma sem volt arról, hogy eközben Tommy elégedett nyugtázza, hogy a jelmeznek köszönhetően a lány nem tudja, hogy ő kicsoda. Még jó, hogy David elszólta magát, hogy minek öltöznek, ennél zseniálisabb közeledést ki sem lehetne találni! – ragadta meg máris a lány kezét.

- Mély hódolatom, Szende vagyok – mutatkozott be. Kimberly önkéntelenül is elnevette magát. Hogy volt képes pont ezt a nevet választani a szendének éppenséggel nem nevezhető, rámenős férfi, ekkora magassággal! Kimberly óvatosan David felé pillantott, aki tudomást sem véve róla egy papírvackokkal teletűzdelt italos pohárba menekült. A lányt elfogta a dac és eldöntötte, hogy ő akkor is jól fogja magát érezni. Próbált mosolyogni, nem mintha bármi jelentősége lett volna az álarcban. Önkéntes partnere azonban máris a táncparkett felé húzta.

•

Will tanácstalanul forgolódott a tömegben, bármi ismerős után kutatva. De Cecile-en kívül más ismerőst nem látott. De hova illant az a némber? Azt ígérte, hogy kideríti, kit is kell becserkésznie – törölte meg izzadó homlokát. Mit röpköd itt össze-vissza, mikor neki kéne segítenie! Jaj, ebben a gúnyában mindjárt meggyullad!

- Kedves Zorróm, ideje lenne, hogy lecsapjon az ártatlan kis Hófehérkére. Jobb, ha siet, egy Törpe már megelőzte! – suhant el Cecile Will mögött és szárnyrezegtetések közepette a fülébe súgta az utasítást.

Will bosszúsan mérte fel a terepet és igyekezett minél előbb megtalálni a célpontot. Nocsak – pillantotta meg a medence túloldalán a magányosan

332

álló Hófehérséget – máris pártában maradtál! – vett lendületet és kardjával félretolva három útonállót, támadásba kezdett.

•

Laura zavartan pislogott ki az álarca mögül és próbálta kémlelni a tömeget. Tökéletes lehetőségnek bizonyult az, hogy elrejtve bárki közelébe könnyűszerrel odaférkőzhetne. A bökkentő csak az volt, hogy ő sem ismert fel senkit! Így teljesen esélytelennek tűnik, hogy akár beszédbe is elegyedjen Daviddel. Bárcsak tudná, hogy minek öltözött fel! Megigazgatta hosszú fehér vékony selyemruháját és már épp az italok felé vette volna az irányt egy kis szíverősítőért, amikor egy fekete álarcos férfi csapott le rá. Laura egyből felismerte benne Zorrót.

•

Kimberly kétségbeesetten próbálta magától minél távolabb tolni a túlságosan is rámenős Törpét, aki heves ostromba kezdett. Nem elég, hogy ebben a tömegben alig kap levegőt, még ezt a heves udvarlást is el kell, hogy viselje. Miért mindenki itt tolong, mikor a kert túlsó fele teljesen üres! Mit élveznek azon az emberek, hogy a másik lábára taposnak. Tessék, megint ráléptek a ruhájára! És ez a férfi is úgy szorítja. Tessék, már megint a fenekén tartja a kezét! Ez felháborító! Biztosan elférne máshol is! - Menekülj! – szólalt meg a belső hang. Már bánta nagyon, hogy olyan könnyen elfogadta a táncot, mostanra viszont kezdett teljesen megtelni a kedves szóáradattól. Hogy képes valaki így látatlanban bepróbálkozni. Csak nem ivott máris a kelleténél többet, attól ilyen rámenős? Tényleg ilyen ostobának és könnyen megszerezhetőnek tűnik? Vagy gúnyt akar űzni belőle? – pislogott körbe, tekintetével egy vadász után kutatott. Parancsolni fogja Davidnek, hogy lője le!

•

Kedves Hölgyem! Engedje meg, hogy legmélyebb hódolatomat fejezzem ki ön iránt! – üdvözölte meghajlással Will a megdöbbent

Laurát és karon ragadva a kert hátsó felébe húzta. Laura nem volt képes tiltakozni, lévén hogy fogalma sem volt arról, kit is rejt az álarc. Belement a játékba. – Hölgyem, be kell valljam, hogy amióta megláttam, nem tudok szabadulni a gondolattól, hogy bennünk van valami közös. Hogy mi már találkoztunk korábban. Lehet, hogy tegnap, de az is lehet, hogy évekkel ezelőtt, de tudom, hogy ismerem önt. Érzem! – csűrte-csavarta a szavakat. Laura döbbenten nézett fel a férfira, félremagyarázva magában a szavait. Istenem, ilyen gyorsan lebuktam volna?

•

John igyekezett feleségén tartani a szemét, már amennyire ez a tömegben egyáltalán lehetséges volt. Átfúrta magát egy újabb csoporton és felemelve fejét a tömeg fölé, körbekémlelt. Végre szerzett egy tálcát, amire rá tudta pakolni a kezében lévő két poharat. Már épp indult volna tovább, amikor egy Róka mögéosont és szinte ráparancsolt:

- Hozna nekünk két gint? – intézte a kérését John felé. A férfi azonban a füle botját sem mozdította a megszólításra, továbbra is a tömeget kémlelte. Az enyhén ittas Róka azonban nem hagyta annyiban és ráordított:

- Hé, magához beszélek! – lökte meg. John úgy emelte rá a tekinteté, mintha egy csúszómászóra nézte.

- Mondott valamit, fiacskám? – futtatta fel a szemöldökét.

- Igen, rendeltem! – vihogott a képébe.

Minek néz maga engem, pincérnek? kérte ki magának felsőbbségesen és agyát elöntötte a vér. – Hát úgy nézek én ki, mint egy pincér? Hallatlan! – emelte tovább a hangját, majd egy lökés kíséretében az amúgy is elázott Szőrös a medencében kötött ki.

John elégedetten vonult tovább és mintha ez a legtermészetesebb lenne, elvett egy pezsgős poharat egy hawaii virágmintás felsőt és füzért viselő pincér tálcájáról. Ügyet sem vetve arra, hogy időközben a medence pompás ötletnek tűnt több felhevült vendégnek is.

•

- Kérem, bocsásson meg – kért elnézést Kimberly és már szakította is ki magát az elviselhetetlen ölelésből. Hol lehet itt a mosdó? – kezdett lázas futásba az épület felé és kezét a szája elé tartotta. Remélem kibírom – futott felfelé a lépcsőn, amerre ösztönösen a mosdót kereste, majd bevágtatott az egyik ajtón. Foglalkozott is azzal, hogy időközben már a házigazda magánfürdőjét találta meg, a lényeg hogy még épp időben érkezett.

Már megint alaposan felfordult a gyomra, bár ez jelen esetben minden bizonnyal a heves – és számára oly undorító – udvarlásnak volt köszönhető.

•

- Elnézést – bontakozott ki Laura a felajzott férfikarmok közül és máris megiramodott a tömeg felé. Úgy ítélte meg, hogy minden perc veszélyes lehet az illető közelében. Esetleg még meg is zsarolja? – fogta menekülőre és örült, hogy hamar elvegyült a tömegben. Töprengésre azonban már nem volt ideje.

- Á, Kimberly, végre megvagy – ragadta meg a kezét egy enyhén ittas, álarc nélküli Vadász. Laura kétségbeesetten nézett fel a férfira és csuklott egyet. Nem hitt a szemének! David állt előtte teljes életnagyságban és már rántotta is magával a táncparkett felé. – Legfőbb ideje, hogy végre táncolj velem! – mondta ellentmondást nem tűrő hangon és szorosan átkarolta. Laura képtelen volt tiltakozni. Csak most jött rá, hogy milyen régóta vágyott a férfi közelségére. Fejét a mellkasára hajtotta és végtelen nyugalmat érzett. Hazaérkezett.

•

- Na mi van, ilyen hamar felsültél – fogadta Cecile a feléje kullogó Willt és a kezébe nyomott egy poharat. Igyál, ez jó kedvre derít!

- Én nagyon boldog vagyok! Eredményes első próbálkozáson vagyok túl, nem tudom mit izélsz – beszélt mellé Will és készségesen benyakalta a teljes pohár pezsgőt, nem véve tudomást Cecile kárörvendő vigyoráról.

Most törheti a fejét, hogy hogy a bánatba érhet el bármi eredményt. Ilyen zárkózott, mondhatni apáca módon viselkedő nővel még nem találkozott!

•

Kimberly remegő lábakkal gubbasztott a kád szélén és minden igyekezetével próbálta összeszedni magát. Ez a sok izgalom teljesen tönkreteszi, nem beszélve arról, hogy amúgy is rosszul van – hajolt ismét a vécé fölé. Ha így folytatja, lehet hogy az egész estélyt itt fogja tölteni szégyenszemre. Bár lehet, hogy nem is baj. Davidnek minden bizonnyal fel sem tűnt a hiánya. Legalább lesheti a nagyvadakat!

•

David nem tudta hova tenni partnernője intenzív közeledését. Nocsak, nem is gondolta volna róla, hogy Kimberly ilyen... ilyen készséges! Pedig a jelek teljesen egyértelműek, szinte rátapad! Davidnek ennél több bíztatásra nem is volt szüksége, már a nyeregben érezte magát. Végülis semmi kifogása sincs az ellen, hogy a feleségével flörtöljön – húzta még közelebb magához és kezét lassan lejjebb csúsztatta. Sőt, akár tovább is mehetnek...

- Ezek szerint már nem haragszol rám? – suttogta a lány hajába és beszívta illatát. Nagyon ismerős volt neki. - Hmm, Kimly, olyan édes vagy... - duruzsolta.

Laura csak lassan ocsúdott fel a kezdeti mámoros érzésből és kezdett rájönni, hogy itt komoly félreértésről lehet szó. Hiszen minek is szólította az előbb, nem Kimberlyt mondott? David összekeveri valakivel! David összekeveri a feleségével! – döbbent meg és felnézett rá. Maró féltékenység és irigység szállta meg. Az, amit nem hitt volna, tényleg bekövetkezett: David nemcsak úgy megnősült, David odavan azért a nőért!

A férfinek eközben határozott elképzelései voltak a folytatást illetően: Laura még időben vette észre, hogy ajkai nagyon is közelítenek az övéhez. – Ne! – bontakozott ki hevesen az ölelésből és szélsebesen távozott a helyszínről. Szó sem lehet arról, hogy a férfi megcsókolja! Akkor rájön a cserére!

336

•

Tommy egy újabb pohár pezsgőt fogyasztott el, de ettől sem érezte magát jobban. Nem is gondolt bele, ahogy a vendégek zöme sem, hogy ebben a melegben minden pohár ital duplán vagy akár triplán is számít! Lekapta fejfedőjét és fejét legyezve, kissé dülöngélve indult el egy ülő alkalmatosságot keresni, hogy végiggondolja az előbbi eseményeket. Mivel bánthatta meg azt a lányt, hogy így elrohant? Mit ronthatott el? – telepedett le egy fa alá a fűbe és levette a sapkáját a fejéről. Úgyis melege volt. Árnyék vetődött rá.

- Csatlakozhatok? – kérdezte meg a fölé tornyosuló Vadász és meg sem várva a választ, ledobta sapkáját és puskáját, lehuppant mellé a fűbe. Nagyot sóhajtott és az előbbi eseményeken morfondírozott. Mi történhetett, hogy így faképnél hagyta? Csak nem értett félre valamit?

- Nem értem a nőket... - motyogta Tommy maga elé, nem is David felé szánva a közlését.

- Én sem... reagálta le David és csóválni kezdte a fejét. - Tényleg bennünk lenne a hiba? – tette fel a költői kérdést.

•

Laura próbálta átverekedni magát a tömegen, kevés sikerrel. Az iménti jelenet Daviddel teljes mértékben kizökkentette lelki egyensúlyából. Szüksége van egyedüllétre, szüksége van arra, hogy nyugodtan elgondolkozhasson. Hogy is gondolhatta David, hogy ő a felesége? Csak nem...? Lehetséges volna, hogy ő is ugyanabba öltözött volna? – jutott eszébe a teljesen evidens megoldás. Ennyire hasonlítana rám? De akkor hol lehet? – nézett körül. Hova tűnt? – nyújtogatta a nyakát. Egy illatos felhő libbent el mögötte, de amint meglátta, megállt. Laura csak a vészjósló szavakra ocsúdott fel:

- Nehogy azt hidd, hogy ezzel vége és legyőztél. Lehet, hogy megszerezted, de megtartani nem fogod tudni! Te még nem ismersz engem! – sziszegte egy hang mögötte és már lépett is tovább. Laura tökéletesen tudta, hogy kitől jött ez a mondat és azzal is tisztában volt, hogy nem neki szánták. Ennek ellenére összekoccantak a fogai a rémülettől.

•

Laura remegve állt meg az italos pult előtt és valami erőset kért: muszáj lesz megnyugodnia! Ilyen erős gyűlöletet még nem tapasztalt! Muszáj lesz végre megismerkednie azzal a Kimberlyvel, nagyon kíváncsi már rá! Tudnia kell, mivel bőszíthette így fel Cecilet? Bár megérdemli az a boszorka, hogy így kihozták a sodrából – emelte fel a poharat, hogy újabbat kortyoljon belőle. Biztos nem tudja lenyelni, hogy kiütötték a nyeregből!

Ha Laura azt hitte, hogy ennyivel megússza a mai napot, akkor nagyon tévedett: egy újabb támadás érte.

- Figyelem ám magát! Nem fogja sokáig rontani a levegőt a közelünkben! Ha igazán jót akar magának, jobb ha rögtön lelép, amíg nem fogja megbánni! – rikácsolta egy újabb női hang mögötte.

Laura megdermedt és megfordulni sem bírt. Bár nagyon régen hallotta ezt a hangot, nem tudta elfelejteni. Beleívódott a csontjaiba, belefészkelte magát a gondolataiba. A jeges rémület teljesen megbénította és mire a háta mögé nézett, már nem volt ott senki.

Legfőbb ideje, hogy távozzon, nem bír már egy perccel tovább sem itt maradni! Davidet már látta, többre egyenlőre nincs szüksége. Ennyi rosszindulat és felkavaró emlék éppen elég volt!

Már szinte meg sem lepődött, hogy az ajtó felé menet egy Törpe is elkapja a kezét és magyarázatot követelt! Teljesen egyértelmű, hogy ennek a lánynak a megjelenése alaposan felkavarta az indulatokat David környezetében!

•

Kimberly végre elég erősnek érezte magát ahhoz, hogy visszatérjen a társaságba. Óvatosan nyitotta ki az ajtót és körbekémlelt a folyosón. Szerencsére nem látott senkit, így gyorsan kisurrant és leszaladt a lépcsőn. Kettőt szökkent és máris a vendégek között találta magát.

Hátrált néhány lépést és nekiütközött valakinek. Ha hátranézett volna, minden bizonnyal meghökkenve bámult volna rá az illetőre. Azonban sietősen tovább állt, nem is tudva arról, hogy egy ugyanolyan ruhás nő minden mozdulatát feszülten követi.

Laura azonban ellenállt a kísértésnek és nem követte. A legjobb, amit tehet, hogy most azonnal távozik, mielőtt kiderül minden. Éppen elég alaposan összekuszálta a szálakat és nincs szükség további bonyodalmakra!

•

Kimberly sikeresen verekedte ki magát a házból és örült, hogy kiért a friss levegőre. Időközben majdnem besötétedett és a forróság is enyhülni látszott. Milyen jó is ez a csend! – nézett a szünetet tartó zenekarra és a színpad előtt próbált elsuhanni. Hallotta, hogy a mellette egy műsorvezető magához ragadja a mikrofont és kellemesen duruzsoló hangon méltatja az estét és a háziagazdát. Feltámadt a szél. Kimberly megállt és behunyt szemmel élvezte, ahogy a lágy, hűvös szellő megborzolja haját és átfúj vékony ruháján. Elmosolyodott. Megszűnt számára a külvilág és messze, nagyon messze járt. A szél eszébe juttatta a tengerparton állandóan fújó szelet. Lelki szemei előtt látta is a strandot maga előtt...

-... egy önként jelentkezőt kérnék – jutottak el a szavak Kimberlyhez, mire kinyitotta a szemét. Ijedten pislogott közbe, meglátva, hogy körülötte nincs senki. – Ön ott! Igen, maga! – mutatott rá a műsorvezető. Kimberlynek fogalma sem volt arról, hogy mi történik. Az előbb még a tengerparton volt, most viszont ott áll a tapsoló, kellően emelkedett hangulattal bíró vendégsereg előtt és fogalma sincsen, mire jelentkezett önként.

•

- Te, mi ez a tülekedés – nézett fel a fa alatt ücsörgő Tommy és erőltetni kezdte a szemeit. Nem látok semmit – mondta a bóbiskoló Davidnek, majd megbökdöste. – Te, odass, lehet, hogy káprázik a szemem, de nem egy Hófehérke van a színpadon?

- Mi? – kapta fel a fejét David és csuklott egyet, mielőtt folytatni tudta volna. - Tommy, szerintem túl sokat ittál! Mindenhol őt látod! – tápászkodott fel a földről és a távolban álló színpad felé hunyorgott. - Ugyan már, mit is csinálhatna ott...- mondta, de nem fejezte be a mondatot. - Kimberly? – vékonyodott el a hangja. – Gyerünk, meg kell állítsuk, még mielőtt valami hülyeséget csinál! – lett hirtelen nagyon is józan David.

•

Kimberly remegő lábakkal állt a milliónyi szem kereszttüzében és mélységesen örült, hogy hosszú ruhájában nem látható a remegő lába. Reszkető kezét a háta mögé rejtette és nem mert felnézni sem, inkább azon erőlködött, hogy megértse, mit is kell majd csinálnia.

- Nos, kedves vendégek, elérkeztünk a jótékonykodáshoz. Ezen ifjú hölgy fog nekünk elsőként segíteni. Kedvesem, hogy szólíthatom? – dugta az orra alá a mikrofont.

- Hófehérke – rebegte a lány és gondosan megigazgatta az álarcát. Még mindig sejtése sem volt, hogy mi vár rá, feszülten várta a folytatást.

- Ó, megtartja az inkognitóját! Remek! – ironizált a műsorvezető, amire a tömeg láthatóan jót derült. – Nos, megkérem a kedves férfiakat, hogy legyenek bőkezűek – folytatta a beszédét. – Elő a pénztárcákkal! Csak készpénzt fogadunk el! Kérdezem, ki mennyit ad egy vacsoráért a bájos, ifjú hölggyel? Hercegek előnyben! Legyen a kikiáltási ár 100 dollár!

•

- Tartom!
- Százötven!
- Kétszáz! – hallotta meg Kimberly a számokat és csak lassan fogta fel, hogy ezek a számok az ő érte kínált licitek! Elárverezik! – Menekülj! – szólalt meg a belső hang és már lépett is volna egyet, amikor a műsorvezető a vállára tette a kezét.

Uraim, ne felejtsék el, az összeg a városi árvaház javára megy! – ösztönözte a magasabb licitre a hallgatóságot. Kimberly elbizonytalanodott.

340

- Ötszáz! – kiáltotta a hátsó sorból egy hang és Kimberly is arra fordította a fejét. Szinte megkönnyebbülten sóhajtott fel, amikor meglátta a vadászsapkát.

- Hatszáz! – szólalt meg a közelében egy Törpe és Kimberly kétségbeesett. Nem akarta, hogy a rámenős férfi megkaparintsa. Ő, bárcsak, bárcsak David fölélicitálna!

•

Laura fáradtan rogyott le a taxi hátsó ülésére és gondolatai csak egyetlen személy körül forogtak. Igen, láttam, a karjaiban voltam! – ujjongott magában, azonban le kellett hűtenie magát: nem őt szorította, nem őt húzta oda magához! Mást szeret, igen, már mást szeret! Elfelejtett engem! – öntötte el a féltékenység a másik iránt. És nagyon mélyen kell iránta éreznie, ha ennyien ellene vannak és mégis ő kell neki! De megérdemli-e egyáltalán? Kik azok a férfiak, akik megpróbálták behálózni? Biztosan ismerték, hiszen úgy beszéltek vele! És miért gyűlöli annyira az a két nő? Csak nem tudnak a férfiakról? Meg kell tudnia, ki kell derítenie, hogy mi is pontosan a helyzet. Nem hagyja, hogy David olyasvalakire pazarolja az érzéseit, aki ezt meg sem érdemli! Meg kell védenie tőle!

•

- Hétszáz! – kontrázott David.
- Nyolcszáz! – ment fölé a licitben Tommy.
- Ezer! – felelte David és dühödt pillantást lövellt barátja felé, aki értetlenül állt a dolog előtt. Nem arról volt szó, hogy David szabad kezet adott neki az elcsábításához? Akkor meg most miért nem hagyja, hogy éljen ezzel a remek alkalommal?
- Tízezer! – szólalt meg egy hang a másik oldalról. A morajló közönség elhallgatott és a hang irányába fordult. A műsorvezető a szám hallatán elejtette a mikrofont és most sebtiben próbálta felvakarni a földről. Kimberly tátott szájjal fordult a hang irányába, de mindösszesen csak a szétnyíló tömeget látta. Ki lehet az, aki ennyit hajlandó fizetni azért,

hogy vele egyen? Vele, akiről fogalma sincs, hogy kicsoda? – felejtkezett el Davidről és a Törpéről.

- Igen, khh, senkitöbbet? – került elő a mikrofon és mielőtt Kimberly felfoghatta volna, már el is kelt. Csak nézte, ahogy a fekete álarcos Zorró egy köteg pénzt számol le a műsorvezető markába. Vajon ki lehet ez a férfi? Félénken nézett abba az irányba, ahol az imént még David állt, de már csak a hűlt helyét találta.

•

David dühödt léptekkel vágott át az épületen és egyenesen a bejárat felé tartott. Hátulról elkapta a bejáratnál ülő hölgyet és már rá is mordult:

Tudnom kell, hogy kicsoda Zorró! – szorította meg a hölgy kezét és szemei villámot szórtak.

Sajnálom, de nem... kezdett hozzá a lerázó hadművelethez, de meglátva a férfi tekintetét elhallgatott és az ajkába harapott.

- Nézze, muszáj megtudnom, hogy kivel megy el a feleségem vacsorázni! Jogom van hozzá! – üvöltötte és kiragadta a bejelentkezési lapot a rémült lány kezéből, majd habzsolni kezdte a sorokat. – Francba! – csapta le a papírokat az asztalra és máris rohamléptekkel indult vissza. Honnan a fenéből derítette ki? – sziszegte a fogai között.

•

Kimberly sikerét követően a színpadon komoly közelharc folyt azért, hogy ki legyen a következő szerencsés. A műsorvezető látva az egymást tépő nőket, bölcsen egy férfit szólított fel következő árverési tárgynak. Mire David visszaért, addigra az udvar egy része csatatérre emlékeztetett, a színpadon pedig már a következő szerencsés nyertes, egy kissé megtépázott lepke trónolt viharvert szárnyakkal és negédesen mosolygott.

David szeme megvillant és máris beszállt a licitbe.

XV.

- Kissé felfordult a helyszín, nem gondolja? Örülök, hogy kettesben lehetünk – mondta kedves hangon Zorró és udvariasan hajbókolt a limuzin hátsó ülésén feszülten vele szemben elhelyezkedett lány felé. Az autó eközben lassan gördült ki a kertből. Kimberly nem mert kinézni az ablakon, attól tartva, hogy esetleg David lesújtó pillantásával találkozna.

- Örvendek – nyújtotta felé a kezét Kimberly és jólesően nyugtázta, hogy partnere mérhetetlen lovagiasságról téve tanúbizonyosságot, kézen csókolja. Ezzel Kimberlyből elillant az elmúlt percek nyugtalansága és eltökélte, hogy jól fogja érezni magát. Tartozik ezzel lovagjának, ha már hajlandó volt ennyit fizetni érte.

- Hódolatom a hölgynek – udvariaskodott tovább Zorró. Remélem, kezdhetünk tiszta lappal, mintha mi sem történt volna és megbocsátja az előbbi tolakodásomat. Kimberlynek fogalma sem volt arról, hogy mire célzott ezzel és bólintott. Will mérhetetlen örömöt érzett és elvigyorodott. Ez előzmények alapján könnyen rájött, hogy a lánynál a szokásos módon nem érhet el semmit. Mással kell próbálkoznia! Le kell nyűgöznie, el kell varázsolnia! Nagyon úgy tűnik, hogy egy romantikus libával van dolga!

- Kimberly vagyok – mutatkozott be és várta, hogy útitársa is bemutatkozzon. De a titok nem lebbent fel. Willnek ugyanis volt egy olyan sejtése, hogy neve nem maradna közömbös a lány számára. David minden bizonnyal beszélt róla neki. Inkognitóját maximálisan szerette volna kihasználni.

- Zorró, szolgálatára – mondta titokzatosan, tudatosan tovább csigázva a lány kíváncsiságát.

- Miért én? Hiszen nem is ismer! – tette fel egyből azt a kérdést Kimberly, ami érdekelte. Ha tudta volna, hogy miért, valószínűleg kiugrott volna a robogó autóból, azonban Will ügyes szócsavarásának köszönhetően tökéletesen elhitte, hogy felcsigázta az, hogy vajon ki öltözik be a mai világban Hófehérkének.

•

- Ó, kedves Davidem, tudtam hogy a mai nap még lesz alkalmunk beszélgetésre – fuvolázta ellenállhatatlan hangon Cecile, amint elhelyezkedett a limuzinban és kecsesen keresztbe dobta lábait. Figyelte, ahogy a férfi nyugtalanul dobol az ablaküvegen és pillantásra sem méltatja. - Pedig most fizetett ki érte ezerötszáz dollárt! Korántsem annyit, mint amennyiért az a senki kis perszóna elkelt! – dühödött meg.

- Gondolhattam volna, hogy te állsz az egész hátterébe! – vágta oda David, továbbra sem nézve a nőre.

- Fogalmam sincs miről beszélsz – kezdte el nézegetni Cecile a körmeit és igyekezett minél butább arcot vágni. David azonban tökéletesen átlátott a szitán és biztos volt benne, hogy nem a puszta véletlennek köszönhető, hogy épp Will vitte el Kimberlyt.

- Ne haragudjon, meg tudná nekem mondani, hogy minden árverezett illető ugyanoda megy vacsorázni? – kérdezte meg David a sofőrjét, aki azonban nem tudott válaszolni a kérdésre. David még jobban magába gubózott. Cecile azonban nem adta fel ilyen gyorsan, ismét beszélgetést kezdeményezett:

- Na, ugyan már, ez csak egy vacsora, semmi több! A drága kis feleséged biztosan megérti! Ha már eljöttünk a partiról, akkor érezzük is magunkat jól! – tette a férfi lábára a kezét. David azonban továbbra is dühösen nézett. Cecile elvesztette a türelmét és kérdőre vonta a férfit: -Megtudhatom egyáltalán, hogy minek hoztál el engem és miért nem hagytad, hogy valaki mással esetleg jól érezzem magam? – hajolt előbbre és egyenesen a férfi szemébe nézett.

- Játszunk nyílt lapokkal, jó? Tudom, hogy tudod hogy Kimberly Hófehérkének öltözött, ahogy azt is, hogy Zorró, alias Will épp most megy vele vacsorázni!

- Hogy Will! Azt mondta, hogy nem jön el! – csattant fel a lány és megjátszva a féltékenyt, nyugtalanul mocorogni kezdett. - Nem is gondoltam volna róla hogy... - sziszegte. - David, minek nézel te engem? – nézett kétségbeesetten a férfira.

David a felcsattanó hangra és a láthatóan féltékeny hangnemre elbizonytalanodott és átfutott az agyán, hogy ebben talán Cecile tényleg nincs benne!

•

- Ne, kérem ne vegye le az álarcot, így sokkal romantikusabb! Nem gondolja? – fogta le Kimberly kezeit szelíden Zorró. A lány máris teljesen le volt nyűgözve és örült, hogy tényleg nem vette le az álarcot, mert alaposan elpirult. Színváltozása azonban még így is jól látható volt és ez nem kerülte el Will figyelmét sem.

- Legyünk titokzatosak – rebegte és elfordította a fejét. Még soha senki nem volt ennyire figyelmes vele és ez nagyon jól esett neki. Te jó ég, David! – jutott eszébe a férfi és nyugtalanul fészkelődni kezdett a helyén. Mi a fenét gondolhat most róla? Hiszen úgy ment el, hogy el sem köszönt!

•

- Na, David, egyél már! Ilyen ünneprontó akarsz lenni egész este? – unszolta a férfit Cecile, kevés sikerrel. Nagyon, de nagyon nem tetszett neki az, amit látott: David lélekben teljesen máshol járt!

- Nem vagyok éhes – tolta el maga elől a tányért és kinézett az ablakon. Legalább tudná, hogy hol lehetnek most? Mert itt nincsenek, az biztos, megkérdezte. Vajon mit művel vele az a nőcsábász? Ha egy ujjal is hozzá mer érni, azt nagyon megkeserüli!

- David? Ugye nem a kis feleségeden jár az eszed? – kacagott fel Cecile, igyekezve felhőtlennek tűnni. Magában viszont ette a méreg: David láthatóan csak arra a libára gondol! – Ugyan már, hát nem bízol benne? – tette fel a nagy elbizonytalanító kérdést és látva a férfi megremegő arcát remekül szórakozott magában. Nagyon jó irányba haladnak az események és ha így sikerül csűrni-csavarni a szavakat és töltögetni bele az italt, akkor lassan teljesen eluralkodik rajta a kétségbeesés. Cecile, készítheted az ágyadat! És amilyen szerencséd van, erről senki nem fog tudni, pláne Will nem. Hiszen fogalma sincs arról, hogy amíg ő szórakozgat, addig ő sem tétlenkedik!

•

Kimberly úgy kacagott, hogy még a könnyei is kicsordultak és látta, hogy partnere is remekül szórakozik. Nem is remélte volna, hogy ilyen kellemes este sülhet ki és partnere ilyen szórakoztató társaság lesz. Már átrágták magukat a filmeken, könyveken, pletykákon, sőt még az időjáráson is és Zorró számos anekdotával is elszórakoztatta – természetesen gondosan ügyelve arra, hogy ne derüljenek ki a személyazonosságok. Mert persze David is szereplője volt nem is egynek. Will biztos volt benne, hogy a lány nem ismeri férje múltját, különben nem szórakozott volna ilyen jól a történeteken. Arra is gyorsan rájött, hogy a naiv és őszinte lányt párja mintha elhanyagolná. Mi mással lehetne indokolni, hogy ilyen szemekkel nézzen rá és ennyire értékelje az udvariasságát? Az a balfék David, fogalma sincs arról, hogy kell kezelni egy igazi hölgyet. Mert hogy ez a lány valóban az! Meg sem érdemli! De majd ő... majd ő megmutatja, mivel lehet elhódítani, hogyan lehet igazán meghódítani! Van még itt keresnivalója!

.

- Szóval neked is az a véleményed mint a többieknek. Mint másoknak. Szerinted is! – forgott már nagyon lassan a nyelve Davidnek, Cecile áldásos újratöltős hadműveletének köszönhetően. Szerinted is túl hamar vettem el! – fogta meg a mérhetetlen súlyúnak érzett fejét.
- Én csak annyit mondhatok, hogy biztosan nem ismered eléggé. És ki tudja – csöpögtetett újabb féltékenységi alapot a lassan tengernyi méretű kétség közé. – Will pedig nem éppen arról híres, hogy kihagyjon akár egy lehetőséget is – ismételte meg már huszadszor ezt a mondatot. A beszélgetés meglehetősen egysíkú volt és már nagyon, de nagyon unta.
- Meg fog csalni! Engem! – hajtotta a fejét az asztalra és Cecile megrökönyödve látta, hogy a vállai megremegnek. Csak nem... csak nem sírja el magát David? Egy nő miatt? Ezt nem hiszi el! Ilyen nincs! Az a nő komoly hatást tett rá! – bosszankodott. Még az a szerencse, hogy meglehetősen úgy néz ki, hogy ennek David nincs a tudatában és addig még van esélye!
- Gyere, hazaviszlek – emelte fel a férfit az asztaltól és kitámolygatta az autóhoz. Ideje, hogy bepróbálkozzon!

346

•

- Én... ha gondolja itt lakom a közelben és esetleg meghívhatom egy kávéra? – lépett akcióba Will és igyekezett a lehető legártatlanabbnak feltűntetni a becserkésző meghívást. Valahol azonban nem lepődött meg a lány elutasító válaszán.

- Én nekem ideje lenne visszamennem és... már várnak.

- Szóval társasággal érkezett a partira, gondolhattam volna – hajtotta le Will a fejét és csalódottságot sugárzott ki magából, eljátszva a reményvesztett lovagot.

- Igen – így is mondhatjuk – tette ez utóbbit magában hozzá.

- Szóval nem reménykedhetek? – nézett le a lányra esdeklő tekintettel. Kimberly alaposan megsajnálta a fiatalembert, beleesve abba a csapdába, hogy neki eddig még igazán nem is udvaroltak. Pedig milyen jól érezte magát!

- Sajnos nem. Hófehérke már elkelt! – mondta és igyekezett vidámnak tűnni, pozitívan gondolva Davidre.

- Nem hiszem el! Maga ugrat! – játszotta el a meglepettet, majd újabb jelenetet adott elő: miért van az, hogy a rendes és érdekes nők mind elkeltek! Miért nincs nekem szerencsém?

- Ez nem igaz, sok kedves lány van, csak nézzen körül! – próbálta megvigasztalni a láthatóan összetört Fekete lovagot.

- Akkor nincs esélyem? – tette fel a nagy kérdést, azt, amit egész este szeretett volna. A kulcskérdést és feszülten várta a választ.

- Nincs – mondta a lány határozottan. A házasság számomra szent dolog! – tette hozzá, hogy teljesen érthető legyen. – De a barátságomat fel tudom ajánlani és örülnék, megtisztelve lennék, ha elfogadná! – próbálta menteni a helyzetet. Willben a reménysugár soha nem látott erősséggel csillant fel és majdnem kiesett a szerepéből, oly mohón csapott le a lehetőségre. Ó, hát a tökéletes és megértő barátokból lesznek a szeretők! – ujjongott magában.

- Mikor láthatom ismét? – kérdezte és még mindig szorította a kezét.

- Nem is tudom – bizonytalanodott el a lány és a cipőjét bámulta. Álarc nélkül? – kérdezte meg ártatlanul.

- Akár – csigázta a férfi. Tudta, hogy az inkognitó minél további megtartása csak a malmára hajtja a vizet.

- Legalább a keresztnevét hadd tudjam meg én is – próbálta meg kiszedni belőle a számára oly fontos információt. Will nem tudott ellenállni a kísértésnek és elárulta:

- William, örök szolgálatára – azzal a kis kezeket a szívéhez szorította, majd egy szökkenéssel eltűnt a színről.

Kimberly csak állt és teljesen el volt varázsolva. Aggódva gondolt arra, hogy mikor fogja újra látni ezt a kedves fiatalembert!

.

Cecile elégedetten nyugtázta, hogy David még sincs olyan nagyon elázva és nem kizárt, hogy még egy nagy adag kávéval a helyzet még akár megmenthető is lehet. David egészen kitisztult tekintettel ült a konyhájában és viszonylag elfogadható módon reagált a feltett kérdésekre. Cecile úgy látta, hogy itt az idő a támadásra: ártatlanul megállt a férfi előtt és megkérte, hogy húzza le a ruhája cipzárját. Kezdte kényelmetlen viseletnek találni a szűk hacukát, nem beszélve a szárnyakról, amik már nem először akadnak bele valahova. A nő nagyon jól tudta, hogy Davidnek azonnal észre kell vennie, hogy nincs rajta melltartó. Ennek pedig ki tudna ellenállni? Pláne nem David, még ha nem is olyan rég nősült is meg. Egy férfi akkor is férfi marad, a macsók meg macsók lesznek életük végéig.

Davidnek nem kellett sok ösztönzés és kezét finoman végigfuttatta a nő bársonyos hátán és elmosolyodott, amikor megérezte a nő borzongását. Megfordította a nőt és szenvedélyesen vette birtokba a száját.

.

Kimberly magában dudorászva ácsorgott tovább a ház előtt és szerette volna ezt az érzést minél tovább megtartani. Biztos volt ugyanis abban, hogy amint visszamegy a partira, David egyből elkapja és abban minden bizonnyal nem lesz köszönet.

David... hmm... össze sem lehet hasonlítani Zorróval. Ő olyan kedves és figyelmes volt vele, annyira udvarias. Hagyta, hogy beszéljen, szórakoztatta és körülrajongta. Miért nem képes ilyesmire David? Akkor nem is lenne az igazi David! De... végül is ő is kedves a maga módján... bár ezt nem mutatja ki túlságosan gyakran, de akkor is... kihúzta a vízből, megvédte az üldözőjétől, elvette feleségül! Ezek nem kis dolgok! És ha végiggondolja, ő sem éppen túl kedves vele... mennyit bosszantja és kötözködik vele. De hát megbántotta, még szép, hogy így bánik vele! Hiszen vissza kell adnia, amit tett vele! De hát így... így nem is csoda, hogy nem... hogy mi nem? Esetleg ha kedvesebb lenne vele, igazán megpróbálhatná! És talán... talán mi? Soha nem tudná elérni, hogy ő legyen „A nő" számára. Pláne, ha meg sem próbálja. Nem mintha lenne rá esélye... de azért mégis...

•

- Ne! – tolta el magától Cecile a férfit, ami nem volt éppen egyszerű. David, el kell menned! – hadarta és tapogatva próbálta megkeresni az eldobott ingét. Még jó, hogy csak addig jutottak.

- Mivan? – értetlenkedett a férfi és megütközve nézte, ahogy Cecile sebesen egy pongyola után kutat. – Tessék? – nézett rá.

- Itt van Will! Tűnj már el! – tolta Davidet az ablak irányába. Gyorsan, ugorj már! – lökte ki a férfit a hátsó kerti pázsitra és villámgyorsan lerántotta az ablakot, nem foglalkozva azzal, mi van a távozóval. Az ágyhoz pattant és végigsimította a lepedőt, majd kiszaladt a szobából.

- Hol vagy? – hallotta meg a nappaliból a férfi hangját és már pördült is a karjába.

- Drágám, máris? Ezek szerint még nem? – temette az arcát a jelmezbe. Biztos volt abban, hogy az előbb a sminkje kissé viharvert lett. Most épp azon igyekezett, hogy Willbe kenje a maradékot. David annyira szenvedélyes volt, hogy az szinte megrémítette, ugyanakkor tökéletes bizonysággal szolgáltatott arról, hogy valami nem egészen stimmel a házaséletével. Csak egy kiéhezett férfi ront így rá!

- Nyugalom, ennél a lánynál nem lehet ajtóstul rontani a házba! – tolta el kissé magától a nőt és lenyomta az egyik fotelba. Annyira el volt telve az eredményétől, hogy észre sem vette se Cecile pirosan izzó, rémült arcát, se a kanapénak támasztott puskát.

•

David perceket gubbasztott egy szúrós bokor társaságában, ami mellett a fenekén landolt az előbb. Nem volt könnyű felfognia, hogy az iménti meglehetősen kellemes helyzetből a nedves földön találja magát – egyedül, felajzva. Willnek milyen jó napja van, egymás után két nő is! Elveszi tőle őket! De ezt nem hagyhatja! – ugrott volna már vissza az ablakon. Az a némber nem lehúzta! – bosszankodott és ismét átvillant az agyán, hogy mindez nem volt véletlen! Cecile állhat a háttérben és ügyesen mozgatja a szálakat! Hiszen ha nem érdekelné, akkor nem dobta volna őt ki! Mostanra meg bizonyára már Willel párbajozna itt az udvaron. Karddal a puska ellen. Tényleg, hol is hagyta a fegyverét? – vakarta meg a fejét, majd lassan felállt. Várjunk csak, ha Will hazajött, akkor Kimberlyt bizonyára leszállította. Vajon mi történt közöttük? És miért jött ide? Biztosan azért, amiért ő is itt volt! Vagyis akkor nem? Kimberlyvel nem? – könnyebbült meg és kifelé indult. Legalább lezuhanyoztam volna, tiszta izzadt vagyok és... - morgott hangosan, de nem tudta folytatni a beszédet, mert megtelt a szája vízzel. Észre sem vette, hogy szépen belepottyant Cecile kerti medencéjébe!

•

- Mi volt ez a zaj? – kapta fel Will a fejét a csobbanásra és kérdőn nézett a nőre. A kertből jött! Cecile pontosan tudta, hogy mi történhetett: David most hűti le magát az imentiek után. Nem mintha eléggé hideg lenne a víz ahhoz, hogy érdemben segíteni tudjon rajta, de legalább megpróbálja. Jelenleg viszont sokkal jobban izgatta, hogy tűntesse el a fegyvert az útból úgy, hogy azt a másik ne vegye észre.

- A szomszéd rendszeresen éjjeli fürdőt vesz – mondta közömbösen és a folytatást követelte a történetben. Will szerencsére elfogadta a nő magyarázatát és lelkesen ecsetelte, hogy az a benyomása, hogy David nem eléggé figyelmes a feleségével... és itt lép be ő, a kedves és megértő barát.

- Remek ötlet! – lépett közelebb a továbbra is álarcot viselő férfihoz, majd átkarolta. A háta mögött egy jól irányzott rúgással feldöntötte és a kanapé alá sodorta a fegyvert. Most már semmi akadály nem állta azt, hogy izgalmas szerepjátékba kezdjen Will-lel is. Végül is egy Zorró legalább olyan izgalmas, mint egy Vadász!

•

David nyugodtan mászott ki a vízből és felnyalábolta a hátrahagyott egyik cipőjét. Nem is bosszankodott amiatt, ami történt, sőt, örült is neki, hogy némiképp kijózanodott. Minden bizonnyal magától is beleugrott volna a vízbe, ha még időben észreveszi. Bár a cipőjét minden bizonnyal levette volna – indult tovább és cuppogó léptekkel hagyta el a kertet, hogy egy taxi után nézzen. És még a cigije is elázott! Vissza kell jusson a parti színhelyére, Kimberly bizonyára ott várja. Talán... talán... kit tudja?

•

Kimberly türelmetlenül járkált a szobájában és David érkezését várta. Még soha nem várta annyira, hogy végre itt legyen vele. Muszáj lesz megbeszélniük egy-két dolgot. Ez az este és főként a beszélgetés Zorró-Williammel sok kis kérdést vetett fel benne ahogy azzal is tisztában volt, hogy David számon fogja tőle kérni az estéjét. De hol marad már ilyen sokáig? Csak nem ment el valakivel? Lehetséges, hogy Cecillel van? – esett teljesen kétségbe és lerogyott az egyik fotelba.

•

- Kimberly? Itt vagy? – tépte fel David a hálószoba ajtaját és megkönnyebbülten felsóhajtott, amikor meglátta az ágyon kiterített Hófehérke ruhát. Kimberly épp a fürdőszobából jött ki és egy törölközővel a hajából próbálta felitatni a vízcseppeket.

- Hogy nézel ki? – szólt hozzá a kelleténél élesebb hangon és rámeredt a gyűrött, sáros ruhájára. Merre jártál? – nézett rá szúrós szemmel, elfelejtkezve arról, hogy egyáltalán nem így tervezte el a beszélgetésüket.

- Hogy én? – emelete fel a hangját egyből David. Semmit nem utált jobban, mint a számonkérést és nem is vette észre, hogy most nem erről van szó. – Talán nekem lenne jogom megérdeklődni, hogy hol és hogyan töltötted az estédet – egy férfi társaságában! – állt meg felette vészjóslóan és megragadta a karját.

- Ez fáj – suttogta a lány és megpróbálta kihúzni a kezét a vasmarkok szorításából. Megérezte a férfiból áradó italszagot.

- Addig nem engedlek el, amíg nem válaszolsz! – nézett le rá vészjóslóan, de némiképp gyengített a szorításon.

- Csak vacsoráztunk és beszélgettünk. Ennyi történt. Még a nevét sem tudom! – vágta hozzá. – Most már elengednél?

- Ha-ha, méghogy csak ennyi! Nem hiszem el! El akarod hitetni, hogy a város egyik legnagyobb nőcsábásza ennyivel beérte?

- Hogy mi? Te tudod ki volt az? – csapott le rá Kimberly érdeklődéssel.

- Látom, azért csak megfogott, ha ennyire izgat – fordított neki hátat és ellépett kettőt. – Szemét! – sziszegte a fogai között.

- Nem értem mi folyik itt! Leszel szíves beavatni, milyen piszkos kis játékot űzöl itt velem! - Próbára akartál tenni, igaz? – fogta meg a férfi vállát és maga felé fordította. A mozdulatra kinyílt az ing és Kimberly észrevette a karmolás nyomokat a férfi vállán. Lassan, erőtlenül hanyatlott le a keze. David odakapta a tekintetét és egyértelmű volt számára a helyzet.

Kimberly felnézett rá. David arra számított, hogy jelenetet rendez, hogy üvöltözni fog, toporzékolni és két kézzel püfölni, hogy hogy tehette ezt vele. A lány azonban semmi ilyet nem tett! Lassan felemelte a tekintetét és ránézett. David soha nem gondolta volna, hogy ennyire megsebzetten, bántón és elkeseredetten lehet nézni. Bármilyen szó felesleges volt: pusztán ebben a két szemben benne volt minden, amit elmondhatott. És sokkal, de sokkal hatásosabb volt, mintha toporzékolt volna! Csak nézett rá, majd méltóságteljesen kivonult a szobából, hátrahagyva a megrökönyödött férfit.

David már nem láthatta, hogy Kimberly ezt követően a szomszéd szobában rávetette magát az ágyra és zokogásban tört ki. A lassan enyhülő könnyek közepette eszébe jutott az az újságcikk, amit először olvasott a férfiról még a legeslegelején. Amikor még semmit nem tudott róla. „Egy hónap, ennyi ideig tart nála egy nő, ezt kell túlteljesíteni." – állt a írásban. Nem is gondolta volna, hogy akkor ez bármilyen jelentőséggel fog bírni, és tessék: mennyire igaz! Hogy lehet, hogy ez tényleg így is van? Hiszen neki is pont egy hónapja volt! Csak egy hónapja. David pontosan négy héttel ezelőtt vette el feleségül!

www.ingramcontent.com/pod-product-compliance
Lightning Source LLC
Chambersburg PA
CBHW080724020726
47503CB00010B/2777